Heidi Hohner
Erst der Sex, dann das Vergnügen

PIPER

Zu diesem Buch

Ein Unglück kommt selten allein: Heidis Verlobter Felix setzt sich mit einer grazilen Surferin nach Kalifornien ab, und ihr kleines Stricklabel steht vor dem Aus. Ausgerechnet jetzt erfährt sie, dass sie von Felix schwanger ist – und liegen muss! Sie spürt Felix auf, es kommt zum heißen Versöhnungstelefonat. Heidi weiß danach, wie sie vom Sofa aus und im Alleingang richtig viel Geld verdienen kann: mit Telefonsex! Sie schießt Felix und seine Midlife-Crisis endgültig in den Wind und weiht nur ihre beste Freundin Charlotte in ihre Telefonsexpläne ein, die vor lauter Begeisterung bei Heidi mit einsteigt. Die Mädels ordern eine schalldichte Glasscheibe und eine zweite Telefonleitung, machen den Stöhntest – passt! Heidis Ex Felix, ihre Eltern, der nette Hausmeister Friedrich oder die Teilnehmer von Heidis Strickkurs – niemand ahnt, was die Mädels am Telefon tatsächlich treiben. Doch Heidi hat nicht mit Felix' heimlichen Machenschaften gerechnet ...

Heidi Hohner hat mit ihrer Heldin Heidi Hanssen nur den Vornamen gemeinsam. Im richtigen Leben heißt sie Sigi Hohner und war mal Diplom-Psychologin. Sie beschloss allerdings nach zu langer Beschäftigung mit psychosomatischen Hautkrankheiten, besser in die Berliner Medienwelt einzutauchen, kam als hyperaktive Newsreporterin zu MTV und gab erst Ruhe, als ihr entnervt die Chefredaktion überlassen wurde. Nach der Geburt ihres ersten Sohnes verabschiedete sie sich allerdings vom Musikfernsehen und besorgte sich einen neuen Laptop, um seitdem zu schreiben. »Erst der Sex, dann das Vergnügen« ist nach »Einer links, einer rechts, einen fallen lassen« ihr zweiter Roman.

Heidi Hohner
Erst der Sex, dann das Vergnügen

Roman

Piper München Zürich

Mehr über unsere Autoren und Bücher:
www.piper.de

Von Heidi Hohner liegen bei Piper vor:
Einer links, einer rechts, einen fallen lassen
Erst der Sex, dann das Vergnügen

*Für meine Jungs – auch wenn es mir lieber ist,
wenn Ihr dieses Buch erst einmal nicht vorgelesen bekommt.*

Originalausgabe
Mai 2011
© 2011 Piper Verlag GmbH, München
Umschlagkonzept: semper smile, München
Umschlaggestaltung: Cornelia Niere, München
Umschlagmotive: Ilona Habben, Hamburg
Satz: Kösel, Krugzell
Gesetzt aus der Minion
Papier: Munken Print von Arctic Paper Munkedals AB, Schweden
Druck und Bindung: CPI – Clausen & Bosse, Leck
Printed in Germany   ISBN 978-3-492-25805-0

Eines gleich mal vorneweg

In jedem Frauenroman, der etwas auf sich hält, hat die Heldin einen besten schwulen Kumpel. Diese Quotentucke sagt »Schätzchen« zu allen Frauen außer zu seiner Mutti und spreizt den kleinen Finger ab, wenn er auf der rosa Fernbedienung die Golden Girls lauter stellt und einem die Kleenexbox reicht, weil man sich fast jeden Abend bei ihm über die erneute Wandlung eines Mr. Right in Mr. Wrong ausheult. So einen Freund hatte ich auch ganz lange. Er hieß Josef und war wunschgemäß ein schwuler Freund zum Pferdefrisieren. Er ist immer noch ein guter Freund, aber seit fünf Jahren lebt Josef mit seinem Partner, einem Punkrock-Opa, zurückgezogen in einer Meeresbucht auf Mallorca. Das ist nun mal so, Josef ist dort anscheinend kolossal glücklich, und ich kann ihn nicht in jedem Kapitel herbeizitieren und mich auf seiner Versace-Sitzgarnitur ausheulen. Aber um die Quote wenigstens ein wenig zu erfüllen, werde ich dann und wann mit ihm telefonieren. Wen sonst könnte ich fragen, ob »Großer Manitu« ein ernst zu nehmender Ausdruck für den männlichen Frontlader ist – aus rein beruflichem Interesse?

1

»Wie alt sind Sie denn jetzt, Frau ... äh ...«

An den Altersflecken auf dem Handrücken der Männerhand, die meine über die Jahre angeschwollene Patientenakte aufklappte, merkte ich, wie viel Zeit vergangen war, seit ich das letzte Mal hier gewesen war. Doktor Süßmann ging es wohl genauso, und er war sich wegen meiner Lebensumstände nicht mehr ganz so sicher. Er kniff die Augen zusammen, um den Eintrag auf der Vorderseite lesen zu können.

»Heißen Sie wie früher, oder haben Sie inzwischen ...«

Nein, hatte ich nicht. Wir waren zwar irgendwie verlobt, aber Heiraten hatten wir im Moment nicht auf dem Schirm, Felix und ich, und ich beeilte mich zu sagen: »Da hat sich nichts geändert. Ich heiße immer noch Hanssen.«

»Gut. Oder auch nicht gut«, antwortete Dr. Süßmann skeptisch. »Frau Hanssen, Sie marschieren ja ganz ordentlich auf die vierzig zu, wie sieht's denn da mit Ihrem Kinderwunsch aus?«

Die vierzig nicht mehr weit? Ich war gerade mal Mitte dreißig! Ich blickte durch meine in gynäkologischen Knieschienen aufgespreizten Beine auf die meterhohe abgewetzte Steiff-Giraffe, mit der ich schon als Kind gespielt hatte, wenn meine Mutter sich bei Doktor Süßmann untersuchen ließ. Eigentlich hatte ich diese Praxis in der Nymphenburger Straße in München immer gern gemocht. In ihr sah es wenigstens weder aus wie in einem Spaceshuttle noch wie in einer vermufften Abstellkammer. Das nämlich waren die zwei Extreme, auf die ich in meiner Wahlheimat Berlin gestoßen war, als ich nach einem Arzt suchte, von dem ich meinen Busen abtasten und meine Spirale justieren lassen wollte. Nach den letzten zwei Versuchen (mit einem scheuen Klemmi mit vom Trinken schuppiger Haut in der Friedrichstraße und einem gegelten Pferdeschwanzträger in schwarzem T-Shirt und bis zur Brust hochgezogener Bundfaltenhose in der Hermannstraße) hatte ich mich an meinen Frauenarzt aus Studienzeiten erinnert und meine Vorsorgeuntersuchung lieber auf den nächsten Münchenbesuch gelegt. Nämlich auf heute. Denn ich war auf dem Weg nach Bozen, beruflich, und ich hatte einen Abstecher in München eingeplant, um Felix zu sehen. Ideal also, um bei Doktor Süßmann meine Familienplanung auf den neuesten Stand zu bringen. Genauer gesagt: um mir eine neue Spirale einsetzen zu lassen.

Und zwar in einer ganz normalen, ein wenig ökigen Arztpraxis mit nachgedunkelten Kiefernmöbeln, raumhohen Gummibäumen, selbst geschossenen Porträtfotos großäugiger Indiokinder und einem verständnisvollen Doktor, der statt weißem Kittel ausschließlich karierte Hemden und Jeans trug und sein joviales Verständnis für alle Lebenslagen geradezu ausdünstete.

»Frau Hanssen?«

Die gepuderten Latexhandschuhe machten leicht schmatzende Geräusche, als Herr Dr. Süßmann sie über seine Hände zog.

»Sie müssen jetzt nichts entscheiden«, sagte er, als er zwischen meine Beine trat, »aber ich muss Sie natürlich warnen, dass es in Ihrem Alter mit der Fruchtbarkeit rapide bergab geht.«

Natürlich wollten wir Kinder, Felix und ich, oder? Oder?! Aber erst, wenn alles in trockenen Tüchern war. Also so in fünf Jahren. Oder in zehn. Ein Kind in die Weltwirtschaftskrise hineinsetzen, mit Eltern, die beide selbstständig waren? Nö. Ich liebte Kinder, na klar, schließlich verdiente ich ja auch mein Geld mit ihnen, aber genau das war der Punkt – ich hatte schon ein Baby, nämlich meine Firma. Wunderland, Babykleidung & Accessoires aus Kaschmir. Von mir erfunden, von mir gegründet, von mir allein am Laufen gehalten. Wunderland war mein ganzer Stolz. Und ließ mich gern zu Klassentreffen reisen und bei einem Aperol Sprizz erzählen, wie ich es geschafft hatte, aus meinem Hobby einen Beruf zu machen. Wunderland und ich waren keins von diesen Paaren, die schon immer zusammen sind und bei denen immer alles toll aussieht, bis sie sich nach fünfzehn Jahren plötzlich trennen. Ich sagte nicht »Job« zu meiner Arbeit, sondern »mein Laden«. Wunderland und ich hatten uns nicht gesucht, aber gefunden. Gefunden wie ein Liebespaar: Es passiert immer dann, wenn man gerade nicht daran denkt. Denn niemals hätte ich, als abgebrochene Jurastudentin und kurzzeitige TV-Moderatorin, in Erwägung gezogen, dass mich das Stricken einmal ernähren könnte. Und jetzt war ich zwar nicht reich, aber glücklich. Ich hatte mich im richtigen Moment einfach getraut, alles hinzuwerfen und meiner Eingebung zu folgen. Und seitdem hatte ich nur Glück: im Job und in der Liebe. Ich war deswegen felsenfest davon überzeugt, dass man sich immer und überall aus eigener Kraft selbst aus dem allergrößten Schlamassel befreien konnte. Man musste es nur wollen.

Ach ja, und wen ich noch liebte: meinen Felix natürlich. Wir waren seit sieben Jahren ein Paar, und auch ich hatte ihm Glück gebracht. Sein Restaurant, die Alpenküche in den Berliner Gips-Höfen, lief inzwischen so hervorragend auch einmal ohne ihn, dass er momentan viel Zeit in München verbrachte. Um seine kranke Großmutter zu besuchen und um bei Holger Baumbach zu hospitieren. Holger war der beste Biokoch Deutschlands und so etwas wie Felix' Mentor, und Felix wollte in den nächsten Jahren dahin kommen, wo Holger schon stand: Holgers Edellokal Himmelreich war nämlich als erstes deutsches Restaurant mit vier Sonnen ausgezeichnet worden, dem Biopendant zum Michelinstern.

Viel hatten wir im Moment also nicht voneinander, Felix und ich. Aber unsere unaufgeregte Beziehung stützte mich wie ein unsichtbares Korsett. Felix war mein Fels in der Brandung, auch wenn er nicht da war. Wenn ich am Telefon sein ruhiges »Reg dich nicht auf. Das schaffst du!« hörte, war immer alles wieder gut. Und zwei Wochen im Monat allein zu sein, war mir manchmal gar nicht so unrecht. Denn eine Beziehung im Allgemeinen verschlang einfach sehr viel Zeit, und ein Mann wie Felix hielt auch ohne großes Heckmeck zu mir und brauchte nicht viel Pflege.

Dafür seine Umgebung umso mehr. »Ich muss im Restaurant schon ordentlich genug sein, da mag ich wenigstens zu Hause machen, was ich will«, sagte Felix stoisch zu meinen regelmäßigen Schöner-Wohnen-Attacken. Der Mann in meinem Leben war nämlich im Gegensatz zu mir bewegungssüchtig. Und Tennis, Laufen, Rennradfahren und Surfen involvierte Schweiß und durchgeweichte Klamotten. Deshalb hingen in unserer Wohnung (also eigentlich in meiner, in die ich Felix gnädigerweise einzuziehen erlaubt hatte, was ihn seitdem zu der Annahme bewog, er würde jetzt auch die Chaosgestaltung mitbestimmen können) an Türklinken, Fensterkreuzen, Sesseln und Küchenstühlen Sportsocken, Rennradhemden oder Neoprenanzüge, die vor sich hin trockneten und nach Puma rochen. Ich versuchte, trotzdem Ruhe zu bewahren. Unsere Beziehung war eigentlich viel zu perfekt, als dass ich sie mit derartigen Streitigkeiten belasten wollte. Wir sind schließlich anders als alle anderen Paare, dachte ich mir immer, nicht so verdammt kleinlich und territorial, und spielte lieber mit dem Gedanken, mir eine Putzfrau zuzulegen. Zum Selbstaufräumen hatte Felix keine Lust und natürlich auch keine Zeit, seine Kapazitäten waren völlig ausgeschöpft. Sagte Felix. Ich gab insgeheim seiner Großmutter die Schuld an seinem Hang zur häuslichen Verwahrlosung. Bei ihr hatte er die ersten Jahre seines Lebens verbracht, und ihr Putzwahn hatte bewirkt, dass Klein-Felix sich in die entgegengesetzte Richtung entwickelte. Hätte ich auch, wäre ich als Kind mit der Sagrotanflasche verfolgt worden. Aber bei aller verständnisvollen Ursachenforschung: Wer durfte es ausbaden? Ich. Aber so ist das eben. Heiratet man den Mann, der einem in der Anbetungsphase jedes Ikearegal zusammengebaut und den Wagenheber aus der Hand gerissen hat, dann ist der nicht einmal mehr in der Lage, eine Glühbirne auszuwechseln, sobald er einen in seinen Bau geschleppt hat. Oder besser gesagt, die Wohnung seiner Freundin zu seiner Räuberhöhle gemacht hat.

»Ich muss mich noch mal kurz aufs Ohr legen, bevor ich in die Alpenküche fahre«, pflegte Felix nach dem Sport zu sagen und den Habitat-Katalog zu ignorieren, mit dem ich wedelte, um mit ihm über das Stauraumpotenzial unserer Zweiraumwohnung zu sprechen. Stattdessen verschwand er im Schlafzimmer, um sich aufs frisch gemachte Bett zu werfen und sich auszuruhen. Ich kannte das und hatte längst aufgegeben, hübsch gemusterte Tagesdecken über unseren Futon zu werfen und glattzustreichen. Und hatte mir zwischen dem Arrangieren der Blumen für den Laden (erledigte ich in zwei Minuten) und dem Tüfteln an einer nicht vom Babykopf rutschenden Kapuze (kostete mich eine halbe Nacht) immer wieder im Stillen gedacht: Männer sind eben nicht so leistungsfähig wie Frauen.

Denn Felix' Alpenküche, die AKÜ, konnte nicht so viel fordernder sein als mein Laden. Und hatte er nicht im Gegensatz zu mir eine Menge devoter Angestellter? Karl, den Chef de Cuisine, die Geschäftsführerin Mizzi (eine zierliche, meiner Meinung nach viel zu magere Österreicherin, die seit der Stunde null bei ihm bediente, letztes Jahr von ihm befördert worden war und die ihn länger kannte als ich), den trinkfesten Iren Ian als stellvertretenden Geschäftsführer und dann einen Oberkellner, einen Unterkellner, einen Barchef, einen stellvertretenden Barchef, einen Barmann ohne Chef, einen kompletten Stab fleißiger Seelen. Ich hingegen war mein eigener Stellvertreter. Ich schmiss alles alleine, Laden, Einkauf, Vertrieb, Modelle entwerfen. (Die zeichnete ich tatsächlich einfach mit dem Bleistift auf einen Block. Den Abendkurs »Illustrator – Modedesign 2.0« bei einem Kursleiter, der aussah wie Ottfried Fischer und mit Joop und Lagerfeld so viel zu tun hatte wie das Walross Antje mit einer Siamkatze, hatte ich völlig desorientiert nach zwei Stunden abgebrochen.) Und dann waren da noch das Lookbook und die Website, und das Casting der Babymodels dafür. Es gab nämlich tatsächlich Models, die zwischen drei und sechs Monaten alt waren. Am liebsten waren mir die, bei denen unten gerade die allerersten Zähne durchgebrochen waren, das verlieh dem unschuldigen Babystrahlen so etwas leicht Diabolisches.

Die Einzigen, deren Hilfe ich in Anspruch nahm, waren Nastja und Uschi, zwei freiberufliche Strickerinnen aus Georgien und der Oberpfalz. Und alle drei Monate besuchte mich mein Vater, um mir bei der Buchhaltung zu helfen. Ich war also die totale One-Heidi-Show, aber das war auch gut so. Wer könnte sonst den Strickerinnen erklären, was ich mit meinen Zeichnungen eigentlich gemeint hatte, und ihnen auch einmal die Nadel aus der Hand nehmen, wenn was nicht so lief mit der Kommunikation? Ich war selbst immer wieder erstaunt darüber, wie viel ich stemmen konnte, seit ich das machte, worauf ich wirklich Lust hatte.

Bisher hatte ich nur ein einziges Mal den Überblick verloren. Seitdem lagerten in einem der begehbaren Kleiderschränke meiner Freundin Charlotte, die durch ihre Beziehung mit dem Filmproduzenten Bernhard Zockel mit mehr Wohnraum gesegnet war als ich, fünfzigtausend Pinocchio-Knöpfe. Ich hatte mich den asiatischen Knopfmachern wohl nicht so gut verständlich machen können, als ich per E-Mail und Webcam meine Bestellung getätigt hatte. Aber wer hatte schon Zeit, wegen Knöpfen nach China zu fliegen? Ich jedenfalls nicht, ich hatte ja noch nicht mal Zeit, am Wochenende in Ruhe mit meinem Freund zu frühstücken. Meistens war der sowieso morgens um sechs zum Surfen an die Ostsee aufgebrochen. (Ohne mich. Das Surfen war mir zu kalt, zu windig, zu salzig. Kaum zu glauben, mit welcher Begeisterung ich mich früher bei jedem Wetter auf meine Ski gestellt hatte. Aber das war lange her, und inzwischen fand ich, dass ein Aperol Sprizz genauso gut für den Kreislauf sein konnte.) Jedenfalls hatte ich die Pinocchio-Knöpfe bestellt in einer Zeit, in der die Hölle los gewesen war, ich war auf dem Weg zur Babymesse nach Köln gewesen, obwohl die nächste Kollektion noch nicht online, geschweige denn fertig entworfen war. Sommerkollektionen für Babystricksachen waren heikel, leichte Mützen gegen Sonne und Zugluft und Krabbeldecken wurden dann wichtig, und meine eigentlichen Markenzeichen, die geringelten Kaschmirpullis, traten in den Hintergrund. Deshalb hatte ich die fünfzig schriftzeichenbedruckten Schachteln à tausend Pinocchio-Knöpfe erst einmal zu Charlotte verfrachtet und viel zu spät realisiert, dass ich sie nicht verwenden konnte: Die mindestens einen Zentimeter hervorstehenden Nasen waren eindeutig zu spitz, als dass ich sie guten Gewissens an eine Babyjacke hätte nähen können.

Langweilig wurde mir jedenfalls nicht. Und in diesen atemlosen Alltag noch ein Kind hineinsetzen? In eine Welt, in der Ölpest, Börsencrash und Chiligummibärchen an der Tagesordnung waren? Ein plärrendes, kackendes, hilfloses Ding, das die ersten Jahre seines Lebens mit dem Leben an sich so überfordert sein würde wie ein Grottenolm mit der Sonne am Strand von Bibione? Ich hatte den Babys zwar viel zu verdanken, gaben ihre Mamas doch ihr Elterngeld für sie aus, und zwar in meinem kleinen Laden am Kollwitzplatz. Nicht umsonst wurde Prenzlauer Berg überall »pregnant hill« genannt – weil mein Viertel über seine Grenzen hinaus als die eifrigste Legebatterie Deutschlands bekannt war. Und außerdem hatte ich über Babys meine Freundin Charlotte kennengelernt. In der Castingagentur Äpfel & Birnen, die eigentlich auf Kinder spezialisiert war und in die sich Charlotte auf der Suche nach einem Schauspieljob verirrt hatte, während ich gerade nach frechen Minimodels Ausschau hielt. Aber tickte meine biologische Uhr laut genug, um mir selbst so einen Schreihals zuzulegen? Eher nein.

Was sollte ich also Herrn Doktor Süßmann auf die Babyfrage sagen? Aber der verzichtete netterweise erst einmal auf eine Antwort.

»Sie müssen jetzt nichts sagen. Denken Sie einfach mal darüber nach, natürlich gemeinsam mit Ihrem Partner«, sagte er mit einem Blick auf mein Gesicht, »und jetzt mal tief ausatmen...«

Dann ein schmerzhafter Ruck, und die alte Spirale war draußen.

»Sie wissen, dass die Kasse die Kosten für eine neue T2000 nicht mehr übernimmt? Ich würde Ihnen sowieso ein anderes Modell empfehlen – die GT2001, dreihundertfünfzig Euro, die ist besser verträglich, mit einem leichten Gestagen-Anteil, und Sie sind damit fünf Jahre geschützt. Wenn Sie noch so lange warten wollen mit der Familienplanung. Ansonsten können Sie sie natürlich jederzeit ziehen lassen ...«

Geschäftiges Klimpern hinter mir, und dann ein leichtes Räuspern:

»So. Frau Hanssen, die dreihundertfünfzig Euro müssten Sie dann bitte sofort erledigen, bei Frau Bayer am Empfang, bitte. Wir können das leider nicht mehr auf Rechnung machen, Sie wissen schon, Frau Hanssen, die Zahlungsmoral heutzutage ...«

Das fiese Zwicken in meinem Bauch ließ langsam nach, dafür zwickte es jetzt ein wenig höher, in der Magengegend. Aus Verlegenheit. Wie sollte ich meinem Arzt sagen, dass ich gerade nicht so flüssig war? Seit mein Vater mir letzte Woche bei der letzten Quartalsabrechnung geholfen hatte, waren meine Mittel sozusagen eingefroren.

»Sacklzement, das ist ja desaströs«, hatte mein aus Ostfriesland stammender, aber perfekt in Oberbayern assimilierter Vater beim Blick in meine Buchhaltung gesagt.

»Das ist nur die Flaute nach dem Weihnachtsgeschäft«, hatte ich mich verteidigt und versichert, »dass ich immer alle offenen Rechnungen sofort zahle.« Ich hasste eben nichts mehr, als Schulden zu machen, sicher nicht die beste Einstellung für eine Jungunternehmerin. Dass jemand auf Geld von mir wartete, machte mich immer unglaublich nervös. Die Ladenmiete, meine Strickerinnen und meinen Wolllieferanten Cashmiti: Ich zahlte bei allen immer überpünktlich. Auch um Cashmiti zu halten, denn ein so großer Abnehmer war ich schließlich nicht. Und im Moment kam trotz Wintersale leider zu wenig Geld in die Kasse, um diese Ausgaben auszugleichen – wenn der Weihnachtsansturm vorbei war, kauften die Leute keine warmen Pullis mehr, aber um die neue Kollektion schlichen sie herum, bis die Frühlingssonne endlich da war.

»Es wird besser sein, wenn du fürs Finanzamt und die nächste Lieferung alles verbliebene Kapital einfrierst, bis ich da den Überblick habe. Und ansonsten: laufende Kosten reduzieren, gell?«, hatte mein Vater deshalb letzte Woche gesagt und mich gerade noch den Flug zu Felix nach München buchen lassen, von dort aus das Zugticket zu Cashmiti und meinem Lieferanten Cesare Conti nach Südtirol und den Heimflug von Bozen nach Berlin.

Dann hatte mir mein Vater vom Bäcker gegenüber noch generös ein Brötchen mit Ei mitgebracht. Ich hasste hart gekochte Eier und den schwefligen Geruch des grünrandigen Eigelbs, und eigentlich wusste mein Vater das auch. »Aber ...«, hatte ich noch schwach protestiert, doch mein Vater hatte nur noch zum Abschied Uschi, der Strickerin aus der Oberpfalz, zugenickt, die an dem zum Ateliertisch beförderten Tapetentisch putzig kleine Schnittmuster abglich, und war zum Hauptbahnhof aufgebrochen, um rechtzeitig eine Stunde vor Abfahrt seines ICE am Gleis zu sein. Eigentlich hätte er bei diesem gigantischen Zeitpuffer leicht einen Zug früher erwischen können, aber als Buchhaltungsnull verkniff ich mir lieber bissige Vorschläge und hielt ihm stattdessen zum Abschied dankbar den Lodenmantel auf. Und nahm mir für die Zukunft vor, nach dem Trip nach München und Südtirol auch meine Buchhaltung selbst zu machen, so schwer konnte das ja nicht sein. Das Gefühl, von meinem Vater mit zu wenig Taschengeld ausgestattet worden zu sein, hatte ich seit fünfundzwanzig Jahren nicht mehr gehabt. Und ich konnte auch in Zukunft gern darauf verzichten.

Und jetzt die neue Spirale sofort bezahlen? Eigentlich waren die dreihundertfünfzig Euro für das kontrazeptive Ding nicht in meinem Budget, wenn ich nicht völlig mittellos in Bozen über den Markt marschieren wollte. Bozen war schließlich eine italienische Stadt. Und ich brauchte neue Übergangsstiefel. Am liebsten halbhohe, aus weichem, knautschigem Leder und mit weitem Schaft, denn die sollten zusammen mit Leggings und übergroßen Pullis mein Outfit für diesen Frühling werden. Schließlich lenkte eine solche Betonung meiner immer noch sportlich-schlanken Waden erfolgreich vom proportional unausgegorenen Gesamtkonzept meines Körpers ab. Und vielleicht auch eine neue Tasche? Schließlich war ich seit fünf Jahren eine Frau mit einem eigenen Modelabel, auch wenn es dabei um die Allerkleinsten ging. Repräsentieren war also alles.

Doktor Süßmann stand weiter vor mir und wartete auf meine Ansage, das angewärmte Instrument mit der neuen Spirale war in seiner erwartungsvoll emporgehaltenen rechten Hand wahrscheinlich längst ausgekühlt. Ich schloss mit mir einen Kompromiss: Ich würde nach Südtirol fahren, und wenn ich dort die richtigen Stiefel finden würde, eine einmalige Gelegenheit sozusagen, dann war es besser, wenn ich mein Taschengeld jetzt nicht bei meinem Gyn ließe. Und verhüten ließ sich schließlich auch anders, vor allem, wenn Felix und ich mehr oder weniger gerade eine Fernbeziehung lebten, weil er so viel in München war. Und wenn dann auf dem Heimweg aus Südtirol das Geld noch da wäre, könnte ich immer noch schnell einen Termin vereinbaren.

»Ich lass das mal mit der Spirale – und mir dafür das mit der Familienplanung mal durch den Kopf gehen«, teilte ich ihm deshalb mit, meine Überlegungen bezüglich Stiefeln und Tasche ließ ich als nebensächliche Information unter den Tisch fallen. Doktor Süßmann schmiss die GT2001 zurück in die Schublade und begrüßte meine Entscheidung. »Viele Frauen und Paare müssen einen sehr langen Leidensweg auf sich nehmen, weil sie zu lange warten. In Ihrem Alter kann es schon mal zwei Jahre und länger dauern, bis Sie schwanger werden.«

Na also, dachte ich, du bist quasi schon unfruchtbar, kannst also überhaupt nichts passieren.

2

»Wer bist du?!«

»Ich bin die Heidi, die Freundin von Felix, deinem Enkel!«

»Freundin?«

»Ja! Schon seit sieben Jahren! Du hast uns deinen Segen gegeben!«

»Meinen Segen?« Oma Schweiger sprach langsam und überdeutlich, betonte die letzten Silben. »Das weiß ich. Ich weiß das. Natürlich weiß ich das.«

Ich legte den Arm um die kleine alte Frau mit dem weichen Flaum auf den Backen und den leuchtend weißen Haaren. Sie war dünn wie ein kleiner Vogel und schmiegte ihren Kopf mit geschlossenen Augen an meine Schulter. Durch den Stoff ihres lose sitzenden schwarzen Kleides mit dem goldenen Paisleymuster spürte ich ihre Rippen, und mir fiel ein, dass ihr vor einem Monat die linke Brust entfernt worden war.

»Ich bin müde«, sagte sie.

»Ich bin auch müde«, sagte ich sehr laut, »komm, Oma, wir schlafen hier im Stehen. Pferde und Kühe schlafen auch im Stehen.«

Sie kicherte und fing noch mehr an zu strahlen, als ein Mann mit einem dunkelbraunen Vollbart auf alten Nike-Turnschuhen lautlos ins Zimmer kam und sich nach einem Blatt Papier mit Notenzeilen bückte, das ihm aus der Hand geglitten war. Jeden anderen hätte die Oma in einem derartigen Aufzug des Zimmers verwiesen, doch Felix durfte sich alles erlauben. Er war der Einzige, der den Schleier aus Verwirrung und Angst noch lupfen konnte, in den die Krankheit sie gehüllt hatte. Er war ihr Ein und Alles, ihr einziger Enkel. Ich ließ die alte Dame vorsichtig los und nahm Felix' freie Hand, stellte mich auf die Zehenspitzen und küsste ihn. Meine Nase ließ ich länger als nötig in der Kuhle an seinem Schlüsselbein. Lecker. Wie konnte ein erwachsener Mann nur so sehr nach Baby riechen, warm und weich? Sicher ein Schachzug von Mutter Natur, um mir zu signalisieren, dass dieser Kerl der Richtige für mich war. Auch wenn Felix' frisch gewachsener Vollbart, der inzwischen ziemlich dicht geworden war, mir nicht mehr viel Chancen ließ, diese Pheromone noch zu finden. Sah ja gut und wild aus, schließlich liefen auch Supermänner wie Brad Pitt und der spanische Kronhengst Felipe gerade mit Pelz im Gesicht herum, aber in der Gala stand neben den Fotos nie, wie Angelina und Letizia das so fanden.

»Wer bist du?!«, fragte mich Oma Schweiger abermals. Ich kannte das und antwortete stoisch: »Ich bin die Heidi, die Freundin von Felix, deinem Enkel! Und du hast uns deinen Segen gegeben!«

»Meinen Segen? Ja, das weiß ich. Ich weiß das. Das darf ich wissen. Aber – wer bist du?«

Ich nahm mir von Felix einen der Zettel mit den hübschen Tannenzweigen und Kerzen zwischen den Notenzeilen und unterbrach die »Wer bist du – Ich bin die Heidi«-Schleife, die stundenlang so weitergehen konnte. Stattdessen fing ich einfach an zu singen: »Süßer die Glocken nie klingen ...«

Ich schob im Stehen die Schulterblätter zusammen, um besser atmen zu können. Felix stimmte ohne Zögern ein, laut, schief, und lächelte mir zu, als sich unsere Augen trafen: »... als zu der Weih-hei-nachts-zeit.«

Ich sang gegen Tränen der Rührung an, die aus meinem Bauch nach oben stiegen. Laut singen machte mich immer sentimental, irgendetwas in meinem Solarplexus rührte sich dann ganz gewaltig, und außerdem war mir gerade wieder eingefallen, wie wahnsinnig gern ich diesen Kerl in dem hellgrauen Kapuzensweatshirt mochte, der seiner alzheimerkranken Großmutter zur Beruhigung Weihnachtslieder sang, und das im Februar.

Diese weiche Stimmung umfing mich weiter, bis zum Mittagessen.

»Kommst du, du musst ässän!«

Nur Olga, die resolute Russin, die sich rund um die Uhr um Oma Schweiger kümmerte, konnte die alte Dame normalerweise dazu bewegen, einen kleinen Löffel Kartoffelbrei zu sich zu nehmen. Aber heute hatte auch sie kein Glück.

Oma Schweiger kauerte auf ihrem Bett, inzwischen in einem alten hellblauen Frotteepyjama steckend, der aussah, als hätte er einmal Felix gehört, als er noch nicht so ein Riesenmannsbild war, und drehte den Kopf weg.

»Mir ist – übel!«

»Was hast du?«, fragte ich Felix von der Seite, der nachdenklich auf einem Biedermeierstühlchen saß und mit seiner Schuhspitze die Ranken des Perserteppichs nachzog, »machst du dir Sorgen, weil sie keinen Appetit hat? Sollen wir ihr ein Stück Kuchen aus dem Café Jasmin holen, darauf hat sie doch immer Lust! Ich übrigens auch!«

»Nein. Ist nicht wegen Oma.«

Felix klappte die Zeitung auf, die unordentlich zusammengefaltet auf dem mit einer vergilbten Spitzendecke behangenen Tischchen lag, neben der Medikamentenbox und der Schale mit den runzeligen Äpfeln.

»Hauptstadt Special!« stand auf der Hochglanzbeilage, die er mir hinhielt. »Schau.«

Ich nahm ihm die Gastroseite dieser Berlinbeilage aus der Hand und hatte schnell gefunden, was er meinte:

Vielversprechend und hochwertig hatte sich die Alpenküche des Nachwuchsgastronomen Felix Schweiger in den ersten Jahren präsentiert, hat uns doch der Crossover von italienisch-österreichischer Hausmannskost und zeitgemäßer Leichtigkeit mehr als überzeugt. Das Biolabel und die fairen Preise waren ein angenehmer Nebeneffekt.

Fragend hob ich den Kopf und sah Felix an, doch der hob nur das Kinn – lies weiter, bedeutete er mir.

Doch leider sind wir gezwungen, die Alpenküche in den Gips-Höfen aus unserer Topliste zu streichen. Bei einer privaten Mahlzeit bekamen wir unser Lieblingsessen, einen Gamsburger, wie immer zuvorkommend serviert. Doch die Qualität des Fleisches – angeblich fünfzig Prozent Gams, fünfzig Prozent Biohochlandrind – drohte uns die hungrigen Mägen umzudrehen: Die zweifelhafte Bulette sonderte enorm viel Fett ab und hatte eindeutig Farbe und Geschmack von nicht mehr ganz frischem Schweinehack.

Nicht mehr ganz frisches Schweinehack – in der Alpenküche, die so viel auf Bioqualität und Frische gab? Dieser Verriss war allerdings ein starkes Stück! Aber wer sagte, dass das nicht einfach die Einbildung eines zickigen Schreiberlings gewesen war?

»Hast du davon gewusst? Hat Mizzi nichts bemerkt?«, fragte ich.

»Keiner der Angestellten isst den Gamsburger«, verneinte Felix, »der ist zu exklusiv für ein Personalessen. Und Mizzi ist Veganerin, die hat da sicher keine Qualitätskontrolle gemacht.«

»Haben sich die Reporter nicht beschwert?«

»Nein. Und auch kein Gast bisher, offensichtlich geht das noch nicht lange. Aber dafür war heute Morgen schon die Gewerbeaufsicht da.«

»Und?«

Felix hielt seinen Laden tiptop in Ordnung, da war ich mir sicher. Wer privat nicht in der Lage war, sein Geschirr in die Spülmaschine zu räumen, konnte trotzdem in seinem Lokal alle Vorschriften einhalten, schließlich lebte er davon. Dachte ich. Aber Felix fuhr fort, und ich sah ihm an, wie schockiert er selbst darüber war, dass dieser Skandal hinter seinem Rücken hatte passieren können: »Wir hatten noch nie etwas mit Schweinehack auf der Speisekarte, in fünf Jahren nicht! Aber die Kritik war keine Einbildung – leider! Die Gewerbeaufsicht hat wirklich Schweinehack und Pressfleisch bei uns gefunden. Schweinehack! In der Kühltruhe, ganz unten. Und zwar nicht Bio, sondern Billo, mit abgelaufenem Haltbarkeitsdatum! Für ein Restaurant mit meinen Ansprüchen ist das so schlimm wie Gammelfleisch!«

Olga hatte die Oma, deren Kopf auf die Brust gesunken war, sanft schlafen gelegt und sich zu uns gesetzt, das Biedermeierstühlchen ächzte unter ihrem Gewicht, und zuletzt aufmerksam zugehört.

»Was ist mit Schweinefleisch? Nicht gutt? Zuchause wir haben gutttes Schweinefleisch, meine Familie chat selbst Schwein. Viele Schwein. Quiekquiek, und dann tott. Guuuutt.«

Einer von Olgas Handtellern hätte ohne Probleme mein Gesicht vollständig bedeckt – wahrscheinlich hatte sie Schweinefleisch schon mit der Muttermilch genossen. Aber Selbstgezogenes, das war sicher besser als Penicillin-Gefüttertes aus der Massentierhaltung. Fand auch Olga.

»Hier Fleisch nix gutt. Musstu selber machen. Quiekquiek.«

Ich mochte die resolute Olga sowieso, und in diesem Fall gab ich ihr speziell recht: »Genau. Man muss einfach so viel wie möglich selbst machen. Und offensichtlich hat es in der Alpenküche ein paar Lücken in deinem Qualitätsmanagement gegeben. Da muss Karl als Koch offensichtlich mit den Wildlieferanten gemeinsame Sache gemacht haben! Klar! Der hat von dir die Kohle für das teure Gamsfleisch kassiert und stattdessen Billo-Fleisch gekauft. Und die Lieferanten haben die Belege gefälscht. Das wäre dir doch auf den Lieferscheinen sonst aufgefallen!«

Felix schwieg und malte mit Olgas Kreuzworträtselbleistift wütende Muster auf die Zeitung. Ich war sowieso noch nicht fertig.

»Du musst Karl selbstverständlich sofort entlassen. Und die Qualitätskontrollen mache in Zukunft ich, weil Mizzi dafür einfach nicht geeignet ist.«

War ich nicht selbst mal mit siebzehn glühende Verfechterin des Vegetarismus gewesen, weil mir die armen Tiere so leidtaten und ich außerdem meine Eltern so schön damit ärgern konnte? Nun, das ließ ich jetzt wohl am besten mal unter den Tisch fallen, und ich hatte wenigstens noch Milch, Eier und Käse gefuttert – sonst wäre schließlich der Marillenstrudel meiner Mama auch durchs Raster gefallen, und so weit gingen mein tierschützendes Engagement und mein Revoluzzertum dann doch nicht. Und ich hatte auch nicht in einem Restaurant gearbeitet, in einer leitenden Position! Kein Wunder, dass die zierliche Mizzi so ein Spargel war, wenn sie nicht nur so aussah, sondern auch noch hauptsächlich davon lebte. Aber mir war sowieso nie klar gewesen, was sie denn zur Geschäftsführerin qualifiziert hatte. Außer ihrer Figur, ihren blonden Haaren und ihren riesengroßen blauen Kulleraugen vielleicht. Aber vielleicht schnallte Felix jetzt auch, dass das nicht genügte.

»Eine Veganerin! So ein Blödsinn!«

»Dein Vorschlag in Ehren – aber wie willst du in der AKÜ Qualitätskontrollen machen? Du hast genug zu tun!«, kam jetzt Leben in Felix. »Und was, glaubst du, macht Karl, wenn du sein Essen probieren willst? Er kocht es richtig gut. Der ist doch nicht bescheuert!«

Damit war mein Angebot für ihn wohl erledigt. Wenn Felix anfing, mehr als fünfzig Wörter pro Minute zu sprechen, war er meistens richtig wütend. Auch wenn er nach außen hin noch einigermaßen ruhig wirkte. »Selbst wenn ich von der Gewerbeaufsicht nur abgemahnt werde und die AKÜ das Biolabel nicht verliert: Mein Ruf ist am Arsch. Das ist für mich wie der Dönerskandal!«

Hm. Der musste wohl nach meiner Zeit als Vegetarierin passiert sein. »Gammelfleisch sagt mir was, aber Dönerskandal?«

»Ja, weißt du das denn nicht?«, wunderte sich Felix. »In den Neunzigern flog auf, dass in fast allen vorproduzierten Dönerspießen Schweinefleisch steckt! Für die Moslems, die es ohne ihr Wissen verkauft, und die, die es gegessen haben, war das natürlich eine Katastrophe, die hatten sich alle versündigt, ohne es zu merken! Und jetzt ist Ekelfleisch in meinem Gamsburger! Wieso hat Karl das nur gemacht? Um meinen guten Ruf wiederherzustellen, muss ich mir jetzt mindestens einen Spitzenkoch wie Holger holen!«

Für mich lag alles klar auf der Hand: »Ist doch egal, was Karl für ein Problem hatte! Schmeiß ihn raus! Schmeiß am besten alle raus!«

Pah. Mir hätte das alles nicht passieren können, und dass Mizzi Veganerin war und Felix sie zur Geschäftsführerin befördert hatte, fand ich ziemlich naiv. Rein vom Unternehmerischen her natürlich. Ich hätte an seiner Stelle sowieso einfach mehr in meiner eigenen Hand gelassen und wäre dann eben ein bisschen weniger zum Surfen an die Ostsee gefahren. Und das war meiner Meinung auch der Schlüssel zu Felix' weiterem Erfolg. Ich drückte seine Hand ganz fest und teilte ihm die Lösung seiner Probleme mit, während Olga neben mir begeistert mit dem Kopf nickte.

»Stell doch einfach nur jemanden zur Überbrückung ein! Du machst die komplette Leitung in Zukunft einfach selbst! Nur so wirst du dir überhaupt eine Sonne erkochen können!«

Ich bekam richtig gute Laune bei all den Ideen, die mir durch den Kopf schossen.

»Genau, das ist es! Du hospitierst nicht nur bei ihm, du gehst bei Holger Baumbach richtig in die Lehre – werde einfach selbst Koch! Und bis du die Lehre abgeschlossen hast, ist Gras über die Sache gewachsen. Mach dich unabhängig!«

Eigentlich hatte das alles aufmunternd klingen sollen, so energiegeladen, wie ich Felix zugeredet hatte, aber der sank ein wenig in sich zusammen und sagte: »Mir ist klar, dass ich jetzt Zusatzschichten schieben muss. Aber das, was du da vorschlägst, das schafft kein Mensch!«

»Natürlich erschlägt dich das jetzt erst einmal«, sagte ich ein wenig leiser mit Blick auf die schlafende Oma. »Du musst das natürlich erst einmal sacken lassen. Aber ich finde, das ist die einzige mögliche Lösung – werde dein eigener Chefkoch! Das spart Geld und reduziert Fehlerquellen!«

Schade, dass es schon so spät war, gerne hätte ich meinen unternehmerischen Instinkt weiter an Felix' Problemen walten lassen, und außerdem – je länger ich ihm gegenüber saß, umso besser gefiel mir dieser Bart. Und auch die Tatsache, dass ich wusste, wie durchtrainiert der Körper war, der in diesem legeren Pulli steckte. Wie lange würden wir uns jetzt wieder nicht sehen? Mindestens eine Woche. Schade. Sehr schade.

»Olga«, sagte ich, noch ziemlich in Fahrt von meinen, wie ich fand, genialen Ausführungen, »wollen Sie nicht kurz an die frische Luft, solange Frau Schweiger schläft? Felix und ich können gerne eine Weile auf sie aufpassen, bis ich zum Bahnhof muss. Und du«, ich zog Felix am Ellenbogen nach oben, »solltest dich vielleicht auch kurz aufs Ohr legen. Ich bring dich mal rüber, du siehst ja ganz fertig aus.«

»Eine Kuss ohne Bahrt ist wie eine Ei ohne Salz!«, rief Olga uns hinterher und grinste wie ein glückliches Freilandferkel.

3

Keine zwei Stunden später saß ich auf den roten Plastikpolstern eines Speisewagens Richtung Brenner. Ich war froh, dass mein Besuch bei Felix' Mutter ins Wasser gefallen war, weil sie vor der heutigen Opernpremiere noch zum Friseur musste.

»Stell dir vor, bei den Salzburger Festspielen haben sie tatsächlich eine Taschenkontrolle gemacht und meinen Pucki nicht in die Vorstellung gelassen«, erzählte mir meine zukünftige Schwiegermutter gerade am Telefon, gegen das Rauschen der Trockenhaube anschreiend, unter der ihr lavendelblau gefärbtes Haar gerade auf das achtfache Volumen aufgeplustert wurde.

»Heißt das, dass du den Pucki in die Münchner Oper mitnimmst, Krimi? Einen Pudel? Ich meine – einen Nackthund?«, schrie ich zurück. Pucki hatte nämlich nur am Kopf und an der Schwanzspitze Fell und ansonsten eine rosa-schwarz gefleckte Haut. Seinen flusigen Haarkranz trug er wie ein missglückter bayrischer Löwe – und sah dabei allerdings eher aus wie eine rasierte Ratte mit Pigmentstörung. Und er war kein hochgezüchteter Nackthund, auch wenn das sein Frauchen Kriemhild (genannt Krimi) gern behauptete, sondern einfach ein kleiner Pudel, den sein Frauchen allerdings einmal in der Woche in den Hundesalon zum Rasieren schleifte, während sie sich nebenan die Haare machen ließ. So wie jetzt. Der arme Hund!

Krimi legte kurz das Handy weg, um sich beim Chef des Salons über den mangelnden Service zu beklagen: »Wolfgang, du weißt genau, dass ich es nicht schätze, wenn mir ein Lehrling die Haare wäscht. Diese jungen Dinger sind einfach so – grob.«

Du willst einfach nicht, dass jemand außer dem diskreten Wolfgang die Liftingnarben hinter deinen Ohren sieht, dachte ich und guckte ungeduldig aus dem Fenster, die Nordseiten der Wälder waren noch dunkel, aber Gärten und Wiesen leuchteten schon in Frühlingsfarben.

»Jetzt bin ich wieder dran! Verstehst du mich?«, schrie meine Schwiegermutter in spe. Ich hielt das Telefon gute zwanzig Zentimeter von meinem Ohr weg und hätte es ebenso gut auf Lautsprecher stellen können. Die Schülerinnen in der Sitzreihe vor mir stießen sich die Ellenbogen in die Seiten, als Krimi fortfuhr: »Selbstverständlich kommt mein Schnuffischatz mit in die Oper, ich lasse ihn nie alleine zu Hause! Ich gebe ihm vorher eine halbe Valium in seine Leonidas-Abendpraline, und mein Kleiner genießt die ›Aida‹ mindestens genauso wie ich!«

Der arme Hund! Ich sah Krimi vor mir, wie sie eine Federboa so über ihre üppigen Schultern und die in der Ellenbeuge hängende Tasche drapierte, dass man das hechelnde, mit einem strassbesetzten Schleiferl verzierte Hundeköpfchen nicht sehen konnte. Sicher musste sie in ihrer Opernloge literweise Parfüm versprühen, weil Pucki zwar keine dreißig Zentimeter groß war, aber auch ohne Fell roch wie ein nasser Bernhardiner. Der arme Hund. Krimi ließ ihn tatsächlich niemals aus den Augen und auch fast nie von der Leine. Zweimal allerdings hatte sie Pucki notgedrungen zu Felix und mir in Pflege geben müssen – weil sie sich in einer Starnberger Klinik mit dem medizinisch zweifelhaften Namen »Beauty Palace« von einer angeblichen Polypenoperation erholen musste. Und aus dem bei jedem Windstoß zitternden nagetierähnlichen Schoßhund war bei uns in zehn Tagen ein mutiges kleines Kerlchen mit Kurzhaarfrisur geworden, das gnadenlos auf jeden noch so großen Kollegen losging. Und das nach einer Hundefutterkur ohne Schokolade und Foie gras sogar seine chronische Verstopfung und seinen Körpergeruch loswurde.

Aber Felix' Vater hatte Krimi viel zu früh zu einer reichen Witwe gemacht, Felix war gerade mal fünfzehn Jahre gewesen. Und danach hatte sich Felix auch nicht ihren Erwartungen entsprechend nobel entwickelt: Statt bei Opernpremieren an ihrer Seite zu weilen, war er Gastronom im fernen Berlin geworden und übernachtete bei Münchenbesuchen lieber bei seiner Oma als bei seiner anstrengenden Mama. Schließlich war er auch bei seiner Großmutter aufgewachsen, weil sich Frau Professor Schweiger lieber in Bayreuth und in ihrer Boutique aufhielt als am Wickeltisch. Und so war eben Pucki-Schnuffischatz das Ersatzmännchen an Krimis Seite geworden, und sie wollte von artgerechter Haltung nichts wissen. Wie gesagt, der arme Hund.

Grafing Bahnhof, Kolbermoor, Rosenheim. Draußen flogen die Bahnhöfe der kleinen Ortschaften vorbei, durch die der Zug einfach nur hindurchsauste und den Menschen die Zeitungen in der Hand verwehte, die sich beim Warten auf einen regionalen Bummelzug die Beine in den Bauch standen. Der Kellner brachte mir nach Chemie riechende Ravioli auf einem Plastikteller.

Krimi schien meine Gedanken erraten zu haben, denn sie warf wieder einen ihrer Köder aus, um mich nach München zu locken, in der Hoffnung, dass Felix dann schon mitziehen würde.

»Und wann eröffnest du eine Dependance in München? Ich habe mal nebenan gefragt – Eder Maßanzüge in der Residenzstraße zieht um nach Grünwald, und das Geschäft hat noch keinen Nachmieter, was ich bei dieser exklusiven Lage überhaupt nicht nachvollziehen kann. Ich finde, diese Gelegenheit, aus deinem Berliner Hinterhof herauszukommen, solltest du nutzen! Stell dir vor, dann wären wir Nachbarn!«

Die Ravioli waren eine Katastrophe und die Vorstellung, eine Babyboutique neben Krimis Inneneinrichtungsgeschäft aufzumachen, ebenfalls.

»Vierhundert Euro Miete pro Quadratmeter kann ich mir nicht leisten!«, schrie ich in den Hörer.

»Kein Wunder«, kam es prompt zurückgebrüllt, »ich habe mit meiner Freundin Burgl gesprochen, und die meint auch, einen Kaschmirpulli für Babys unter zweihundert Euro zu verkaufen wäre geradezu unseriös. Und die muss es wissen, die ist schließlich gerade erst Großmutter geworden!«

»Das geht nicht, Krimi, ich kann die Preise nicht nach oben setzen!«, wehrte ich mich. »Zu mir in den Laden kann jeder kommen, bei mir gibt es eine Spielecke und schon fürs Gucken einen Cappuccino, basta. Ich will, dass meine Sachen getragen werden, und zwar von vielen *normalen* Kindern. Die Mamas, die nachmittags in Scharen vom großen Spielplatz am Helmholtzplatz zu mir in den Hinterhof kommen, sollen auch mal was nachkaufen können, ohne dafür einen Kleinkredit aufnehmen zu müssen!«

Zweihundert Euro für einen Babypulli! Der Gedanke an die Sorte Mütter, die sich dann bei mir einfinden würden, jagte mir kleine Entsetzensschauer über den Rücken.

»Na, wer so redet, bei dem stimmt die Kasse offensichtlich«, schnappte Krimi.

Da entgegnete ich jetzt lieber nichts darauf. Das Föhnrauschen im Hintergrund hatte zwar längst aufgehört, aber Krimi fuhr in unveränderter Lautstärke fort: »Hast du deine Ladenfenster denn mal ausgemessen, damit ich dir etwas von dem himmelblauen Damast schicken kann?«

»Äh, nein, das habe ich leider schon wieder vergessen«, log ich. Das hatte mir gerade noch gefehlt, dass Krimi meinem Laden ihren schwellend-opulenten Geschmack aufpfropfte. In der Münchner Residenzstraße mochte es okay sein, die Erinnerung an Ludwig II. und Rudolph Moshammer aufrechtzuerhalten, indem man Barockspiegel, Glastische auf Gazellenhornständern und Kristalllüster verkaufte, aber in Berlin-Prenzlauer Berg?

»Ach«, sagte Krimi enttäuscht, »und Kitzbühel, habt ihr über Ostern in Kitzbühel nachgedacht? Mein Sohn ist mal wieder nicht imstande, mich zurückzurufen, obwohl ich genau weiß, dass er gerade in der Stadt ist.«

Oje, Felix hatte sich nicht bei ihr gemeldet? Da sah ich lieber zu, nicht zwischen die Fronten zu geraten.

»Nun, ich bin jetzt erst einmal beruflich im Ausland, und Felix ist auch gerade sehr busy, gell, und Ostern ist ja noch eine Weile hin – wir geben dir nächste Woche Bescheid.«

Ich hörte, wie Krimi scharf einatmete, und rief eilig: »Da vorne kommt gleich ein Tunnel! Ich bin jetzt weg! Tschüssi! Viel Spaß heute Abend!« Und legte auf. Das mit dem Tunnel stimmte sogar, »gleich« war nur ein wenig übertrieben.

Aufatmend legte ich das Handy auf den freien Sitz neben mich und sah endlich in Ruhe aus dem Fenster. Ich liebte es, allein zu reisen, ich fühlte mich dann immer leicht und frei. Ich freute mich auf die zwei Tage in den Dolomiten und war gespannt, was mir Cesare so Dringendes zu sagen hatte. Vielleicht hatte er eine neue seiner sagenhaften Färbungen geschaffen, ein Garn, das so leuchtend war, dass er es am Telefon nicht beschreiben konnte? Aber ich konnte nicht lange darüber nachdenken, mein Handy meldete mir eine SMS von einer unbekannten Nummer.

Möchte strickkurs für mütter buchen. sind noch plätze frei?

Ich lächelte, ja, simste ich zurück. Prima, der Kurs konnte gut noch eine Teilnehmerin brauchen, vier Leute waren optimal.

Danke ich komme dann, ich bin der rainer, kam zurück, und noch während mein Handy daran kaute, ihm nach einem kurzen Funkloch meine Ladenadresse zu schicken, piepste es wieder, diesmal Uschi: Wir haben keine kordeln für kapuzen, kaufen?

Nein, simste ich zurück, selber machen, und wählte dann doch Uschis Nummer, um ihr zu erklären, dass im Kurzwarenladen gekaufte Baumwollkordeln in handgestrickten Kaschmirpullis nicht gingen und wie sie aus den restlichen Strängen des 61er-

Anthrazits Kordeln drehen sollte. Ja, Dunkelgrau war gut für diesen Zweck und mütterfreundlich, der Farbe sah man Dreck nicht so schnell an. Kordelenden hingen einfach gern mal in Brei und Sand, und dann war der ganze hübsche Gesamteindruck perdu.

»Wie, du weißt nicht, wie das geht? Und Nastja auch nicht?«, Beim dritten Anruf war ich dann allerdings genervt. »Auf gar keinen Fall geben wir die Kordeln außer Haus, wir machen das hübsch selbst! Macht doch erst einmal die Musterteile! Und die Kordeln nicht einziehen, bevor ich das nicht gesehen habe!«

Der Zug glitt nicht mehr, er ratterte gerade wie eine richtige Eisenbahn und rüttelte mich in eine Art Trance, ich klemmte das Handy in die Ritze zum Nebensitz, damit es nicht heruntergeschüttelt wurde.

Rattarattarattarattrattratt. Während der kurzen Dunkelheit in den Tunneln auf dem Weg in die Berge sah ich mich in der spiegelnden Zugscheibe, die Haare kurz und weißblond, mit einem langen, locker gestrickten Mohairschal trotz des frühlingshaften Wetters, damit man den pflaumenfarbenen Striemen nicht sah, den der Abschied von Felix auf meinem Hals hinterlassen hatte. Felix redete zwar nicht besonders gerne, aber er konnte knutschen wie ein Pennäler. Nicht dass er nach der Gastrokatastrophe besonders viel Lust gehabt hatte – aber ich hatte das schon hingekriegt.

»Wie gut du riechst«, hatte ich geflüstert und meine Nase an seinem Hals vergraben wie ein kleines Mädchen. Meine Hände hatten währenddessen nicht ganz so unschuldig seinen Gürtel gelockert, gut, dass Felix' Jeans sowieso immer ein kleines bisschen zu tief saßen, und ich hatte die Daumen auf die harten Muskelstränge seiner Hüften gelegt, nur ein paar Millimeter über seinen drahtigen Schamhaaren. »Und was ist das?«, hatte ich geflüstert. »Wie machst du das nur, dass dein Bauch immer muskulöser wird? Das ist sooo – sexy!« Der Gummi der Boxershorts war nicht besonders eng, also runter damit.

»Und was ist *das*?«, hatte ich großes Erstaunen gespielt,

gepackt, was ich zu fassen bekam, und gemerkt, wie Felix aufstöhnend in den Knien einknickte, gleich würde er sich aufs Bett fallen lassen und mich mit sich ziehen. Schön für mich, denn ich wollte erst geküsst und dann geleckt und gevögelt werden wie, wie, ich weiß nicht, wie ... wie Heidi eben.

»Wir müssen aufpassen«, war mir gerade rechtzeitig noch eingefallen, aber trotzdem – Nachmittagssex war schon was Feines. Und zum Abschied vor einer Reise sowieso, da konnte ich wie jetzt im Zug sitzen und von der Erinnerung zehren ...

Aber meine Gedanken eilten voraus, zur nächsten Woche, wenn ich zurück in Berlin sein würde, und meine Stimmung kippte leicht. Da war die Sache mit dem Strickkurs, und dass ich keine Nanny dafür organisiert hatte. Der Kurs, der am nächsten Montagabend starten würde, war explizit für Mütter mit Kindern, aber würde das gut gehen – ohne Kinderbetreuung? »Du wirst sehen, die werden dir den Laden auseinandernehmen!«, hatte mir Charlotte prophezeit.

»Quatsch«, hatte ich abgewinkt und mir in Gedanken eine Notiz gemacht, Wolle für Bommel bereitzuhalten, »die werden sich super miteinander beschäftigen, und vielleicht haben sie ja Lust, auch irgendwas mit Wolle zu basteln. Aber wenn du dir Sorgen machst – komm doch einfach und spiel mit den Kleinen!«

»Ich? Und auf Kinder aufpassen? Ich hasse Kinder!«, hatte Charlotte entsetzt das Thema gewechselt. Aber selbst wenn sie recht hatte und die Kleinen nicht zu bändigen waren – wenn ich jetzt auch noch einen Babysitter für all die vielen Montagabende dazu bestellen musste, dann blieb vom Kursgeld so gut wie gar nichts bei mir hängen ...

Und außerdem hatte ich plötzlich ein fieses Bauchdrücken. Kein Wunder, Geldsorgen verursachten Magengeschwüre, das war psychosomatisches Basiswissen, und diese zuckrig-saure Dosensoße gab mir den Rest. Gut, dass es wenigstens in Bozen etwas Vernünftiges zu essen geben würde, auf Cesares Mama konnte ich mich in dieser Hinsicht verlassen.

4

Cesare hatte in Erlangen studiert, war Doktor der Biologie und sprach perfekt Deutsch. Trotzdem war seine Begrüßung nicht besonders niveauvoll. Denn nach einem Kuss rechts und links fragte er sofort: »Was machen zwei Schwule mit einer Frau im Wald?« Und als ich die Schultern zuckte, fuhr er erwartungsvoll fort, bereit, loszuwiehern, wenn ich das auch tat: »Einer hält sie fest, der andere macht ihr die Haare!«

Ich lächelte höflich. Ich hatte Cesare im Verdacht, mir nur deswegen derartige Witze zu erzählen, um von der Tatsache abzulenken, dass er selbst heterosexuellen Lebensgemeinschaften außer der von Mutter und Sohn eher abgeneigt war. Warum sonst sollte ein fünfundvierzigjähriger Italiener immer noch bei seiner Mama leben, in einem Zimmer, nicht viel größer als ein Einbauschrank? Dreimal in der Woche zur Pediküre gehen, damit man ihm nicht ansah, dass er mit Ziegen arbeitete? Und die Hose seines ansonsten tadellosen Anzugs immer derart hochziehen, dass sein Po von hinten aussah wie eine knusprige Kaisersemmel?

Arsch frisst Hose, dachte ich, als ich die Bahnhofsallee hinter ihm herging, aber was soll ich machen? Er ist einfach der Beste seines Fachs, und wer kennt sich schon mit diesen italienischen Männern aus?

Ich folgte Cesare und meiner Reisetasche ins Café Garni am Waltherplatz, wie immer unser erster Weg, denn beide liebten wir dort die Puddingschnitten: zehn Zentimeter dottergelber Vanillepudding mit einem erstaunlichen Stehvermögen zwischen hauchdünnem knusprigem Blätterteig.

Im Café Garni war alles wie immer: Die Männer lehnten am Tresen, schaufelten sich aus großen Edelstahlbottichen Zucker in ihre winzigen Espressotassen, die Frauen hielten sich an ihren Handtaschen fest und schnatterten in ihre Handys. Sie alle waren so akkurat gekleidet und frisiert, als kämen sie gerade aus einem wichtigen Meeting. Selbst wenn ich für Berlin-Prenzlberg spießig gekleidet war mit meinen hellgrauen Leggings, einem überlangen Mohaircardigan und dem passenden Schal – gegen diese italienische Akkuratesse nahm ich mich aus wie ein Hippiemädchen. Ich ignorierte mein Spiegelbild in der auf antik gemachten Wandverkleidung, setzte mich auf einen der Messingstühle und bestellte einen Cappuccino, obwohl das völlig gegen die Gepflogenheiten war. Cappuccino war in Italien ein Frühstücksgetränk und damit basta. Aber wenn man mir die Ausländerin schon so ansah, konnte ich auch machen, was ich wollte. Cesare hatte den Kuchen an der Theke geholt und ließ die Teller fast fallen, als er sie auf das Tischchen stellte. Er wirkte zunehmend nervös, offensichtlich suchte er nach einer passenden Einleitung für sein Vorhaben. Am besten, ich kam ihm ein wenig entgegen: »Schön, hier zu sein, Cesare. Aber könntest du jetzt bitte aufhören, mich auf die Folter zu spannen?«

Cesare warf einen gehetzten Blick durchs Café und streckte dann den Arm aus. »Siehst du das?«

Ich folgte seinem ausgestreckten Zeigefinger, der auf den Ausgang wies, und verstand nicht. »Was?«

»Die Tür!«, drängte Cesare.

»Was ist mit der Tür?«

»Sie steht auf!«

»Ja. Und?«, fragte ich.

»Wie spät ist es?«, fragte Cesare zurück.

»Öh ...«, ich drehte mich nach der großen Messinguhr über der Bar um, die seit Jahren immer auf kurz vor zwölf stand, und schätzte: »... na ja, es wird gerade dunkel – so gegen sechs Uhr abends?«

»Bitte, da siehst du es.«

»Was?« Ich hatte immer noch keinen Schimmer, was er mir sagen wollte. Aber Cesare sprach weiter in Rätseln: »Versteh doch, Heidi, die Tür steht auf, um Viertel nach sechs!«

»Cesare!«, wurde ich ungeduldig und hielt meine Tasse fest,

denn Cesare fuchtelte jetzt aufgeregt mit seinen langen Armen Richtung Himmel, als wollte er die Jungfrau Maria herbeirufen.

»Kapierst du nicht? Es ist zu warm, Bellissima! Zu warm für diese Jahreszeit!«

»Cesare«, sagte ich, jetzt ernsthaft genervt, »was ist wirklich los?«

Cesare schrie jetzt fast. Fiel damit aber in einem italienischen Café nicht weiter auf. »Die Unterwolle!«

Aha. Es ging also um die Ziegen!

»Was ist mit der Unterwolle?«, fragte ich weiter.

»Nix! Mit der Unterwolle ist nix mehr los! Und ohne Unterwolle kein Kaschmir. Und ohne Kaschmir kein Cashmiti!«

Dieser Februar war zu mild, war es das, was Cesare sagen wollte? Klar, die Himalajaziegen brauchten es natürlich möglichst kalt, um ihr wärmendes Bauchhaar zu bekommen. Genau darüber hatte Cesare jahrelang geforscht. Und schon wieder befiel mich ein leises Gefühl des Stolzes, weil ich auch für dieses Problem sofort eine Lösung wusste.

»Dann pachtest du eben höhere Weiden, wo es kälter ist.«

Aber Cesare schüttelte den Kopf.

»Weiter oben ist kein Futter.«

»Doch, wenn es wärmer wird, dann heben sich auch die Vegetationsgrenzen, oder?«

»Ja, aber das dauert ein, zwei Jahre. Die Klimakatastrophe, Cara, die Klimakatastrophe! Wenn das so weitergeht, haben wir bald nackte Ziegen!«

Das konnte jetzt nicht sein. Die Zukunft meines Lieferanten stand auf dem Spiel – wegen der Erderwärmung?

Ich versuchte mich zu sammeln.

»Gut, Cesare. Das klingt ziemlich dramatisch. Den Klimawandel werden wir zwei Menschlein aber nicht allein aufhalten können. Was können wir also tun?«

»Nicht viel.«

Das gab es doch nicht. Wer war denn hier der Biologe!

»Cesare, du weißt sonst immer, was zu tun ist! Was ist wirklich los?«, fauchte ich. So hatte ich den Herrn Dottore noch nie erlebt. Er kam nie gleich zur Sache, Italiener müssen immer erst pro forma Witze reißen, übers Wetter oder über Fußball reden. Aber heute dauerte es wirklich extrem lange, bis Cesare die Katze aus dem Sack ließ. Und es war ein ziemlich großes Vieh, denn er sagte jetzt: »Lana Grossa will uns übernehmen. Und dann kann mir die Erderwärmung egal sein, weil ich dann mehr Geld für eine schlechtere Qualität bekomme, und die Unterwolle kann ruhig ausfallen. Aber deine Wunderland-Farben, die kann ich dir dann nicht mehr liefern.«

Mir verschlug es erst einmal die Sprache. Ich hatte immer gewusst, dass ich mich nie in hundertprozentiger Sicherheit wiegen konnte, obwohl Cesare Saison für Saison unserem Exklusivabkommen zugestimmt hatte: Er produzierte bestimmte Farben nur für mich, auch wenn ich keine riesigen Mengen abnahm. Aber ich zahlte pünktlich, meine Babymode war gut fürs Image, und bei Veröffentlichungen bemühte ich mich, dass Cesares Firma auch genannt wurde. Machte sich schon gut in der Gala: »Eva Padbergs Wonneproppen trägt Cashmiti made by Wunderland«. Gwen Stefanis Nachwuchs wäre mir als Model lieber gewesen, aber da würde ich schon noch hinkommen, ich hatte ja noch Zeit, schließlich galt ich offiziell noch als Jungunternehmerin! Nur: Probleme mit Cesare konnte ich auf diesem Weg ganz und gar nicht brauchen. Ausgerechnet Lana Grossa wollte ihn abwerben, ein Wollfabrikant im ganz großen Stil! Aber nur für brave Stricklieseln über fünfzig. Modern war anders.

»Aha«, sagte ich also knapp. »Ich dachte, du willst nicht nur Nullachtfünfzehnwolle liefern?«

Cesare wand sich.

»Weißt du, Cara, Liebe«, sagte er mit seinem kehligen Akzent, »Lana Grossa sind groß. Das wäre für uns alles super, ich wäre ein gemachter Mann mit Geschäftswagen. Dann bin ich zwar nicht mehr hundert Prozent Kaschmir, denn Lana Grossa spart und mischt die Materialien. Produziere ich eben mit zwanzig Prozent Polyester oder siebzig Prozent Merino. Und ich brauche nur noch drei Farben, Rosa, helles Blau und dieses Grün, wie Kotze, wie heißt das – Eichgrün?«

»Lindgrün«, half ich ihm und bestellte mir noch einen Espresso und einen Limoncello, um mein erleichtertes Lächeln zu verbergen. Ich war beruhigt. Solange mein Hauptlieferant noch »*Ich* bin nicht mehr hundert Prozent« sagte und die Cashmiti-Wolle damit meinte, wollte er nur spielen. Oder besser pokern: »Ein Geschäftswagen! Verstehst du, Bellissima, dann kann ich endlich für meine Mama einkaufen und mit ihr am Wochenende nach Assisi fahren. Um für die Ziegen zu beten. Wer weiß, was uns dieser Klimawandel noch beschert. Und was auch immer passiert – ob wir die Weiden nach oben verlagern, ob wir zufüttern –, all das wird viel Geld kosten. Wenn Lana Grossa uns übernimmt, habe ich diese Sorgen nicht mehr. Ich brauche Sicherheit, finanzielle Sicherheit, für mich, die Ziegen, Mama und die Firma.«

»Sicherheit?«, fragte ich nachdenklich. »Nun, wir können natürlich auch einen Vertrag über die nächsten zehn Jahre abschließen, wenn dir das mehr Sicherheit gibt.«

Statt zu antworten, blies Cesare ein Stäubchen Puderzucker von seinem rosa Manschettenärmel. Sein Hemd war so perfekt gebügelt, dass es fast unecht aussah. Hotel Mama eben. Diese Makellosigkeit erinnerte mich daran, was ich zu tun hatte: nämlich Cesare zu sagen, dass er perfekt war, der Beste seines Fachs, ein Meister, ein Pionier in der Ziegenhaltung, der Erste, der sich getraut hatte, Himalajaziegen in die Dolomiten zu setzen und dort auf zweitausend Meter Höhe ihre Wolle zu nutzen.

»Aber Cesare, du bist der König der Edelziegen, und niemand traut sich an so gewagte Farben, um Kaschmir zu färben. Ich werde nie vergessen, wie du dieses tolle Magenta erschaffen hast. Die Farbe war letztes Jahr der absolute Renner, die Mamas haben fade Pastellfarben so satt – die wollen Knallfarben in Unisex und außerdem alles weiterschenken können, egal, ob die Freundin jetzt einen Jungen oder ein Mädchen bekommt. Die in Fuchsia und Apfelgrün geringelten Pullis sind immer noch der Renner!«

Cesare ließ sich mitreißen: »Und im Herbst kommen das neue dunkle Lila und das Petrol!«

Ich hob mein Likörglas und hielt es Cesare hin.

»Siehste, du weißt genau, was ich meine! Und das Sonnengelb!«

Ich nippte an dem Likör und fuhr mit meinem Plädoyer fort: »Cesare, willst du wirklich aufhören, kreativ zu sein? Willst du im Ernst für Lana Grossa fade Einheitsfarben produzieren? Und willst du mir sagen, dass es dir dann egal sein wird, wie weich die Wolle ist, weil sie sowieso mit anderen Materialien versponnen wird und Cashmiti-Wolle nur noch ein Produkt von vielen ist? Cesare, du bist Doktor der Biologie, und die Qualität der Wolle ist dein Lebenswerk, da bist du unschlagbar! Cesare, du bist doch der Schmusewollenchef!«

In Rage kippte ich nun meinen Espresso hinunter, obwohl er längst kalt geworden war. Aber Cesare rüttelte an seinem Teller mit dem Garni-Logo, um der restlichen Puddingmasse beim Glibbern zuzusehen, und reagierte nicht. Ich musste es anders versuchen.

»Okay«, sagte ich und kratzte mit dem Löffel den unaufgelösten Zucker vom Tassenboden, »wie viel Geld willst du? Für die nächsten, sagen wir ... fünf Jahre?«

Und Cesare sah sich um, als wäre ich einer der Corleones persönlich, schrieb eine Zahl auf die kleine Serviette mit dem Garni-Logo (an den Kreisen, die seine rechte Hand dabei beschrieb, schätze ich, dass sie mindestens vier Nullen haben musste) und schob mir das weiße Stück Zellstoff über den Tisch zu. Ich guckte drauf und trank den Likör in einem Zug aus. Ich sollte so viel Geld zahlen, nur um dieselbe Leistung zu bekommen wie zuvor? Und was wäre dann in fünf Jahren?

Ich hob die Hand, um noch einen Limoncello zu bestellen. Und hatte eine komplett aufregende Idee. Sie würde mich zwar noch mehr Geld kosten als die aberwitzige Summe, die Cesare mir gerade genannt hatte, aber dann hätte ich wenigstens nicht das Gefühl, so viel Kapital im Nirvana zu versenken. Und das

Bangen um die Erneuerung des Exklusivitätsabkommens hätte ebenfalls ein Ende. Ich konnte es kaum erwarten, mir darüber in Ruhe noch mehr Gedanken zu machen und dann mit Felix darüber zu sprechen. Was Lana Grossa konnte, konnten wir vielleicht auch. Gemeinsam.

5

»Ihr Wellnesshotel in den Dolomiten« las ich auf einer mit einer rot-dunstigen Saunalandschaft geschmückten Stellwand, als Cesares dunkelgrüne Ape am nächsten Morgen in die nächste Serpentine der ruhig, aber stetig steigenden Dolomitenstraße knatterte. Diese Ape, die dreirädrige Miniversion eines Lieferwagens mit einem Rollerlenker statt Lenkrad, war zwar Italien pur, aber mit ihrem Vespa-Motor definitiv nicht der Prototyp eines Geschäftswagens. Da hatte Cesare schon recht. Bis nach Assisi konnte man damit zwar fahren, aber man würde zwei Tage brauchen, dauerte doch die Fahrt auf den Karerpass zu den Ziegen schon eineinhalb Stunden.

»Ruheturm mit beheizten Wasserbetten« konnte ich noch lesen, dann war das Schild verschwunden hinter der nächsten Kurve. Der Ausblick auf die Landschaft um Bozen mit ihren Kastanien- und Feigenbäumen, die südliche Atmosphäre mit den spitzen Zypressen war längst abgelöst von einem Hochgebirgspanorama, weichen Schneefeldern und schroffen Zinnen, deren Namen ich nicht kannte.

Der nächste Hotelhinweis. Ich legte die Hände auf die Knie, um sie in der zugigen Ape zu wärmen. Wellness, hach, das wäre jetzt was, endlich mal ausruhen. Stattdessen ging es immer weiterweiterweiter. Es war unmöglich, mir ausgerechnet jetzt einen neuen Lieferanten zu suchen. Wo würde ich denn jemanden finden, der seine Zeit tatsächlich aufopfernd auf der Ziegenfarm und in der Spinnerei verbrachte und dessen Mutter mich immer zu sich nach Hause einlud? Cesare war zwar schrullig, aber für mich unersetzbar.

»Que sera sera«, plärrte der kleine Kassettenrekorder gegen den Lärm des Zweitakters an, und in mir reifte ein Entschluss. Er war genauso wahnsinnig wie meine Entscheidung damals, als ich mir bei Amazon das Buch »Wie gründe ich ein Modelabel« bestellt und sechs Wochen danach einen Laden eröffnet hatte.

»Wer ist das denn?«, schreckte ich hoch, als wir kurz nach der Passhöhe auf eine kleine Nebenstraße abbogen und an einem der Viehgatter, das die nahende Ziegenfarm ankündigte, gerade noch zwei aufheulenden Motocrossmaschinen ausweichen konnten. Die beiden Fahrer trugen keine Helme, hatten dafür aber glänzende Milchkannen rechts und links am Lenker hängen. »Hier ist doch schon Privatweg?«

»Ach, das sind meine Cousins und Freunde meiner Mama. Ciao!«, winkte Cesare und lenkte die Ape wieder auf den Kiesweg zurück.

»Ja, aber was machen die hier oben?«

»Die holen die Milch.«

»Sie melken die Ziegen?«

»Ja.« Cesare wartete, bis wir über das Viehgitter geholpert waren, und fuhr dann kurz angebunden fort: »Sind Ziegen. Ziegen geben Milch, soll ich damit Edelweiß züchten, oder was soll ich damit machen?«

»Ist ja schon okay«, sagte ich schnell und schaute aus dem Fenster. Seine Mama und ihre Angelegenheiten waren Cesare heilig.

Und dann waren wir da, die steigende Sonne warf lange Schatten und vertiefte die Reliefs der Felsmassive. Hier oben konnte man mit Felsformationen das spielen, was ich als Kind immer mit Wolken gespielt hatte. Ich erkannte auf Anhieb einen Kirchturm, einen Hasen und das Profil von Uwe Ochsenknecht. Das könnte Spaß machen, dieses Figurenraten, aber da wäre eher Felix der Richtige dafür. Ob ich hier oben Empfang hatte, um ihm kurz zu erzählen, dass ich gut angekommen war, und um schon kurz anzudeuten, was mir gerade beruflich in den Sinn gekommen war? Es sah ganz so aus, als würde sich nicht für Felix allein spannendes Neues mit mehr Arbeit und mehr Verantwortung ankündigen! Ich rutschte auf meinen profillosen Ballerinas hinter Cesare her, der sich in der Ape Bergstiefel zum Anzug angezogen hatte und sich ausnahm wie ein Ranger auf dem Weg in die Oper, und versuchte gleichzeitig, meine Tasche nach dem Telefon zu durchwühlen. Alles Elektronische wurde immer kleiner, kleiner, kleiner. Für mich war das nichts, bei mir hingen auch immer Karabiner und unnützes Zeugs an meinem Schlüsselbund, weil ich sonst Stunden brauchte, bis ich es endlich in der Tasche gefunden hatte. Und diese Telefone, die nur ein Viertel so groß waren wie meine Hosentasche, die waren einfach nicht für mich gemacht. Ich stolperte zum dritten Mal beinahe in einen der letzten Schneehaufen, weil ich nicht nach vorne guckte, und gab die Suche auf. Bestimmt war mein Telefon in der Ape auf den Boden gerutscht.

Cesare und ich mussten eine Viertelstunde klettern, um die Nordgrenze der Ziegenweide zu erreichen. Ich hangelte mich von Latschenkiefer zu Latschenkiefer, ließ mir von zwei neugierigen Jungtieren die Naht meiner Jeans anknabbern und versuchte gleichzeitig, Cesare zuzuhören. Ohne auch nur ein bisschen außer Atem zu geraten, referierte er über Gletscherschwund, weichende Hochmoore, heimatlose Steinadler und Schneehasen, zeigte da- und dorthin, erzählte von Mehlprimeln, Wollgräsern, dem roten Steinbrech im Allgemeinen und der schopfigen Teufelskralle im Speziellen. Schopfige Teufelskralle, wiederholte ich in Gedanken und nahm mir kurz die Zeit, die Dreitausender in der Ferne zu bewundern, ein tolles Wort. Ich konnte es kaum erwarten, mit Felix zu sprechen. Mein Felix würde bestimmt sofort auf meiner Seite sein und mir helfen wollen, dieses Paradies zu retten.

Denn seit gestern Abend spukte eine Idee in meinem Kopf herum: Warum nicht Cesares Firma selbst übernehmen, besser als Lana Grossa waren wir doch allemal? Warum nicht eine gemeinsame GmbH gründen, Felix und ich, eine Heirat von Wunderland und Alpenküche sozusagen – und warum da nicht ein paar wuschlige Ziegen aus den Dolomiten mit in die Familie aufnehmen? Klar, das war unternehmerisches Risiko – aber war das nicht auch eine Riesenchance? Eine Heirat unserer Firmen, wenn wir schon selbst nicht dazu kamen, endlich den Deckel drauf zu machen?

»Siehst du das?«, riss mich Cesare aus meinem Traum eines Alpenimperiums und zog eines der neugierig näher gekommenen Muttertiere an den Hörnern zu uns her. Das fand die schmutzig-weiße Alpenziege mit dem indischen Migrationshintergrund nicht lustig und stemmte sich mit ihren erstaunlich starken Streichholzbeinen gegen einen grauen Steinbrocken. Aber Cesare war stärker.

»Hier. Fass mal an.«

Ich griff dem armen Tier an den Bauch, ungeachtet dessen, dass die Ziege gleichzeitig lautstarke Winde fahren ließ, die der knatternden Ape gut das Wasser reichen konnten. Meine Hand griff in dicke Wolle und wunderbar weiches Bauchfell, was hatte Cesare denn? Doch der schüttelte nur den Kopf und hielt mir ein einzelnes Haar vor die Nase.

»Das genügt nicht, viel zu drahtig und zu kurz für uns, und hier, riech mal«, Cesare packte mich am Genick und drückte meine überraschte Nase an die Ziegenschnauze, die er mit einer Hand und geübtem Griff an den Backenzähnen aufgehebelt hatte, »riechst du das?«

Ich trat nach hinten aus, um mich zu befreien.

»Bah! Die hat ja krassen Mundgeruch!«

»Siehst du! Das ist die Wärme, das bekommt ihnen nicht. Falsches Klima, falsches Futter, das Gras ist zu saftig.«

Ich wischte mir blasigen und übel riechenden Ziegenspeichel von der Backe und drückte Cesares Arm. Er zitterte vor Aufregung. Das ging ihm alles sehr nah.

»Alles wird gut, mein Bester«, sagte ich und kam mir ungemein businesslike vor, »alles wird gut. Wir werden dir ein Angebot machen. Und jetzt lass uns zurück in die Stadt fahren, ich muss nach meinem Telefon suchen. Und ein bisschen shoppen gehen.«

»Berlusconi fördert keine Ziegen, der fördert höchstens Möpse!«, schimpfte Cesare, als wir am Abend bei seiner Mama unglaublich ölige und unglaublich leckere Gnocchi mit Kaninchenragout aßen. Auf Deutsch, damit Mama Conti das nicht mitbekam. Denn Mama Conti war ein großer Fan des italienischen Oberhäuptlings, mit dessen unerwartet großzügig ausgeschütteter Erdbebenförderung sie seit Jahren immer noch ihre karge Witwenrente aufbesserte, weil sie immer noch in Umbrien gemeldet war. »Berlusconi würde die italienische Ländervorwahl in 0069 umändern, wenn er könnte, die alte Schweinebacke«, pflichtete ich ihm bei und nahm mir mehr als großzügig Parmesan. Durch die Schwere des Abendessens und des dazu gereichten offenen Rotweins behaglich auf der Eckbank festgenagelt, hatte ich mich gerade verdammt weit aus dem Fenster gelehnt und Cesare einen Köder in Form eines möglichen Geschäftsmodells hingeworfen. Mama Conti, die selbst zum Essen die Schürze nicht abnahm, hatte mir begeistert den Teller vollgeladen und Cesare sehr bestimmt mitgeteilt, dass es die geringere Schande war, von einer deutschen Eine-Frau-ein-Mann-Firma übernommen zu werden als von einem Mailänder Wollgiganten. Als gebürtige Süditalienerin empfand Cesares Mutter alle Landsleute oberhalb von Florenz als fremd, arrogant und rücksichtslos. Und dann hatte ihr Sohn mir versprochen, die Zahlen zusammenzutragen, damit ich kalkulieren konnte. Superidee war das: Ich würde Felix für eine Übernahme mit ins Boot holen – und die tollen Farben von Cesares Spinnerei würden Wunderland für alle Zeiten exklusiv gesichert sein. Schade nur, dass ich zwar begeistert, aber so rotweinduselig war, dass ich mich nicht dazu aufraffen konnte, noch einmal das Haus zu verlassen, um im Café Garni nach meinem Handy zu fragen, das ich weder in der Ape noch in meinem Gästezimmer gefunden hatte.

6

»Lass uns bitte einen Moment warten, es kommt noch jemand«, bremste ich die Frau in der Jack-Wolfskin-Jacke, die nervös auf einer Pobacke balancierte und um Punkt sechs Uhr aufsprang, um die Tür meines Ladens zu schließen.

»Vorausgesetzt, er hat nicht abgesagt. Aber wir können gerne schon mal anfangen, uns vorzustellen. Erzählt mir doch einfach kurz, wer ihr seid und ob ihr schon eine Vorstellung habt, was ihr gerne stricken möchtet.« Ob dieser Strickkurs-Rainer überhaupt eine Bestätigungs-SMS geschickt hatte, konnte ich nicht sagen. Ich hatte mich damit abgefunden, mein Telefon wahrscheinlich zwischen den Sitzpolstern des Italienexpress vergessen zu haben. Ich schaute einigermaßen schlecht gelaunt auf die drei Frauen und die zwei Kinder, die sich um meinen Ateliertisch versammelt hatten. Auf nichts hatte ich jetzt weniger Lust als auf einen Strickkurs, vor allem, wenn ich ihn leiten sollte. Aber schließlich hatte ich selbst in Bioläden, auf Spielplätzen, in der AKÜ und in Charlottes Yoga die Flyer für einen »Selbermachen macht glücklich – Stricken mit und für Kinder«-Kurs verteilt. Und jetzt musste ich da durch.

Mir war irgendwie übel. Wahrscheinlich immer noch vom Fliegen, der Landeanflug nach Tegel schaukelte mich in der turbulenten Höhe zwischen Wolken und Alexanderturm immer so durch, dass ich danach einen halben Tag brauchte, bis mein Sonnengeflecht wieder ein intaktes Geflecht war und nicht ein wirres Knäuel seekranker Nervenenden.

»Also, ich bin die Bille«, begann die Frau in der schwarz-roten Windjacke die Vorstellungsrunde, »und das« – sie zeigte auf einen Jungen, der zu ihren Füßen vor einer Brotzeitbox in Bananenform saß und sehnsüchtig zur Spielecke schielte, wo ein Mädchen gerade den Deckel von einer großen hölzernen Schatzkiste hebelte –, »das ist unser Zweitältester, der Lucca, und montags hat er bisher noch keinen Kurs. Dienstags ist er nämlich in Philosophie, mittwochs in Chinesisch und donnerstags und freitags mit seiner großen Schwester Luna beim Geschwisterrivalitätspräventionskurs.«

»Geschwister-was?«, fragte ihre kostümtragende Sitznachbarin und ließ ihr BlackBerry sinken. Sie war die Einzige, die ohne Kind erschienen war.

»Geschwister-riva-li-täts-prä-ven-tions-kurs«, wiederholte Bille eifrig und holte gleichzeitig aus der ausgebeulten linken Seitentasche ihrer Jacke eine Packung mit Feuchttüchern, um ihrem Lucca den bananenverschmierten Mund abzuwischen und die Brotzeitbox wieder in ihre rechte Seitentasche zurückzustecken. Die ganze Zeit über schwebte ihre linke Pobacke über der Sitzfläche.

»Lucca und Luna haben seit zwei Wochen eine kleine Schwester, die Leonie.«

»Seit zwei Wochen? Und da gehst du schon in einen Strickkurs?«, fragte ich beeindruckt.

»Klar.«

Bille neigte sich noch ein wenig weiter nach links.

»Nur der Dammschnitt macht mir noch ein wenig Probleme. Bevor Leonie alt genug ist fürs PEKiP, dachte ich, ich mach einfach mal was für mich. Und für den Lucca natürlich«, fügte sie hastig hinzu. »Er wird doch hier nicht einfach nur herumsitzen, oder? Ich habe ihn nämlich bisher noch nicht für die Ergotherapie angemeldet, um seine Feinmotorik zu schulen, und er ist doch jetzt schon zwei!«

»Mach dir da keine Sorgen«, beruhigte ich sie und sah zu, wie Lucca lautlos begann, unter dem Stuhl seiner Mutter hindurch nach hinten Richtung Spielecke zu rutschen, »Lucca kann hier spielen, was er möchte.«

Ich sah in Billes zweifelndes Gesicht. »Spielen?«, wiederholte sie überrascht.

»Und ansonsten habe ich mir auch ein Kinderprogramm ausgedacht!«, beeilte ich mich zu sagen. »Die Kleinen können lernen, wie man Pompoms bastelt, das schult die Feinmotorik ganz ungemein. Und was möchtest du gerne stricken, Bille?«

»Eine Multifunktionsdecke«, beschrieb Bille ihr Wunschobjekt, »die ich als Spuckwindel, Wickelunterlage oder Spielzeugsack verwenden kann. Sie sollte knallrot sein, wie unser Familyvan.«

»Prima Idee«, sagte ich bemüht optimistisch, »Spuckwindel und Schmusedecke in einem – das wird auf jeden Fall eine Herausforderung für jedes Material sein, nicht wahr. Aber hast du denn schon mal daran gedacht, etwas Hübsches für dich zu stricken, einen Schal zum Beispiel?«

»Einen – Schal? Für mich?«

Bille sah mich verständnislos an, und so ließ ich es gut sein, zumal gerade die Lichtschranke an der Ladentür leise zwitscherte, weil jemand lautlos zu uns getreten war. Kein Wunder, der Typ war barfuß. Was will der denn in meinem Kurs, dachte ich, als ich das gleichmäßig gestrickte Norwegermuster seines braun-beigen Pullis sah, der fast bis zu den Knien seiner ausgebeulten Leinenhose reichte.

»Du musst Rainer sein, setz dich, am besten hier, in den Stillsessel, da ist noch Platz. Ist der Pulli selbst gestrickt?«

»Sorry, bin zu spät, mir hat jemand die Luft aus meinem Sitzrad gelassen, da konnte ich unser kleines Rapunzel nicht im Anhänger mitnehmen«, murmelte Rainer und testete die Festigkeit der Sitzfläche. Die zwei Riemen an seinen Schultern gehörten nicht zu einem Rucksack, sondern zu einer Babytrage, das Köpfchen darin nickte bei Rainers Möbeltest rhythmisch mit.

»Ich kann stricken, das hast du völlig korrekt erspürt, das machen wir immer in der Männergruppe. Aber …«, Rainer wand sich aus den Riemen, stellte die Kraxe auf den Boden und setzte sich einfach daneben, »… wir sind kürzlich an unsere Grenzen gestoßen, obwohl der Winfried ansonsten Stricken echt super drauf hat, aber Zehensocken, meinte er, die sind ihm zu fisselig.«

»Zehensocken?«

Ich versuchte Zeit zu gewinnen, klar wusste ich, was Zehensocken waren, so was wie Fingerhandschuhe für Füße, aber ich, und das klingt jetzt komisch für jemanden, der sein Geld mit handgestrickter Kindermode verdiente, ich hatte nicht den blassesten Dunst, wie man Socken strickte. Und dann auch noch Zehensocken?

»Das fühlt sich sicher toll an«, redete ich weiter, »welche Schuhgröße hast du denn?«

»Ich? Die sind nicht für mich, ich brauche keine Socken«, sagte Rainer und streckte seine Füße so weit von sich, dass man die Risse in der Hornhaut seiner Fersen sehen konnte. »Ich habe einen so optimalen Kontakt zu unserer Erde, dass sie mich immer wärmt.«

Klar, mit frischer Hundekacke, dachte ich und erinnerte mich mit Grausen, was ich tagtäglich auf Berliner Bürgersteigen zu sehen bekam.

»Aber Rapunzels Mütter – wir leben in einer teiloffenen Partnerschaft, und um Punzel kümmern sich gerade zwei Frauen – sagen, dass es noch nicht immer barfuß sein darf. Aber wenn wir schon einen Filter schieben zwischen die Erde und seinen Körper, dann soll trotzdem jeder einzelne Zeh die Energie des Bodens aufnehmen können.«

»Das ist – kein Problem«, sagte ich, immer mehr um Fassung bemüht, Zehensocken für Babys, die musste man ja praktisch mit der Stecknadel stricken! Ich brauchte schnell einen Vorwand, in der Küche ungesehen telefonieren zu können, und zwar mit Nastja, die konnte so was, und fragte deshalb: »Und möchtest du auch eine Apfelschorle, wie die anderen? Ist auch Bio.«

»O nein, nur keine Apfelschorle, die belastet den Organismus ja enorm«, sagte Rainer, »wir trinken nur heißes Wasser, das reinigt, nicht wahr, Punzel?«

Punzel saß inzwischen auf seinen Knien, das Kleine – ob Junge oder Mädchen, konnte man nicht sagen, die flaumig-kurzen Babyhaare und der Strampler aus rotem Filz ließen keinerlei Rückschlüsse zu – versuchte sich auf Gummibeinen an seiner Schulter hochzuziehen, die nackten Füßchen blaurot angelaufen.

»Süß«, sagte ich mit einem Blick auf die leuchtend gelbe Rotzspur unter der roten Nase, »und ... äh ... ich glaube, Punzel muss mal Naseputzen.«

Ich verschwand in der Küche, um den Wasserkocher für Rainers Wasser einzuschalten, und nahm heimlich das Ladentelefon mit.

»Macht ruhig weiter«, rief ich, während ich auf das Display schaute, keine neue Nachricht, Felix hatte auch hier immer noch nicht angerufen, »wir machen einfach im Uhrzeigersinn weiter, ich kann euch von hier hören und sehen. Du musst Brigitte sein, oder Gitti?«

Ich wählte und hoffte. Aber Nastja war nicht zu Hause, und sie hatte nur Festnetz.

»Brischitt, bitte! Ich heiße Brischitt!«, sagte die nächste Mami pikiert in die Runde.

»Ich bin hier, weil ich das hier ...« – sie holte aus ihrer übergroßen grauen Ledertasche mit den Bambusbügeln einen Bildband, »Hollywood Knitting«, und deutete auf das Titelbild, auf dem Sandra Bullock mit einem kleinen Mädchen in die Kamera lachte, beide in schwarzen Lochmustertuniken, »für meine Cosmo nachstricken möchte, aber ich verstehe keine englischen Strickanleitungen.«

»Toll, das ist nicht schwer«, rief ich gegen das stärker werdende Blubbern des Wasserkochers an, »wir können dir gleich ein passendes Garn aussuchen, an welche Farbe hast du denn gedacht? Schwarz ist jetzt weniger etwas für dich und deine blasse Haut! Vielleicht Lila für dich und Rosa für Cosmo?«

Felix war nicht erreichbar, ich hatte es natürlich schnell bei ihm probiert, wenn sich schon die Gelegenheit bot.

»ROSA? Rosa kommt mir nicht ins Haus!«, schauderte Brischitt, »Schwarz steht uns ausgezeichnet! Ich möchte das ganz genauso haben wie auf diesem Foto, und Cosmo sieht in Schwarz super...« Sie musste sich zu ihrer Tochter in der Spielecke umgedreht haben, jedenfalls kreischte sie: »Cosmo! Lass das sofort los! Das ist – Plastik!«

Ich brach meine Versuche ab, wenigstens Uschi zu erreichen, und spurtete zurück in den Laden. In der Spielecke saß Brischitts Tochter Cosmo, in einem einfarbig dunkelbraunen Kostümchen, die dünnen roten Haare zu einem kurzen Suri-Cruise-Pagenkopf geschnitten, und hielt mit aller Kraft an einer Prinzessin-Lillifee-Puppe fest, die sie gerade auf einen Playmobil-Dinosaurier hatte setzen wollen.

»Gib – das – her!«, schnaufte ihre Mutter und rammte ihre zur grauen Tasche passenden Ankle Boots in den Boden, um besser an der Puppe ziehen zu können, »da ist Glitter dran! Stell dir vor, das geht ab!«

»Plastikspielzeug? Das ist allerdings bedenklich!«, bekam Brischitt Hilfe von Bille.

»Doch hoffentlich nicht aus China«, mischte sich jetzt auch Rainer ein, »hast du denn keine Holzmurmelbahn aus dem Erzgebirge?«

»Nein, ich habe keine Holzmurmelbahn«, sagte ich so ruhig wie möglich und verwarf den Gedanken, Cosmo, Lucca und Punzel quietschfarbene Bommel aus Glitzergarn machen zu lassen, »aber ich habe eine prima Idee! Ich habe hier diese schöne anthrazitfarbene Wolle, Cosmo, soll ich dir mal zeigen, wie man Kordeln dreht? Dunkelgrauer Kaschmir – das gefällt deiner Mama doch bestimmt, oder? Ist ganz einfach, und man kann damit tolle Sachen machen – wie zum Beispiel, zum Beispiel... Zügel für ein Barbiepferd! Oder...«, fügte ich hinzu mit einem Blick auf Rainer und Brischitt, »... eine lange Schnur, um ein Holzauto aus dem Erzgebirge hinter sich herzuziehen!«

Cosmo zuzelte an ihrem Schnuller aus schlicht hellgrauem Silikon, den ihr ihre Mama zur Beruhigung in den Mund gesteckt hatte, und nickte, halbwegs überzeugt.

»Und für den kleinen Punzel«, sagte ich sonnig und stellte eine Tasse heißes Wasser vor Rainer auf den Tisch, »muss ich noch irgendwo ein Mandala-Malbuch haben, und vielleicht mag jetzt die Letzte in der Runde sich noch vorstellen, während die Kinder schon mal mit dem Kordeldrehen anfangen? Du musst Cordula Wiese sein, nicht wahr?«

7

»Ich bin immer noch fix und fertig«, stöhnte ich und fummelte genervt an einem filigranen Nadelspiel Stärke Einskommafünf, »wie viele Maschen braucht man bitte für den kleinen Zeh eines Babyzehensockens? Drei?«

»Im Kurs hast du ja die ganze Bandbreite an Muttertypen zusammen, eine Designmutter, einen Biopapa, und eine MufuMu«, grinste Charlotte breit und reichte mir ein Handy aus der Tasche ihres Burberry Mantels. Sie hatte gut reden, sie hatte nicht bis ein Uhr morgens versucht, den Prototyp einer Babyzehensocke zu stricken, um bei der nächsten Kursstunde nicht dazustehen wie der letzte Trottel.

War sie es nicht gewesen, die gesagt hatte: »Biete doch noch einen Strickkurs an, dann bekommst du auch die Leute in deinen Laden, die das gerne selbst machen würden, was du verkaufst!«

»Das kann niemand selbst machen, weil niemand außer mir an dieses Kaschmir herankommt«, hatte ich beleidigt erwidert und trotzdem gedacht, was schadet das, so ein Strickkurs ist doch eine nette Abwechslung in meiner Siebzig-Stunden-Woche.

»Was soll eigentlich MuFuMu heißen?«, fragte ich und klappte

Charlottes Ersatztelefon auf und wieder zu, weil ich den An-Knopf nicht entdecken konnte.

»Das ist meine Abkürzung für Multifunktionsmutter. Eines dieser armen Wesen, die vierundzwanzig Stunden am Tag nur im Dienste ihrer Kleinen unterwegs sind und die zu Staub zerfallen, wenn ihre Kinder flügge werden. Abgekürzt MuFuMu. Aber waren es nicht vier Teilnehmer?«

»Ja«, sagte ich und drückte nervös auf Charlottes Telefon herum, weil auf dem Display die Info »Notruf jetzt gestartet« erschienen war, »die Cordula war auch noch da. Die Cordula sitzt im AirWest-Vorstand und hat ein Imageproblem, weil sie in der Firma als karrieregeile Rabenmutter gilt. Sie macht mit, weil sie den Betriebsrat auf ihre Seite kriegen will. Die Reporterin irgendeines Managermagazins kommt in der letzten Stunde dazu und schreibt über sie, damit auch alle erfahren, dass sie in ihrer kargen Freizeit mit ihrem Sohn zusammen in einen Bastelkurs geht. Origami für Manager war an der Volkshochschule ausgebucht, da hat sie sich eben für meinen Strickkurs entschieden.«

»Managermagazin? Nicht schlecht, ist ja auch Werbung für dich«, sagte Charlotte und nahm mir das Handy aus der Hand, um mit einem schnellen Griff den Akku zu entfernen, »und sie hatte ihr Kind nicht dabei? Das macht sie ja schon fast wieder sympathisch.«

»Ja, sie zahlt die Nanny sowieso für achtzig Stunden in der Woche, sagt sie. Wenn die Reporterin kommt, ist der Julius dann selbstverständlich mit dabei. Sie wollte erst eine Laptophülle stricken, aber ich habe sie dann überzeugt, dass ein Ballnetz für Julius die bessere Wahl ist«, erzählte ich und fuhr meinen Computer hoch, um zu gucken, ob inzwischen wenigstens eine E-Mail von Felix angekommen war.

»Aha, eine Chefmama also«, ordnete Charlotte Cordula ebenfalls ein, »fehlt dir nur noch eine Promimama.«

»Hab ich. Brischitt ist eine Mischform aus Designmama und Promimama«, erklärte ich und nahm das angeschaltete Telefon aus Charlottes Hand, immer noch schlecht gelaunt. Sonst liebte ich unser Spiel, wer eine Wunderland-Kundin am schnellsten in eine entsprechende Kategorie einordnen konnte. Aber heute ...

»Erreichst du ihn immer noch nicht?«, fragte Charlotte deshalb jetzt mitfühlend. »Das verstehe ich nicht. Dein Felix ist doch immer für dich da! Was sagen denn seine Mitarbeiter im Restaurant?«

Charlotte saß auf meinem Stillsessel (ein Service für Kundinnen, kein Eigenbedarf, Charlotte machte keinen Hehl daraus, dass sie nie gebären und also auch niemals stillen würde) und band sich die honigfarbenen Loreleyhaare zu einem ordentlichen Pferdeschwanz. Sie würde in einer Stunde in ein Schaumstoffkostüm schlüpfen und in einem Werbespot eine Kugel Vanilleeis spielen dürfen und hatte ganz andere Probleme, als sich darüber zu wundern, dass ich seit einer Woche keine Gelegenheit gehabt hatte, meine Geschäftsidee mit Felix zu diskutieren. Ich machte mir inzwischen ziemliche Sorgen.

»Im Restaurant haben sie auch keine Ahnung. Er hat sich noch bei Mizzi gemeldet wegen der Wochenpläne, da muss ich gerade im Flieger von Bozen nach München gesessen haben, aber seitdem – nichts!«

Ich zog die Schublade des weiß lackierten Tischchens auf, auf dem Kasse und Laptop standen. Hatte ich darin nicht gerade das winzige Edelhandy verstaut, das mir Charlotte geliehen hatte, um wieder besser erreichbar zu sein? Ich klopfte mir die Hosentaschen nach einer Ausbuchtung ab, vergeblich, und war plötzlich unglaublich genervt. Immer dasselbe, ständig verlegte ich irgendetwas! Und warum meldete sich Felix nicht bei mir? Warum?

»Hast du es denn schon bei seiner Mutter versucht? Oder bei seiner Großmutter?«, fragte Charlotte abwesend, während sie im Spiegel der Umkleide den Sitz ihrer Haare prüfte. Sie nahm meine Sorgen nicht besonders ernst. Was sollte denn auch sein, bei Felix und mir war doch seit Jahren alles in Butter!

»Bei seiner Oma geht niemand ans Telefon, und diese Münchner Societyschnepfe anzurufen, das ist wirklich der allerletzte Ausweg, mir ist sowieso schon zum Heulen zumute ...«, schüttelte ich den Kopf. Ich hatte gewusst, dass ich wenig Kontakt mit Felix haben würde, er war in München geblieben und ich ohne Handy von Bozen nach Berlin unterwegs gewesen. Aber gleich so wenig, nämlich gar keinen? Vor allem jetzt, wo ich wieder in Berlin war – und erreichbar auf allen möglichen Festnetzleitungen? Ich hasste diesen Zustand, und eigentlich dachte ich, Felix und unsere Beziehung würden sich vor allem dadurch auszeichnen, dass er mich nie in eine derartige Situation gebracht hatte und auch nicht bringen würde: mich nämlich zu fühlen wie eine Bravo-Leserin, die vor ihrer Freundin nervös auf und ab tigert, weil ihr Herzbube aus der 7a immer noch nicht auf ihre Smiley-MMS reagiert hat.

»Wann musst du los? Ich glaube, ich komme ein Stück mit«, fragte ich Charlotte, um mich abzulenken.

»Jetzt! Ich muss zur Tram!«, drängte sie. »Die Produktion zahlt noch nicht mal das Taxi.«

Charlotte war der Überzeugung, dass man als Schauspielerin niemals mit dem eigenen Auto ans Set fuhr, schließlich musste man die letzten Meter noch einmal richtig in sich gehen, auch als Eiskugel. Deshalb ließ sie vor den Drehs ihren Einser-BMW, ihre »Ich bin die Geliebte eines wichtigen Mannes«-Kutsche, meistens bei mir in der Stadtmitte stehen, um sich dann ein Taxi zu nehmen, und kam vor und nach dem Dreh bei mir vorbei, um mir alles sofort erzählen zu können.

»Ich dachte, das ist ein Werbefilm, die haben doch Geld?«, fragte ich. Charlotte schüttelte den Kopf und nahm die Sonnenbrille aus den Haaren, um sie aufzusetzen.

»Denkste. Das Drehen eines Zweiminutenspots ist die Semesteraufgabe an der Filmhochschule Babelsberg, da arbeiten alle umsonst. Das Schlimmste bei diesen Low-Budget-Produktionen ist aber nicht das Geld, sondern dass alle immer meinen, ihre Kinder und Hunde mitbringen zu müssen. Die nerven vielleicht! Die Kinder, nicht die Hunde! Immer dieses Geschrei am Set, da kann sich doch keiner auf die Arbeit konzentrieren, findest du das professionell? Aber der Regisseur kennt Bernhard, und dann konnte ich schlecht Nein sagen, denn Bernhard weiß natürlich, wie ich gebucht bin. Und er meinte, das wäre eine gute Übung für mich, ich wäre sowieso noch nicht reif für die große Rolle.«

Natürlich wusste Bernhard Zockel genauso wie ich, wie es um Charlottes Engagements stand. Nämlich mager, sehr mager. Mich wunderte das. Denn Charlotte war schön. Klassisch schön. Eine dieser Frauen, wie sie nur aus Hamburg kommen: hochgewachsen und blond, aufrecht, große blaue Augen, die Gesichtszüge symmetrisch, aber nicht zu fein, sodass sie nichts Puppenhaftes hatten. Ob sie eine gute oder schlechte Schauspielerin war, wusste ich nicht, denn ich hatte sie noch nie in einer Rolle gesehen, in der sie tatsächlich auch Text hatte. Sie hatte es zwar letztes Jahr in einen »Tatort« geschafft, dort aber nur eine vom Donner gerührte sexy Sekretärin spielen dürfen, die dickbusig und stumm auf die Tür zeigte, durch die der Täter verschwunden war.

Der einzige Grund, warum Charlotte von Feyerabend es nicht nötig hatte, in einer zugigen Kaffeehauskette genmanipulierte Sojamilch zu übertueren Phantasiegetränken aufzuschäumen, war ihre Beziehung zum Filmproduzenten Bernhard Zockel. Und der konnte offensichtlich keine erfolgreiche Partnerin brauchen, die ihre eigenen Filme anpromoten musste, sondern wollte eine blitzlichtfeste Begleitung auf dem roten Teppich seiner Filmpremieren, basta. Deshalb umgab er Charlotte in seiner Potsdamer Villa mit schönen Dingen und neuen Handtaschen und sah ungerührt zu, wie sie sich abmühte, endlich eine dialogreiche Hauptrolle an Land zu ziehen. Und redete ihr ein, dass sie es sowieso nicht gekonnt hätte.

Das war wenigstens meine Theorie. Aber die behielt ich für mich, so hatte ich wenigstens eine Freundin mit einem wunderbar trockenem Humor, die Zeit für mich hatte, weil ihr Macker nie zu Hause war – ich wenigstens war ihm in seiner Ruhmeshalle, wie ich insgeheim die üppig mit Fernsehpreisen garnierte

Gründerzeitvilla nannte, noch nie begegnet. Nicht zuletzt, weil er noch Frau und zwei Kinder in Köln sitzen hatte.

»Ich bring dich zur Tram«, bot ich Charlotte an und holte meine neuen Stiefel und den dunkellila Wildledermantel, in die ich in Bozen meine Spesen investiert hatte (eine einmalige Okkasion!), ich hatte sowieso noch nicht offiziell geöffnet. Morgens um neun war in Berlin keine Mutter unterwegs, und ich wollte mir in der juristischen Bibliothek in der Dorotheenstraße noch einen Schinken über Gesellschaftsrecht und die Gründung einer GmbH abholen.

Die Straßenbahn quietschte, als sie sich mit Charlotte drin um die Kurve legte. Die Kastanien am Schienenrand sahen aus, als wäre es Herbst und nicht Frühling. Cesares unermüdliches Referieren über Pflanzen, Tiere, Wolle und Schädlinge hatte seine Spuren bei mir hinterlassen, und so raschelte ich durch dunkelbraun getrocknete Blätter und murmelte vor mich hin: »Diesen Bäumen geht's nicht gut, die haben Schädlinge, Miniermotten … Da sollte wirklich einer was unternehmen, sonst sind in ein paar Jahren alle Kastanien in Berlin krank.«

Mein Rascheln wurde lauter und wütend.

»So wie Cesares Ziegen. Da sollte auch einer mal was machen! Und zwar ich! Und Felix!«

Ich stampfte auf, die verschlafenen Studenten um mich herum, die Pappbecher mit Kaffee vor sich hertrugen und denen schwere Büchertaschen an die Schenkel schlugen, sahen kurz auf und hasteten dann weiter. Ich murmelte vor mich hin: »Und wenn er nicht bald anruft, platzt mein Kopf.«

Abgesehen von der Unverschämtheit, die Felix' Unerreichbarkeit mir gegenüber bedeutete – es wurde außerdem allerhöchste Eisenbahn, ihm von meinen geschäftlichen Übernahmeplänen zu erzählen, schließlich hatte ich bei Cesare immer vollmundig von »wir« gesprochen, als hätte ich eine Vollmacht über Felix' Angelegenheiten. Ich wedelte den Perlenklimbim beiseite, mit dem Charlottes Ersatztelefon, das ich neben dem Kühlschrank wiedergefunden hatte, behängt war und versuchte es noch einmal auf Felix' Handy. Nichts. Na gut. Biss ich eben in den sauren Apfel und rief bei seiner Mutter an.

»Wie war deine Premiere?«, eröffnete ich das Gespräch, Interesse heuchelnd. Krimi musste nicht unbedingt wissen, dass ich sie eigentlich nur fragen wollte, wo Felix war, war das doch eigentlich immer ihre Rolle gewesen.

»Entzückend, ganz außerordentlich entzückend, mein liebes Kind«, flötete meine zukünftige Schwiegermutter, »und ich habe auch eine ganz ausgezeichnete Geschäftsidee für dich! Burgls Sohn Walter und ihre Tochter Felicitas haben mich übrigens in die Oper begleitet, seltsam, dass die Kinder meiner Freundinnen immer Zeit haben, ihre alten Mütter in die Oper zu begleiten, aber ihr nicht, oder?«

Ein theatralischer Seufzer.

»Nun gut, Felicitas jedenfalls hatte ihr Baby mit dabei, die kleine Maus war mucksmäuschenstill und hat die komplette Aufführung verschlafen, wie mein lieber Pucki übrigens auch. Felicitas hat vor dem Stillen einfach ein Starkbier getrunken, das wirkt Wunder, ich verstehe gar nicht, wie sich die Mütter heutzutage aufregen können, dass ihre Kinder nicht schlafen, das ist doch alles kein Problem!«

Weil du das so gut beurteilen kannst, dachte ich grimmig, du hast erst gar nicht gestillt und Felix im Alter von zwei Wochen zu deiner Schwiegermutter abgeschoben, sagte aber: »Interessant, und was war jetzt deine Geschäftsidee?«

»Abendmode! Und zwar nicht nur für Kinder, sondern auch für – Hunde! Stell dir vor – wenn das Baby und mein Pucki den gleichen Minipashmina gehabt hätten, das wäre doch entzückend gewesen, findest du nicht? Und man kann doch sicher auch so Minifräckchen fertigen, komplett mit Fliege und Kummerbund – für Kinder und Hunde, im Set? Ist das nicht genial? Hier in der Residenzstraße würden die Leute dir das aus den Fingern reißen, ich weiß nicht, ob ich dir schon erzählt habe, dass Maßanzüge Eder von nebenan ...«

»Danke, Krimi«, unterbrach ich sie schnell, »ich bin auf tragbare Alltagsmode spezialisiert, und ich weiß nicht, ob ich das ändern will, ich lass mir das mit der Abendmode durch den Kopf gehen.«

Und dann hatte ich plötzlich so eine böse Ahnung.

»Weißt du denn, wie es Oma Schweiger geht?«

»Nein. Das weiß ich nicht«, sagte Krimi kühl. »Ist Felix schon wieder bei ihr? Sollte ich da etwas wissen?«

»Nein, nein«, antworte ich, »ich muss jetzt aber wirklich los!«

Und obwohl Krimi noch ins Telefon rief: »Habt ihr das mit Ostern und Kitzbühel …«, legte ich einfach entnervt auf. Mannomann. Dass sich die beiden Damen immer noch nicht vertragen konnten! Laut Felix war Krimis Verhältnis zu Oma Schweiger anfangs sehr gut gewesen, hatte Krimi, die dreiundzwanzig Jahre jünger gewesen war als ihr Mann, doch den geliebten Enkel Felix zur Welt gebracht und dann weitgehend der kinderlieben Oma Schweiger überlassen. Aber dann war Konrad Schweiger, Professor der Kardiologie und Felix' Papa, mit Mitte fünfzig auf einer Opernpremiere einem Herzinfarkt erlegen. Und Oma Schweiger war felsenfest davon überzeugt, dass Krimi und ihre gesellschaftliche Ruhelosigkeit ihn ins Grab gebracht hatten.

»Ein Kardiologe, der an der Seite seiner Frau in aller Öffentlichkeit ausgerechnet an einem Herzinfarkt stirbt, damit hat der Herrgott uns was sagen wollen«, pflegte sie stur das Thema Schwiegertochter zu beenden, sobald die Sprache auf Krimi kam. »Die kann der Teufel nicht derreiten, die hat so was – Ruheloses!«

Offensichtlich war Krimi laut Oma Schweiger ein ziemlich wilder Feger gewesen, und Felix' Vater hatte sich mehr als einmal Sorgen machen müssen, ob seine junge Frau ihm auch tatsächlich treu war. Und als Frau Schweiger senior ihren einzigen Sohn verloren hatte, war für sie die Sache zwischen ihr und ihrer Schwiegertochter ein für allemal erledigt, und sie hörte noch vor Konrads Beerdigung auf, auch nur ein Wort mit Felix' Mutter zu wechseln. Und schloss dafür ihren Enkel umso mehr ins Herz.

Ich versuchte es nochmals in Oma Schweigers Wohnung. Gut, dass ich die Nummer auswendig wusste, sie war nur sechsstellig, weil Felix' Oma dort schon so lange wohnte.

»Ja ...«

Eine müde Männerstimme. So früh morgens hatte ich eher die gebrochen deutsche Frauenstimme von Olga erwartet und war plötzlich ganz befangen.

»Felix! Endlich«, sagte ich leise, »was ist denn?« – und wusste plötzlich, was er antworten würde. Und als ich sein gepresstes Schluchzen hörte, fragte ich nur: »Sie ist gestorben, nicht wahr? Mein Ärmster. Mein armer, armer Schatz. Das tut mir leid.«

Ich lehnte mich an eine der rot-weiß gestreiften Absperrungen, die von irgendeinem Hauptstadtfest übrig geblieben waren, und versprach mit wieder fester Stimme: »Bis heute Abend kann ich in München sein!«

Charlotte würde heute Mittag mit ihrem Dreh fertig sein und dann auf den Laden aufpassen können. War ja völlig klar, dass ich meinen Freund, der bei seiner Großmutter aufgewachsen war und sie geliebt hatte wie eine Mutter, in dieser schweren Stunde nicht allein lassen würde.

»Nein!«, sagte Felix.

Ich ließ mich nicht beirren.

»Dauert das zu lange, mein Schatz? Ich kann auch sofort fahren, dann sperre ich einfach zu, Trauerfall in der Familie, da muss das schon mal drin sein!«

Ich gab meiner Stimme einen optimistischen Tonfall. Halt war das, was Felix jetzt brauchte, und den konnte ich ihm selbstverständlich geben.

»Nein. Ich meine nein wie: gar nicht. Du musst überhaupt nicht kommen«, antwortete Felix brüsk. Seine Stimme klang so fremd, dass ich automatisch den Mantel enger um mich zog.

»Ich weiß, dass ich nicht muss, aber ist doch völlig selbstverständlich, dass ich ...«

»Komm nicht!«, sagte Felix.

»Aber ...«

»Nein. Jetzt geht es ausnahmsweise einmal nicht um dich. Ich kann jetzt niemanden brauchen, der sich mit seinen Patentlösungen in den Mittelpunkt drängen will«, hörte ich noch und dann nichts mehr. Ich nahm das Handy vom Ohr, die gewählte Nummer war vom Display verschwunden und hatte sich in ein Foto von Bernhard Zockel in der Badehose verwandelt. Aufgelegt. Das hätte ich Felix nie zugetraut. Ich drehte mich um und suchte nach dem nächsten U-Bahn-Schild. Ich musste sofort ins KaDeWe, sonst fing ich hier auf offener Straße noch an zu heulen.

8

Andere Leute gingen morgens joggen, um Stress abzubauen, ich ging ins KaDeWe. Die glatten Säulen, der kühle Marmorboden, der sanfte Chor der Verkäuferinnen: Die Beautyabteilung im Erdgeschoss hatte auf mich die gleiche Wirkung wie der Mailänder Dom auf einen gläubigen Katholiken. Wenn irgendetwas nicht so lief, wie ich mir das erhofft hatte, dann flüchtete ich mich morgens hierher und stand oft schon vor zehn in der Tauentzienstraße herum, bis das Jugendstilgitter endlich wie von Zauberhand im Boden verschwand. Drinnen nahm ich dankbar duftende Papierstreifen entgegen und ließ mir von sanften Händen die Augenbrauen nachziehen, um mir dann das neue Shiseido-Eyebrow-Set für neunundachtzig Euro einpacken zu lassen, weil nirgendwo die Spiegel so gnädig mit einem umgingen wie in diesen indirekt ausgeleuchteten heiligen Hallen. War ich nicht das letzte Mal hier gewesen, weil mir meine Mutter zu Fasching ein Fresspaket mit Weißwürsten (mit der Post! Frische Weißwürste, nur in Wurstpapier eingewickelt! Zum Fasching, oder auch Karneval, der in Berlin sowieso niemand interessierte!) geschickt hatte, und das ich im gut besuchten Wunderland-

Laden geöffnet hatte. Ich hatte nie zuvor gedacht, dass ich es jemals nötig haben würde, gegen den sich schlagartig ausbreitenden Verwesungsgeruch bei Rossmann ein Febreze-Spray zu kaufen. Und danach zur Beruhigung meiner Geruchsnerven ein abartig teures LaPrairie Body Spray im KaDeWe. Für mich.

Ich blieb unschlüssig unter dem Lichthof stehen. Wegen Felix war ich noch nie hier gewesen, hatte ich noch nie hier sein müssen, hatte er doch nie etwas gemacht, was mich richtig traurig gemacht hätte. Und ich hatte bis heute Morgen auch gedacht, dass er das niemals tun würde.

Perfekt frisierte Frauen, Typ in die Jahre gekommene Zahnarztgattin, schwebten mit teuren Handtaschen an mir vorbei. Hatte ich mich nicht auch hierher geflüchtet, als mein Vermieter sich nicht an den Kosten der Ritterhüpfburg beteiligen wollte, die ich zum fünften Firmenjubiläum im Hof aufgebaut hatte, obwohl das meinem Vater nach einen eindeutigen Mehrwert für die im Haus wohnenden Familien bedeutet hatte? Und als die Stadt Berlin darauf bestanden hatte, dass ich die Erdbeeraufkleber, mit denen ich den Weg vom Spielplatz zu meinem Laden markiert hatte, vom Pflaster entfernen sollte?

Wegen Liebeskummer war ich allerdings noch nie hier gewesen. Liebeskummer hatte nämlich die letzten Jahre einfach nicht stattgefunden in meinem Leben.

Ein scheußliches Gefühl.

»Möchten Sie?«, fragte mich jetzt eine hübsche junge Türkin, die Augenbrauen perfekt gezupft und die schwarze Lockenmähne glänzend aus dem Gesicht geformt, und hielt mir eine Joop-Pumpflasche unter die Nase.

»Sehr erfrischend!«

»Äh, nein«, stotterte ich, ganz gegen meine sonstigen Gewohnheiten, »ich brauche erst mal eine andere Erfrischung, ich meine ...«

»Möchten Sie einen Schluck Wasser?«, fragte mich das junge Ding besorgt. »Ist Ihnen nicht gut?«

»Nein, mir ist nur ein wenig schwindlig. Ich glaube, ich muss erst einmal etwas frühstücken!«

»Na, dann viel Spaß im sechsten Stock!«

Die Verkäuferin drückte mir sogar den Knopf des gläsernen Aufzugs, damit ich ganz nach oben in den Fresstempel fahren konnte.

»Wir grillen für Sie« stand in großen Buchstaben an einer Fleischtheke, als die Tür des Aufzugs sich wieder geöffnet hatte, und rot-weiß geädertes Fleisch grinste mir entgegen.

»Für mich sicher nicht!«, murmelte ich. Frühstückssteaks waren noch nie mein Ding gewesen. Die Austernbar ebenso wenig. Ich hatte trotzdem so unglaublichen Hunger, dass mir fast schon wieder übel war. Und so ging ich durch einen wabernden Sprühnebel an der Obst- und Gemüsetheke vorbei zum Brot und stelzte vorsichtig über die schwarz-weißen Fliesen, die sich unter meinem unsicheren Blick zu psychedelischen Mustern verzogen. Ich suchte mir ein knuspriges Croissant aus und stand dann unschlüssig an der verwaisten Feinkosttheke herum.

»Südafrikanische Springbocksalami haben wir im Angebot, nur fünf neunundneunzig die hundert Gramm«, bot mir der junge Weißkittel dahinter an, nachdem er mich eine Weile beobachtet hatte, wie ich abwesend in sein Angebot gestiert hatte. Ich war gar nicht richtig sauer auf Felix, nur wie vor den Kopf geschlagen, und zwar mit einem Vorschlaghammer, denn so schwindlig, wie mir nach wie vor war...

»Oder dieser Rohmilchkäse aus der Bretagne, Büffelmilch mit Bockshornkleesamen, ganz etwas Feines?«

»Ach nee, lieber nicht!«, dankte ich und schnappte mir eine Flasche Fiji-Wasser, trank sofort einen großen Schluck und machte noch einen Abstecher zu den bunten Plexiglasbehältern mit dem Süßkram, um meinen Vorrat an Jelly Belly Beans, den ich immer im Laden hatte, aufzufüllen. Ich ließ meine Lieblingssorte – lila, mit Traubengeschmack – in eine Tüte rieseln, eine Handvoll, zwei, drei, genug, und fuhr sofort mit der linken Hand in die Zellophantüte. Her mit dem zuckrigen Zeugs – ich musste unbedingt diese Kreislaufschwäche in den Griff kriegen! Ich tat so, als könnte ich mich nicht zwischen einem Limonenspray und einer Balsamicocreme entscheiden, und steckte mir eine der kleinen lila Böhnchen in den Mund. Fehler.

»Buäh«, verzog ich das Gesicht und sah mich vergeblich nach einer Möglichkeit um, mal eben auszuspucken. Die Dinger schmecken nicht nach süßem Aroma, sondern wie hart gekochte Eier! Mit Knoblauch! Unverschämtheit! Das musste eine Fehlproduktion sein! Ich spülte einen Schluck Wasser hinterher, und weil ich es nicht einsah, für so einen Mist auch nur ein bisschen Geld auszugeben, schlenderte ich durch die menschenleere Gewürzabteilung zur Kasse und versenkte die knisternde Zellophantüte samt der Beleidigung meiner Geschmacksnerven nonchalant in den goldenen Mülleimer neben dem Regal mit der Gänseleber. Und vergaß das Ganze sofort, ich hatte andere Sorgen.

Perlendes Klaviergeklimper rieselte aus goldenen Lautsprechern auf mich herab und stimmte mich versöhnlicher, während die Kassiererin das Wasser, das Croissant und ein dickes Rib-Eye-Steak einscannte. Das Steak hatte ich für Felix gekauft. Warum genau, konnte ich nicht sagen, vielleicht wollte ich mir damit irgendwie beweisen, dass er bald nach Hause kommen würde … und ich würde mir eine Schürze umbinden und es für ihn in die Pfanne werfen, ganz die liebende und verzeihende Freundin, und danach würden wir Versöhnung feiern, dass die Wände wackelten …

»Kommen Sie bitte mit in mein Büro«, sagte das kleine Männchen, das aus dem Nichts hinter der Kassiererin aufgetaucht war und mir jetzt zusah, wie ich meine Einkäufe in einer KaDeWe-Stofftasche verstaute.

»Kein Aufsehen bitte!«

Ich trapste benommen hinter dem Mann her, der in seinem lose sitzenden Anzug und mit dem steifen Gang aussah wie Rumpelstilzchen vor einem Bewerbungsgespräch. Ich hatte keine Ahnung, was er von mir wollte, war meine Kundenkarte nicht in Ordnung gewesen? Das hätte doch die Kassiererin gesagt, oder?

»Schwittke – Kaufhausdetektiv« stand auf dem Namensschild neben einer grau lackierten Tür, und anstatt mir den Stuhl vor dem unordentlichen Schreibtisch mit den vielen Monitoren anzubieten, hielt mir Herr Schwittke sofort ein kleines Zellophantütchen vors Gesicht.

»Kommt Ihnen das bekannt vor?«, bellte er mich an.

9

Zeit ist etwas Seltsames. Einerseits schlichen die Stunden, in denen ich auf ein Lebenszeichen von Felix wartete, dahin wie zäher Teer, andererseits waren die Tage fast zu kurz, um all das zu erledigen, was es im März immer zu tun gab. Die Kollektionen wechselten, die Frühlingsmode hing im Laden, die Sommerkollektion musste fertig produziert und Herbst/Winter dringend geplant werden. Außerdem nutzte ich die Gelegenheit, in Felix' Abwesenheit endlich einmal gründlich auszumisten. So vergingen die Wochen wie auf einer viel befahrenen Autobahn – mal mit Vollgas, mal stockend. Das Einzige, was gleich blieb, war, dass Felix nicht da war. Er blieb untergetaucht, und ich wunderte mich jede Nacht, wenn wieder eine neu sortierte Kiste verstaut, wieder ein Müllsack vor die Tür gestellt war, wie man die Abwesenheit eines Menschen so deutlich *spüren* konnte. Ich war auch gar nicht richtig sauer, etwas in mir konnte sogar verstehen, dass Felix einmal eine Auszeit brauchte, aber mir war, als könnte ich es greifen, dass er nicht da war. Und deshalb hatte ich mich an diesem Wochenende zu Charlotte geflüchtet – die konnte ich wenigstens tatsächlich anfassen.

»Wie, du hast Hausverbot im KaDeWe?«

Die drei kleinen Zimmer unter dem Dach der Gründerzeitvilla waren von einem preußischen Architekten sicher einmal dafür geplant gewesen, Potsdamer Upper-Class-Kids zu beherbergen, aber Charlotte hatte daraus kurzerhand einen begehbaren Schrank, ein Ankleidezimmer und einen »Yogaraum« gemacht. In dem saßen wir jetzt auf seidenen Bodenkissen, die Fenster weit geöffnet, um die Sonne hereinzulassen, und tranken Zitronengrastee. Und einen Sonntagnachmittags-Martini. Schließlich gab es etwas Wichtiges zu besprechen. Irgendwann musste ich Charlotte ja mal von der leidigen KaDeWe-Episode erzählen.

»Ja, wegen Ladendiebstahls! Obwohl ich die Jelly Beans gar nicht geklaut habe, so etwas Ekliges würde ich nie klauen! Sondern weil ich eines davon vor Ort verzehrt habe! Aber ich konnte sie einfach nicht kaufen, verstehst du, die haben einfach zu grauenhaft geschmeckt!«

»Und jetzt?«

»Nun, der Detektiv wollte sofort fünfzig Euro Bearbeitungsgebühr und ein Geständnis von mir, und ich habe einfach alles verweigert. Nur als ich die Tüte gesehen habe, habe ich gerufen: ›Ach Gott, jetzt sagen Sie bloß, Sie haben die aus dem Mülleimer gefischt!‹ Und das, meint er, wäre Geständnis genug. Dann hat er meine Personalien aufgenommen und mir Hausverbot angedroht – nach einigen Wochen seien sie dann auch mit der Bearbeitung fertig, und ich bekäme das Ganze schriftlich –, obwohl ich darauf bestanden habe, dass diese Jelly Beans eine geschmackliche Fehlproduktion waren, ich weiß schließlich, wie meine Lieblingssorte schmecken müsste! Das hat er einfach ignoriert – und das Schlimmste ist, dass ich mich nach dieser Aktion wirklich gefühlt habe wie ein Schwerverbrecher. Meinem Vater werde ich das sicher nicht erzählen. Nur Felix, der würde sich sicher totlachen über so was.«

»Nun, apropos Felix, hast du dem endlich mal die Meinung gegeigt? Oder ist der immer noch verschwunden?«

»Ich glaube, der steht einfach immer noch unter Schock, so

wie der mich angefahren hat«, schilderte ich Charlotte zum zigsten Mal Felix' Wandlung vom friedlichen Retriever zum knurrenden Bullterrier. »Seine Oma hat ihm unwahrscheinlich viel bedeutet, der trauert und muss jetzt einfach mal alleine sein. Das ist die erste Auszeit, die er sich seit sieben Jahren nimmt, das ist schon in Ordnung. Ich war ein paar Tage total durch den Wind, aber jetzt geht's wieder. Felix ist bestimmt in München und regelt einfach nur den Nachlass.«

Der weiße Martini schmeckte nach Knoblauch, als hätte Charlottes Spülmaschine versagt. Ich schob ihn weit von mir und hob mir stattdessen Miu-Miu, Charlottes weiße Angorakatze, auf den Schoß. Ich bemühte mich in der Tat, gelassen hinzunehmen, dass mein Freund inzwischen fast einen Monat von der Bildfläche verschwunden war. Ohne Lebenszeichen, ohne mich zur Beerdigung einzuladen, ohne irgendetwas. Aber lieber einer, den der Tod eines geliebten Menschen total aus der Bahn warf, als einer, der sich noch am Totenbett ein Bier aufmachte und sich bei seinen Fußballfreunden nach dem letzten Bayernspiel erkundigte. Felix würde sich schon melden, er war schließlich die Verlässlichkeit in Person, und er liebte mich.

»Kann ich wenigstens die Wohnung renovieren, wenn er nicht da ist, erst gestern ist mir wieder aufgefallen, wie schäbig die Wände inzwischen aussehen. Felix soll sich ruhig erholen, der braucht seine Kraft für die Übernahme und seine Ausbildung zum Koch. Und wer weiß, vielleicht ist der Spargroschen von Oma Schweiger genau das, was uns fehlt, um mit Cesare einig zu werden.«

Miu-Miu schnurrte ekstatisch, als würde sie mir sofort alle ihre Sparmäuse zur Verfügung stellen, wenn ich sie nur weiter an der Kehle kraulen würde, und ich redete, als wäre alles in trockenen Tüchern. Dabei hatte ich mit Herrn Schweiger noch gar nichts besprochen und hielt Cesare seit einem Monat hin. Felix wusste immer noch nichts von dem, was in meinem Kopf herumspukte, nada, niente, nix. Wie auch?

»Ich bewundere deine Geduld«, sagte Charlotte und spielte an ihrem Perlenarmband. »Ich bin froh, dass Bernhard diese Teenagerallüren hinter sich hat.«

»Wieso Teenagerallüren? Alles, was Felix braucht, ist eine Auszeit nach einem schweren Schicksalsschlag!«, verteidigte ich ihn.

»Wie du meinst«, sagte Charlotte und warf erst einen skeptischen Blick auf mich und dann auf Miu-Miu, die inzwischen dazu übergegangen war, mir sabbernd ihr Hinterteil entgegenzustrecken, den Schwanz grazil zur Seite geringelt, »dann ist ja alles gut und er bald wieder zu Hause.«

»Genau«, sagte ich, schubste schwungvoll die zu allem bereite Mieze zur Seite, die sich daraufhin mit einem missmutigen Seitenblick sortierte und dann beleidigt aus dem Zimmer schlich, und angelte nach dem Magazin, dessen buntes Deckblatt mich unter einer englischen Elle schon die ganze Zeit auf dem kleinen runden Teakholztischchen mit dem silbernen Teeservice angelächelt hatte.

»Der Ikea-Katalog! Toll! Ich finde meinen nämlich nicht mehr!«, sagte ich begeistert – das fand ich jetzt in der Tat fabelhaft – und drückte das Heft fest an mich. »Kann ich den haben?«

»Ach nee, das ist mir jetzt eigentlich nicht so recht«, sagte Charlotte ohne nähere Angabe von Gründen. Sie war aufgestanden, weil es unten im Haus klapperte. »Sag bloß, Bernhard kommt schon?«

Damit war das Thema Ikea für sie erledigt. Ich warf den Katalog unwillig auf den Zeitschriftenstapel zurück. Als würde Charlotte in der piekfein eingerichteten Zockel-Villa irgendetwas von Ikea haben wollen! War das echte Freundschaft? Ich war plötzlich extrem verstimmt, außerdem war es längst Zeit zu gehen, ich wollte doch noch weiter aufräumen zu Hause! Ich drängelte mich beleidigt an Charlotte vorbei, um den rot eingefassten Sisalläufer auf der Eichentreppe nach unten zu laufen.

Dass unten an der Eingangstür ein erstaunter älterer Herr mit silbernen Schläfen und jugendlichem Polohemd stand, ignorierte ich und schob mich grußlos an ihm vorbei. Gut, dass er mir nichts hinterherrief, das war sicher der Zockel, aber ich wollte nach Hause, und zwar ganz plötzlich und sofort. Charlotte kann sich ihren Ikea-Katalog sonstwohin schieben, beschloss ich, sperrte meinen alten Volvo auf, der halb in der Rosenrabatte, halb auf dem Kiesweg stand, und stellte fest, dass ich kaum aus der Windschutzscheibe sehen konnte. Weil ich heulte. Wie ein Schlosshund. Völlig aufgelöst klickte ich an meinem Leihhandy herum, natürlich waren da jetzt meine Nummern nicht eingespeichert, was war gleich noch mal die Nummer von Josef auf Mallorca? Es war Zeit, meine Long-Distance-Freundschaft zu meinem ältesten Freund wieder zu aktivieren.

»Hast du heute schon was gegessen?«, fragte mich Josef, als ich ihn kurz vor dem Berliner Funkturm nach drei Fehlversuchen endlich ans Telefon bekam. »Wieso regst du dich mehr über Charlotte und den blöden Katalog auf als darüber, dass dein Freund seit Wochen nichts von sich hören lässt? Hast du Unterzucker? Dann verlierst du immer die Orientierung! Du fährst jetzt in diese AKÜ, schließlich bist du immer noch die Freundin des Besitzers, und lässt dich da bekochen, du bist wahrscheinlich halb verhungert und total dehydriert!«

»Ja«, sagte ich kläglich und folgsam trotz der vier Rühreier mit Speck, die mir Charlotte aufgetischt hatte, und fuhr am Funkturm geradeaus Richtung Mitte, »Essen wird wohl das Beste sein.«

Die AKÜ war nicht so leer, wie ich es nach der Schweinefleischmisere erwartet hatte. Klar, im Frühling futterten die Leute immer besonders viel. Die Berliner konnten schon draußen sitzen, auch wenn die Bikinisaison noch weit weg war, was den unbeschwerten Appetit auf Hausmannskost kolossal anregte. Die scheinen hier genauso prächtig ohne Felix auszukommen wie ich, dachte ich kurz und ein bisschen gehässig.

»Ist Felix' Büro offen?«, fragte ich Mizzi im Vorbeigehen, der Schweiß stand ihr auf der Stirn und fixierte ihr ein paar Haarsträhnen an den Schläfen. Sie schaute mich nur mit weit aufgerissenen Augen an, in jeder Hand einen Teller mit Speckknödelsuppe, und sagte nichts. Mann, ist die im Stress, dachte ich und nahm die hintere Treppe nach oben. Vielleicht war mein Ikea-Katalog hier? Zusammen mit dem Habitat- und dem Manufactum-Magazin? Ich würde mir jedenfalls meine plötzliche Renovierungslaune nicht weiter von einer solchen Lappalie verhageln lassen, dachte ich entschlossen, aber vergeblich, ich spürte immer noch, wie tief mich Charlottes Nein getroffen hatte. Ich schnappte mir im Vorbeigehen eine Flasche eines schicken neuen Wellness-Eistees, der in einer Probierkiste neben den Personalspinden stand, schraubte sie auf und würgte. Mein Gott, auf der Flasche stand zwar Grüntee/Minze, aber auch der schmeckte nach Knoblauch. War mir ein Vampirvernichtungskommando auf der Spur, das mich wegen meiner im Berliner Winter erworbenen Blässe für einen Blutsauger hielt?

In Felix' Büro herrschte eine seltsame Stimmung, die Rollos waren halb geschlossen, auf dem Tisch türmte sich die unerledigte Ablage. Seltsam, wie dieser Raum sich veränderte, wenn kein gut gelaunter Felix am Schreibtisch saß. Angeekelt stellte ich den Knoblauchdrink auf den Rollcontainer mit den vielen Aufklebern und wusste plötzlich, was los war. Dieses Büro sah neuerdings aus wie ein ganz normales Büro. Weil etwas fehlte. Und zwar das gesamte Männerspielzeug. Das rote Rennrad lehnte nicht vor der Tür. Das Skateboard stand nicht unter dem Schreibtisch. Und das Surfbrett mit dem Waikiki-Logo hing nicht in seiner Halterung über dem Schreibtisch. Der Laptop. Der iPod. Alles weg!

»Was zum Teufel ...«, murmelte ich und fuhr herum. Da war jemand hinter mir, Mizzi war das, sie war hinter mir hergetigert, das unverschämte Luder! Dachte wohl, sie könnte sich zusammen mit Ian das Lokal unter den Nagel reißen und schon mal Felix' Sachen entsorgen, nur weil er einen ungeplanten Urlaub eingeschoben hatte!

»Meinst du nicht, du warst da ein wenig zu voreilig? Felix

kann jeden Moment hier auftauchen!«, keifte ich, die Kleine war mir sowieso die ganze Zeit zu niedlich vorgekommen, um nicht durch und durch böse zu sein, »der wird sich freuen, wenn ich ...«

»Der ist schon aufgetaucht«, sagte Mizzi. »Gestern. Und er hatte mich gebeten, dir nichts zu sagen, aber wenn du gleich so auf mich losgehst ...«

Sie konnte nicht weitersprechen, weil ich sie sehr unsanft an die Wand geschubst hatte. Nicht, weil ich sie schlagen wollte, wer schlug schon feenhafte Österreicherinnen, sondern weil ich schaute, dass ich aufs Personalklo kam, bevor ich quer auf die Dielen kotzte. Unfrieden war mir schon immer auf den Magen geschlagen. Und kein Felix war da, um mir den Kopf zu halten und mich zu bemitleiden, sondern er war auch noch schuld daran. War in Berlin aufgetaucht, hatte sein komplettes Männerspielzeug geholt – und sich nicht bei mir gemeldet! Ich schaffte es nicht einmal mehr, die Toilettentür ordentlich hinter mir zu schließen, so prompt drehte sich mir bei dieser Ungeheuerlichkeit der Magen um.

10

»Nein! Will ich nicht!! Pulli *nein!*«

»Schau mal, die Teddys sind auch süß!«

»Will-keinen-Teddy! *Teddys nein!*«

Was da mit knallrotem Kopf in meinem Laden herumstampfte, die Füße in Kickers Größe 26, hätte ein gutes Rumpelstilzchen abgegeben.

»Trotzphase«, murmelte die dazugehörige Mutter hilflos, die nett aussah in ihrer blausamtenen Flohmarktjacke und der weiten Marlenehose, von den roten Stressflecken an ihrem Hals mal abgesehen. Die Arme spürte natürlich den abschätzigen »Selber schuld was kriegst du auch ein Kind wenn du es dann nicht im Griff hast«-Blick von Charlotte, die in einem dunkelblauen Hosenanzug in der Stillecke ungeduldig in etwas herumblätterte und darauf wartete, dass der Laden sich leerte, damit wir weitersprechen konnten. Über meine Beziehung, die sich in rasender Geschwindigkeit von nahezu perfekt in praktisch nicht mehr existent zu verwandeln schien, und über ihr anstehendes Casting zu »Operation Walküre 2«. Normalerweise hätte ich meine Freundin stante pede hinausgeworfen und zuvor angeherrscht, mit ihrer Nachwuchsphobie ein wenig mehr hinter dem Berg zu halten, um mir nicht das Geschäft kaputt zu machen. Mütter, die mit vor Hunger und Müdigkeit auf Krawall gebürsteten oder einfach grundsätzlich charakterschwachen Kindern hier auftauchten, entschuldigten sich oft durch einen Raffkauf bei mir indirekt für das Verhalten ihrer Ekelpakete. Aber heute war das etwas anderes.

»Dann willst du sicher auch kein Eis«, sagte ich liebenswürdig zu dem Dreijährigen, dem vor Zorn die Tränen aus den Augen spritzten. »Schade, denn in der Prenzlauer Allee hat eine neue Eisdiele aufgemacht, und die haben da ganz tolle Geschmäcker!«

»Eis nein! … Ja! Jaaa!«

Die Stimmung drehte sich.

»Mama, ich will ein Eis! *Jetzt!*«

Die hinter Mutter und Sohn zuschwingende Tür schnitt das Gezeter des Kindes ab und machte die glockenreinen »Kinderstimmen der Südsee« wieder hörbar, die im Hintergrund liefen, ein Geschenk von Felix. Sollte ich dringend mal aussortieren, diese CD. Sicher illegal downgeloadet von diesem abtrünnigen Berufsjugendlichen, diesem, diesem …

Ziemlich in Fahrt, wartete ich nicht einmal das sanfte Klicken des Türschnappers ab, bis ich mich neben Charlotte an den Tisch mit den Zeitschriften hockte – zur Betonung mit einem Lucky-Luke-Comic gestikulierend, den ich zuvor in meiner Ladentoilette gefunden hatte. Auch er eine Erinnerung an Felix.

»Du hast ja so recht gehabt! Teenagerallüren war noch nett

gesagt! Taucht im Büro auf, nimmt seinen ganzen Kram mit – und verschwindet wieder, ohne sich bei mir zu melden! Warum war ich nur so sagenhaft bescheuert und habe mich mit einem Typen eingelassen, der mit über dreißig immer noch Skateboard fährt? Warum bin ich nicht mit jemandem zusammen, der keine Angst vor dem Erwachsensein hat und der mir auch noch geschäftlich hilft? So wie dein Bernhard?«

Zockel hatte nämlich klein beigegeben und für seine Dauergeliebte endlich seine Vitamin-B-Muskeln spielen lassen. Und so war Charlotte heute auf dem Weg nach Babelsberg, um für eine tragende Rolle in der Fortsetzung des Tom-Cruise-Epos über den weniger bekannten, aber ebenfalls erfolglosen Hitler-Attentäter Graf von der Schulenburg vorzusprechen und nicht nur schweigend ihre Oberweite und ihre blonden Haare von A nach B zu tragen.

Charlotte war deswegen ausgesprochen sonnig gestimmt, schließlich hatte sie eine strahlende Zukunft als Charakterdarstellerin vor sich. So war ihre Antwort im Gegensatz zu ihrer sonstigen Scharfzüngigkeit erstaunlich milde.

»Vielleicht wollte Felix dich überraschen, und du warst nicht zu Hause? Er hat das sicher nicht böse gemeint, er hat sich wahrscheinlich einfach verplant und musste dann ganz dringend irgendwohin? Vielleicht hat er auch sein Handy verloren? Ihr seid ja beide ganz gern mal organisatorisch eher gehandicapt – es hat doch gute Gründe, warum ausgerechnet ihr ein Paar seid, oder?«

Ja genau, warum passte Felix denn so gut zu mir? Was fand ich denn eigentlich an dem Kerl? Ich überlegte laut: »Dringend irgendwohin? Ohne sich bei mir zu melden? Ich habe gerade keine Ahnung, wie ich so einem sieben Jahre treu sein konnte! Nur weil er gut aussieht? Und weil er lieber wenig sagt, anstatt Blödsinn zu faseln? Und weil das, was er dann sagt, meistens lieb oder lustig ist?«

Ich verstummte.

»Aue aue papa e, aue aue papa e!«, sangen die Kinderstimmen

der Südsee gerade zu fröhlichem Getrommel. Warum fühlte ich mich eigentlich so wohl mit Felix? Weil ich genau wusste, dass ich mit niemandem leben könnte, der akkurater wäre als ich – weil der dann nämlich zwangsläufig an meinem Chaos Anstoß nehmen würde, auch wenn es noch so sehr System hatte! Hatte ich mich nicht bewusst für den Lausbuben Felix und gegen meinen dandyhaften Exfreund entschieden, als ich Felix an mich herangelassen hatte? Und war dieser Kerl nicht immer ein Stück Heimat gewesen in dieser Stadt – hätte ich ohne ihn denn geschafft, was ich geschafft hatte?

»Weißt du was, Charlotte«, sagte ich langsam, »wenn ich an Felix denke, fällt mir trotzdem immer nur Positives ein. Ich kann einfach nicht über ihn schimpfen, jedenfalls nicht lange. Und deswegen ...«

Dadadüdadadüdadadüdüdüü.

»Peter und der Wolf« war ein wunderbarer Klingelton für mein Ladentelefon, auch das eine Idee von Felix, und das Wunderbare: Er war es auch, der mich anrief. Endlich! »Felix mobile« blinkte es auf dem Display, und mit dem schönen Gefühl, höchstens zwei Sätze von einer Versöhnung entfernt zu sein, hob ich ab, mein Herz weit und zum Verzeihen bereit.

Lange nachdem ich aufgelegt hatte, saß ich weiter auf der zweituntersten Stufe des hinteren Treppenhauses, durch das fast nie jemand ging. Mein Freund, das unbekannte Wesen, dachte ich, unfähig, mich zu bewegen, und starrte auf die dunkelbraun lackierte Türschwelle zu der ungenutzten Hauswartswohnung. Wie schäbig hier alles war. Hatte ich diese abgeranzte Berliner Umgebung nicht immer als schick empfunden? Wann zum Teufel war das eigentlich gewesen?

»Hier bist du«, sagte Charlotte vorsichtig vom Türrahmen der Lagertür aus. »Was sagt er? Bleibt er noch in München?«

»Nein«, sagte ich und starrte sie an, »er ist nach Kalifornien. Um zu surfen. Wellenreiten. Er muss mal raus, sagt er. Kann länger dauern. Er meldet sich dann.«

Ich stand auf, steif wie eine alte Frau, stakste in den Laden und schloss die Tür von innen zu – Kunden konnte ich jetzt nicht brauchen – und wischte mir die Tränen mit einem Streifenpullunder Größe 56 aus der Zwergekollektion ab.

»Ich weiß nicht einmal, ob er allein gefahren ist oder sich jemanden mitgenommen hat.«

»Hm«, meinte Charlotte, die offensichtlich mehr Routine hatte als ich, über das Parallelleben eines Lebenspartners den Überblick zu behalten, »schau doch mal auf Facebook, oft steht da mehr, als man meint. Ich gehe in der Zwischenzeit Aperol kaufen.«

»Beeil dich!«, schluchzte ich, schaltete energisch den CD-Spieler aus, die Kinderstimmen der Südsee waren gerade zu einer traurigen Ballade namens »Oku mokomokoga« übergegangen, und klappte den weißen Laptop auf dem Kassentisch auf. Wenn Felix ausnahmsweise mal schlechte Laune gehabt hatte, hatte er sich über Nacht am Küchentisch hinter seinem Rechner verschanzt, vielleicht hatte er im Netz Spuren hinterlassen, die mir ihn verstehen halfen? Ich wartete mit klopfendem Herzen das Willkommensdingdong ab. Ungeduldig klickte ich die Startseite weg, politische Nachrichten waren mir gerade völlig wurst, und überflog Felix' Profil nach einschneidenden Veränderungen.

Es hatte sich nichts verändert. Status: in einer Beziehung. Ich konnte nur hoffen, dass damit immer noch ich gemeint war.

»Ich schreib ihm, was ihm eigentlich einfällt!!«, schnauzte ich.

»Tu das nicht«, sagte Charlotte, die einen Schwall frischer Luft und eine Plastiktüte mitbrachte, und krempelte die Ärmel ihrer weißen Hemdbluse hoch. »Wer will das denn schon lesen, nicht jammern, schick ihm lieber ein Foto von dir, wie du jetzt aussiehst, süß, aber gramgebeugt!«, befahl sie mir und schubste mich auf die Seite, um die Passbildfunktion meiner Webcam einzustellen.

»Hoppla ... du hast eine neue Nachricht und Fotos zum Download«, sagte sie, »soll ich mal?«

»Wahrscheinlich Felix, wie er mit einer ultraschlanken Baywatch-Tussi am Strand von Santa Monica posiert«, schniefte ich, auf alles gefasst. Warum hatte ich es nie geschafft, mir mit Felix zusammen ein Hobby aufzubauen? Warum waren wir kein einziges Mal zusammen an der Ostsee gewesen? Oder in den Bergen? Ich war doch früher einmal gut und gerne Ski gelaufen! Warum hatte ich nicht wenigstens ein Mal versucht, mich auf ein Surfbrett zu stellen oder mich in Berlin auf etwas anderes als ein Hollandrad zu setzen? Warum hatten wir nicht schon viel früher begonnen zusammenzuarbeiten? Warum hatte ich ihn nicht mit Cesare zusammengeführt – vielleicht hätte der Biologe helfen können mit seinen Kontakten zu gutem Biofleisch? Warum war Felix nicht einfach einmal mit nach Bozen gekommen? Warum waren wir nicht auch nur ein einziges Mal im Müggelsee schwimmen gewesen? Hatten immer nur darüber geredet und stattdessen unseren wahnsinnigen Alltag nebeneinander her gelebt wie Duracell-Hasen, und ich hatte die ganze Zeit gedacht, das würde reichen, um zusammenzubleiben. Ich hatte keine Ahnung, was ich getan hatte, das ihn über Nacht zum Fremden hatte werden lassen – war das nicht schlimm, dass ich das nicht wusste?

»O Gott«, sagte Charlotte, »was ist das denn?«

Ich schob sie beiseite und sah das Foto eines weißen Zickleins, so knuffig und niedlich, dass ich den aufgetriebenen Bauch erst auf den zweiten Blick sah. Es lag auf der Seite, die kleinen Hufe voller Stallstreu, die Augen weit offen, und war tot.

Cesare hatte mir eine Mahnung geschickt, im italienischen Stil. Ich konnte wahrscheinlich froh sein, dass er mir den Kadaver nicht mit der Post geschickt hatte.

11

Schmusewollechef Cesare war in der Schweiz. Auf einem Biologenkongress zum Klimawandel. Mit seiner Mama. Nachdem letzte Woche zwei Lämmer an einer Vergiftung gestorben waren und Cesare glaubte, dass der Klee schuld war, der sich in diesem zu warmen Frühling in die Hochweide geschlichen hatte, war einmal mehr klar, dass etwas passieren musste, um die Tiere in höher gelegene Weiden zu schaffen. Und er hielt mir abends am Telefon einen Vortrag, der sich gewaschen hatte: »Ich dachte, wir sind Freunde? Du hast gesagt, du brauchst Sonnengelb, und ich habe ein Sonnengelb entwickelt. Du hast angerufen, du willst zweifädigen Kaschmir für den Sommer, und ich habe die Maschinen umgestellt. Sofort. Und jetzt warten wir einmal auf dich, ich, Mama und die Ziegen – und nichts passiert. Meinst du, meine Leute in der Fabrik haben von den toten Tieren nicht gehört? Meinst du, sie werden darauf warten, dass die Unterwolle immer weniger wird und wir keine Qualität mehr liefern können? In Bozen gibt es genügend zu tun, dann helfen die Arbeiter eben bei der Obsternte, bevor sie sich an die Spinnmaschinen setzen mit einer ungewissen Zukunft. Wie soll ich ihre Arbeitsplätze retten, wenn du dein Versprechen nicht einhältst?«

Ich hatte den Teppichschaum abgewischt, der am Telefonhörer klebte. Mein immer stärker werdender Drang, in Felix' Abwesenheit alles, aber auch alles auf Vordermann zu bringen und in neuem Glanz erstrahlen zu lassen, hatte auch vor dem Flokati im Wohnzimmer nicht haltgemacht. Und ich hatte wenigstens nicht über das nachgedacht, was mir Felix heute mitgeteilt hatte. Dass er sich verziehen würde, irgendwohin nach Kalifornien, wo er mich nicht dabeihaben wollte. Solange ich schrubbte wie eine Wilde, war der Schock kaum spürbar. Aber jetzt schüttelte ich den Kopf. Wie konnte ich mich nur mit so etwas verzetteln und auch noch zweimal Teppichshampoo im Drogeriemarkt holen, wenn ich gerade dabei war, das zu verlieren, was meine Babymode so unverwechselbar machte – nämlich weichsten Kaschmir in knalligen Farben? Ich war nur ein kleines Label, noch! Aber niemand hatte weichere und buntere Kindermode! Wie konnte ich nur einem Ikea-Katalog mehr Gewicht geben als dem braunen Pappumschlag mit Cesares Kalkulation? Seit Tagen lag der ungeöffnet auf dem Fensterbrett in der Küche, neben der Schale mit den ungegessenen Äpfeln, die zwar schön aussahen, aber nach Knoblauch schmeckten.

Cesare war noch nicht fertig: »Ich will nicht zu Lana Grossa, Bellissima, aber sie haben mir ein super Angebot gemacht, und ich muss handeln. Wir müssen die Ziegenalm spätestens im nächsten Frühjahr nach oben verlegen und Heu zufüttern. Und das kostet Geld. Wie viel, solltest du längst wissen, ich habe dir die Kalkulation geschickt. Und du hast dich nicht einmal gemeldet, dass du sie bekommen hast.«

»Du hast recht«, sagte ich und zurrte den Schal fester, den ich mir um die Lenden gebunden hatte. Seit ich in diesem Treppenhaus gesessen hatte, zog es mir wahnsinnig in den Nieren. »Ich werde halten, was ich versprochen habe, und ich werde Cashmiti übernehmen. Gib mir nur noch ein paar Tage, um die Finanzierung festzuklopfen.«

Größenwahnsinnig war ich jetzt geworden, aber dann würde eben Charlotte herhalten müssen, sollte sie doch ihren Zockel anpumpen! Ich konnte gut auf Felix verzichten, dann suchte ich mir eben einen neuen Businesspartner, pah! Und heute Abend würde ich anfangen, Felix' Sachen in Kisten zu packen. Wer mich so behandelte, hatte auch kein Recht, mir in meiner eigenen Wohnung die Aussicht zu verschandeln!

Anscheinend hatte meine Stimme wieder einen völlig überzeugenden Klang, jedenfalls lenkte Cesare sofort ein und meinte väterlich: »Ein, zwei Wochen? Sehr gut. Buono. Meine Mutter fragt, wie es dir sonst geht? Sollen wir dir aus der Schweiz Ovomaltine-Riegel schicken, die liebst du doch?«

»Hör mir auf, nur keine Schokolade«, lehnte ich ab, »eigentlich schmeckt im Moment alles nach Knoblauch!«

»Schokolade? Nach Knoblauch? Um Gottes willen!«, sagte Cesare. »Moment!« Und plötzlich hatte ich Mama Claudia am Telefon, die sich persönlich nach meinen Geschmacksverirrungen erkundigte: »Come, piccolina, aglio? Auch süße Sache?«

Und dann ging ich mir warme Strümpfe anziehen, die ich eigentlich schon in die Winterkiste gepackt hatte, vielleicht würde das gegen meine ziehenden Nierenschmerzen helfen, und ließ den Teppich Teppich sein. Ich schnappte mir eine Riesenpackung Chips Western Style aus der kleinen Kommode an Felix' Bettseite. Wenn ich sie alle aufaß, konnten sie mich wenigstens nicht mehr an ihn erinnern. Ich stopfte auf dem Weg nach unten so viel von dem überwürzten Kartoffelzeugs in mich hinein, dass mir die Lippen brannten, und riss im Laden Fenster und Türen weit auf, ließ Sonne und Luft herein und stellte die kleinen Bänke und die Bauklotzkiste raus auf den Hof, damit der sich ab morgen wieder mit Kindern füllen konnte. Drinnen sah ich mich einmal mehr um – das Mobiliar, alles Einzelstücke vom Trödel oder vom Flohmarkt, war weiß gestrichen, die farbenfrohen Pullis hoben sich davon noch leuchtender ab. Ich ruckte an ein paar Kleiderbügeln, obwohl die kleinen Jacken bereits in perfektem Abstand zueinander hingen, und stellte Stühle und Sessel bereit für Bille, Rainer, Cordula und Brischitt. Und Marie, die Frau mit der Flohmarktjacke, die heute in den Strickkurs mit einsteigen würde. Einen bezaubernden Laden hatte ich mir hier aufgebaut! Was hatte mich nur so abgelenkt? Ich musste jetzt nach vorne schauen, und wenn der Herr Schweiger keine Lust mehr hatte, mit einer so erfolgreichen Geschäftsfrau wie mir zusammen zu sein, weil sein fragiles Ego meine starke Gegenwart nicht mehr ertragen konnte, bitte!

Und weil ich mich gerade so unverwundbar fühlte, rief ich auch gleich noch Herrn Schwittke an, seines Zeichens Kaufhausdetektiv im Kaufhaus des Westens.

»Schwittke!«

Am Telefon klang er fast noch unsympathischer als in natura. Ich riss mich zusammen und sagte mit meiner nettesten Telefonstimme: »Guten Tag, Herr Schwittke, hier ist Heidi Hanssen, wir haben uns vor einigen Wochen kennengelernt, als ich, öhm, nun, den Fehler gemacht habe, eine einzige dieser Jelly Belly Beans an Ort und Stelle zu probieren und sie dann nicht zu bezahlen.«

»Was rufen Sie mich denn deswegen an? Die Anzeige ist längst raus! Moment!«

Warteschleife. James Blunt jaulte sein »You're beautiful«, und ich war schockiert: Wie, die Anzeige war längst raus? Der hatte das tatsächlich der Polizei übergeben! Wegen eins einunddreißig! Den kauf ich mir!, dachte ich, und als Herr Schwittke aus der Warteschleife wieder auftauchte, rutschte meine Stimme eine Tonlage tiefer.

»Halloho, sind Sie wieder dran? Haben Sie sich die Akte geholt?«, gurrte ich. »Hier ist immer noch die böse Heidi!«

»Und?«, blaffte Herr Schwittke.

»Ich wollte mal fragen, Herr Schwittke ...«, ich lugte aufs KaDeWe-Schreiben mit dem Hausverbot, das mir ins Haus geflattert war (Hausverbot im KaDeWe – das ging gar nicht, ich musste hier wirklich alles geben!), »... lieber Werner, ich habe nur das Bedürfnis, noch einmal mit Ihnen zu sprechen, denn ich glaube, Sie sind gar nicht so ein Böser, der arme Frauen verhaften lässt, gell? Sie müssen das tun, weil Ihr Arbeitgeber das verlangt! Wissen Sie, was viel schlimmer ist als die Anzeige? Das Hausverbot! Denn ich dachte, wir könnten uns noch einmal darüber unterhalten, wie das so ist für Sie, wenn immer alle Angst vor Ihnen haben ...«

»Soweit ich mich erinnern kann, hatten Sie nicht gerade besonders viel Respekt, Sie haben sich schließlich geweigert, die Kopfpauschale zu zahlen!«

»Nun, aber finden Sie fünfzig Euro Pauschale für eine einzige Jelly Bean nicht auch zu viel? Da gibt das KaDeWe damit an, einhundertdreißig Sorten davon zu haben, aber was nützt das, wenn sie alle nach faulen Eiern schmecken? Genauso wie dieses Büffel-

Wasabi-Zeugs! Haben Sie denn diesen Käse mal probiert? Der ist sicher auch ungenießbar!«

»Hab ich nicht, den Fraß kann ich mir nicht leisten!«

Ups! Aha!

»Aber, Sheriff, äh, Werner«, flötete ich jetzt, »sind Sie vielleicht deshalb so böse auf mich, weil Sie so frustriert sind, dass Sie in einem Feinkosttempel arbeiten, dessen Fraß Sie sich nicht leisten können, und sich keiner für Ihre getane Arbeit bedankt, mit einem Fresskorb zum Beispiel? Stattdessen müssen Sie kleptomanische Weiber verhaften, die sich dann auch noch weigern, die Kopfpauschale zu zahlen, und sie um ihren verdienten Lohn bringen?«

»Genau, genau!«

»Ah, Werner, Sheriff, Herr Schwittke«, schmachtete ich jetzt, »ich bin aber anders als alle anderen. Ich will nicht im Unfrieden mit Ihnen auseinandergehen ... ich war nur so schockiert wegen meiner Verhaftung!«

»Ich habe Sie nicht verhaftet, das darf ich gar nicht!«

»Oh, das dürfen Sie nicht? Das darf nur die Polizei? Wie ungerecht!«

»Ja, kann man wohl sagen«, polterte Herr Schwittke los, »ich habe noch nicht mal eine Waffe!«

Den krieg ich! Nicht aufgeben!, feuerte ich mich an, rief mir Marilyn Monroes »I wanna be loved by you« ins Gedächtnis und versuchte, meiner Stimme das gleiche verruchte Beben zu verpassen.

»Aber Sheriff, die brauchen Sie doch auch gar nicht! Weil Sie sooo stark sind! Auch ohne Uniform!«, legte ich meine geballte Weiblichkeit in meine Telefonstimme.

»...«

»Herr Schwittke? Hallo?«

»...«

»Herr Schwittke, sind Sie noch dran?«

»Können Sie noch mal Sheriff zu mir sagen?«

Und als fünf Minuten später meine Ladentür zwitscherte, weil

Billes Lucca mit seinem Rad, das eindeutig noch zu groß für ihn war, einfach in den Laden fuhr (seine kleinen Hände bekamen die Bremse nicht richtig zu fassen), hatte Herr Schwittke nicht nur die Anzeige zurückgezogen, er hatte auch das Hausverbot rückgängig gemacht. Ich war stolz auf mich. Ich hatte noch nie jemanden am Telefon so dermaßen um den Finger gewickelt.

12

Und so traf eine schwungvolle Charlotte, deren Absätze über die Steine des Hofes klapperten, als wäre sie die Königin von Saba (sie trug niemals Turnschuhe!), auf eine genauso schwungvolle Heidi.

Ich brachte gerade Rainer und die Mädels zur Tür, eine (zu neunzig Prozent von mir und von zehn Prozent von Lucca) leer gegessene Packung Pringles Sourcream & Onion in der Hand, und sah zu, wie Cordula auf ihren auf dem Bürgersteig parkenden knallroten Porsche Carrera zustürzte.

»Oh, nee, ein Ticket! Oder was ist das?«, zeterte sie.

»›Parke nicht auf unseren Wegen‹ steht da!«, baute sich Rainer neben der Chefmama auf.

»Ich habe dir den Zettel selbst ans Auto geklemmt! Wir sind eine Elternvereinigung, die gegen Bonzenschleudern vorgehen, die unsere Gehwege zuparken! Heißt schließlich nicht umsonst Bürgersteig und nicht Oberschichtensteig! Wieso fährst du überhaupt so einen zweisitzigen Sportwagen? Ich denke, du hast ein Kind?«

»Ja«, deaktivierte Cordula mit einem Fiepton die Alarmanlage, »deswegen habe ich unserer Nanny auch einen Golf gekauft. Aber damit kann ich mich bei uns in der Richard-Wagner-Chaussee nicht sehen lassen.«

Das war bei Charlotte um die Ecke, aber ich hielt besser den Mund und sah schweigend zu, wie Bille ihren mit Einkaufstüten beladenen Fahrradanhänger aus dem Hinterhof schob und wieder ankoppelte, um ihre Tageseinkäufe, die Tasche mit den Tennisschlägern und den müden Lucca samt Fahrrad darin unterzubringen.

»Tut mir leid, ich hab's eilig«, schnaufte sie, »ich muss noch für die Elternini vorkochen, ich habe diese Woche Essensdienst.«

»Alles Gute«, rief ich gegen das Dröhnen von Cordulas Porsche an, »ruf mich jederzeit an, wenn du mit dem Patentmuster nicht klarkommst! Du auch, Rainer, viel Glück mit dem kleinen Zeh!«

Die Wimpel an Billes Anhänger flatterten noch einmal, dann war sie um die Ecke gebogen.

»Das sieht doch schon sehr schön aus«, ermutigte ich Marie, die Mutter in der blausamtenen Jacke, die heute spontan dazugekommen war. Ihr Sohn hatte sich von seinem Trotzanfall neulich erholt und ließ mit begeistertem Rattatatata seinen Polizeihubschrauber einen knappen Millimeter über die sorgfältig zusammengelegten Pulloverstapel fliegen.

»Nein, ich lass das mal mit dem Stricken, ich kaufe und verkaufe lieber. Ich nehm dann mal den Pulli, den sich Gustav ausgesucht hat!«, grinste sie und zog die Nadeln aus dem verfilzten Gebilde, mit dem sie sich die letzten zwei Stunden herumgequält hatte.

»Okay«, lachte ich, »überredet!«, und quittierte ihr einen Wunderland-Pulli mit Polizeiautoknöpfen. Ich gab ihr zehn Prozent, wie nett, dass auch sie aus der Modebranche war, sie hatte als alleinerziehende Mutter nur keinen passenden Job mehr gefunden.

»Ich habe eine gute Nachricht«, drängelte Charlotte ungeduldig von der Seite und hielt sich demonstrativ die Ohren zu, als Gustav seinen Hubschrauber direkt vor ihr notlanden ließ.

»Ich auch!«, antwortete ich, winkte Marie und ihrem Sohn zum Abschied nach und legte den Zettel mit Maries Nummer in mein Gästebuch.

»Erst du!«, fügte ich hinzu, obwohl ich genau wusste, dass ich Charlotte dazu nicht extra auffordern musste.

»›Walküre 2‹ wird richtig fett«, schwärmte sie bereitwillig los, »das Drehbuch hat dreihundertfünfzig Seiten, und auf hundertachtzig Seiten kommt meine Rolle vor! Stell dir das vor, endlich kann ich richtig spielen! Endlich kann ich zeigen, was in mir steckt! Das ist meine Chance! Und das Beste ist: Dolce & Gabbana hat in der Sommerkollektion ein phantastisches Kleid, das aussieht wie original aus den Vierzigern – und die Ausstatterin hat gesagt, vielleicht kann sie es bestellen, und ich kann es dann behalten, weil – so große Frauen wie mich haben sie selten!«

»Respekt!«, gratulierte ich ihr und nutzte Charlottes kurze Atempause, um einzuschieben: »Ich habe auch die Chance, zu zeigen, dass in mir mehr steckt als eine kleine Boutiquenbesitzerin – und zwar im Alleingang! Der Missoni-Strickclan wird in ein paar Jahren Peanuts sein gegen mich! Jetzt muss ich nur noch irgendwie an Geld kommen! Und zwar an Kapital, nicht an einen Kredit – ich hasse Schulden!«

Charlotte versprach mir, den steinreichen Zockel so bald wie möglich nach einer Beteiligung zu fragen. Und so steckte ich dem Eilboten der neuen weiß-grün gekleideten Postkonkurrenz fünf Euro Trinkgeld zu, weil ich gerade erst gelesen hatte, wie beschissen sie verdienten und weil heute so ein toller Tag gewesen war. Auch ohne Felix. Der Bote dankte schwitzend und legte zwei kleine Päckchen auf den Tisch.

»Ah, schon wieder ein neues Handy, Glückwunsch, was ist denn mit dem passiert, das ich dir geliehen habe?«

Ups, das hatte ich Charlotte noch gar nicht gebeichtet.

»Das habe ich eingesaugt. Sorry.«

Charlotte schüttelte denn Kopf, Gott sei Dank eher amüsiert als sauer.

»Eingesaugt? Wie kann man denn ein Telefon einsaugen?«

»Nun, ich war mit dem Volvo unterwegs, und dann ist mir plötzlich aufgefallen, wie schäbig und schmutzig er innen aussieht, und dann bin ich an die Tanke, zu einem dieser Saugautomaten, du weißt schon, fünfzig Cent einwerfen, und dann kämpfst du mit diesem Saugrüssel wie mit einer Anakonda? Und dein Handy war wohl unter den Sitz gerutscht, und der Schlitz in der Düse war ein kleines bisschen größer, und dann ... ich meine, warum sind die Dinger denn inzwischen auch so klitzeklein? Haben nur deshalb so viele Leute so ein blödes i-Dings, weil man es nicht so leicht einsaugen kann? Aber auf jeden Fall habe ich dann den Tankwart gefragt, und der hat dann seinen Chef geholt, und dann haben wir gemeinsam diesen riesigen Staubtank geöffnet, aber dein Handy war irgendwie ...«

»Das genügt, das genügt ...«, grinste Charlotte, »den Rest kann ich mit vorstellen, Schwamm drüber, Bernhard kauft mir jederzeit ein neues Telefon, wenn ich das möchte, es gibt Wichtigeres als so ein dummes Handy. Ich frage mich nur, warum du dein Auto zehn Jahre lang nicht saugst und dann ausgerechnet jetzt? Und gleichzeitig deinen Teppich shampoonierst und mir Szenen machst wegen Ikea-Katalogen? Das muss was mit Felix' Abwesenheit zu tun haben, wahrscheinlich willst du nicht nur in deiner Beziehung aufräumen, sondern auch in deiner Umgebung. Oder: wenn schon keine Klarheit in der Liebe, dann wenigstens saubere Autositze. Feng Shui für Anfänger!«, schloss sie weise und griff neugierig nach dem zweiten Päckchen.

»Und das andere ist aus der Schweiz? Was bekommst du denn aus der Schweiz?«

Ich hatte keine Ahnung und fummelte einen länglichen rosa Karton aus dem Packpapier und hielt ihn fragend hoch.

»Was ist da drin, ein Füller?«

»Das ist von Cesare«, hatte sich Charlotte die Karte mit dem Zürichsee gegriffen, »mit Grüßen von seiner Mutter. Sie sagt, die Geschichte mit dem Knoblauch kommt ihr bekannt vor. Und weil die Schweizer so gute Uhren machen, sind sie sicher auch gut im Messen anderer Dinge. Verstehe ich nicht, du?«

Ich hob das Päckchen noch einmal hoch und drehte die Schachtel einmal um sich selbst.

»Femiquick«, las ich laut vor und brach dann in schallendes Gelächter aus, »das gibt's ja nicht, schau mal!«

Charlotte zuckte zurück, als sie verstand.

»Igitt«, sagte sie, »ein Schwangerschaftstest, was soll das denn?«

»Keine Ahnung«, sagte ich noch einmal, und weil ich heute sowieso zu Scherzen aufgelegt und der Laden gerade leer war, ging ich sofort austreten. Ich und schwanger? Pah, wovon denn? Wie denn? Der konnte mich mal, der Cesare, und seine aufdringliche Mutter gleich zweimal, und ich wusste auch, was ich mit dem vollgepinkelten Teststreifen machen würde: ihn wieder zurückschicken an die beiden. Und zwar nicht wieder in die Klarsichtfolie verpackt. Eine gerechte Strafe für diese Einmischung in mein Privatleben.

Als ich das letzte Mal versucht hatte, auf einen solchen hellseherischen Streifen Löschpapiers zu pinkeln, ohne bis zum Ellenbogen nass zu werden, war ich gerade erst mit Felix zusammengekommen und hätte ein Kind von meinem Exfreund, dem Schnösel des Jahrhunderts, weniger brauchen können als Motten im Kaschmirlager. Fünf Minuten hatte es damals gebraucht, bis ich wusste, dass nur meine Milchallergie und die neue Verliebtheit dazu geführt hatten, dass mir morgens immer so schlecht gewesen war. Aber: das war damals wohl kein Schweizer Fabrikat gewesen. Denn dieser Test reagierte bereits mit zwei glasklaren violetten Streifen, noch während der Kaffee, den ich heute im Laufe des Morgens getrunken hatte, aus mir herausplätscherte. Puh, fertig. Ich hole mir in Trippelschritten die Packungsbeilage vom Waschbecken, die Unterhose auf Halbmast, zwei Streifen bedeutete nicht schwanger, nicht wahr? Ich knisterte nervös mit dem eng zusammengefalteten Papier, wo stand das nur, mein Französisch war wohl so eingerostet, dass es mir hier völlig falsche Informationen lieferte, super, auf der Rückseite war das Gleiche noch mal auf Deutsch, aha. So war das also. Und dann stand ich da mit dem kleinen weißen Stab in der Hand und dem Beipackzettel in der anderen, die Leggings, die ich unter meinem Frühlingskleid trug, als Ziehharmonika um die Knöchel, und setzte mich mit einem Plumps wieder auf die Klobrille.

Felix. Ich musste Felix erreichen, irgendwie, und zwar schnell.

13

The number you have called is temporarily not available.
The number you have called is temporarily not available.
The number ...
Kein Felix. Auch nicht am nächsten Morgen. Und von Charlotte hätte ich mir eine empathischere Reaktion erwartet als: »Schon die alten Ägypter wussten übrigens, wie man erfolgreich verhütet, mit Kameldung und Schafsdärmen nämlich. Glückwunsch, dass dieses uralte Wissen nicht zu dir vorgedrungen ist. Dann säufst du mir wenigstens in der nächsten Zeit nicht mehr so viel Martini weg.«

Sie drückte zum dritten Mal auf den Cappuccinoknopf meines Espressoautomaten und erzählte mir beschwörend von ihrer schwangeren Cousine: »Marissa hat sofort aufgehört, sich die Haare zu bleichen, die hatte dann am Ende schon zehn Zentimeter Ansatz, aber das war ihr egal.«

Nur noch mal zur Erinnerung: Charlotte hat naturgoldblonde Seidenhaare. In echt und noch nie gefärbt und konnte also Ansatz- und Volumenprobleme gar nicht nachvollziehen. Und von der schwangeren Marissa hatte Charlotte noch nie erzählt, warum eigentlich? Wahrscheinlich hatte sie verdrängt, dass Frauen in ihrem Verwandten- und Bekanntenkreis so etwas Unappetitliches passieren konnte wie schwanger zu werden. Aber so, wie es aussah, würde sie sich jetzt bei mir daran gewöhnen müssen, da konnte es nicht schaden, wenn diese Cousine schon Vorarbeit geleistet hatte.

Aber meine Haare nicht mehr blondieren? Ich stürzte mich auf dieses Problem, als hätte ich keine anderen Sorgen, und fühlte, wie sich meine Augen schon wieder mit Wasser füllten. Ich konnte unmöglich zulassen, dass sich meine Haare in ihre asch-beige-schmutzbraune Naturhaarfarbe zurückverwandelten! Ein Straßenköter war Jennifer Aniston gegen mich! Aber ein aus dem Nichts aufgetauchter Mutterinstinkt sandte mir klare Befehle: kein Gift! Keine ungesunden Substanzen!

»Weißt du, wie ich mich plötzlich fühle? Als hätte mir jemand einen ›Vorsicht zerbrechlich!‹-Aufkleber aufgeklebt!«, versuchte ich Charlotte meinen inneren Zustand zu beschreiben. »Mir ist auch gar nicht aufgefallen, dass meine Tage überfällig sind – ich hab immer einen Tampon in der Tasche, und wenn sie kommen, dann kommen sie, ich merke mir das nie! Aber was ist denn eigentlich mit Kaffee? Bier? Grüner Tee? Wenn ich an die Abgase an der Prenzlauer Allee denke, wird mir schlecht!«

Charlotte zuckte lässig die Schultern: »Das ist ganz normal. Nestbautrieb und Beschützerinstinkt. Das war bei Marissa auch so, die konnte nicht einmal mehr bei Rot über die Ampel gehen. Unglaublich, dass du noch vor Kurzem geflogen bist.«

Geflogen? Ich? Meine Reise nach Bozen schien mir Monate her, daran wollte ich jetzt nicht denken, war ich doch da wohl gerade den ersten Tag schwanger gewesen. Was heute das Schweizer Babybarometer in Sekundenschnelle lila gefärbt hatte, war noch ein Zellhaufen gewesen.

Ein Zellhaufen, aus dem ein Baby werden würde. Ein Baby, aus dem ein Kind werden würde! Ein neuer Mensch, der für immer eine wichtige Rolle in meinem Leben spielen würde! Hilfe!

»Hilfe!«, hatte ich wohl ziemlich laut gedacht, denn Charlotte sah sich endlich veranlasst, aufzustehen und ihre schwangere Freundin (Mich! Die schwangere Freundin war ich! Hilfe!) in ihre Arme zu nehmen. Sie war einen Kopf größer als ich, und ich vergrub meine Nase in dem glatten Streifenstoff ihrer blau-weißen Bluse mit dem aufgestickten kleinen Polospieler. Sie roch nach etwas Frischem, Zitrus oder Bergamotte, und von ihr umarmt zu werden tat ungeheuer gut. Viel zu schnell trat sie wieder zurück und drehte dabei den Kopf so komisch zur Seite. Weinte auch sie? Charlotte, die kühle Hamburgerin? Ich jedenfalls hatte schon wieder mehr als eine Träne im Auge, während ich ihr zusah, wie sie meinen Mantel von der Garderobe holte.

»Pass mal auf«, sagte Charlotte, immer noch von mir abgewandt, und verbog mir von hinten den Arm, um ihn in einen Ärmel zu stopfen wie bei einem kleinen Kind, »ich würde sagen, dass du einfach mal an die frische Luft gehst. Du hast Glück, dass ich heute einen drehfreien Tag habe und auf den Laden aufpassen kann. Ab mit dir, geh spazieren, ich will dich erst mal nicht wiedersehen. Und diesen Stab hier«, wand sie mir den Teststreifen aus der Hand, den ich seit gestern Abend unablässig festgehalten hatte, in der irrigen Annahme, das Ding würde einsehen, dass es sich geirrt hätte, und der zweite lila Streifen würde ganz von selbst wieder verschwinden, »den lässt du hier. Und denk immer dran: Diese Dinger sind nicht immer sicher. Du sagst selbst, dass du deine Tage nicht besonders regelmäßig bekommst. Freu dich also nicht zu früh.«

Freuen? Ich war derart vor den Kopf geschlagen, dass ich gar nicht hätte sagen können, welches Gefühl dahinter auf mich wartete. Was war das? Freude? Entsetzen? Und vor allem: War das die Panik einer Alleinerziehenden, oder war das die freudige Aufregung einer Frau in einer Beziehung, die es schleunigst zu kitten galt, damit das Würmchen einen Papa haben würde? Einen Papa, den ich nicht anrufen konnte, weil es in Kalifornien neun Stunden früher war und weil Felix sein Handy einfach nicht mehr anschaltete. Ein Baby! Felix, ein Baby!

Mit dieser ungeheuren Neuigkeit im Herzen und der Unfähigkeit, sie loszuwerden, bewegte ich mich in keine bestimmte Richtung. Gehen konnte man meine Art der Fortbewegung sowieso nicht nennen, ich schwebte und schlurfte abwechselnd. Durch den Schleier meiner ziemlich wirren Gedanken und der Tränen, die sich immer wieder nach vorne drängten, sah die Welt irgendwie schwarz-weiß aus, nur manchmal stach ein intensiver Farbfleck durch dieses triste Bild – das Rostrot einer weggeworfenen Currywurstpappe vor der Imbissbude an der Torstraße, das Orange einer Decke auf einem Kaffeehausstuhl an den Hackeschen Höfen. Das Grellgrün der Shampooflaschen in dem Drogeriemarkt, in dem ich mich in der Mamaecke wiederfand. Was hier alles herumstand! Stilleinlagen! Milchpumpen! Brustwarzencreme! Ein ganzes Regal voller Massageöle! Und zwar nicht zur sinnlichen Partnermassage, sondern um den wachsenden Bauch vor Kollateralschäden zu bewahren.

Ich sah an mir hinunter. Nichts. Nur dieses Zwicken und Ziehen im unteren Rücken, das waren doch nicht die Nieren gewesen, und ja, jetzt fiel es mir wieder auf, in der Brust. Aber obwohl rein äußerlich noch nichts zu sehen war – meine rasanten Wesensänderungen waren jetzt, da ich Bescheid wusste, ziemlich offensichtlich –, jetzt wusste ich, woher dieser Aufräumwahn kam! Und dass ich wegen des Ikea-Katalogs geheult hatte! Und die Jelly Beans im KaDeWe waren völlig in Ordnung gewesen – meine hormonell verwirrten Geschmacksnerven hatten mir den Ei-Knoblauch-Geschmack nur vorgegaukelt! Ich schnupperte an einem Ölfläschchen und beguckte die selig lächelnde Hochschwangere auf dem Etikett. Ob dieses ganze Zeug tatsächlich etwas brachte? Würde ich überhaupt einen solchen Bauch bekommen? Eigentlich unvorstellbar. Ob Felix zur Versöhnung nach der Geburt eine Bauchdeckenstraffung springen lassen würde? Schließlich war meine Bauchdecke jetzt schon Problemfeld Nummer eins.

Aber war es nicht ein bisschen zu früh, um über eine Fettabsaugung nachzudenken? Ich stellte die Flasche zurück und versuchte, mit einem Plan meine erneut aufsteigenden Tränen zu verscheuchen. Jetzt musste ich erst einmal nach Hause, den Vater meines Kindes aufspüren und herausfinden, ob er mein Freund oder mein Exfreund war.

14

Um neun Uhr abends war es zwölf Uhr mittags in San Diego. Und dann würde ich mit Felix reden. Er hatte endlich auf mein SMS-Bombardement reagiert und sich mit mir zum Skypen verabredet. In vier Stunden. Eigentlich perfekt, um vor dem Strickkurs noch ein bisschen aufzuräumen. Aber seitdem Charlotte sich mit den Worten an die Stirn geschlagen hatte: »Natürlich, die Hormone! Nestbautrieb! Putzwahn! Bei meiner Cousine Marissa war das katastrophal, sie hat in zwei Tagen alle Türen und Wände gestrichen! Deshalb hast du so eine Szene gemacht wegen des Ikea-Katalogs!«, kam ich mir ein bisschen doof vor mit meinem neuen Faible für Parkettpflege und Teppichshampoo.

Setz dich hin, Hanssen, iss was, und denk in Ruhe nach, statt den ganzen Tag wie unter Zwang zu putzen, dachte ich und schob eine schimmelbedeckte Wokpfanne kurz entschlossen zurück unter die Spüle. Die hatte ich – damals noch ohne Schimmel – vor einem halben Jahr stocksauer dorthin verfrachtet, weil Felix sie nach der Benutzung zwar eingeweicht, aber nie abgespült hatte. Ich sah nämlich überhaupt nicht ein, warum immer ich das verkrustete Zeug aus den Pfannen schaben sollte, dann gab es eben erst mal kein Wokgemüse mehr. Warum verwechselten Männer eigentlich einweichen immer mit abspülen? Glaubten sie, dass das kalte Wasser, das sie tagelang in verkrusteten Töpfen dümpeln ließen, diese nicht nur glänzend machen würde, sondern auf magische Weise auch abspülen und in den Schrank räumen würde? So wie sie dachten, dass Geschirrspüler sowohl einen Einräum-Greifarm als auch einen Ausräum-Katapult besaßen?

»Felix ist sowieso an allem schuld. Und dieser blöde Dr. Süßmann mit seinem Unfruchtbarkeitsgedöns«, murmelte ich vor mich hin und beschloss, das Problem mit dem Wok auf später zu verschieben. Am liebsten hätte ich ihn Felix nach Kalifornien nachgeschickt, aber ich hatte ja noch nicht mal seine verdammte Adresse.

Ich drehte also der Einfachheit halber den Stiel der Wokpfanne so, dass sie komplett unter dem Waschbecken verschwand, und versuchte lieber meine Haare, denen die gestrige Nachricht von der Schwangerschaft definitiv nicht gutgetan hatte, vor dem Strickkurs in eine gesellschaftsfähige Form zu bringen. Wo blieb eigentlich der Hormonschub, von dem es hieß, dass er Schwangere madonnenhaft und unsagbar schön machte? Ich wurde wahrscheinlich nur ungeheuer fett und war also auf dem besten Weg, auf allen Gebieten zu expandieren. Und ich sollte zum Arzt gehen und mir erst mal bestätigen lassen, was mir der Schweizer Test angezeigt hatte. Aber Frauenärzte hatte ich erst einmal gestrichen. War nicht Doktor Süßmann schuld daran, dass ich mir nicht viel dabei gedacht hatte, als Felix und ich vor meiner Abfahrt nach Bozen auch ohne Spirale ein kleines Schäferstündchen hingelegt hatten, bei dem Felix eigentlich »aufgepasst« hatte? Schließlich stand schon in der »Bravo«, dass der Koitus interruptus eine richtig beschissene Verhütungsmethode war! Aber ich hatte nach der gynäkologischen Schwarzmalerei meines Frauenarztes meinen Uterus für eine arbeitsscheue Wüstenlandschaft gehalten und nicht für ein empfängnisbereites Ackerland. Und jetzt hatte ich den Salat und einen so starken Nestbautrieb, dass ich bis zur Hysterie Einrichtungskatalogen hinterherjagte, obwohl ich noch nicht einmal wusste, was der werdende Vater zu der ganzen Sache sagen würde. Noch dreieinhalb Stunden, und ich würde es wissen. Und eigentlich gab es nur eine Möglichkeit – Felix würde alles stehen und liegen lassen und schon übermorgen wieder zurück sein. Und dann würden wir alles regeln – und eine richtige Familie werden – mit einer gemeinsamen Firma und einem gemeinsamen Kind. Genauso würde es passieren, das war die einzige Möglichkeit. Oder?

»Hallo, Punzel«, sagte ich mit ganz neu erwachtem Interesse zu der Babytrage auf Rainers Rücken, der als Erster zum Strickkurs kam, »sag mal, bist du eigentlich ein Junge oder ein Mädchen?«

Das Köpfchen in der roten Filzkappe drehte sich zu mir, leckte sich den Rotz von der Oberlippe und sagte: »Nix!«

»Aha«, sagte ich ratlos und guckte Rainer an.

»Genau, Punzel«, nickte der, »nix ist absolut richtig. Wir sagen niemandem, ob Punzel ein Junge oder ein Mädchen ist, es weiß das selbst auch nicht. Wir wollen nicht, dass es mit geschlechtsspezifischen Erwartungen konfrontiert wird, unser Rapunzelchen, nicht wahr?«

»Das ist schlau«, Bille war jetzt zu uns getreten, »als ich letztens meine Älteste zum Einstein-Workshop anmelden wollte, haben sie mir in der Physikakademie auch gesagt, sie ist mit fünf noch zu klein dafür. Das hätten sie bei einem Jungen sicher nicht getan!«

»So ein Quatsch, das Kind muss doch wissen, was Sache ist! Das ist übrigens Julius. Ich musste ihn heute mitbringen, unsere Nanny ist krank!«, schimpfte jetzt Cordula, heute überraschenderweise einen Jungen mit Guttenberg-Frisur und Burlington-Pullunder an der Hand.

»Der Julius weiß ganz genau, welche Rechte und Chancen er als Mann haben wird, und er sieht auch an mir, dass Frauen durchaus Führungsqualitäten haben können. Ihr müsst also erst mal bei euch selbst aufräumen, dann übertragen eure Komplexe sich auch nicht auf die Kinder.«

»Ob sich bei dir irgendwas auf deine Kinder überträgt, wage ich zu bezweifeln«, keifte jetzt Bille von der Seite und wandte sich dann an Julius, der ihrem Lucca statt Begrüßung ein abschätziges »dich lad ich nicht zu meinem Geburtstag ein!« entgegenschleuderte.

»Wie oft bringt deine Mutter dich denn ins Bett? Einmal in der Woche? Keinmal? Du bist heute doch nur mit dabei, weil eure Nanny wahrscheinlich mit einem Burnout in der Reha ist, stimmt's?«

»Das ist ja die Höhe – deinen Eislaufmutti-Frust an einem fremden Kind ausleben! Das kannst du doch den Julius nicht fragen, so schlecht kann es ihm gar nicht gehen, hast du nicht gesehen, dass seine Jeans von Baby-Dior ist?«

Na toll. Brischitt war auch schon da und hatte eine Meinung. Normalerweise hätte ich jetzt versöhnlich Apfelschorle und Dinkelkekse gereicht, aber irgendetwas brodelte in mir. Auch wenn ich erst seit ein paar Stunden wusste, dass ich schwanger war – wie die Mütter und Väter um mich herum wollte ich auf keinen Fall werden.

»Moment, Moment, wir lassen jetzt mal fein die Nadeln sinken!«, mischte ich mich deshalb lautstark ein und klatschte gebieterisch in die Hände.

»Auseinander! Alle mal hinsetzen und die Klappe halten! Zackazacka!«

Das Gewusel um mich herum hörte schlagartig auf, und alle setzten sich so prompt auf den Hintern ihres dunkelblauen Hosenanzugs (Cordula), ihres asphaltgrauen Seidenoveralls (Brischitt), ihrer Trekkinghose mit abklettbaren Hosenbeinen (Bille) und seiner gewickelten Hanfhose (Rainer), als hätte ich mit der Peitsche geknallt. »Schön, dass ihr da seid«, wurde ich jetzt liebenswürdiger und sah mich von allen Seiten vorsichtig angelächelt, »aber wir sind hier schließlich im Strickkurs und nicht im Streitkurs. Wie kommt ihr denn voran? Cordula, ich würde vorschlagen, dass ihr noch ein zweites Ballnetz macht, und zwar für Lucca. Brischitt, ich würde sagen, da du mit zwei Tuniken sowieso nicht fertig werden wirst, strickst du lieber nur eine, und zwar für Cosmo, in einer Farbe, die *sie* sich aussuchen darf. Und hier, Rainer, hier sind Babysocken, unisex, die zieht Punzel jetzt sofort an, bevor aus diesem Dauerschnupfen noch eine Lungenentzündung wird. Und noch etwas: Wir müssen heute pünktlich zu Ende kommen, ich habe später noch einen sehr wichtigen Termin.« (Mit Felix! Mit Felix!, ergänzte ich in Gedanken und spürte ein ängstlich-freudig-erwartungsvolles Kribbeln am ganzen Körper.)

»Ja«, »mhm«, »logisch«, »is gut«, »mach ich«, wurde es jetzt um mich herum genuschelt, und ich wartete, bis alle schweigend die Köpfe über ihr Strickzeug beugten und die Kinder einhellig in der Spielecke an einer Eisenbahn bauten. Schwanger sein macht zwar nicht schön, aber durchsetzungsfähig, bewunderte ich im Stillen meine neue Autorität und stand auf, um mir ein großes Glas Wasser zu holen und um zu gucken, ob noch irgendwo diese spektakulären Kartoffelchips mit Meersalz und Olivenöl im Laden versteckt waren, die mir Cesare irgendwann geschickt hatte.

»Marissa hat übrigens nicht für zwei gegessen, das ist ein Ammenmärchen!,« hatte Charlotte mir noch eingeschärft. Was soll's, Hunger ist Hunger, dachte ich und riss die Packung auf.

15

Mein Computer meldete sich, noch während ich den Schlüssel in der Wohnungstür drehte. Zwanzig Minuten zu früh! Mein Herz machte einen Satz. Jetzt nur nicht zu emotional werden, ruhig, ruhig, versuchte ich mich zu beruhigen, stürzte zum Schreibtisch und klickte auf Annehmen.

»Hallo!«, skypte ich in die Webcam, außer Atem, aber bemüht eisig. Die Zurückweisung nach dem Tod seiner Oma und der Umstand, dass ich bei meinem eigenen Freund so schwer einen Telefontermin bekommen hatte, musste auf jeden Fall gesühnt werden, und deshalb würde ich ihn erst einmal ein bisschen schmoren lassen und mir anschauen, was er denn so zu sagen hatte ...

»Ich bin schwanger«, platzte es beim nächsten Atemzug aus mir heraus. Ich hielt erschrocken inne. Mist! Doch bei Felix brachen sofort alle Dämme.

»Hallo?«, fragte ich vorsichtig. »Halloho! Nicht weinen!«

Felix schien mich überhaupt nicht mehr zu hören. In dem krisseligen, zeitverzögerten Bild sah ich nur einen dunklen Schatten, wahrscheinlich hatte er die Hände vor das Gesicht geschlagen. Nach zwei Minuten begann ich mit dem Oberkörper hin und her zu schaukeln, als würde ich den weinenden Felix in den Armen halten. War ja gut, nur bitte aufhören, ich war auch nicht mehr böse!

»Hallo?«, fragte ich noch einmal, wieder kam keine Antwort. Stattdessen war plötzlich die Leitung tot. Ich saß da mit meiner Maus in der Hand und starrte auf den Bildschirm wie geohrfeigt. Schien sich bei Felix allmählich zur schlechten Angewohnheit auszuwachsen, emotional eher komplizierte Gespräche einfach abzubrechen.

»The needle tears a hole, the old familiar sting.«

Johnny Cashs großer trauriger Song schien mir der Situation angemessen, und ich hatte ihn so laut gestellt, dass ich den Laptop nur hörte, weil ich auf dem alten Drehstuhl davor zusammengesunken war. Ich zuckte zusammen und klickte auf den bimmelnden Telefonhörer.

»Heidi?«, hörte ich und dann nur noch Rauschen.

Mir riss der Geduldsfaden, diese Methoden moderner Internetkommunikation waren einfach nichts für mich. Ich wollte etwas von Felix in der Hand halten, und sei es nur ein Telefonhörer, aus dem seine Stimme kam.

»Gib mir deine Hotelnummer!«, befahl ich in die Webcam, und wieder war ich erstaunt über die neue Festigkeit in meiner Stimme.

»Null-Null-Eins-Acht-Fünf-Ach...t«, begann Felix brav zu diktieren, ich schrieb die Nummer auf meine Schreibtischunterlage und tippte sie gleichzeitig mit der linken Hand in mein Telefon. Ha, die Leitung stand! Ein feiner Winkelzug von mir, um endlich rauszukriegen, wo der Herr Schweiger eigentlich wohnte.

»Best Western, North Mission San Diego, how can I help

you«, meldete sich ein amerikanischer Hotelmensch, ein Verbindungsklicken, und dann hörte ich Felix' vertraute und traurige Stimme ohne einleitende Worte sagen: »Weißt du, Heidi, was mich total umhaut? Ich habe plötzlich das Gefühl, meine Oma ist nicht umsonst gestorben, sie hat Platz gemacht für ein neues Leben. Für unser Kind«, und schon wieder konnte er kaum mehr sprechen, »für unser Baby! Heidi, entschuldige, aber das haut mich einfach um!«

Er machte eine Pause, in der auch ich nichts erwiderte und meine nach Knoblauch schmeckenden Tränen mit der Zunge in den Mundwinkeln auffing.

»Ich komme bald nach Hause«, sagte Felix dann, »ich komme nach Hause und erzähle dir alles. Zu dir, zu meinem kleinen Kobold. Ich komme, sobald ich kann.«

Meine Tränen schmeckten plötzlich anders, nicht mehr ganz so scharf und weniger salzig. Felix war wieder ganz ruhig. Nur die Leitung rauschte.

»Und wie geht es dir?«, fragte er dann. »Fühlst du dich schon anders?«

»Ja ...«, überlegte ich, »... in meinem Busen zwickt es so komisch von innen heraus, und alles schmeckt nach Knoblauch, auch Schokolade.«

»Dein Busen zwickt von innen heraus«, wiederholte Felix versonnen, »dein Busen?«

Wieder Pause. Ich hatte mich inzwischen aufs Bett gelegt, Felix' Kopfkissen roch immer noch nach ihm, weich und nach Schlaf. Sehr lange hatte ich diesen Mann nicht mehr gesehen und seit dem Quickie im Ankleidezimmer von Omas Appartement auch nicht mehr in den Armen gehalten, und die Welle der Sehnsucht, die mich plötzlich erfasste, war durchaus lustbetont. Und das übertrug sich anscheinend bis auf den anderen Kontinent.

»Sag mal«, sagte Felix jetzt in seiner bedächtigen Art, die auch von Ferne ihre beruhigende Wirkung auf mich nicht verfehlte, »ich muss dich etwas fragen. Stimmt das, dass man als Schwangere immer so wahnsinnig Lust hat?«

»Ja, stimmt«, sagte ich schlicht, das beschrieb in der Tat den Zustand, in dem mein Unterleib sich gerade befand, »wir sehen goldenen Zeiten entgegen. Du kannst ganz schön was erleben, wenn du nach Hause kommst.«

»Oh. Was denn?«, fragte Felix zurück, und ich hörte seinen Atem durchs Telefon. Mir wurde es eindeutig sehr warm untenherum. Ich legte meine Füße hoch, umarmte Felix' Kopfkissen, meine Stimme kam von ganz unten herauf, von da, wo es mir gerade am meisten nach Felix war. Ich legte einfach los, leise und ein bisschen heiser vor Erregung: »Ich werde dir ganz einfach die Klamotten vom Leib reißen und dich aufs Bett schubsen, mir ganz egal, ob du stärker bist als ich! Dann bist du sowieso schon längst richtig hart, und ich setz mich auf dich drauf! Ich werde dich und dein dickes Ding richtig festnageln auf dem Bett!«

Puh, mir war sehr, sehr heiß geworden. War das ich, die da redete, als hätte sie überhaupt keine Hemmungen? Ich hatte ein Gefühl, wie es Jogger haben mussten, die es schafften, länger als zwanzig Minuten durchzuhalten und die dann immer mit glänzenden Augen erzählten: Ich musste mich nicht anstrengen, es lief mich – sozusagen! Und ich lag hier auf meinem Bett, und »es redete mich Schweinkram« – sozusagen.

»Und dann kannst du dir mal von unten ansehen, wie mein Busen gerade aussieht, und eines kann ich dir sagen – ich werde deine Hände nehmen und auf meine Brüste legen, aber sie werden nicht mehr hineinpassen wie sonst immer! Sie werden viel größer werden, viel, viel größer, kannst du dir das vorstellen, hm?«

Felix atmete sehr hörbar, sagte nichts, das hatte er auch beim Sex meistens mir überlassen, aber das hatte mich nie gestört, und so machte ich einfach weiter: »Und du kannst meine Brüste festhalten, wie du willst, du wirst immer spüren, wie ich mich bewege, immer schneller, immer schneller, jetzt werfe ich den Kopf zurück, mach mit, mach mit ...«

Wie gut, dass ich eine Flatrate für Auslandsgespräche hatte (nur für Europa, aber das merkte ich erst am Ende des Monats, da hatte ich schon wieder andere Sorgen).

16

»Ich glaube, ich schlafe jetzt noch eine Runde, ihr Schwangeren geht vielleicht ran«, sagte Felix nach einer halben Stunde, leicht außer Atem und mit einem Grinsen, das ich durchs Telefon sehen konnte. »Manchmal denke ich, dass wir viele Seiten aneinander noch gar nicht kennen, und ich freue mich wahnsinnig darauf, sie alle zu entdecken.«

»O ja, ich bitte darum«, gurrte ich zurück und wurde dann etwas sachlicher: »Und du wirst auch eine ganz neue Unternehmerseite an mir kennenlernen, denn lange kann ich meine Pläne hier nicht mehr auf die lange Bank schieben, wenn das Baby kommt, muss natürlich alles in trockenen Tüchern sein, meinst du eigentlich, dass Holger Baumhaus dich in neun Monaten zum Koch ausbilden kann? Und heiraten sollten wir übrigens auch endlich. Und unsere Firmen zusammenlegen und eine neue GmbH gründen, und ich weiß nicht, ob wir weiterhin hier wohnen ...«

»Moment, ich bin auch noch da«, kam es jetzt erstaunt von Felix, »welche GmbH? Heiraten? Klar, schon irgendwann, und die Wohnung, die ist doch für den Anfang groß genug?«

»Jaha, natürlich bist du auch noch da, Schatz«, flötete ich, »und zwar übermorgen im wahrsten Sinne des Wortes! Du warst ja jetzt lange genug beim Surfen – wenn du kommst, wirst du dich sicher so weit erholt haben, dass du hier sofort mit einsteigen kannst! Du wirst schon sehen, was ich mir ausgedacht habe – ich bereite hier eine richtige schicke Präsentation vor, die wird dich umhauen – Alpenküche, Wunderland und Cashmiti –, aber mehr verrate ich nicht! Schlaf gut, ich leg jetzt auf, sonst geh ich hier noch in die nächste Runde, ich bin eigentlich schon wieder in Stimmung!«

Ich legte auf, gut gelaunt, glücklich, inspiriert. Sollte Felix ruhig noch einmal schlafen gehen. Ich dagegen saß da und war über mich selbst sehr erstaunt. Anstatt Felix gehörig den Marsch zu blasen, dass er einfach untergetaucht war, hatte ich es ihm besorgt. Am Telefon. Als würden wir seit Jahren eine Telefonsexbeziehung führen. Ich hatte nicht gewusst, dass in mir derartige Talente schlummerten.

Du Ferkel!, lachte ich in mich hinein und ging wie ferngesteuert an die Tür. Schade, dass dieser unangemeldete Besuch noch nicht Felix sein konnte, aber wahrscheinlich würde er innerhalb der nächsten achtundvierzig Stunden aufschlagen. Und dann würde alles gut werden – er würde mit meiner Hilfe sein Restaurant wieder auf die Beine bringen. Morgen würde ich bei Holger Baumbach anrufen, um ihn zu überreden, Felix in die Kochlehre zu nehmen. Und bei Cesare, um ihm mitzuteilen, dass der Gründung einer neuen GmbH bald nichts mehr im Wege stehen würde. Kreditwürdig war der Herr Schweiger ja schließlich nach wie vor. Super. Eilige Schritte auf hohen Absätzen klackerten sich den Weg in den fünften Stock, während ich an der zugigen Tür wartete. Jetzt war alles gut, die letzten paar Wochen wurden einfach als »menschlicher Faktor« abgeschrieben, und spätestens in zwei Tagen würde alles wieder nach Plan laufen. Meinem Plan selbstverständlich.

»Was grinst du denn wie ein Honigkuchenpferd? Ist dir nicht schlecht, wie sich's gehört?«, rauschte eine Pashmina-umwickelte Charlotte an mir vorbei. »Ich schlafe heute Nacht bei dir!«

»Ah so?«

»Hätte dich gerne gefragt, aber Madame telefoniert ja den ganzen Abend«, wedelte Charlotte mit einer Flasche Aperol. »Ich hole mir mal ein Glas aus der Küche, du hast sicher noch Prosecco im Kühlschrank, trinkst ja nicht mit, nicht wahr?«

Ich konnte mir denken, was los war: Zockel hatte eine Produktion in Köln. Und immer wenn sich Charlottes »Ich liebe dich aber ich kann dich leider nicht heiraten«-Geliebter zu lange in der Nähe seiner Exfrau und »seiner Blut saugenden Blagen« (Charlotte) aufhielt, wurde Charlotte nervös. Sie traute

Kindern, und seien sie auch erst vier und sechs Jahre alt, so ziemlich alles zu.

»Schon okay, ich freue mich, dass du da bist, stell dir vor, mit Felix wird alles gut«, sagte ich, »bring mir ein Glas Leitungswasser mit. Was machst du denn mit Miu-Miu, wenn du nicht da bist?«

Ich suchte in dem Zeitschriftenstapel unter dem Couchtisch nach den gebündelten Flyern vom Homeservice, ich brauchte dringend Pizzabrot mit doppelt Knoblauch, da wunderte sich mein Geschmackssinn wenigstens nicht die ganze Zeit. »Hast du Zeit gehabt, Bernhard wegen der Beteiligung zu fragen? Felix kommt in zwei Tagen wieder, und wir werden uns bestimmt sofort an den Businessplan für die neue GmbH machen.«

»Nö, ich hatte keine Zeit, und Miu-Miu habe ich leider ins Tierheim bringen müssen, die war von einem Tag auf den anderen völlig verhaltensgestört!«

Charlotte stellte ihr Glas hin und umarmte mich. »Toll, das mit Felix, weiß der Herr Schweiger jetzt endlich, dass er Vater wird? Und warst du denn mal beim Arzt, um zu sehen, ob du dir das nicht alles nur einbildest? Meine Cousine Marissa ist damals gleich zu zwei Ärzten gegangen!«

»Quatsch, einbilden, aber wie kannst du das süße Tier nur ins Tierheim bringen? Das ist ja schrecklich! Moment, ich muss mal!«

Ich ließ die Tür meiner schlauchartig geschnittenen Toilette offen, damit Charlotte mich weiter hören konnte.

»Das eilt nicht mit dem Arzt! Ich spüre ganz genau, dass ich schwanger bin – und ich habe ein gutes Gefühl!«

Dass ich erst so optimistisch war, seit Felix gesagt hatte, dass er so schnell wie möglich nach Hause kommen würde (*so bald* wie möglich, hatte er gesagt, aber das war doch dasselbe?), band ich Charlotte jetzt nicht auf die Nase. Und meine neue Zuversicht verflog auch in Sekundenschnelle, als ich aufstand, um zu spülen.

Aus der weißen Schüssel grinste mich eine hellrote Pfütze an. Blut.

»Charlotte«, rief ich und fing an zu weinen, »fährst du mich bitte in die Charité? Jetzt gleich?«

Charlotte brachte mich in die Klinik, und für mich war das erst einmal ein Onewayticket. Um mich herum wurde leise geflüstert, und ich wurde in ein Bett gesteckt. Am nächsten Morgen wurde ich wieder in den Untersuchungsraum gebracht, den ich schon kannte und an dessen Stirnseite ein Ultraschallgerät ein wandhohes Bild beamte wie beim Public Viewing. Eine nicht mehr ganz junge Ärztin, auf deren Namensschild »Casper, Oberärztin Geburtshilfe« stand, kam schwungvoll herein, scherzte noch in der Tür »jetzt gucken wir mal, wie viele es sind!« und ließ mir aus einer großen pupsenden Tube einen Riesenklacks durchsichtiges Gel auf den Bauch platschen. Ich lächelte vorsichtig mit, dankbar für ihre resolut-unbekümmerte Art, und sah, dass an ihrer Halskette ein kleiner goldener Schnuller baumelte. Vielleicht war doch alles nicht so schlimm? Aber dann drehte die Ärztin plötzlich den Monitor ein Stück näher zu sich, und ihr aufmunterndes Lächeln wurde noch ein Stück aufmunternder: »Ach, und ich sag es noch! Frau Hanssen, es sind tatsächlich zwei! Haben das die Kollegen gestern noch gar nicht gesehen? Herzlichen Glückwunsch! Sie bekommen Zwillinge! Gratuliere!«

Konnte eigentlich noch irgendetwas nach Plan laufen? Warum wollte mein Schicksal denn jetzt sogar beim Kinderkriegen eine Extrawurst? Ich schlug die Hand vor den Mund und prustete los.

17

Mein hysterischer Lachanfall im Untersuchungszimmer der Charité ebbte sehr bald ab. Und Frau Doktor Casper, immer noch sehr fröhlich, fuhr weiter mit dem Ultraschallkopf auf meinem Bauch auf und ab und erklärte mir dann, was den Babys widerfahren konnte während einer Zwillingsschwangerschaft wie der meinen. Und dann war ich mir nicht mehr sicher, wie sehr man mir eigentlich noch gratulieren konnte.

»Ideal ist es, wenn bei Zwillingen jeder Embryo eine eigene Plazenta hat. Aber Ihre Babys teilen sich eine Plazenta – sie essen quasi gemeinsam von einem Kuchen, auf den sie via Nabelschnur zugreifen können. Dabei kann es passieren, dass sich einer viel mehr nimmt als der andere, ein Ungleichgewicht in der Versorgung entsteht – manche Zwillinge verschwinden einfach, während der große Bruder oder die große Schwester überlebt. Auch wenn Sie keine Blutungen mehr haben, müssen Sie liegen. Und jede Woche zur Kontrolle kommen. Was machen Sie beruflich? Sie sind selbstständig? Ach herrje. Da müssen Sie sich dringend etwas überlegen. Zwei Babys, aber nur eine Plazenta – das ist einfach noch einmal eine ganz andere Nummer.«

Aha, hatte ich mir gedacht und gegrübelt, wie ich mit dieser Neuigkeit verfahren sollte. Eine schreckliche Vorstellung: Ein Baby schafft es und muss dann später damit leben, dass es seinem Geschwister quasi den Kuchen weggefuttert hat – für ein heranwachsendes Kind wäre es sicher besser, wenn davon so wenige Leute wie möglich wüssten. »Sei still, man soll die Dinge nicht verschreien!«, hatte die alte Weberin im oberbayerischen Dorf meiner Eltern immer gesagt, wenn ich in ihrer Küche zu oft vorschnell und vorlaut Mutmaßungen anstellte, etwa über die zu erwartende Schneehöhe im kommenden Winter oder darüber, dass meine erste Liebe, der Kneitinger Erwin, mich sicher bald seinen Eltern vorstellen wollte. Und meistens hatte sie recht behalten, und ich hätte mal besser die Klappe halten sollen, dann hätte ich mich über die grünen Wiesen an Weihnachten nicht so geärgert. Und darüber, dass der Erwin mich nach acht Wochen heftigen Miteinandergehens immer noch heimlich durch den Kälberstall ins Haus geschleust hatte.

Jetzt, wieder zurück in meinem Krankenzimmer, dachte ich noch einmal über die alte Weberin und ihre Weisheiten nach und wie recht sie meistens gehabt hatte. Ich kann das Charlotte unmöglich erzählen und meinen Eltern und der übereifrigen Krimi auch nicht. Niemandem!, dachte ich. Und dann beschloss ich, die Sache mit den Zwillingen erst einmal für mich zu behalten.

Gut, dass meine Zimmergenossin nur Russisch sprach, da konnte ich meine neue Verschwiegenheit schon einmal üben. Obwohl ich genau wusste, dass ein fragender Blick von Felix genügt hätte, und ich hätte ihm alles bis ins allerkleinste Detail erzählt. Aber schlimmer noch als die möglichen Komplikationen, vor denen mich Frau Doktor Casper so gut gelaunt gewarnt hatte, war die Tatsache, dass ich gar keine Gelegenheit hatte, Felix doch davon zu erzählen – weil er einfach nicht wieder anrief, geschweige denn plötzlich vor mir stand, sosehr ich auch jeden Moment damit rechnete. Mit Zwillingen schwanger und im Krankenhaus landen war eins, aber mit Zwillingen schwanger im Krankenhaus zu landen und dabei eine Plazenta und einen Freund zu wenig zu haben – das war noch einmal eine ganz andere Sache. Die ersten vierundzwanzig Stunden in der Klinik zehrte ich noch von unserem Telefongespräch – wer nach diesem Dirty Talk nicht alles stehen und liegen ließ, um zu seiner schwangeren Freundin zu fliegen, war selbst schuld. Die nächsten schlaflosen vierundzwanzig Stunden versuchte ich zu ignorieren, dass meine russische Bettnachbarin vor Besuch geradezu erstickte – und ihr Mann dreimal täglich mit sagenhaft kitschigen Bonbonnieren vorbeikam. Ich guckte angestrengt zur Zimmerdecke, um nicht zu sehen, dass er die ganze Zeit die Hand seiner Frau hielt, während der Vater meiner Kinder unerträglich lange brauchte, um sich an meiner Seite zu materialisieren, und war froh, wenn ich wieder zu einer Untersuchung abgeholt wurde. Und ab dem dritten Tag gab ich auf, mir zu überlegen, wie und warum Felix in welchem Transferflughafen feststeckte, und begann, lieber darüber nachzudenken, woher das nötige Kleingeld für meine gesamten Expansionspläne kommen sollte.

»*Wie viel* wiegen Sie?«, tadelte mich Frau Doktor Casper in der Abschlussuntersuchung und guckte in meinen Mutterpass. Ich zog den Kopf ein wenig ein, so dick war ich doch noch gar nicht? Hatte mich doch schon Charlotte gewarnt: »Du brauchst am Tag höchstens dreihundert Kalorien mehr – meine Cousine Marissa hat sich einfach ein wenig Gelee Royale ins Müsli gerührt!« Aber dann hatte die Ärztin endlich auch einmal eine gute Nachricht für mich: »Sie wiegen zu wenig! Sie brauchen Substanz! Sie lassen sich jetzt sofort in die Cafeteria bringen – die Spanische Vanilletorte ist gar nicht so schlecht!«

Aber den Kuchen mampfte ich freudlos, weil mir schon wieder Felix in den Sinn kam und ich ihm gern von diesem »Futtern auf Rezept« erzählt hätte. Und weil ich daran denken musste, wie oft und wie gerne er mich früher als Testesserin in die Alpenküche geholt hatte. Früher. Aber: Früher war früher, jetzt ist jetzt! Felix würde schon kommen, und wegen seiner enormen Verspätung konnte er sich auf etwas gefasst machen. Und so gut ich konnte, ignorierte ich meine sentimentalen Gedanken und den Knoblauchgeschmack der Vanillecreme. Und wartete, dass ich aus der Klinik abgeholt wurde.

»Sind Sie mit Frau Hanssen hier?«, fragte die Oberärztin, die mich nach der Entlassung auf den Gang begleitete und mich weiter fürsorglich am Arm stützte, und übergab mich Charlotte wie ein rohes Ei. »Können Sie bitte dafür sorgen, dass Ihre Freundin sich zu Hause hinlegt und die nächsten Monate nicht mehr aufsteht? Denn wenn sie das nicht tut, müssen wir sie hierbehalten.« Charlotte nahm mich in den Arm, aber ich sah genau, dass sie ein Gesicht machte, als hätte sie am liebsten »das haste jetzt davon« gesagt. Sie sah sich anscheinend in ihrer Theorie bestätigt, dass Kinder einfach immer, und zwar schon, bevor sie auf der Welt waren, nichts als Ärger machten.

»Meine Cousine Marissa ...«, hob sie an, führte dann aber den Satz nicht zu Ende. War wahrscheinlich besser so. Sie wusste, dass ich beinahe eine Fehlgeburt gehabt hätte. Und sie wusste, dass Felix das nicht wusste. Weil er immer noch nicht nach Hause gekommen war. Und weil er wieder nicht erreichbar war. Aus dem Hotel hatte er jedenfalls ausgecheckt, aber das war auch alles, was ich herausgefunden hatte. Ich jedenfalls hatte das Warten satt, ich hatte Zeit gehabt nachzudenken, und ich würde einfach schon mal loslegen. Denn so wie es aussah, hatte sich mein Leben über Nacht radikal verändert – und es würde im Übrigen erst einmal auf dem Sofa stattfinden. Ich aber war nach wie vor beseelt von der Idee, Cesares Firma zu übernehmen. Und niemals, niemals würde ich meinen Laden aufgeben, auch wenn ich mich selbst erst einmal nicht mehr hineinstellen konnte. Wunderland war schließlich mein erstes Baby gewesen! Wie aber alles unter einen Hut bringen – und dabei auch noch die ganze Zeit liegen?

»Geben Sie bitte auf sich acht«, sagte Frau Doktor Casper noch einmal zu mir, »Blutungen im ersten Trimester sind ein ernst zu nehmendes Warnsignal, und in Ihrem speziellen Fall müssen wir besonders vorsichtig sein. Sie haben strengstes Beschäftigungsverbot!«

»Komm, ich bring dich nach Hause aufs Sofa, blass genug bist du ja«, sagte Charlotte und legte die »Frau im Spiegel« auf den völlig zerlesenen Zeitschriftenstapel zurück, schnappte sich ihre Birkin Bag und sah der Ärztin nach, die sanft die blassgrüne Tür des Behandlungszimmers hinter sich geschlossen hatte.

»Beschäftigungsverbot – du Ärmste! Und was meint sie denn mit ›in deinem speziellen Fall‹?«

»Keine Ahnung«, sagte ich so locker wie möglich, denn mir

war sehr, sehr schwummrig, »wahrscheinlich, dass ich nicht mehr die Jüngste bin? Alles über dreißig gilt ja heutzutage schon als Risikoschwangerschaft!«

Mir erschien es tatsächlich unmöglich, meiner besten Freundin zu erzählen, was die Ärztin beim zweiten Ultraschall entdeckt hatte. Nein, dachte ich, das bleibt mein Geheimnis. Charlotte macht sich nichts aus Kindern. Und deshalb geht es sie nur begrenzt etwas an, wie viele davon ich erwarte. Und dass aus zwei Babys auch wieder nur eines werden kann, wenn wir nicht aufpassen. Eigentlich geht es niemanden etwas an. Hat nicht die Ärztin gesagt, diese Schwangerschaft sei eine sehr, sehr fragile Geschichte? Eben. Ich würde mein Geheimnis erst lüften, wenn wir alle drei auf der sicheren Seite waren. Ich umklammerte daher Charlottes Unterarm, stakste die Treppen zum Besucherparkplatz hinunter und sagte nur vage: »Du hast es ja gehört: Ich muss nach Hause und mich hinlegen. Und weil ich nicht mehr aufstehen darf, muss ich mir dringend überlegen, was und wie ich vom Sofa aus arbeiten kann.«

»Darauf willst du dich legen? Auf diese Ruine?« Charlotte sah skeptisch zu mir hinunter, als ich meine Schuhe abgestreift und mich in die Ecke unseres L-förmigen Cordsofas gefläzt hatte.

»Warum legst du dich nicht gleich ins Bett? Meine Cousine Marissa hätte sich nie auf ein derart abgewetztes Ding gelegt, sie war absolut überzeugt von pränataler Geschmacksbildung.«

Ich winkte ab und öffnete meinen Hosenknopf.

»Ich will nicht ins Bett, das würde mich deprimieren. Das hier wird meine Kommandozentrale. Und diese sogenannte Ruine ist original aus den Siebzigern und saugemütlich. Und jetzt holst du mir bitte den Laptop und das Telefon und hängst ein Betriebsurlaub-Schild an den Laden. Aber nur bis nächste Woche. Bis dahin brauche ich einen Plan, und den mache ich jetzt. Lässt du mich bitte alleine? Und tschüs.«

Ich hatte in der Klinik Zeit gehabt nachzudenken, und ich war bereits zu einem – wie ich fand – sehr naheliegenden Ergebnis gekommen. Aber zu welchem, auch das konnte ich Charlotte nicht erzählen. Nur jemandem, der weniger höhere Tochter war als sie. Ich wählte eine spanische Nummer und hoffte, dass Josef nicht gerade am Strand oder in einer Produktion war.

18

Josef war dagegen. Am Anfang.

»Telefonsex? In den Zeiten von Internet und PornHub? Ist das nicht total yesterday? Und außerdem – nur weil du es einmal deinem Alten und einmal einem Kaufhausdetektiv gezeigt hast, glaubst du, dass du das kannst?«

Aber als ich ihm die finanzielle Lage meines Hauptlieferanten im Allgemeinen erklärt hatte und dass ich im Speziellen auch noch liegen sollte in den nächsten Monaten, fing er an, mir besser zuzuhören.

»Ich meine nicht Telefonsex im klassischen Sinne! Eher eine Art sexuelle Seelsorge. Und da ist es einfach besser, wenn man eine echte Stimme hört und sich nicht irgendwelche abgewichsten anonymen Filmchen ansieht.«

Sagte nicht sogar mein Vater immer: »Schlummernde Talente soll man unsanft wecken?« Wie recht er hatte. Aber Josef schien mir trotzdem in Sachen Dirty Talk der bessere Coach.

»Ich dachte, du würdest dich, äh, mit erotischen Hotlines ein wenig auskennen? Ich weiß nicht, wem ich sonst davon erzählen soll – ist ja bisher auch nur so eine Idee! Ich brauche schnell viel Geld, wenn ich Cashmiti und damit meinen Laden retten will, und ich habe jetzt Wochen damit verschwendet, auf Felix zu warten, und darauf, dass Charlotte mal mit Zockel redet. Ich muss so weitermachen, wie ich in den letzten Jahren am besten gefahren bin: allein. Wenn du dich auf andere verlässt, bist du verlassen.«

Josef schien tatsächlich einen unverkrampften Zugang zu meinen Plänen zu haben.

»Klar, darauf zu warten, dass andere aus dem Quark kommen, nervt ohne Ende. Vielleicht gar keine so schlechte Idee, reden konntest du schon immer. Und unabhängig wärst du dann.«

Er machte eine Pause und seufzte.

»Du spinnst. Aber ich bin auf deiner Seite. Und ich halte selbstverständlich die Klappe. Wie willst du das mit Felix organisieren, ihn einweihen?«

Ha, Felix einweihen! Das ging auf keinen Fall!

»Felix wird nicht viel hier sein in den nächsten Monaten. Wenn er schlau ist, macht er nach seiner Auszeit das, was ich ihm geraten habe: Er wird viel Zeit in München verbringen, um bei Holger Baumbach in die Lehre zu gehen.«

Aber als ich Josef dann erzählte, dass ich den Vater meines Kindes seit Tagen schon wieder nicht erreichen konnte, sicher, weil er im Flieger nach Hause saß, reagierte Josef nicht ganz so optimistisch, wie ich gehofft hatte.

»Bist du sicher, dass der nach Hause kommt? Entschuldige bitte meine Schwarzmalerei, aber für mich hat dein Holder das Peter-Pan-Syndrom, angeschubst durch ein traumatisches Erlebnis.«

Josef las auch auf Mallorca offensichtlich weiter begeistert die »Cosmopolitan«, woher sonst hätte er solche fundierten psychologischen Kenntnisse haben können?

»Das liegt doch auf der Hand. Da stirbt die Oma, und er bekommt zugleich beruflichen Gegenwind. Willkommen in der Erwachsenenwelt, Felix Schweiger! Aber weil er in Wirklichkeit nie erwachsen geworden ist, fällt er zurück in kindliche Verhaltensmuster, angeschubst durch seine traumatischen Erlebnisse. Surfen in San Diego, sagst du? Oje. Als Nächstes fragt er dich, ob du nicht nachkommen willst, und wenn du Nein sagst – was du machen musst, weil du zu viel um die Ohren hast und deinen Laden nicht aufgeben willst und einfach nicht so ein Luftikus bist wie er –, dann verlässt er dich wegen irgendeines sorglosen Hippiemädchens, weil er meint, du bist einfach nicht mehr so locker drauf wie früher.«

Mein Felix und ein Hippiemädchen? Ich sah auf meinen Unterarm, auf dem sich plötzlich die Haare nach oben stellten. Plötzlich war ich mir selbst nicht mehr so sicher, ob Felix gerade im Flieger nach Hause saß.

Was, wenn die Euphorie des Papawerdens tatsächlich überlagert wurde von diesem Peter-Pan-Ding?

Aber als Frau der Tat würde ich das sofort herausfinden.

»Ich rufe dich gleich noch einmal an!«

»Schick dich, Hans-Jürgen-Schatzi und ich wollten auf den Markt!«, verabschiedete sich Josef, und ich drückte die Adressbuchtasten meines Telefons bis nach ganz oben, A wie AKÜ. Ich hörte dem Klingeln zu, keine Antwort, dann ein Klicken, nach zehnmal Läuten wurde der Anruf automatisch vom Büro ins Lokal umgeleitet.

»Yes?!«, bellte jemand atemlos ins Telefon.

»Hallo«, sagte ich verdutzt, »wer ist da?«

»Guten Abend, hier AKÜ, Alpenküche vom Feinsten«, sagte die Männerstimme mit dem breiigem »R« jetzt überdeutlich.

»Wir nehmen zurzeit keine Reservierungen an, kann ich trotzdem etwas für Sie tun?«

»Ian, du bist das, hier ist Heidi«, sagte ich, »ist Mizzi da?«

»Nein, sie ist nicht da«, sagte der Ire, »und kommt auch so schnell nicht wieder, und ich schiebe hier Doppelschichten.«

»Oh«, sagte ich, wie blöd, sie hätte sicher gewusst, wann Felix ankommen würde, schließlich würde er auch ins Lokal wollen, »ist sie krank?«

»Krank?«, schnaubte Ian, verdeckte den Hörer und schrie etwas von »get the hell out of my kitchen, toilets are downstairs«, und teilte mir dann in der gleichen Lautstärke mit: »In *fucking* Kalifornien ist sie. *Bitch!*«

»Oh«, sagte ich noch einmal und sehr erschrocken. Ich hatte nicht gewusst, dass Mizzi bei Felix die Karriereleiter derart weit hochgeklettert war, und schob reflexartig die Hand unter meinen kuschelig-roten Lieblingspullover, um sie auf meinen Bauch zu legen.

»Sie ist auch in Kalifornien? Ich glaube, das hat sich erledigt, sie muss eigentlich schon wieder auf dem Weg nach Hause sein!«

»No shit, ha?! Und das, obwohl sie erst gestern Nachmittag geflogen ist? Da macht er einmal schnipp, der Chef, sorry dear, ich weiß, er ist dein Freund, aber er muss doch wissen, dass er die Geschäftsführerin nicht einfach so abkommandieren kann!«

»Gestern Nachmittag geflogen ...«, wiederholte ich langsam und ließ den Hörer sinken.

Das war jetzt nicht wahr.

Felix war nicht auf dem Weg zu mir, stattdessen war Mizzi auf dem Weg zu ihm. Sie konnte sicher super surfen. Josef hatte recht gehabt, und Peter Pan ließ grüßen.

19

Facebook! Natürlich! Warum war ich nur nicht früher darauf gekommen? Warum war ich virtuell nur so, na ja, zurückgeblieben? Facebook würde meine Rettung sein, irgendetwas in mir klammerte sich immer noch an den Gedanken, dass es für Felix' Verhalten eine ganz natürliche Erklärung gab. Vielleicht wollte er einfach noch ein ganz besonders raffiniertes Geschenk für mich besorgen – das es zum Beispiel nur in New York gab? Schließlich wusste er, wie sehr ich Audrey Hepburn und Breakfast at Tiffany's liebte! Klar, er ging noch zu Tiffany's – wegen der Trauringe! Und ließ sie auch gleich noch gravieren, und das dauerte eben? Vielleicht hatte Felix irgendetwas gepostet von einer Zwischenlandung in Chicago aus? Oder Atlanta? Vielleicht war er doch aufgehalten worden, gab es in Chicago nicht immer diese Wintereinbrüche?

Aber wie passte Mizzi in dieses Bild? Diese blöde Mizzi, ich hatte sie noch nie gemocht, dieses kleine Miststück, ha, mir hatte sie nichts vormachen können ...

Felix' Seite öffnete sich. Ich überflog die letzten Einträge.

Felix Schweiger ist jetzt friends with ...

Wer war das denn?!

... friends with Pamela A.

Und darüber die Konversation:

Felix: CU later! 8 o'clock!

Pamela A: Great! It's Margarita night tonite!

Wie bitte? Der war heute Abend mit einem blonden Hasen namens Pamela A. zum Margarita-Saufen verabredet, während ich hier Eisenpräparate und Schwangerschaftstee schluckte?

Ich klickte mit vor aufsteigender Wut rasendem Puls auf Pamela A. Profilfoto: ein pinkes Surfbrett, das von einer Frau umarmt wurde – man sah nur ihren Rücken, ihre perfekte Bikinifigur (im äußerst knappen Leopardenbikini. Hallo? Ein Leopardenbikini?) und eine blonde Mähne, das Gesicht war dem Surfbrett zugewandt. Wer war das? Der würde ich erst mal erzählen, dass der Herr Schweiger werdender Vater war! Aber wie? Ich konnte dieser Pamela unmöglich eine Freundschaftsanfrage schicken – die würde sie nie annehmen. Aber da gab es schließlich noch andere Möglichkeiten!

Ich klickte wieder Felix' Seite an, hackte einen wütenden Kommentar, postete ihn unter die Margarita-Mail und besah mir dann das Ergebnis:

Heidi Hanssen: »Na dann prost, Herr Schweiger! Wissen deine kalifornischen Baywatschtussis eigentlich, dass du hier in Berlin einen klitzekleinen Surfer produziert hast? Unverantwortliches Arschloch!«

Das sah schon mal nicht schlecht aus. Bis darauf, dass ich mich vertippt hatte in meiner Wut und Baywatsch statt Baywatch geschrieben hatte. Sollte ich noch schreiben, dass ich Zwillinge ... auf Felix' Wall, wo es jeder lesen konnte?

Verblüfft guckte ich auf die Seite. Fast so schnell, wie ich den

Kommentar geschrieben hatte, war er auch wieder verschwunden.

Ich tippte in Rage:
Feigling!!!!
Gepostet.
Zack. Wieder weg.
Arschloch!!!!!!!!!!!!
Gepostet.
Zack, wieder weg.
Ich gab auf. Wenn ich mich virtuell weiter so aufregte, konnte mich Frau Doktor Casper gleich persönlich hier abholen.

Der Best-Western-Rezeptionist hatte ein leichtes Zögern in der Stimme, als ich ihn mit vor Hormonhysterie zitternder Stimme zum zehnten Mal anrief, um in ihn zu dringen: Wusste er wirklich nicht, wohin Felix Schweiger gezogen war?

»I'm his – wife! Und ich bin schwanger! Ich bekomme ein *Baby*!«

Das musste den diskretesten Stein erweichen – und in der Tat: Ich erfuhr, dass Felix aus seinem Hotelzimmer in einen kleinen Bungalow gezogen war, der auch zur Hotelanlage gehörte. Aha, dachte ich, der richtet sich da richtig ein in San Diego! Wahrscheinlich mit Mizzi! Der Hotelmensch gab mir zwar nicht Felix' Durchwahl, aber er sagte: »Hold on!« und versuchte mich zu verbinden.

»Werschdran?«

Na, immerhin war das nicht Mizzi, aber Felix' Stimme klang so verwaschen, dass bei mir sofort alle Alarmglocken schrillten. Liefen da tatsächlich die Beachboys im Hintergrund? Ging noch mehr Klischee? Wahrscheinlich lag Mizzi hinter ihm in einem King-Size-Bett, dünne Laken lasziv um den goldbraun gebräunten dünnen Körper gewickelt, und sog an einem Willkommensjoint! Würde mich nicht wundern, wenn sie sich hinter dem Pamela-A.-Profil versteckte, es gab ja laut Josef genug Mädels, die sich ein sexy Facebook-Pseudonym zulegten! Und ich saß hier – schwanger und von der Natur ausgestattet mit einer Marihuana- und Wassersportallergie! Denen würde ich's zeigen!

»Na, heute schon einen geraucht, wie das bei Surfern so üblich ist, hm?«

»Heidi!«, sagte Felix, jetzt wacher, »nein, ich hatte nur einen anstrengenden Tag, ich muss hier ...«

»Gar nichts musst du in Kalifornien!«, schnitt ich ihm das Wort ab. »Nach Hause kommen musst du! Wo bleibst du?«

»Ich bin fast auf dem Weg, mein Goldstück! Ich muss hier noch etwas erledigen, denn ...«

»Ha, spar dir dein Goldstück!«

Mir rauschte das Blut im Kopf, trotzdem hörte ich meine laute Stimme von den Wohnzimmerwänden widerhallen. »Was denn erledigen? Surfen, mit Mizzi? Was soll der Quatsch? Ich weiß genau, was du vorhast, du willst dich aus der Verantwortung ziehen, nur weil ich nicht surfen kann! Du ... du ... Peter Pan!«

»Peter, wieso Peter, welcher Peter?«, fragte Felix irritiert. »Mizzi ist auf dem Weg hierher, das stimmt, aber ...«

»Siehst du!«

Ha, Mizzi war das Hippiemädchen, woher hatte Josef das alles nur gewusst! Jetzt schrie ich. »Am besten, du bleibst gleich ganz weg, dann muss ich mir wenigstens nicht mehr jeden Tag das Chaos mitansehen, das du in meiner Wohnung und in deinem Leben fabrizierst! Warum zerbreche ich mir eigentlich die ganze Zeit den Kopf für dich? Hast du dich jemals bei Holger Baumbach angemeldet?«

»Nein. Heidi, bitte hör mir zu: Ich werde – nicht – bei – ihm – in – die – Lehre – gehen. Ich – habe – andere – Pläne.«

Felix sprach so langsam und überdeutlich, wie er immer mit seiner verwirrten Großmutter gesprochen hatte. Das machte mich erst recht rasend.

»Andere Pläne?«, schnappte ich dazwischen. »Surfen? Und danach fein einen kiffen? Das nennst du einen Plan? Toller Vater wärst du! Na, ich danke!«

»Heidi«, sagte Felix gezwungen ruhig, »mit dir gehen die Hormone durch, was ist denn mit dir los, du warst früher doch mal ein total entspanntes Mädchen? Ich kann nicht auf der Stelle nach Hause kommen, aber eigentlich hatte ich mir überlegt, dass wir alle in Kalifornien ...«

Ha, das war er, das war der Trick, was hatte Josef gesagt: »Aber weil er in Wirklichkeit nie erwachsen geworden ist, fällt er zurück in kindliche Verhaltensmuster, angeschubst durch seine traumatischen Erlebnisse. Als Nächstes fragt er dich, ob du nicht nachkommen willst, und wenn du Nein sagst – was du machen musst, weil du zu viel um die Ohren hast und deinen Laden nicht aufgeben willst und einfach nicht so ein Luftikus bist wie er –, dann verlässt er dich wegen irgendeines sorglosen Hippiemädchens, weil er meint, du bist einfach nicht mehr so locker drauf wie früher.«

In meinen Kopf heulte verletzter Stolz los wie ein Werwolf, und ich schaffte es, Felix eine Abfuhr zu erteilen, ohne auch nur einmal Luft zu holen.

»Vergiss es! Jetzt musst du auch nicht mehr kommen! Ich komme wunderbar allein klar, und ich werde mich hier nicht wegbewegen! Du hast dich so lange nicht gemeldet, ich hatte genügend Zeit, ein Leben ohne dich zu üben! Auf Wiedersehen! Nein: Ciao, das war's!«

Anstatt aufzulegen, knallte ich das Telefon einfach auf den Boden. Rumms.

Und bekam den Heulkrampf meines Lebens.

Auch eine halbe Stunde später saß ich noch auf der Couch, umgeben von rosa und weißen Kleenex, als hätte die blühende Zierkirsche aus dem Hinterhof ihre Blütenblätter auf dem Sofa und dem Boden davor verloren. Das Telefon hatte längst aufgehört zu tuten und sendete nur noch einen leisen ratlosen Wellenton aus dem Hörer.

Ich horchte in mich hinein und zog noch einmal die Nase hoch. Dieser längst fällige Zusammenbruch hatte irgendwie die

Luft geklärt. Ich war in der Lage, mir einigermaßen ruhig das ganze Schlamassel vor Augen zu führen.

Erstens: Ich war wieder Single. Und zwar, weil ich das so wollte, basta.

Zweitens: Ich war außerdem schwanger, sehr schwanger, wie die Ärztin in der Charité mit einem krisseligen Ultraschallausdruck bestätigt hatte.

»Das sieht ja komisch aus«, hatte Charlotte gesagt und misstrauisch auf die schwarzen Schlieren gestarrt. »Bist du sicher, dass das ein Kind wird und nicht ein Maulwurf mit zwei Köpfen?«

»Ach was«, hatte ich gesagt und Charlotte das Bild aus der Hand gerissen, »Ultraschallbilder sehen immer so aus. Hauptsache, der Arzt erkennt was.«

Drittens: Ich durfte nur zum Pinkeln aufstehen, und alles, was ich machen konnte, war eigentlich telefonieren. Umso besser.

Und ich war – viertens – eine expandierende Jungunternehmerin auf dem Weg zur GmbH und brauchte Geld, viel Geld. Jetzt.

Das waren die Fakten. Und fünftens: Die Menschen meines Vertrauens kamen nicht in die Pötte. Die waren entweder selbst finanziell abhängig (Charlotte), hatten sich mit grazilen Österreicherinnen verdünnisiert (Felix) oder würden finanzielle Stunts eher weniger befürworten (mein Vater).

Und sie konnten mich alle mal. Ich fühlte mich erschöpft, aber plötzlich besser. Mir war warm, mich, die sonst immer kalte Füße hatte, erfüllte ein angenehmes Gefühl von innen, das auch von der momentanen Unbill nicht zu verscheuchen war und das bis in die Spitzen meiner kleinen Finger reichte. Waren das die Hormone, die gerade meinen Liebeskummer zur Seite rempelten, um Platz zu machten für etwas Gutes, Neues, was war das, ein neues Selbstbewusstsein? Egal, ich war jedenfalls stark, stärker, am stärksten, wann hatte ich das eigentlich vergessen, oder war das komplett neu? Egal. Ich hatte es satt, auf andere angewiesen zu sein, und mein hocherotisches Versöhnungstelefonat mit Felix schien mir zwar ewig her, aber ich sollte mich eher daran erinnern als an das Desaster gerade eben. Denn: Ich hatte offensichtlich Talent, und ich konnte nicht mehr warten.

Ich beugte mich vor, zog den Laptop über den Couchtisch zu mir her, um als Erstes meinen Facebook-Account zu löschen. Ich hatte jetzt keine Zeit mehr für solche Nebensächlichkeiten, die würden mich nur ablenken und runterziehen. Und ich wusste ganz genau, dass ich nicht der Versuchung widerstehen würde, dann und wann auf Felix' Seite zu gucken. Und seine fröhlichen Wall-to-Wall-Plänkeleien mit surfenden Supermizzis würden mich jedes Mal wieder aus der Bahn werfen, und ich würde wieder dazwischengehen wollen, und ich würde mich wieder lächerlich machen und einen bissigen Kommentar posten, und ich ...

Vielleicht guckte ich einfach nur noch ein letztes Mal?

Ich tippte, in die Zeile »Freunde«, ganz oben: Felix Schwei...

Komisch, eigentlich ergänzte Facebook sonst immer schon nach dem Fel... automatisch Felix' Namen, ich kannte sonst auch gar keinen Felix, und jetzt musste ich ihn ausschreiben ...

Ich starrte auf den Bildschirm. Das hatte ich jetzt davon.

Felix Schweiger stand da, und daneben sein Profilfoto, ein Foto, das ich nicht kannte, er musste es gerade eben ins Netz gestellt haben. Er, der Surfer, trug sogar ein Hemd, hellblau, und den Bart kürzer, sodass wieder mehr von seinem Gesicht sichtbar war, und ein Lachen zur Schau, so breit, dass man die Lücke zwischen seinen Schneidezähnen sehen konnte.

Warum musste Liebeskummer eigentlich auch immer so richtig körperlich wehtun, so richtig im Herzen drin, warum konnte man nicht einfach nur ein bisschen Kopfweh kriegen und eine 400er-Ibuprofen nehmen, und alles war überstanden? Tat mir das weh, dieses Foto zu sehen und nicht zu wissen, wann und wie und wo und wer es gemacht hatte und warum Felix so lachte und woher er dieses Hemd hatte und ...

Aber war das alles?

To see more informaton about Felix you have to be friends with Felix. Click here ...

You have to be was bitte? Ich war schon Felix' Facebook-Freund! Ich war sogar viel mehr als das, jawoll! Zumindest gewesen! Bis vor gar nicht allzu langer Zeit! Nämlich bis gerade eben! Das konnte nur bedeuten …

»O ja, Sweetheart, das heißt, dass er dich aus seiner Freundesliste geschmissen hat … gelöscht! Das ging aber schnell!« Josef sprach leise aus, was ich mir gedacht hatte und was mich trotzdem irrsinnig verletzte. Nicht nur ich wollte nichts mehr mit Felix, sondern er wollte auch nichts mehr mit mir zu tun haben. Das war noch viel endgültiger, als es mir gerade eben erschienen war. Das war das große Finale.

Was war man eigentlich als alleinerziehende Zwillingsmutter? Single-Doppelmutter? Wenn es beide Babys schaffen würden! Ich legte die Hand auf meinen Bauch und flüsterte: »Jetzt reißt euch mal zusammen, und lasst mich nicht auch noch alleine! Fabian, Max, Lotte, Anna – wie auch immer ihr heißen werdet –, wehe, ihr schnappt euch gegenseitig das Essen weg! Dazu habt ihr später noch jede Menge Zeit!«

»Wie bitte? Alles klar? Wer ist denn da alles bei dir im Zimmer?«, fragte mich Josef am anderen Ende der Leitung besorgt.

»Niemand, ich bin allein!«, verabschiedete ich mich, um Tapferkeit bemüht und einigermaßen gefasst, und erstaunlicherweise fiel es mir leichter, als ich erwartet hatte. »Es hilft nichts! Ich muss da durch, wir müssen da durch! Und deshalb muss ich jetzt einfach alles mal durchkalkulieren, anstatt herumzuheulen.«

Und dann begann ich ein neues Dokument mit der Überschrift: Businessplan. Ich öffnete endlich Cesares Umschlag und schlug die letzte Seite der Zahlenkolonnen auf. Der Magen sackte mir zwei Stockwerke tiefer, als ich die Zahl am Ende las. Ich sollte in ein paar Monaten das Jahresgehalt eines Börsenmanagers vor der Finanzkrise einfahren – mit Bonus?

Nun, dann musste ich eben vernünftig kalkulieren.

20

Eine Woche später – und Josef am anderen Ende der rauschenden Festnetzleitung war gelinde gesagt »amused«. »Aha, du machst also ernst? Klar kannst du mit mir üben, wann soll es denn losgehen? Hast du denn schon eine Agentur?«

»Wiefo Agentur?«, fragte ich mit vollem Mund und biss noch einmal von meinem Knoblauchbrot mit Fenchelsalami ab. Ich hatte Ian dazu gebracht, mir von der AKÜ jeden Vormittag einen Fresskorb zu schicken, schließlich war ich wenigstens offiziell immer noch die Frau an der Seite des Chefs, und ihn gebeten, einfach alles auf eine Liste zu setzen.

»Also noch keine Agentur, aha … Und einen Künstlernamen? Heidi, was du da vorhast, das ist kein Spaziergang im Park, das ist Telefonsex! Du willst doch nicht einfach eine Anzeige aufgeben unter Heidi Hanssen und mit deiner Festnetznummer?!«

»Nein, natürlich nicht. Muss ich mir alles noch überlegen.«

Viel zu wenig Salami war das, ich sollte Ian anrufen, dass er mir morgen mehr davon einpacken ließ. Und grüne Oliven. Mit Anchovis und Knoblauch gespickte grüne Oliven. Ich hatte nämlich entdeckt, dass mich der ewige Knoblauchgeschmack nicht mehr nervte, je mehr davon im Essen war. Und das Gute an Telefonsex war: Niemand würde sich daran stören.

Josef ging inzwischen zum praktischen Teil über: »Ich lege jetzt auf und rufe in einer Minute wieder an, als wäre ich ein ganz normaler, äh, Klient. Und du zeigst mir, was du drauf hast.«

»Gern«, sagte ich, »nur zu.«

Und als das Telefon klingelte, entschuldigte ich mich bei dem ungeborenen Leben in mir. Sorry, Babys, aber der Zweck heiligt die Mittel, dachte ich, und schluckte den übergroßen Bissen hinunter. Ich besann mich kurz, rief mir das sexy Gespräch mit Felix vor zwei Wochen ins Gedächtnis, hob ab, blendete einfach aus, dass der schwule Josef am anderen Ende der Leitung war, und sagte mit meiner sanftesten und tiefsten Stimme: »Hallo, Süßer. Bist du auch so einsam wie ich?«

Der professionelle Teil unseres Gesprächs dauerte genau zwölf Minuten.

»Ach du liebes Häschen«, sagte Josef nach einer kurzen Pause, »ich geh jetzt erst mal duschen. Du hast Talent. Du hast definitiv Talent.«

»Was hast du da gesagt? Ach du liebes Häschen?«, fragte ich erfreut, »das ist es! So will ich heißen! Häschen! Bunny! Heidi Bunny? Nö. Sissi Bunny?«

»Völliger Unsinn! Ich habe nicht ›ach du liebes Häschen‹, ich habe ›ach du liebes bisschen‹ gesagt«, grummelte Josef. »Aber Bunny ist in der Tat nicht schlecht. Und als Vorname Lola. Wie Lola Montez. Nimm Lola. Nein, Lala! Nein – Bella! Das ist es! Bella Bunny! Und, äh, noch was.«

»Ja?«, fragte ich meinen besten Freund gut gelaunt zurück. Bella Bunny! Sollten sich andere Frauen so abgenutzte Identitäten wie Pamela A. aussuchen – ich würde ab heute Bella Bunny sein!

»Also, Bella Bunny, ich hab dich ja gerne beraten«, Josef räusperte sich geräuschvoll, »und mich von dir, öh, inspirieren lassen, aber kann das vielleicht unter uns bleiben? Ich meine, also ... Hans-Jürgen darf das auf gar keinen Fall erfahren!«

»Kein Problem, Süßer«, flötete ich zurück und schob die Tüte mit den frischen Schinken-Käse-Croissants ein wenig von mir weg. Marie, die Mutter mit der blausamtenen Jacke, wollte zum Frühstücken kommen, da sollte ich wenigstens eines davon übrig lassen.

21

»Du willst diese Marie anstellen? Aber du kennst sie doch gar nicht!«

Charlotte war fassungslos.

»Warum hast du nicht mich gefragt?«

Ich war froh, so schnell und vom Sofa aus eine Geschäftsführerin gefunden zu haben, die sich um das tägliche Wunderland-Geschäft kümmern würde, und Marie schien mir ideal. Nett und als alleinerziehende Mutter auch nicht zu ehrgeizig. Sie würde sicher gerne tun, um was ich sie bat. Was ich mir bei Charlotte nur bedingt vorstellen konnte. Deshalb schüttelte ich den Kopf: »Weil du mit Kindern überhaupt nichts anfangen kannst, schon vergessen? Und weil du in »Operation Walküre 2« eine britische Geheimagentin spielst, gell?«

»Ja, das ist allerdings wahr.«

Bei der Erwähnung ihrer ersten richtigen Sprechrolle wuchs Charlotte um weitere Zentimeter. Hätte ich aufrecht vor ihr gestanden und wäre nicht in der Biegung meines Sofas zusammengekringelt gewesen, hätte sie mich um Kopflänge überragt – und das ohne Stiefel.

»Ich hatte ein gutes Gefühl bei Marie, und ich brauche einfach jemanden ab sofort. Und sie hat gerade für ihren Sohn einen Krippenplatz bei den Bärenkindern in der Danziger Straße bekommen und ist auf der Suche nach einem Job. Und außerdem war sie mal Store-Managerin bei Benetton.«

Charlotte war nicht überzeugt.

»Wie heißt die Kita, Bärenkinder? Wetten, dass sie die nach einer Woche in Teufelsbraten umbenennen, wenn der kleine Giftzwerg da sein Unwesen treibt? Aber wie du meinst, das musst du wissen!«

Ich musste lachen.

»Charlotte«, sagte ich und war erstaunt, wie heiter ich sein konnte, »ich bin schwanger, Gott sei Dank bin ich das noch. Aber ich muss so viel wie möglich liegen, sonst gibt es ein Unglück. Und so wie es aussieht, hat sich der Vater meines Kindes vom Acker gemacht. Ich kann nicht so weitermachen wie bisher – ich muss lernen, mir helfen zu lassen. Allerdings nach meinen Regeln. Und du musst langsam mal von deinem Kinderhass runterkommen, sonst wirst du nie Patentante.«

»Patentante? Verzichte. Deine Patentante kannst du behalten«, knurrte sie. Charlotte war wirklich meine beste Freundin und eine sonst großzügige, liebe Person, vielleicht sollte ich das endlich mal erwähnen, aber in Sachen Kinder hatte sie echt einen Hau.

Dann würde ich eben anders planen.

»Klar will ich Patentante werden«, sagte Josef geschmeichelt am Telefon, »wie läuft dein neues Business? Hast du bereits eine Nummer und den Anbieter gewechselt?«

»Aber ja.«

Ich war zunehmend begeistert davon, wie viel man vom Sofa aus erledigen konnte.

»Die Leitung ist heute Morgen umgestellt worden. Am nächsten Dienstag erscheint die erste Anzeige. Und außerdem habe ich gerade auf eBay ein Telefon in Schwanenform entdeckt, voll retro, wie für mich gemacht. Das sieht zwar keiner, aber es hat sicher so eine unterschwellige Wirkung. Wie ein Agent Provocateur Bustier beim ersten Date. Und das mit der Agentur ... spare ich mir.«

Ich presste die Lippen aufeinander, um nicht mehr zu erzählen. Das Gespräch von gestern Nacht saß mir noch in den Knochen. Ich hatte die Rubrik »Telefonkontakte« in der BILD durchgesehen und einfach mal bei der Konkurrenz angerufen. Und die auskunftsfreudige Domina am anderen Ende der Leitung hatte mir ihre Agentur genannt: »Das macht bei mir der Willi, der hat mich von der Straße geholt, der is wie'n Daddy für mich. Super Manager ist der, voll derbe, aber das brauchste auch.«

Also hatte ich im Internet auf der Webseite www.galaxyerotik.de Willis Kontakt gesucht und gefunden.

»Du willst bei uns einsteigen? Tja, das wollen viele.«

Der Männerstimme am Telefon hatte ich anhören können, dass ihr Frauenbild nicht von Akademikerinnen und Emanzipation geprägt war. Und von Freundlichkeit auch nicht.

»Und, Kleine, was ist deine Spezialität? Hobbyhure? Geile Teens und feuchte Girls? Grannysex?«

Willi hatte mich prompt verunsichert, und außerdem war es nach sieben Uhr abends gewesen, da ging es mit meinem Schwung immer ein bisschen bergab. Ich hatte zwar keine Morgenübelkeit, aber dafür wurde mir immer nach »Verbotener Liebe« so schlecht, als wäre ich auf hoher See, und dieser elende Zustand hielt sich dann bis zu den »Tagesthemen« (also theoretisch, ich lag zu dem Zeitpunkt längst im Bett).

»Spezialität habe ich keine, nett will ich sein und lustig, nicht zu sehr Porno. Und ich hätte gern das Pseudonym Bella Bunny«, hatte ich unsicher geantwortet, mit einer leisen Stimme, die definitiv nicht geeignet war für mein Vorhaben. Und prompt ein verschleimtes Grunzen geerntet.

»Zum Lachen gehen Männer zu Mario Barth. Du bist nur zuständig für die schnell versaute Nummer, sonst kann sich jeder selber einen hobeln, das kostet wenigstens nix. Und Bella Bunny als Nachname? Geht gar nicht, viel zu lang, und was ist Pseudodings für ein alberner Vorname? Jasmin, Chantal, Denise, das sind die Namen, mit denen du Knete machst. Und wie sieht's sonst so aus bei dir? Sag doch mal, welche Wörter für Muschi du noch kennst. Fotze, Möse, und weiter?«

Bäh. Was für ein Widerling.

»Vagina! Uterus!«, hatte ich erwidert, jetzt bockig.

»Hör mal, Puppe, was ist eigentlich mit dir los, kommst du gerade von der Uni?«, war der Chef von Galaxy Erotik sauer geworden. Das war in seiner Welt offensichtlich die gröbste Beleidigung. Und als er dann schwer atmend vorgeschlagen hatte: »Ich will aber mal nicht so sein, zeig mir doch mal, was du drauf hast. Und wenn ich dir 'nen Tipp geben darf: Analluder kann ich immer brauchen«, wollte ich das eher nicht tun, sondern hatte lieber aufgelegt, um »0900-Nummern beantragen« in die Suchmaschine einzugeben.

Aber das Gespräch hatte seine Spuren hinterlassen. Vielleicht sollte mein Wortschatz tatsächlich erweitert werden? Und deshalb fragte ich Josef schnell: »Du kennst dich doch da aus. Welche Ausdrücke für Penis weißt du noch?«

»Na ja, Dingdong, Dick, Digga, Dödel ...«

»Josef, ich will Telefonsex machen und nicht Kabarett! Hast du nicht früher deine Bettgefährten gewechselt wie deine Bruno-Banani-Strings? Ich will gar nicht wissen, wie viele von diesen Dingdongs du schon sonstwo gehabt hast! Pullermann, Pint, Pimmel, das ist alles nicht erotisch, streng dich mal ein bisschen an!«

»Also gut«, konzentrierte sich Josef. »Schwanz geht immer, das ist der Klassiker für alle Lebenslagen. Richtig versaut wäre dann Fickmaschine, Rammbock, Superspritzer oder Ähnliches.«

»Igitt, das würde ich nie über die Lippen bringen! Kann man nicht etwas liebevoller mit einem so wichtigen Organ umgehen? Und sich von Filmen inspirieren lassen? Und ihn Rambo nennen zum Beispiel? Oder – Gladiator? King Kong? Dirty Harry? Was hältst du zum Beispiel von Mr. Big wie in ›Sex in the City‹?«

»Mr. Big? Also – wenn jemand mein gutes Stück Mr. Big nennen würde, das fände ich schon okay! Oder: Ben Hur? Na ja. Aber: Moby Dick! Was ist denn mit Tiernamen? Grizzly, Maulwurf ... Hans-Jürgen, komm doch mal, hier wird es gerade interessant! Was sagst du? Big Mac?«

Alles in allem wurde es dann doch noch ein ziemlich ergiebiges Brainstorming.

22

Der nächste Dienstag fühlte sich anfangs nicht anders an als die Tage davor, nur dass ich begeistert feststellte, dass der ewige Knoblauchgeschmack allmählich nachzulassen schien. Seit meiner Entlassung aus der Charité hatte ich die Wohnung nur zweimal zum Ultraschall verlassen, und mein Nest unter dem Dach müllte immer mehr zu. Das für einen Euro ersteigerte Schwanentelefon stand auf dem Couchtisch und wartete auf seinen Einsatz. Und heute sollte das Warten ein Ende haben. Um eine gemischte Klientel zu erreichen, hatte ich erst einmal in der »zitty« und in der »Berliner Morgenpost« inseriert, studentisches Stadtmagazin und Tageszeitung schien mir eine vernünftige Mischung. Ich schnappte mir eine Packung Zwieback, drehte mit einem sanften Schmatz ein neues Nutellaglas auf und krümelte aufgeregt vor mich hin. Aber es passierte erst einmal nichts. Eine Stunde: nichts. Zwei Stunden, das Nutella-Messer kratzte schon unten am Glasboden: nichts. Das ist ganz normal, dachte ich und fischte in der Zwiebacktüte vergeblich nach den letzten Krümeln, solange nur einer anruft, bevor mir abends wieder schlecht wird. Ob ich vielleicht nicht »9–12 Uhr und 14–18 Uhr« hätte dazuschreiben sollen? Ich sollte nicht gleich am Anfang rüberkommen wie ein Meldeamt! Und was, wenn als Erstes eine Frau anrufen würde oder ein total Perverser? Oder meine Mutter? Wer garantierte mir denn, dass der Telefonmann letzte Woche die Weichen für die zweite Leitung ordentlich gelegt hatte? Und was, wenn ich Schluckauf bekommen würde? Warum war ich nicht auf die Idee gekommen, Josef zur Probe anrufen zu lassen? Und was sollte ich tun gegen Hintergrundgeräusche? Zum Beispiel dieses Schnattern? Ganz schön laut, mein Fernseher war aus, das musste also aus der Nachbarwohnung kommen.

Aber wieso Nachbarwohnung? Es war der Schwan! Der Schwan klingelte! Mein erster Anrufer! Ich zuckte zusammen und starrte auf den Apparat, als wäre er ein schleimiges Monster. O Gott. Ausgeschlossen, dass ich da jetzt abheben würde. Aber die Ziegen? Cesare? Meine Firma? Die Zukunft meiner Familie, aus wie vielen Mitgliedern sie letztendlich auch bestehen würde? Zweihundert Tage waren es noch bis zum Geburtstermin. Wenn ich in dieser Zeit pro Tag dreißig Anrufer à zwölf Minuten schaffen würde, dann wäre alles gut. Und wenn ein paar Jungs so doof wären, mich vom Handy aus anzurufen, dann würde es noch schneller gehen. So viel Geld konnte mir kein Job im Callcenter verschaffen und auch nicht meine Kinderklamotten. Die konnte ich zwar hier auf dem Sofa weiter entwerfen, aber das war auch alles. Und verglichen mit meinem Finanzbedarf war das Stricken kein Beruf mehr, sondern wieder ein nettes Hobby wie früher.

Rääääb rääääb rääääb.

Wollte ich mit dem Gefühl leben, jetzt nicht den Mumm für den entscheidenden Schritt gehabt zu haben? Aber war das vielleicht ein Schritt in den Abgrund? In ein Milieu, in dem Agenturen wie Galaxy Erotik herrschten und in der ich unter die Räder kommen würde? Ich war schließlich inzwischen für zwei Babys in spe verantwortlich! Ich zupfte mir nervös am Ohrläppchen, wie immer, wenn mir etwas unglaublich peinlich war.

Heb schon ab, herrschte mich mein Alter Ego Bella Bunny an, hier geht es um dich und um deine privaten Projekte, was hast du denn mit einem *Milieu* zu schaffen? Wenn was schiefgeht, steigst du aus, jetzt geh endlich dran!

Meine Hand griff so fremdbestimmt zum Hörer, als würde ich sie durch die Linse einer Kamera beobachten, und mein Mund war sehr trocken. Ich Anfängerin hatte mir nicht einmal ein Glas Wasser neben das Telefon gestellt.

»Hallooo, ich bin Bella. Wie geht es dir?«, meldete ich mich, die Zunge am Gaumen und die freie Hand am linken Ohrläppchen.

»Hi.«

Eine Männerstimme. Eher unsicher.

»Schön, dass du anrufst. Und wer bist du?«, versuchte ich ein Gespräch in Gang zu bringen.

»Ich bin der Olaf, ich meine, der äh, Mike«, stotterte der junge Mann, »ich, ich, äh, ich habe gerade Zeit ...«

Alles klar. Der schwamm noch mehr als ich. Das war gut, sogar sehr gut. Diesen Burschi musste ich dringend an die Hand nehmen.

»Das ist schön, Mike, das trifft sich gut, ich habe nämlich auch gerade Zeit, und zwar nur für dich. Was magst du denn gerne?«

»Was ich ... also ich, wie siehst du denn aus?«, quälte sich der Anrufer.

»Also, ich bin groß, Mike«, begann ich, aber erinnerte mich daran, welche Wirkung Charlotte manchmal auf Männer hatte, und schwächte ab, »aber nicht zu groß, das sind nur meine hohen Schuhe, eigentlich bin ich sogar ziemlich klein, rothaarig, jawohl, ich habe rote Haare, sehr lange rote Haare, und ich trage eine Schuluniform, einen kurzen Rock, und weiße Kniestrümpfe. Und jetzt mache ich die obersten Knöpfe meiner weißen Bluse auf, so ...«, mein altes Garfield-Sweatshirt hatte Marmeladenflecken auf Brusthöhe, die selbst gekochte Mandel-Schwarzkirsch meiner Mutter, »und dann lasse ich dich jetzt unter meinen Rock schauen ...«

Rock war gut. Ich hatte Charlottes alte Yogahose unten abgeschnitten und über der fleischfarbenen Stützstrumpfhose bis zu den Achseln hochgezogen. Ich unterdrückte ein Kichern, warum musste ich ausgerechnet jetzt lachen? Konzentrier dich, Hanssen, wies ich mich zurecht, du hast gerade einen Fisch an der Angel! Ich machte langsam: »... und nur für dich schieb ich jetzt meinen Rock hoch, aaaah, und jetzt zieh ich meinen weißen Schlüpfer aus, so, da liegt er, jetzt darfst du einen Blick werfen auf, auf ...«

Jetzt bloß nicht zu ordinär werden, das würde den armen Kleinen sicher verschrecken!

»... auf meine, äh, Lustgrotte?«

Jetzt war alles zu spät. In mir kitzelte ein Lachanfall wie ein Niesreiz.

»Kchhhh«, machte ich, ununterdrückbar. Ich gab auf. »Meine Lustgrotte, sorry, das geht gar nicht«, prustete ich und hatte das Gefühl, die Karten auf den Tisch legen zu müssen.

»Also, Olaf, ich mach das grade zum ersten Mal. Was machen wir jetzt?«

Olaf alias Mike schien sehr erleichtert, an eine Anfängerin geraten zu sein. Er lachte, jetzt ein wenig sicherer.

»Du hast recht. Völlig albern. Aber ich hatte gerade einen Stau, aber eher im Kopf. Ich bin Medizinstudent an der TU, und meine Doktorarbeit über die Patellasehnen geht einfach nicht vorwärts.«

»Interessant, dann wirst du Orthopäde?«, fragte ich.

»Nein. HNO.«

»Aber Patellasehnen sind doch am Knie und nicht im Gesicht?«

»Ja«, sagte er.

Ich bohrte nach.

»Und warum hast du dir ausgerechnet was am Bein ausgesucht, wenn du doch HNO-Arzt werden willst?«

»Na ja, also, Beine sind schon was Schönes«, sagte er, plötzlich heiser.

»Beine«, fragte ich weiter nach, wäre ja gelacht, wenn wir da jetzt keinen Fetisch zutage fördern können, »oder Füße?«

»Beine«, sagte er schnell, »definitiv Beine.«

»Gut, Mike, dann beschreibe ich dir jetzt einfach mal genau, wie meine Knie aussehen, okay?«

»Ja, bitte!«, hauchte mein erster Kunde.

Das war einfach, dachte ich kurz danach, legte dem Hartplastikvogel den Hörer wieder zwischen die Flügel und lockerte meine Hand, einundzwanzig Minuten, nicht schlecht, und hatte gar keine Zeit, mich zurückzulehnen. Mist, noch nicht einmal Pinkelpause war hier drin, dieser Anruf musste jetzt schneller gehen.

»Hallo, Bella hier. Wie geht es dir?«

Es ging in der Tat sehr schnell. Denn noch im ersten Satz unterbrach ich meinen zweiten Anrufer.

»Sorry, die In-den-Po-Nummer mache ich nicht. Und den Rest erst recht nicht. Tschüs.«

Uff. Und jetzt erst einmal aufs Klo.

Und dann passierte erst mal lange nichts. So lange, dass ich mein Skizzenbuch holte und über die nächste Herbst/Winter-Kollektion nachdachte. War nicht Peter Pan auch ein großes Michael-Jackson-Thema gewesen? Vielleicht eine Michael-Jackson-Tribute-Kollektion? Für Babys? Sicher nett, schwarze Pullis mit Schulterpolstern und enge Leggings und dann dicke Boots dazu, vergaloppierte ich mich und entschied, nö, nicht tragbar und außerdem überflüssig, ich musste nicht auch noch auf der Profitwelle im Kielwasser des toten King of Pop schwimmen. Aber gab es nicht Peter Pan als Disney-Figur? Mit grünem Hütchen und eine Art auf Taille geschnittene UPS-Uniform des Mittelalters? Wie wäre denn eine Peter-Pan-Kollektion, überlegte ich und versuchte, nicht zu sehr auf den nächsten Anruf zu warten. Passte sicher super zum Herbst mit seinem grünen Jägerhütchen. Aber dann müsste ich mich die nächste Zeit ständig mit dem Fachbegriff für Felix' Verantwortungslosigkeit herumschlagen und außerdem netten Anwälten von Disney eine halbe Million im Aktenkoffer überreichen, um eines ihrer Motive überhaupt verwursten oder besser verstricken zu können, so viel wusste die abgebrochene Juristin in mir noch. Das würde definitiv ein zu großes Loch in mein nicht vorhandenes Budget reißen, entschied ich und legte meine Beine hoch, rutschte hin und her und legte sie dann wieder ab. Langsam hatte ich einen durchgesessenen Po, ich musste hier mal wieder raus, wie spät war es eigentlich, was, erst? Ich steigerte mich in eine Art Unruhe hinein, die Schwangerschaft, der Laden, die Kollektion, Cesare, die Hotline, was denn noch alles, ich war doch kein verdammter Oktopus! Und jetzt riss mir zu allem Überfluss auch noch der Teebeutel, und als ich auf dem Weg zur Toilette die Kanne mit den frei herumschwimmenden Kräutern in den Ausguss leeren wollte, gab es einen Blubb, und stinkiges Wasser stieg das Spülbecken hoch, aber nicht mehr hinunter.

Ich flüchtete mich schnell zurück aufs Sofa.

Marie, die ich unten anrufen wollte, ging nicht dran. Ich hoffte zu ihren Gunsten, dass sie gerade einer Mutter half, einem zappeligen Mädchen einen Pulli mit Puffärmeln überzustreifen, und sie gleichzeitig davon überzeugte, dass sie ihn gleich in zwei Farbkombis nehmen sollte. Weil man Kaschmir, wenn er so hochwertig war wie der, den Cesare herstellte, nicht jeden Tag tragen sollte, sondern dazwischen immer »ruhen« lassen sollte. Dann pillte er nämlich nicht.

Also hinterließ ich ihr nur eine Nachricht auf dem Ladentelefon: »Hallo, hier Be... äh, Heidi, hast du nicht erzählt, dass Gustavs Vater ein guter Handwerker ist? Ich brauche einen. Schnell. Am besten einen Klempner.«

Und dann passierte wieder nichts mehr.

Vierzig Minuten waren seit dem letzten Anruf vergangen. Aus der Küche roch es nach Abwasser, ich hatte keine Lust mehr, dafür aber Hummeln in den Beinen. War zwar nicht besonders professionell, gleich am ersten Tag drei Stunden Mittagspause zu machen, aber mich würde sicher niemand vermissen. Weil sowieso niemand anrufen würde.

Was hatte ich mir eigentlich gedacht? Dass meine kleine Zeile: »Selbermachen macht glücklich! Bella Bunny hilft dir dabei!« mehr als einen Perversen und einen verklemmten Studenten auf den Plan rufen würde? Ich sollte mich lieber um meine außer Kontrolle geratene Familienplanung kümmern und gucken, ob wenigstens in meinem Bauch alles in Ordnung war. Also wählte ich Charlottes Nummer: »Kannst du mich in die Charité bringen, ich will zur Kontrolle?«

Ich sprach ihr auf die Mailbox, denn auch Charlotte war nicht erreichbar. Stimmt, fiel mir ein, heute ist die erste Regiebesprechung für »Operation Walküre 2«.

Dann rief ich mir eben ein Taxi, würde mir schon nicht schaden. Ich musste aus dem Haus, seit zwei Stunden hatte niemand mehr angerufen, ich hatte rasend schlechte Laune und schon wieder das heiße Gefühl aufsteigender Tränen in den Augen. Ich war mir plötzlich sicher, meinen Businessplan viel zu optimistisch formuliert zu haben. Vor dieser Stimmung konnte ich nur davonlaufen! Und noch während ich dabei war, einen Mantel zu finden, unter dem ich mein Sofaoutfit verbergen konnte, klingelte es schon an der Tür. Das Taxi. Klar, jeder normale Mensch fuhr an diesem sonnigen Frühlingsnachmittag Rad oder ging zu Fuß, um die in Berlin zur psychosomatischen Grundausstattung gehörende Winterdepression zu verscheuchen, und Taxifahrer waren froh um jeden Fahrgast.

»Können Sie hochkommen und mir runterhelfen?«, rief ich in die Sprechanlage. Und dann schnarrte der Schwan. Zum dritten Mal heute. Schnell rief ich ein eiliges »und zwar in zwölf Minuten!« hinterher und landete in Trenchcoat und Turnschuhen so sanft wie möglich auf dem Sofa.

»Hallo!! Bella!«, keuchte ich atemlos, es schadete der Erotik in meiner Stimme sicher nicht, dass mir bei der kleinsten Bewegung die Luft wegblieb. Aber der Herr am anderen Ende der Leitung klang nicht, als wäre er an so etwas Trivialem wie Erotik interessiert.

»Guten Tag, Frau, äh, Bella. Tnff. Mein Name tut nichts zur Sache. Sagen wir: Adrian Müller. Nennen Sie mich Adrian. Ich brauche Ihre Hilfe.«

Die gleiche Angewohnheit, die Luft durch die Nase auszustoßen, hatte mein Musiklehrer in der Zehnten auch gehabt. Tnff. Bei dem passierte das immer automatisch, ungefähr nach jedem dritten Satz. Und genauso automatisch sah ich jetzt auch Herrn Frühauf vom Rosenheimer Gymnasium vor mir, Pfeife rauchend, mit einem Lockenkopf wie Art Garfunkel, Tränen in den Augen, weil wir gerade die »Morgenstimmung« von Edvard Grieg hörten.

»Sind Sie noch dran?«

Der Mann am anderen Ende klang so nüchtern und geschäftsmäßig, dass ich zackig antwortete: »Selbstverständlich! Was kann ich für Sie tun?«

»Ich habe ein Problem, und ich möchte zu Ihren Gunsten einmal annehmen, dass Sie und Ihresgleichen dafür eine Lösung parat haben.«

Sonderlich hilflos klang das nicht. Was wollte der? War der mit dem Auto liegen geblieben?

»Ich sitze hier mit einem leeren Glas ...«

Aha, der suchte einen Bringservice!

»... und wenn ich diesen Raum verlasse, soll es mit meinem Ejakulat gefüllt sein.«

Ich war sicher, mich verhört zu haben.

»Bitte?«

»Versuchen Sie nicht – tnff –, Zeit zu schinden, hören Sie mir zu«, sagte Adrian ungeduldig. »Ich befinde mich hier in einer Fruchtbarkeitsklinik, in welcher, tut nichts zur Sache, angeblich die Beste, aber wer kann das schon so genau sagen, sind doch alles Betrüger in diesen Privatkliniken, tnff. Ich soll mein Sperma abgeben, um den Prozess der künstlichen Befruchtung weiterführen zu können. Und die Hilfsmittel, die mir hier zur – tnff – Verfügung stehen, sind, gelinde gesagt, abschreckend.«

»Bekommen Sie Geld dafür?«, fragte ich zurück und verscheuchte das Bild von Herrn Frühauf, der mit einem Porno auf dem Notenständer versuchte, als Samenspender sein Studienratsgehalt aufzupeppen.

»Würde ich das dann gleich mit einem unseriösen Anruf verjubeln?«, blaffte mich Adrian an. »Es geht hier nicht um Geld, es geht um Kinder. Besser gesagt um meine Freundin, die sich um jeden Preis ein Kind wünscht. Tnff! Und mehr werde ich hier von meinem Privatleben sicher nicht preisgeben! Ich bin hier Kunde und nicht Sie!«

Okay. Der war offensichtlich nicht gewohnt, dass ihm jemand widersprach, aber Unterwürfigkeit brachte so einen sicher nicht in Wallung. Na gut, dachte ich, dann drehen wir den Spieß doch mal um, und ranzte in meinem unfreundlichsten Tonfall: »Klappe! Ich kann hier fragen, so viel ich will!«

Ha. Kein Widerspruch. Nur: »Tnff!«

Ich schimpfte weiter: »Sie kriegen wohl keinen hoch in Ihrem Kämmerchen, was? Das ist nicht gut! Schämen Sie sich!«

»Tnff, tnff!«

»Ich werde sehr, sehr böse mit Ihnen werden, wenn Sie nicht tun, was die Ärzte von Ihnen verlangen!«

»Tnff, tnff, tnff!«

Das Taxi musste keine zwölf Minuten warten.

23

In meinem Unterleib klang es wie auf der Pferderennbahn.

Pchpchpchpchpchpch!

Puckerpuckerpuckerpuckerpucker!

Die Herztöne! Dieser sagenhaft lebendige Trommelwirbel stahl sofort mein ganzes Herz, und so hatte ich einfach die Hand der Ärztin genommen und festgehalten. War ja sonst keiner da, und es gibt Dinge im Leben, da muss man einfach die Hand von jemandem halten. Aber Frau Doktor Casper hatte mir ihre Rechte entzogen, um mit ihrer Ultraschallmaus über meinen glitschig eingecremten Bauch zu fahren und etwas zu vermessen. Klick. Klick. Die Ärztin haute unwirsch auf eine Entertaste unter dem Bildschirm des Ultraschallgeräts. »Das gefällt mir nicht«, schüttelte sie dann den Kopf und trug eine Millimeterzahl in den hellblauen Mutterpass ein, den ich jetzt besaß, »die Versorgung beider Babys ist optimal, aber solange Ihre Cervix noch so weit geöffnet ist, bleiben Sie da, wo Sie die letzten Wochen hoffentlich auch waren: auf dem Sofa oder im Bett. Sind Sie heute alleine hier? Wo ist denn der Papa?«

»Mein Vater weiß noch gar nichts davon, und außerdem wohnen meine Eltern in Oberbayern«, verstand ich sie absichtlich falsch, an Felix dachte ich nicht, und über ihn sprechen tat ich schon gar nicht, basta. »Ich wollte erst das Gröbste hinter mir haben, bevor ich es ihnen erzähle, ich wollte meine Eltern nicht unnötig belasten ...«

Ehrlich gesagt: Ich hatte dabei eher an mich gedacht als an sie. Mein Vater würde früh genug zur Buchhaltung wieder hier sein. Und meine Eltern trotz der Abwesenheit von Felix und der nötigen Finanzmittel über Familien- und Firmenzuwachs informieren? Nö. Dazu hatte mir bisher einfach der Mut gefehlt.

Und als die Ärztin mich weiter dringlich ansah und sich nicht abspeisen lassen wollte, formte mein Kopf langsam die Wörter: »Es gibt keinen Vater, ich werde alleinerziehend«, und mein Mund spuckte sie aus, als wären sie zäher Haferschleim.

»Schaffen Sie das denn alles? Sind Sie sich im Klaren darüber, was da auf Sie zukommt? Das ist keine normale Schwangerschaft – und danach geht's erst richtig los!«, fragte Frau Doktor Casper in einem leise mitfühlenden Tonfall. Ich sah genervt zur Seite. Eine entsetzte Reaktion wäre mir lieber gewesen als dieser emotionale Quatsch. Seit ich im Wartezimmer die prüfenden Blicke der Händchen haltenden Paare aushalten musste, fühlte ich mich sowieso schrecklich allein. Jetzt bloß nicht den Schneid abkaufen lassen, natürlich schaffst du das, allein wahrscheinlich sogar besser als mit einem Peter Pan an deiner Seite, versuchte ich mich so weit aufzurichten, dass ich in der Lage war, der Ärztin zu antworten, die mich weiter mit diesem besorgten »Soll ich gleich das Jugendamt alarmieren oder die Ärmste erst einmal zu pro familia schicken?«-Blick ansah.

Etwas zitterte leise in mir, an meinem Brustbein, und als ich tief Luft holte, um der Ärztin zu sagen, dass ich es gewohnt war, mein Leben selbst in die Hand zu nehmen, entfuhr mir ein Schluchzen.

Draußen an der frischen Luft ging es mir besser.

Im Taxi, zu dem mich der Medizinstudent brachte, den mir die Ärztin vorsichtshalber mit an die Seite gegeben hatte (wahrscheinlich weil sie sich nicht sicher war, ob ich mich nicht unter selbiges werfen wollte), saß ein junger Fahrer mit nikotingelben

Fingern und schlechter Haut, ein langer brauner Pferdeschwanz hing über seiner schwarzen Lederjacke. Die Rückbank war noch warm vom Fahrgast vor mir, und der Nachwuchsrocker hatte sich wohl gerade auf Pause eingestellt, die CD-Anzeige unter dem Taxameter zeigte Lied Nummer Eins. Als ich nach vorne rief: »Kannst du bitte die Musik ...«, drehte er die Lautstärke pflichtschuldig sofort nach unten, ohne mich ausreden zu lassen.

»Nein, lauter! Mach lauter!«, widersprach ich, AC/DC hatte ich das letzte Mal auf einem Mittelstufenfasching gehört, schade eigentlich! Der Fahrer drehte sich überrascht nach hinten um, musterte mich kurz und tat dann, was ich von ihm verlangt hatte.

»Thunder!«, bebten jetzt die Boxen auf der Hutablage. Jetzt wusste ich wenigstens nicht mehr, was vibrierte, das unbestimmte Zittern in mir oder die unverkennbare hohe Rockstimme von Angus Young.

Und dann kam es.

Ein Gefühl, gut und warm und fest.

Die Musik und der Umstand, endlich wieder einmal unterwegs zu sein, hoben meine Laune augenblicklich, und ich ließ das Taxifenster herunter und streckte den Arm weit in den Fahrtwind hinaus.

»Thunder!«

Ich spürte, wie meine Augen von dem Druck in meinem Kopf groß wurden, ich riss sie auf, damit das Glück Platz hatte. Eine unglaubliche Zuneigung gegenüber allem wärmte mich, Goldfische strichen von innen an meiner Bauchdecke entlang, waren das schon kleine Hände oder Füße, die ich da spürte? Nichts würde mir passieren. Wir würden das schaffen. Und jetzt musste ich sofort nach Hause, um mich für den Rest des Tages meinem neuen Business zu widmen.

24

Friedrich sah sehr früh am nächsten Morgen bei mir vorbei, ein Riese mit einem runden, netten Gesicht, die langen dunkelblonden Haare zu einem Pferdeschwanz zusammengebunden, Stahlkoffer und eine lange Drahtspirale in der einen Hand, einen kleinen Topf mit einer dunkellila Primel in der anderen.

»Ich dachte, Blumen passen immer! Marie hat gesagt, du brauchst Hilfe?«

»O ja, danke! Wie nett!«, nahm ich den Blumentopf entgegen und versuchte, meinen Bademantel vor dem Bauch zu schließen, um meinen schmuddeligen Schlafanzug zu verbergen.

»In der Küche fließt das Wasser nicht ab, wahrscheinlich sind mir da zu viele Küchenabfälle reingeraten!«

»Sicher nicht, ich kenne diese Altbauleitungen, und dann noch im obersten Stock, das ist garantiert nicht deine Schuld.«

Wie nett, dachte ich, und gut aussehen tut er auch irgendwie in seiner dunkelblauen Latzhose nur mit einem weißen Feinrippunterhemd drunter, und er schimpft gar nicht. Ich hatte, wie immer, wenn etwas zu Hause kaputt ging, Tadel erwartet. Eine Macke, die mir mein Vater mit ins Leben gegeben hatte.

»Du bist schwanger, nicht wahr? Herzlichen Glückwunsch! Was wird es denn?«, fragte er mich jetzt, schon halb in dem Schrank unter der Spüle verschwunden.

Diese Anteilnahme war mir jetzt ein bisschen unangenehm, aber warum sollte mich ein fremder Typ nicht darauf ansprechen? Schließlich kannte ich ihn ja praktisch über Marie. Allerdings wusste er dann sicher auch, dass es den zum Bauch passenden Papa leider nicht gab. Nicht mehr jedenfalls.

»Hm, ein Junge vielleicht, aber eigentlich ist es dafür noch zu früh.«

»Alles Gute jedenfalls, und pass auf dich auf! Geht Marie für dich einkaufen? Du bekommst dein Essen aus der AKÜ? Gut!

Aber wenn es Probleme gibt, nicht aufregen, am besten sofort bei mir anrufen! Ich lass dir meine Nummer da! Versprochen?«

»Okay«, sagte ich verdutzt, von diesem Cola-Light-Model ließ ich mir gern die Handynummer geben.

»Du kommst klar? Ich krieg nämlich gerade ein wichtiges Gespräch rein!«, zeigte ich auf den schnarrenden Schwan, da war heute einer besonders früh dran.

»Aber ja«, sagte Friedrich und schloss leise und gut erzogen die Wohnzimmertür hinter sich, bevor er wieder vor meiner Spüle in die Knie ging.

Ich wartete, bis ich das Klimpern von Werkzeug aus der Küche hörte, und hob ab. Nichts.

»Hallo? Hallo!«, fragte ich, bemüht, nicht zu ungeduldig zu klingen. Ein leises Rascheln in der Leitung, sonst nichts. Ich zuckte die Schultern und legte auf. Es gab sicher viele, die anriefen und die dann der Mut verließ – aber da kam sowieso schon der nächste Anruf.

»Hier ist Bella. Ich kann nicht laut sprechen, denn ich habe die Handwerker im Haus.«

»Die Handwerker?«, kam es erfreut zurück.

Der hatte wohl sofort die klassische Männerphantasie vom Gasmann, dem die gelangweilte Ehefrau im Negligé die Tür öffnet. Ich hatte aber vor meinem ersten Kaffee keine Lust, solche Klischees zu bedienen, selbst wenn sie geschäftsfördernd sein würden, und raunte trocken: »Ja, mein Abfluss ist verstopft.«

»Aaaah ...«, machte mein erster Kunde des Tages.

Herrgott, ihr seid doch alle krank, dachte ich, aber während ich flüsternd eine Rohrreinigung in allen Einzelheiten beschrieb, wusste ich, dass ich es eines Tages vermissen würde, für so etwas Geld zu bekommen.

Ich hatte Charlotte meinen Hausschlüssel gegeben, damit ich nicht mehr als nötig aufstehen musste, und sie kam nicht einfach so herein, sie wogte, die Rüschen am Blusenausschnitt wehten ihr wie Taubenflügel ins Gesicht. Sie sah wunderschön aus heute, das musste ich neidvoll zugeben. Aber ich hätte wissen müssen, dass eine Charlotte vorher natürlich nicht anklopfen würde. Blitzschnell warf ich den Hörer zurück auf den Plastikvogel und hielt mir die »Gala« vors Gesicht.

Aber Charlotte starrte sowieso Friedrich an, der mit einem blauen Plastiksack in der einen und Felix' vergammeltem Wok in der anderen aus der Küche kam, beides weit weg von sich hielt und damit im Treppenhaus verschwand.

»Wer ist das?«, flüsterte sie.

Ich ließ die »Gala« sinken und folgte ihrem Blick.

»Das ist Friedrich, Maries Exmann. Quatsch. Nicht Ex*mann*, einfach nur Ex, was weiß denn ich, jedenfalls Gustavs Vater. Friedrich hat meinen Abfluss repariert, der kann so was«, antwortete ich leise und versuchte mit dem Fuß das Kabel des Schwans zu erreichen, um es zu mir zu ziehen. Ich musste das Telefon sofort unschädlich machen.

»Und warum kruschtelt so ein Klempner in deinem Abfall herum? Ist das nicht ein bisschen anmaßend?«

»Er bringt mir den Müll runter, weil er ein netter junger Mann ist und nicht wollte, dass ich aufstehen muss. Außerdem war er sowieso fertig.«

»Aha. Und was ist das? Das lag unten auf den Treppenstufen, offensichtlich ist dein Briefkasten komplett voll«, wedelte sie ihre Ärmelrüschen zurück, um mir ein großes Kuvert zu geben, italienische Briefmarken darauf.

»Darauf habe ich schon gewartet, das ist von Cesare«, sagte ich und wich dem Geflatter von Charlottes Bluse aus, das wie ein Schwarm weißer Tauben überall zu sein schien. »Der erste Vertragsentwurf für die Übernahme. Du erinnerst dich? Die Firma, von der du Bernhard nichts erzählt hast? Ich mach das jetzt alleine.«

»Alleine? In deinem Zustand?«

Charlotte hielt mit ihrer Meinung zu meinen unternehmerischen Plänen nicht hinter dem Berg.

»Das geht doch schief! Das kann nur schiefgehen! Meine

Cousine Marissa hat sich sofort einen zweiten Geschäftsführer gesucht und zwei ihrer Boutiquen geschlossen, als sie erfahren hat, dass sie ein Kind bekommt! Und du machst genau das Gegenteil! Ich wette, dass es dich damit total auf die Schnauze haut!«

»Gerne. Wetten wir!«, sagte ich und gab meine Versuche auf, den Schwan auszustecken. »Um deinen Weihnachtskoffer? Auf den bin ich schon lange scharf!«

Ich hatte nämlich nicht meinen Augen getraut, als Charlotte die Silberkugeln für den Zockel'schen Christbaum aus einem lederbezogenen Koffer geholt hatte, der Koffer war groß wie eine Umzugskiste, mit herausnehmbaren Fächern. Maßanfertigung und so teuer wie ein Kleinwagen. War eben aus besserem Hause, meine Freundin Charlotte. Auch wenn sie dann letztendlich allein an ihrem noblen Baum gesessen hatte, denn Zockel war kurzfristig doch zu seinen Kindern gefahren.

Diese Wette schien Charlotte jedenfalls den Koffer wert zu sein.

»Pah! Du hast keine Chance! Meine Familie hat durchaus ebenfalls immer unternehmerischen Mut bewiesen ...« (ja genau, dachte ich, darum lässt du dich auch seit Jahren lieber von Zockel aushalten, anstatt im Immobilienmanagement deines Bruders groß rauszukommen, sagte aber nix), »... aber was du da mit diesen Ziegen vorhast, das ist keine Risikobereitschaft, das ist einfach nur albern. Kindisch. Verblendet. Tut mir leid, ich weiß, als deine Freundin sollte ich dich eigentlich schonen, aber ich kann doch nicht zusehen, wie du in dein Unglück rennst.«

Ich wurde übermütig: »Gut, dann schlag ein. Wenn ich die Wette verliere, stricke ich dir Kaschmirhüllen für alle deine Christbaumkugeln, dann sind sie noch besser verpackt.«

Charlotte lachte jetzt doch. Das gefiel ihr.

»Gilt.«

»Prima«, sagte ich zufrieden, lehnte mich zurück und schwieg.

»Jetzt sag schon!«, bohrte Charlotte neugierig. »Du bist doch total klamm – und jetzt auch noch schwanger! Wenn das stimmt, was du mir letzte Woche erzählt hast, und dein Muttermund, ein scheußlicher Ausdruck übrigens, da vergeht einem ja komplett die Lust, sich die Lippen nachzuziehen, meine Cousine Marissa hat deswegen immer Mumu dazu gesagt, wo war ich? Also wenn dein Muttermund immer noch keine Anstalten macht, sich zu schließen, kannst du ja nicht einmal mehr deinen eigenen Laden auf- und zusperren. Und jetzt auch noch eine Ziegenalm. Um exklusiv deine eigene Wolle zu bekommen, für ein deshalb hoch verschuldetes Stricklabel, das du vom Sofa aus regieren sollst? Wie willst du das finanzieren?«

Ich schwieg wieder und schaute auf den Schwan, dessen Kabel ich noch immer in meiner Hand hielt, unter meiner weichen Sofadecke verborgen. Er hielt den Schnabel. Ausnahmsweise. Die ganzen letzten Tage hatte ich über fünfzig Anrufe bekommen und bis spät in die Nacht Überstunden geschoben. Die meisten waren eher therapeutischer Natur, jedenfalls schien es meinen Kunden danach wesentlich besser zu gehen als vorher. Und mir auch, denn solange ich telefonierte, dachte ich nicht an Felix. Und danach war ich so fertig, dass ich es gerade noch vom Sofa ins Bett schaffte. Jeder Therapeut braucht Supervision, sonst brennt er aus, dachte ich und merkte, dass ich mit meinem Geheimnis nicht mehr länger allein sein wollte. Josef stand zwar telefonisch zur Verfügung, so gut er konnte, aber Charlotte war verdammt noch mal meine beste Freundin. Und weil der Schwan so ein verführerisches Grinsen um den Schnabel hatte und weil ich es einfach nicht mehr länger aushielt, erzählte ich es ihr.

»Ich bin jetzt PSO.«

Charlotte schaute auf die Haustür, die Friedrich geräuschlos hinter sich zugezogen hatte, um uns nicht zu stören, und fragte unkonzentriert: »Dass diese Handwerker noch nicht einmal anständig Tschüs sagen können! Du bist bitte was?«

»PSO. Phone Sex Operator. Viel Geld in kurzer Zeit, keine Investitionen, kein unternehmerisches Risiko.«

Charlotte ruckte ihren Kopf in meine Richtung zurück. Hatte

ich gedacht, der englische Ausdruck würde Charlotte von der Seriosität meiner Nebentätigkeit überzeugen? Auf meinem Sofa hängend wie ein Schluck Wasser in der Kurve, das Fischgrätparkett bedeckt mit Pizzakartons und den Lunchboxen der Alpenküche, der Geruch abgestandenen Knoblauchs in der Luft und mitten drin mein Schwanentelefon als das Zentrum meines Firmensitzes?

Charlotte machte kurzen Prozess mit mir. Sie stand einfach auf und ging.

»Ich muss los. Die Regiebesprechung ist um drei. Und du bist nicht ganz richtig im Kopf.«

Bevor sie die dunkelgrüne Kassettentür meiner Wohnung hinter sich zuknallte, drehte sie sich noch einmal um.

»Ich wünsche dir viel Erfolg mit deiner wirklich außerordentlich niveauvollen Idee und mit deinem Leben überhaupt.«

»Aber du sagst doch auch immer: wer nicht wagt, der nicht gewinnt!«, versuchte ich meine beste Freundin zurückzuhalten, das konnte doch jetzt nicht sein.

»Zu großer Mut ist kein Mut, würde meine Cousine Marissa jetzt sagen. Und sie hat verdammt recht damit. Bekomm du dein Kind, damit will ich sowieso nichts zu tun haben. Und mit deiner ekelhaften Telefongeschichte auch nicht. Pfui Teufel!«

Zack. Charlotte war weg, einen Hauch von Prada-Parfum hinterlassend. Na toll. Gut, dass ich so unabhängig bin, dachte ich, denn ab heute bin ich noch mehr allein, allein!

Der Schwan klingelte wie verrückt, als wollte er die halbstündige Pause wieder wettmachen. Ich nahm ab, aber niemand meldete sich.

»Hallo? Hallo!«

Nur ein leises Murmeln, was sagte der – Hühnchen? Hündchen?

»Ich verstehe dich nicht!«

Nichts kam mehr. Ich warf den Hörer zurück, ließ den Schwan klingeln und starrte ihn wütend an. Das war sie, meine neue

Welt: mein Telefon, mein Sofa und mein Bauch, etwas anderes würde nicht zählen in der nächsten Zeit. Denk an dein Konto, jeden Monat werden die gesammelten Tageseinnahmen darauf transferiert, das Geld wird dich frei machen und unabhängig! Außerdem: Was bleibt dir übrig in deiner Situation? Das ist jetzt kein Spaß mehr, das wirst du gefälligst tun die nächsten Monate! Und ich versuchte, nicht daran zu denken, dass ich gerade meine beste Freundin vertrieben hatte, und hob noch einmal ab. Hoffentlich traute sich dieser Anrufer, etwas zu sagen, ich hasste es, wenn sich am anderen Ende niemand meldete.

»Hallo, hier ist Bella, wie ist dein Tag heute?«

Bevor jeder Klient das erste Wort sprach, war ich nach wie vor unglaublich aufgeregt. Würde es wieder ein Mann sein? Riefen eigentlich manchmal auch Frauen an? Würde der Typ mich beschimpfen, würde er nett sein? Sex ohne Vorspiel war wie Herr der Ringe ohne Ring, und so war es mir am liebsten, wenn wir am Telefon ein, zwei Sätze wechseln konnten, bevor es richtig zur Sache ging.

»Guten – tnfff – Tag!«, hörte ich.

»Adrian! Sind Sie es?«, fragte ich erstaunt. »Schon wieder in der Klinik?«

»Äh, nein. Tnff. Weinen Sie?«

»Nein! Also – ja! Ärger mit meiner besten Freundin! Aber das geht Sie nichts an!«

»Wer eine Freundschaft von Dauer sucht, muss auf dem Friedhof suchen«, sagte Adrian. »Und wo ich bin, tut nichts zur Sache.«

»Wie, das tut nichts zur Sache? Antworte gefälligst, du Wicht!«, schimpfte ich meinen ersten Stammkunden aus und fand es noch nicht einmal bedenklich, dass mein Gefühl, ganz alleine auf der Welt zu sein, gerade einfach so verschwunden war.

25

Marie, meine neue Aushilfe und hoffentlich Geschäftsführerin in spe, kam jeden Morgen pünktlich zum Rapport. Verschwitzt und hektisch holte sie bei mir zehn Minuten Luft, bevor sie unten die Ladentür aufsperrte. Ich erwartete sie, das Telefon ausgesteckt. Morgens zwischen acht und zehn schien die Libido sowieso allerorten am Boden zu sein, zumindest von Montag bis Freitag. Dafür war in meiner Hotline am Wochenende ab sechs Uhr morgens der Teufel los, es landeten die Ruhelosen bei mir, die es nicht geschafft hatten, sich die Nacht zuvor jemanden mit nach Hause zu nehmen und die mit ihrem vom Discobesuch aufgepeitschten Metabolismus keine Ruhe fanden. Der Safarimann zum Beispiel war mein Lieblingssonntagskunde, der immer bei mir anrief, weil wieder keine Frau bereit gewesen war, sich nackt für ihn einen Tropenhelm aufzusetzen und Großwildjagd zu spielen.

»Alles in Ordnung«, nahm mir Marie Tag für Tag das schlechte Gewissen, weil ich die fünf Stockwerke nie nach unten ging, um im Laden nach dem Rechten zu sehen. Aber mein wachsender Bauch sagte mir, was zu tun war: liegen, liegen, liegen. So faul war ich noch nie gewesen, aber ich hatte schließlich einen ärztlichen Befehl. Und so fokussierte ich mich auf das, was zu tun war: nach außen hin essen, brüten, schlafen. Und wenn ich allein war: Bella Bunny sein, sobald jemand danach verlangte. Ich ging auseinander wie das Sofa. Das gute Ding war der Dauerbelastung nicht gewachsen und begann Sitzmulden zu bilden, die die besorgniserregende Größe meines langsam in die Breite gehenden Hinterns hatten. Die Tage vergingen schnell, ohne dass ich viel Zeit zum Nachdenken hatte.

Gut, dass Josef mir den Artikel über das Peter-Pan-Syndrom gefaxt hatte – ich hatte ihn mir dreimal kopiert und an allen strategisch wichtigen Orten aufgehängt, um in schwachen Momenten daran erinnert zu werden, dass ich alleine besser dran war. Nur gegen zwei Uhr morgens wachte ich fast jede Nacht auf, und Sorgen schoben sich sofort in mein Bewusstsein, als hätten sie auf diese Gelegenheit nur gewartet.

Ha, da liegt sie, kann wohl nicht schlafen, kein Wunder, das unverantwortliche Luder! Seht sie euch an: Kein Mann, aber Zwillinge im Bauch, hähä, ihren Laden kann sie sicher bald zumachen! Aber anstatt erst mal Stütze zu beantragen, denkt sie sich schweinische Sachen für wildfremde Typen aus, wenn das mal gut geht. Wenn das mal gut geht!!

Ich hasse diese inneren Stimmen. Nicht umsonst war diese Nachtzeit zum Schlafen oder Trinken da, wollte man nicht Dinge, die tagsüber schon ziemlich unangenehm waren, zu unbezwingbaren Monstern aufblähen. Fernsehen zur Ablenkung ließ ich lieber, seit ich einmal auf einer nächtlichen MTV-Clipschleife auf mein Lieblingslied der Sportfreunde Stiller gestoßen war. »Lass mich, lass mich nie mehr los!« hatte ich erst freudig überrascht mitgesummt und sogar noch lauter gestellt. Aber bei »was bin ich – ohne dich« war mir schon klamm ums Herz geworden, und bei »wie Old Shatterhand ohne Winnetou« hatte ich nur noch verzweifelt die Arme um mich und meinen Bauch geschlungen und in dieser Stellung die ganze Nacht ausgeharrt. Wie gesagt – zwischen zwei und sieben Uhr morgens fuhr die Wirklichkeit ihre Krallen aus.

Ich lernte daraus und blieb oft über Nacht gleich auf dem Sofa liegen, wo ich sofort den Schwan einstecken konnte, bevor Zukunft und Gegenwart in tiefstem Schwarz versanken. Es meldeten sich genügend Kunden außerhalb meiner »Öffnungszeiten«, und ich verdiente lieber Geld, als zu viel darüber nachzudenken, ob es ein Fehler gewesen war, Felix die Tür zur gemeinsamen Zukunft vor der Nase zuzuschlagen.

»Hier«, sagte Marie und winkte einen schüchternen jungen Mann in einem uralten Trainingsanzug aus türkisem Crashnylon herein, der mir die Lunchbox von der AKÜ auf den Tisch stellte. »Ich habe mit der AKÜ gesprochen, sie kümmern sich weiter um dein Essen, und Axel wird es dir bringen, er hat da gerade als Küchenhilfe angefangen. Der Axel ist taubstumm, aber er kann von den Lippen ablesen.«

Sie zeigte ihm den Weg in die Küche, stellte mir eine Karaffe mit Wasser auf den Tisch und ruckte an meinem Telefon.

»Wofür ist eigentlich dieser schicke Schwan da?«, fragte sie. »Ist der nur Deko?«

»Ach, der«, sagte ich leichthin, sollte sie mich einmal mit dem Hörer in der Hand sehen, wäre es jetzt dumm, zu sagen, dass dieses Telefon nicht in Betrieb war, »ich habe mir für den Strickkurs eine zweite Leitung legen lassen und das auch auf die Wunderland-Webseite gestellt. Eine Maschenhotline sozusagen, da können mich die Teilnehmer anrufen, wenn sie nicht mehr weiterkommen, den Kurs habe ich ja jetzt schon zweimal ausfallen lassen. Übrigens«, wechselte ich schnell das Thema, »was ich dich schon immer mal fragen wollte: Warum bist du eigentlich alleinerziehend? Wie war das denn mit Friedrich und dir?«

Marie setzte sich zu mir und holte aus.

»Friedrich und ich kannten uns eigentlich überhaupt nicht! Aber es war Sommer, und dieses Grillfest war so wild, dass keiner mehr nach Hause gefahren ist und wir einfach am Wannsee gepennt haben. Und morgens sind Friedrich und ich zusammen in einem Schlafsack aufgewacht und wussten noch nicht mal unsere Namen. Und das mit der Pille danach, das habe ich irgendwie nicht auf die Reihe gekriegt, und dann war es zu spät. Ups. Inzwischen sind Friedrich und ich Freunde, das macht es einfacher mit dem Kleinen, aber Liebe – nee, Liebe wird da nie draus. Da habt Felix und du schon mal eine ganz andere Basis. Ich bin mir sicher, dass das wieder wird mit euch.«

Eigentlich nett von Marie, mir Hoffnung machen zu wollen, obwohl sie Felix gar nicht kannte. Aber ich zupfte einige der unzähligen Flusen von Felix' alter Jogginghose, deren Bund ich einfach aufgeschnitten hatte, als er anfing zu zwicken, und schüttelte resigniert den Kopf.

»Ich glaube nicht. Felix kann froh sein, wenn ich ihm eine Geburtsanzeige in seine Surferabsteige schicke. Der hat verschissen.«

Ich seufzte und hatte plötzlich keine Lust mehr, über gescheiterte Beziehungen zu reden.

»Passt du auch auf, dass nichts geklaut wird? Und vergiss nicht – du musst die Kinder loben, dann lieben dich die Mütter und kaufen was!«, gab ich Marie lieber noch den Businesstipp des Tages mit auf den Weg. Marie küsste mich auf die Wangen und zog sanft die Haustür hinter sich zu. Ich fummelte den Stecker meines Sofabüros in die Telefonbuchse – und prompt meldete sich der Schwan, als hätte er nur darauf gewartet. Ich formte mit den Lippen noch ein überdeutliches Danke an Axel, der gerade Teller und Besteck vor mich hinstellte und nicht mit der Wimper gezuckt hatte, als das Telefon neben ihm Alarm schlug. Wie praktisch, dass der nichts hörte.

Ich hob einfach mal ab, Axel war sowieso schon auf dem Weg nach draußen, und hörte die Stimme eines Mannes: »Hier ist der Willi.«

»Hallo, Willi«, entgegnete ich, erstaunt, weil er seinen Namen gar so forsch nannte. Die meisten Kunden stellten sich überhaupt nicht vor oder nuschelten etwas von Arnold oder Jean-Claude, um ein »Meiner ist einen halben Meter lang«-Image von sich aufzubauen, das der Realität garantiert nicht standhalten konnte. Machte aber nix, genau dafür war ich ja da. Aber der Willi hatte so wenig herumgedruckst, dass ich annahm, dass er wirklich so hieß. Und bekannt kam er mir auch vor. O Gott, schrillte ein innerer Alarm, hoffentlich kein alter Schulfreund, vor meinem inneren Auge ratterten Männergesichter vorbei wie Diastreifen, Willi, Willi?

»Haben wir schon mal miteinander telefoniert?«

»Jo, Puppe, das haben wir.«

Oje. Diese verschleimte Kneipenstimme klang so sehr nach Sankt Pauli, das mir etwas dämmerte. Das war Willi, der Manager mit dem Bildungskomplex!

»Tag, Willi«, sagte ich eisig und so akademisch wie möglich. »Was gibt's?«

»Ich muss ein Problem mit dir besprechen, so was wie du hat püschologisch sicher ne Menge aufm Kasten«, knarzte Willi und qualsterte ein paar Schleimklumpen nach oben, die er – fupp – Gott weiß wohin spotzte, bevor er weiterredete.

»Passma auf. Stell dir vor, du bist Schäfer, nä, und du hast ne hübsche Herde Schafe, und auf die gibst du derbe acht, damit die auch genug zu fressen kriegen. Und du auch. Und dann kommt plötzlich so ne doofe Ziege ...«, wenn Willi Ziege sagte, dann klang das wie Ziegeeh, und ich konnte mir fast vorstellen, dass er mich damit meinte, »... und die frisst deinen Schafen immer die Glockenblumen weg. Und ausgerechnet Glockenblumen sind das Lieblingsgemüse von deinen Schäfchen, nä, da werden die richtig schön satt von. Und jetzt frag ich dich, was mach ich als Schäfer jetzt mit dieser Ziege?«

»Mensch, Willi, Glockenblumen, du bist ja richtig poetisch!«, lobte ich. Ich hatte den leisen Verdacht, dass sich Willi unter Glockenblumen so etwas wie Gerbera mit Titten dran vorstellte. »Und mir fallen auch gleich zwei tolle Lösungen ein: Entweder die Schafe probieren mal Gänseblümchen, die schmecken nämlich auch richtig super, oder du führst sie auf eine Glockenblumenwiese, auf der genug Platz für alle ist.«

»Nä! Das mach ich nich. Ich sach dir, was ich mach: Ich mach die Ziege platt. So einfach ist das.«

Aha. Willi wollte mich also plattmachen? Ich war eher von Neugierde als von Angst gebeutelt. Ich meine: Kann jemand gleichzeitig einen Schlagring in der Hand halten und von Glockenblumen sprechen? Nein! Also fragte ich leicht amüsiert: »Und damit du sie am Leben lässt, die arme Ziege, was kann sie da tun?«

»Sie soll mal lieber zum Schäfer gehen und sich anhören, was der gute Mann zu sagen hat.«

»Und dann?«

»Dann soll sie sich das überlegen, und wenn sie schlau ist, dann sagt sie ja.«

»Ist gut, Willi«, sagte ich, »ich habe verstanden. Du willst mir also ein Angebot machen. Und weil dich das Telefonat ja eine Menge kostet, dann kommst du jetzt am besten auf den Punkt und sagst mir, wie das aussehen soll.«

»Achtzig für mich, zwanzig für dich, und dafür beschütze ich dich.«

Das Gespräch wurde immer amüsanter.

»Beschützen? Vor wem denn?«

»Vor mir.«

Ich lachte. Das war doch alles nur heiße Luft, der konnte mir doch nicht wirklich was, oder? Nachdem ich mir sicher war, dass Willi mitbekommen hatte, dass ich ihn und sein Imponiergehabe auslachte und nicht vor Angst schlotterte, legte ich einfach auf.

26

Dieses Fresspaket sah aus wie ein Picknick für eine Sommerwiese. Ich legte mit spitzen Fingern einen Hühnerschenkel für später beiseite und schob ein hellgrün gefärbtes Ei so weit wie möglich von mir weg. Ostern war lange vorbei, das konnte nicht frisch sein! Und ich hatte über die Feiertage gar nicht mal schlecht verdient!

Ostern? Ostern! Krimi! Kitzbühel! Felix' Mutter! Die hatte ich total vergessen! Eigentlich ging sie mich ja nichts mehr an, aber ... ob es ihr gut ging? Ich kramte nach meinem Handy, doch im Laden in der Residenzstraße war niemand. Ob sie auf der Beerdigung von Oma Schweiger gewesen war? Ob sie wusste, dass Felix und ich nicht mehr zusammen waren? Warum sonst hatte sie wegen Kitzbühel nicht mehr angerufen?

»Drei Dinge lassen sich nicht verstecken: Liebe, Husten und ein dicker Bauch«, hatte Cesares Mutter mir ausrichten lassen, als sie von dem Ergebnis des Schwangerschaftstests erfahren hatte, und sie hatte recht. Nicht einmal meine Eltern wussten, dass ich schwanger war, aber allmählich sollte ich mir Gedanken darüber machen, wie lange ich das alles noch verheimlichen wollte – und vielleicht sollte ich bei Krimi anfangen, wenigstens die halbe Wahrheit zu erzählen?

»Ach, du bist es, Kind«, meldete sich Krimi, als sie an ihr Handy ging, »fasse dich bitte kurz, in etwa zehn Minuten wirkt das Barbiturat, das ich Pucki gegeben habe, damit ich ihn auf den Golfplatz schmuggeln kann.«

Sie klang nicht besonders gramgebeugt.

»Weil ihr nichts habt hören lassen, bin ich nach Baden-Baden gefahren, Burgls Sohn Walter hat mich eingeladen, der ist frisch geschieden, der braucht ebenso Ablenkung wie ich. Aber wie geht es dir? Du klingst so – anders?«

»Wahrscheinlich weil ich schwanger bin, Krimi, und zwar schon eine ganze Weile«, fiel ich mit der Tür ins Haus.

»Schwanger?«, japste meine Exbeinaheschwiegermutter.

»Walter! Den Cart! Ich muss mich setzen!«

Jetzt wird sie mich gleich aus der Leitung werfen, dachte ich und war erstaunt, als sie seelenvoll anhub: »Kleines, das ist ja wundervoll! Blut ist dicker als Wasser, und Champagner schmeckt besser als Sprudel! Ihr habt meine vollste Unterstützung! Und warum erfahre ich das von dir und nicht von meinem Sohn?«

Aha, Felix hatte mit seiner Mutter noch weniger gesprochen als mit mir!

»Ich weiß nicht – vielleicht weil er gerade beruflich im Ausland ist? Wir sind außerdem ...«

»Papperlapp«, unterbrach mich Krimi unwirsch, »der will einfach nicht mit mir sprechen, weil seine geliebte Oma mich nicht mochte. Und weil er weiß, was ich von seinen beruflichen Avancen halte! Gut, dass mich Walter gerade auf andere Gedanken bringt! Wie läuft denn seine Imbissbude, diese, diese – Alpenküche?«

»Ganz ordentlich«, sagte ich und hatte plötzlich das Gefühl, Felix in Schutz nehmen zu müssen, »er ist nur nicht viel hier, und außerdem sind wir gerade auseinander.«

»Sei froh«, wetterte Krimi ungerührt weiter, »ein Mann im Haus ist wie ein Floh im Ohr! Wir Frauen brauchen unsere Selbstständigkeit! Das ist etwas, das die Mutter meines Mannes nie verstanden hat, darum hat sie mich auch immer so verteufelt!«

Sie kicherte, kurz abgelenkt, ich hörte ein schmatzendes Geräusch, schmuste sie da mit ihrem sedierten Köter, der sich nicht wehren konnte? Der arme Hund!

»Mein Sohn wird sich zu seiner Verantwortung bekennen! Vielleicht bringt es ihn zur Vernunft, dass er Vater wird! Diese Biogeschichte hat doch keine Zukunft, das ist doch nur ein Windhauch im Sturm des Lebens! Walter hier erholt sich gerade von seiner Scheidung, seine Exfrau gehörte auch zu diesen Ökofanatikern, und er hat sehr darunter gelitten, sie hat zum Beispiel seine Hemden nie wirklich weiß gekriegt!« Wieder dieses Schmatzen und dann ein gekichertes: »Lass das, nicht die Füße, ich bin am Telefon!« Ich hoffte sehr, dass Krimi mit Pucki und nicht mit diesem Walter sprach.

»Walter sagt, und seine Mutter Burgl übrigens auch: In der Gastronomie hat ein Biosiegel etwas durchweg Proletarisches, ab einem gewissen gehobenen Segment macht Bio einfach keinen Sinn. Oder hast du schon einmal etwas von Biobeluga gehört? Stell dir mal dieses hässliche grobe Siegel auf einer goldenen Kaviardose vor! Unsagbar!«

»Das mag ja alles sein«, versuchte ich sie zu bremsen, »ich weiß nur nicht, wann ich deinem Sohn das noch ausrichten soll.«

»Hach, das würde sowieso nichts nützen«, wehrte Krimi ein wenig hysterisch ab, »der merkt erst, was ihm schadet, wenn es zu spät ist, da ist mein Junge leider wie sein Vater. Oder warum hat der Herr Professor bis zuletzt drei Schachteln Roth-Händle geraucht und als Getränk nur Kaffee und Rotwein akzeptiert? Täglich habe ich ihn angefleht, dass er auf sich achten soll, damit wir mehr Zeit miteinander haben, wo doch der Altersunterschied zwischen uns sowieso so groß war ... aber nein! Und dann versprach er mir endlich, sich zu ändern, und dann – am selben Abend ...«

»Wie traurig, Krimi, das wusste ich nicht!«, schniefte ich, wie konnte sie mir so etwas erzählen? Ich heulte zurzeit schon los, wenn ich auch nur einen einzigen Ton eines Silbermond-Liedes hörte!

»Ja, es gibt vieles, was du nicht weißt«, erwiderte Krimi etwas gefasster, »aber mach du dir keine Sorgen, ich werde dich selbstverständlich unterstützen. Walter? Waalter! Komm doch mal her! Hast du den Champagner eingepackt? Ohne Gläser? Selbst wenn wir ihn heimlich auf den Golfplatz mitnehmen – ich werde niemals aus der Flasche trinken! Du siehst, ich werde hier gebraucht«, wandte sie sich jetzt wieder an mich, »aber ich werde euch sofort etwas zukommen lassen. Ich hatte auch eine Schwiegermutter, die mir geholfen hat, obwohl sie mich nicht mochte. Du kannst also auf mich zählen.«

Nun, nett, dass sie mir unter die Arme greifen wird, dachte ich und wunderte mich, dass sich jemand an der Haustür zu schaffen machte. Mein Essensbote, der taubstumme Alex, war doch heute schon da gewesen?

Charlotte hatte immer noch meinen Schlüssel, und als sie in der Tür stand, erhitzt und in dunkelroten Pumps, die zur bordeauxroten Hermès-Tasche passten, wirkte sie auf mich wie aus einer anderen Welt.

»Hallo, Charlotte«, sagte ich abwartend und lehnte mich kampfbereit in meine weichen Kissen. »Wenn du gekommen bist, um mir das Telefon wegzunehmen, muss ich dir leider sagen, dass das nicht geht. Aber komm ruhig rein.«

Charlotte war schon drin. Sie knallte ihre übervolle Yogatasche auf den Couchtisch und ließ sich weniger damenhaft als sonst neben mich fallen. Das Sofa sackte einen halben Meter tiefer und ich mit ihm. Ich deutete auf die kantigen Ausbuchtungen der Tasche. »Was ist da drin? Das Drehbuch?«

»Nein. Es gibt kein Drehbuch«, sagte Charlotte und schubste mit dem linken Schuh den rechten mit so viel Schwung vom Fuß, dass er quer durchs Zimmer flog.

»Jedenfalls nicht für mich.«

»Warum?«, fragte ich erstaunt und sah ihrem Pumps hinterher, der noch erstaunlich weit schlitterte, bevor er an der Wand zum Liegen kam.

»Ich bin raus!«, schnaubte Charlotte. »Das kann man mit mir nicht machen! Von der Flamme des Hauptdarstellers zur KZ-Aufseherin ohne Text! Nicht mit mir. Nicht mit Charlotte von Feyerabend!«

»Warum?«, fragte ich noch mal und nicht besonders empathisch, der Schnabel des Schwans leuchtete rot, das Anrufsignal, wenn ich auf stumm geschaltet hatte. Ich hätte gerne telefoniert und Geld verdient, anstatt jetzt Charlotte zuzuhören, denn ich kannte die Leier: Charlotte würde die Rolle trotzdem spielen, sich täglich bei mir darüber auskotzen, die einzige professionelle Schauspielerin am Set zu sein, und weiter auf Zockels Intervention hoffen.

Aber Charlotte hatte diesmal offensichtlich extra viel Pech gehabt. »Es war ein Fehler. Ein Fehler im Drehbuch. Die Agentin war in Wirklichkeit ein Mann. Sie haben mich nur nicht ganz rausgeschmissen, weil ich Zockels Freundin bin, und mir als Ersatz die Rolle einer KZ-Aufseherin angeboten. Stell dir das mal vor: ich eine KZ-Aufseherin! Ohne Text! Aber mir reicht es jetzt. Ich hab die Schnauze voll von dieser Gnadennummer. Ich bin Schauspielerin, und ich habe eine Stimme. Und die will auch gehört werden.«

Ich war aufmerksamer geworden. Charlotte hatte noch nie derart die Contenance verloren, was ihre Engagements anbetraf.

»Produktionsfirmen, Castingagenturen, Regisseure: Die können mich alle mal! Eine KZ-Wärterin wäre doch mal was anderes als die ewige Sexbombe ohne Text, und ich solle froh sei. Stell dir das mal vor, so eine Unverschämtheit! Direkt am Arsch können mich die!«

Wow, dachte ich, Charlotte kann auch anders.

Aber der Ausbruch war schon vorbei, Charlotte strich sich die fliegenden Haare glatt und beruhigte sich.

»Ich kann mehr sein als die Geliebte von Deutschlands größtem Filmproduzenten!«, straffte sie sich. »Deshalb habe ich mir etwas überlegt. Du bist doch meine beste Freundin, oder?«

»Nun ja«, sagte ich und rührte in meinem Kaffeebecher, »von meiner Seite geht das in Ordnung. Aber hast du mir nicht vor vierzehn Tagen offiziell die Freundschaft gekündigt?«

»Ja«, sagte Charlotte, »das habe ich. Und ich bin hier, um diese Kündigung offiziell zurückzunehmen.«

Mir wäre durchaus danach gewesen, jetzt ein paar Tränen der Rührung zu vergießen. Wenn Charlotte mir Zeit dazu gelassen hätte.

»Und um dir das zu beweisen, werde ich bei dir einsteigen.«

Wurde ich jetzt verrückt, oder hatte der Schwan tatsächlich plötzlich ein fieses Grinsen um den Schnabel? Was wollte Charlotte eigentlich von mir? Die Hotline war mein Ding, das konnte ich nicht teilen. Und mir vor allem auch nicht zuhören lassen, wie peinlich!

»Auf einmal? Das geht nicht, wie sollen wir das denn machen?«, wehrte ich mich deshalb sofort. »Sieh dich hier doch mal um, sollen wir uns nebeneinander aufs Sofa setzen?«

»So wie es hier aussieht, möchte ich es mir gerne ersparen, mich hier umzusehen, es reicht schon zu sehen, wie du dich gehen lässt«, rümpfte Charlotte die Nase. »Aber weil du mit diesem Möbel schon so gut wie verwachsen bist, darfst du dein Sofa behalten, das tragen wir einfach ein paar Stockwerke tiefer!«

»In den Laden? Niemals!«

»Unsinn. Hier rein!«

Charlottes Telefon machte erstaunlich gute Fotos. Ich schaute auf das Display, das eine einfache Holztür in einer bröcklig ockerfarbenen Wand zeigte.

»Das ist gar nicht weit weg!«, sagte Charlotte.

Ich erkannte das Graffito links neben der Tür: »Ist das die Hausmeisterwohnung unten im Treppenhaus?«

»Ja. Das kann man sich jetzt nicht vorstellen, aber das war einmal eine richtig schicke Conciergerie mit einem kleinen Bad und einer Küchenzeile. Genau was du brauchst. Und was wir brauchen.«

»Das kannst du vergessen, mehr als eine volle Teetasse darf ich nicht tragen. Ich kann nirgendwohin umziehen«, schob ich mir ein weiteres Kissen unter den Po, um noch mehr Druck vom Becken zu nehmen. Ich war immer noch nicht überzeugt. Überhaupt nicht.

»Reg dich nicht auf, ich werde mich darum kümmern. Meine Cousine Marissa hat zwar bis zum achten Monat noch selbst das Kinderzimmer renoviert, aber bitte. Mein Bruder kennt deine Hausverwaltung, du musst überhaupt nichts machen.«

»Und meine Wohnung?«

»Die vermietest du. Mein Bruder weiß eine Modelagentur, die suchen möblierte Altbauwohnungen auf Zeit, und diese Tussis sind doch froh, wenn sie fünf Stockwerke steigen müssen, bevor sie ihre drei Erdbeeren wieder ausspucken, dann haben sie maximalen Kalorienverbrauch.«

»Und wenn Felix kommt, und unsere Wohnung ist vermietet?«, sagte ich schwach.

Charlotte hatte sich erhoben, um den Reißverschluss ihrer Yogatasche aufzuziehen, und schüttelte kaum merklich den Kopf.

»Felix wird nicht kommen, Süße, der kommt nicht. Der hat dir ein Kind angehängt, und jetzt hat er sich ein österreichisches Sportwunder geschnappt und ist ausgewandert. Und außerdem hast du ihn abserviert und nicht er dich, erinnerst du dich? Und du hattest recht damit. Wenn du mich fragst, der war einfach nicht aus gutem Hause.«

Kurzer Seitenblick auf mich, die ich meinen Kaffeebecher, den roten mit den weißen Punkten, umklammert hielt, als wollte ich ihn zerbrechen.

»Sorry, Süße, aber das ist die Wahrheit. Was du jetzt brauchst, ist kein abtrünniger Verlobter, das ist ein Handwerker! Wie heißt noch mal Maries Verflossener? Fridolin?«

Ich war fast dankbar über diese harten, ehrlichen Worte. Wo Charlotte recht hat, hat sie recht, dachte ich und antwortete gehorsam, gegen meinen Willen etwas interessiert: »Friedrich heißt er, und er würde sich tatsächlich über einen Auftrag freuen.«

»Der raucht doch hoffentlich nicht? Wäscht sich der auch genug? Ich hasse es, wenn frisch renovierte Wohnungen noch Wochen nach Kippen und Arbeiterschweiß stinken! Und hier ...«, kippte Charlotte ihre Barbara-Becker-Yogatasche einfach um und griff sich eine der herausfallenden DVDs, »... habe ich uns etwas mitgebracht. Mit ›Harry und Sally‹ fangen wir an, dann ›9½ Wochen‹, und hier: ›Pornoparty auf dem Parkplatz‹. Steck das Telefon aus, wir machen jetzt erst einmal Fortbildung.«

27

»Wo darf ich denn dieses schöne Stück hinstellen?«

Friedrich pulte den Schwan aus dem Zeitungspapier und hielt ihn fragend hoch. Charlotte und ich saßen auf dem Sofa, das Friedrich mit dem taubstummen Alex als Erstes nach unten befördert hatte, und dirigierten die Auspackarbeiten.

»Dahin«, sagte ich und deutete auf den fragilen Nierentisch, der jetzt vor dem Sofa stand, weil der wuchtige Teaktisch von oben hier keinen Platz mehr hatte.

»Dahin«, sagte Charlotte und deutet aus dem Fenster in den Hof, wo die Müllcontainer standen.

»Nein!«, quiekte ich, »wegwerfen, spinnst du! Das geht nicht, der hat mir Glück gebracht, damit habe ich meine ersten, äh, äh ...«

Friedrich sah mich erwartungsvoll an.

»... telefonischen Bestellungen entgegengenommen!«

Charlotte und ich schlossen einen Kompromiss. Der Schwan bekam einen Ehrenplatz auf dem Rokokotischchen, auf das Friedrich eine Espressomaschine und die Box für die Telefonanlage gestellt hatte. Denn jetzt, wo Bella Bunny mit Lilli Himmel zusammenarbeitete, mündeten unsere drei Telefonleitungen (L1 und L3 waren für die professionellen 0900-Nummern, L2 war meine ehemalige Festnetzleitung für private Gespräche) in zwei Headsets und nicht länger in einer kitschigen Plastiksulptur.

Charlotte verschwand zufrieden, um sich die Nägel machen zu lassen, und ich strich die Cordpolster um mich herum glatt.

Die offizielle Version war, dass ich nach unten zog, weil mir der Arzt verboten hatte, die fünf Treppen in meine Dachgeschosswohnung zu steigen. Und weil ich mit Charlotte eine Strickhotline gründen wollte – ein Sorgentelefon für Maschenliebhaberinnen und die Teilnehmer meines Strickkurses.

»Und du kannst dich wirklich zusammen mit Alex darum kümmern, dass die Wohnung zur Untervermietung hergerichtet wird – meine Sachen in Kisten, Männersachen in den Müll?«

Eigentlich war ich ganz froh, dass ich die dringende Säuberung meines Hab und Guts von störendem Felix-Ballast nicht selbst vornehmen musste.

»Aber ja.«

Friedrich war wie immer ruhig und extrem hilfsbereit.

»Aber bist du sicher, dass du alles gleich wegwerfen willst? Ich kann das zwischenlagern, kein Problem! Marie meint auch, das wird wieder!«

»Nein, weg damit!«, bockte ich. «Ich brauche Luft. Räumlich und seelisch. Weg damit.«

»Okay, okay«, sagte Friedrich und sah mich mit einem Blick an, den ich nicht deuten konnte.

»Schau mal, ich habe uns eine SM-DVD ausgeliehen, die können wir uns heute Abend ...«, platzte Charlotte herein, eine DVD-Hülle in der Hand, und starrte Friedrich verblüfft an.

»Was machen Sie denn noch hier? Ich denke, Sie sollen sich um die oberen Räumlichkeiten kümmern?«

Immerhin hatte Charlotte die Geistesgegenwart, die Hülle mit dem lederbestrapsten Pärchen hinter ihrem Rücken verschwinden zu lassen.

»SM steht ... für ... für Sandmann!«, erklärte ich hastig. »Ich schlafe so schlecht, und Charlotte war so nett, mir etwas Beruhigendes auf DVD mitzubringen. Als Kind hat das Sandmännchen bei mir wahre Wunder gewirkt.«

»Ja, ja, wenn man ein Kind bekommt, findet man oft wieder Sachen von früher gut, das war bei Marie auch so, die fing plötzlich an, Barbapapa-Shirts rauszukramen, obwohl sie gar nicht mehr hineingepasst hat.«

Friedrich zwinkerte mir zu, schüttelte Charlotte förmlich die Hand und verschwand mit dem stillen Alex im Schlepptau, um die letzten Spuren von Felix aus meinem Leben zu tilgen.

So weit ließ sich also alles ganz gut an.

Das größte Problem war noch die Glasscheibe, die Charlottes und meinen Arbeitsplatz trennen sollte. Sie sollte eine Tür haben und trotzdem schalldicht sein. Und bis Friedrich auch noch dieses Problem gelöst haben würde, nahmen wir Anrufe eben nacheinander an.

28

Charlotte machte es nichts aus, wenn ich sie telefonieren hörte. Sie sah das ganz pragmatisch: war eben eine mehr im Publikum, um Zeugin der Wunder zu werden, die sie mit ihrer so lang unter Verschluss gehaltenen Stimme vollführen konnte. Ich war auch nach den ersten zwei Wochen Teamarbeit eher scheu, was das anbetraf. Als wieder einmal der »Schüchterne« angerufen hatte – so hatte ich inzwischen den Kunden genannt, der immer nur etwas von einem Hündchen flüsterte und dann nichts mehr sagte –, strapazierte ich mein linkes Ohrläppchen über Gebühr, während ich eher stockend einen Gassigang mit Pucki und dessen Verdauungsbeschwerden beschrieb. Charlotte wand sich währenddessen am Boden vor Lachen. Aber was sollte ich tun – irgendwie musste ich ja auch schweigsame Kunden am Telefon beschäftigen, oder? Und wenn es dem Schüchternen nicht gefallen würde, warum rief er dann immer wieder an?

Charlotte hingegen legte auch in meiner Anwesenheit am Telefon los, als sollte sie Hamlet vorsprechen. Sie sprang auf, modulierte, gestikulierte und stöhnte, gurrte, brüllte, als hätte sie nie etwas anderes gemacht. Ihre Wangen waren nach den ersten Tagen als Lilli Himmel ständig so gut durchblutet, dass ihr rosenfarbenes Rouge völlig in den Hintergrund geriet. Ihr neuer Job als PSO tat ihr gut, verdammt gut. Und wenn sie eine kurze Pause machte, vergaß sie nie, sich frisch zu parfümieren und neuen Lipgloss aufzutragen.

Lipgloss! Für ein Telefonat!

Ich grinste in mich hinein und balancierte den Laptop auf meiner Bauchkuppe. Ich war da heikler. Am liebsten waren mir im Moment die Kunden, die sich selbst gerne reden hörten und die einfach ihrer Phantasie freien Lauf ließen, während ich nachdenklich die Krümel in den Polsterritzen betrachten konnte. Oder meinen Bauch. Seit ein paar Tagen zog sich ein brauner Streifen über ihn, der ihn nicht nur vom Umfang her wirken ließ wie die Kruppe eines Pferdes.

»Das ist ein ganz normales Pigmentphänomen der Schwangerschaft«, beruhigte mich Charlotte. »Marissa fand das todschick und hat deswegen bei der Schwangeren-Aquagymnastik immer nur Bikinis getragen.«

»Aquagymnastik, so so«, sagte ich und ignorierte ein Magenknurren. Es war schließlich schon fast zwei Uhr und mein erstes Mittagessen von halb zwölf längst verdaut. Ich hatte das Mittel gefunden, das bei mir gegen Schwangerschaftsübelkeit half: essen. Und zwar: immer. Sobald mein Magen nur noch halb voll war, wurde mir übel, und ich musste mir dringend Gedanken machen über die nächste Ladung deftiger Hausmannskost – mit einem Mädchenessen wie Suppe, Salat oder einem Chop Suey konnte ich das Kraftwerk, das in mir arbeitete, nicht austricksen. Da wurde Tag und Nacht gearbeitet, ausgebaut, Leitungen gelegt, Strukturen gebildet, Ohren, Nasen, Fingernägel, alles, was ein Mensch so brauchte. Und wann würde mein Bauchnabel eigentlich anfangen, so lustig vorzustehen? Und wann würde mir auch die letzte von Felix' Jogginghosen zu eng werden, auch wenn ich den Bund sowieso unter dem Bauch trug?

»Hier, Umstandsmode, Marissa hat das nie getragen, schönen Gruß«, hatte Charlotte mir eine große Tüte in die Hand gedrückt. »Warum sind Schwangere eigentlich immer so solidarisch miteinander? Wahrscheinlich weil ihr wisst, dass ihr in einen ganz schönen Schlamassel geraten seid?«

Ich hatte erst dankbar angenommen, aber Marissa musste in etwa Charlottes Statur haben. Was sollte ich mit schicken, engen Umstandsröcken und zu langen und zu engen Jeans, auch wenn der Bund geschnitten war wie ein elastischer Nierenschoner? Also hatte ich mir nur zwei schwarze T-Shirts herausgefischt, die vorne eine Beule hatten, in die eine Wassermelone gepasst hätte, aber meine Erscheinung nicht so wirklich nach vorne brachten. Zu dumm. Denn jetzt wurde es brenzlig.

»Ach du grüne Kacke«, sagte ich, schlagartig aus meinem dösigen Zustand gerissen. Ich klickte eine E-Mail weg.

»Das kann nicht sein. Mein Vater kommt.«

Charlotte hatte meinen Vater schon ein paarmal getroffen, und sie wusste auch, dass er nichts wusste. Deshalb sprang sie mir sofort bei: »Hoppla! Vielleicht besser, wenn ich ihn vom Bahnhof abhole, oder? Wann kommt er denn?«

»Jetzt.«

»Oh«, sagte Charlotte und wurde noch eine Spur roter, »dann laufe ich besser mal zu Marie und fange ihn ab.«

Zu spät.

»Wie heißen Sie? Können Sie das buchstabieren?«

Der ärgerliche Bass meines Vaters reichte bis in unsere Hausmeisterwohnung, und Maries Nachnamen wollte er sich ganz besonders sorgfältig notieren, hielt er die Arme doch offensichtlich für einen Boutiquenpiraten. Ich musste einschreiten, wenn ich nicht wollte, dass er sie einen Kopf kürzer machte. Unvorhergesehene territoriale Übergriffe brachten meinen Papa immer zur Weißglut.

Charlotte lief voraus, um zu schlichten. »Herr Hanssen, wie nett, Sie ...«, rief sie, schon im Hausgang. Aber mein Vater wollte mich.

»Wo ist Heidi? Was ist mit meiner Tochter?«, hörte ich ihn, während ich mich so schnell wie möglich in den Laden quälte.

»Hier bin ich, Papa!«, antwortete ich vom Türrahmen aus.

»Was ist – bist du krank?«, fuhr mein Vater herum. Eigentlich war er sonst eher desinteressiert an der Optik seiner Gegenüber. Ihm wäre nicht aufgefallen, wenn meine Mutter beim Frühstückstisch plötzlich eine Marilyn-Monroe-Perücke getragen hätte. Aber jetzt war sogar seine Stimme bei meinem Anblick plötzlich sehr leise geworden.

Kein Wunder. Trotz Charlottes hektischem Versuch, mich herauszuputzen, sah ich aus wie ein zerbeultes Sofakissen. Ich schien mich wie ein Chamäleon immer mehr den zerknautschten, schmutzig beigen Polstern anzupassen, auf denen ich meine Zeit verbrachte. Das Farbenfrohste an mir war der knallrote Ausschlag, der sich von meinen Mundwinkeln aus nach unten zum Kinn zog und den ich mir nicht die Mühe machte zu überpudern. Wozu auch? Es reichte, dass Charlotte sich für ihre Telefonate aufpolierte. Und ein Mann war in nächster Zukunft nicht in meinem Leben zu erwarten, und als Sofaprinzessin waren meine Außenkontakte sowieso auf quasi null reduziert. Bis gerade eben.

Mein sonst eher distanzierter Vater legte mir gerade einen Arm um die Schulter, was mir außerordentlich unangenehm war, da ihm jetzt meine fettigen Haare umso mehr auffallen mussten und damit auch der Umstand, dass mein Hauptaugenmerk in den letzten Wochen nicht auf Körperpflege gelegen hatte.

»Alles okay, Papa«, sagte ich wenig glaubhaft, »ich nehme nur gerade eine Auszeit aus dem operativen Ladengeschäft.«

Aus den Augenwinkeln sah ich, wie Marie und Charlotte diskret aus dem Laden schlichen, um draußen im Hof die Kissen der weiß lackierten Hollywoodschaukel aufzuschütteln.

»Eine Auszeit. Aha«, wiederholte mein Vater langsam. »Und deshalb lässt du dich so gehen?«

Ich verteidigte mich mit gepresster Stimme, weil ich versuchte, mich so schlank wie möglich zu machen: »Ich war heute nur noch nicht unter der Dusche. Charlotte und ich, wir ... wir arbeiten gerade an unserem neuen Onlineshop und der dazugehörigen Service-Hotline und haben die ganze Nacht am Konzept gesessen.«

Ich schnappte dreimal kurz hintereinander nach Luft.

»Ein Strickblog mit einer Notfall-Hotline für die Frauen, die Hilfe beim Stricken brauchen und nicht zu mir in den Kurs können. Und Marie ist so nett und hilft mir im Laden aus.«

Ich fand es ziemlich genial von mir, meinen Vater auf die Internetfährte gelockt zu haben, von der er als Anwalt im Ruhestand garantiert nichts verstand, und war außerdem froh, dass er meine Leibesfülle mit etwas gutem Willen darauf schieben konnte, dass mir Felix' Jogginghose einfach unvorteilhaft zu groß war. Und es schien zu klappen: Mein Vater hatte offensichtlich seinen Schreck überwunden, nahm seinen grünen Hut ab und kniff an dessen Krempe herum, während er vor sich hin nickte. »Ein Onlineshop? Eine sehr gute Idee, schließlich sind die europarechtlichen Bestimmungen des E-Commerce längst im BGB integriert.«

Das Nicken endete abrupt, und mein Vater sah mir direkt in die Augen, was mir immer noch lieber war, als wenn er mir auf den Bauch geblickt hätte.

»Aber du wärst dann ein sehr spezialisierter Nischenanbieter und musst damit rechnen, dass die Zufriedenheit deiner Klientel bei der Abwesenheit von persönlichem Service sinkt, nicht zu vergessen das taktile Erleben von reinem Kaschmir, das du verlierst und durch ein ansprechendes Design der Webseite wieder wettmachen musst. Aber du sparst natürlich gewaltig an Distributionskosten ... wobei ich glaube, dass die große E-Business-Euphorie der Neunziger inzwischen verflogen ist. Und ihr wollt das doch nicht selbst programmieren?«

Und noch während ich meinen Vater anglotzte, als hätte ich ihn noch nie gesehen, sagte eine Stimme hinter uns: »Nein, das mache ich. Herr Hanssen, nehme ich an? Ich habe schon vor zwei Jahren eine B2C-Software mit Warenkorbfunktionalität entwickelt, die ich gerade an die Bedürfnisse des Unternehmens Ihrer Tochter optimiere. Und als Nischenanbieter, das haben Sie ganz richtig erkannt, Herr Hanssen, als Nischenanbieter bemühen wir uns natürlich gerade um die Aufnahme in einen Marketplace mit hoher Angebotsdichte.«

Friedrich hatte das erreicht, was mir nicht geglückt war – meinem Vater verschlug es kurz die Sprache, und weil er das hasste, tat er, als hätte er nichts gehört, kniff stattdessen an seinem Hut herum und sagte dann: »Nun, Kind, du wirst schon wissen, was du tust. Scheint ja alles in trockenen Tüchern. Dann mache ich mich mal an die Bücher.«

Oje.

»Die Bücher?«, wiederholte ich ziemlich dämlich, um Zeit zu gewinnen, und überlegte, wie ich die Rechnungen über das Legen der Telefonleitungen und die 0900-Abrechnungen aus meinem Schuhkarton mit der Aufschrift »Finanzamt & Investitionen« entfernen konnte, ohne dass mein Vater es merkte. Wieder kam mir Friedrich zur Hilfe.

»Das tut mir sehr leid, hat Ihnen Frau Hanssen nicht gesagt, dass ich die Buchungen für sie übernommen habe? Ich biete nämlich nicht nur Web-, sondern auch Buchhaltungsservice an und habe ihr ein Komplettangebot gemacht. Wir wollten erst einmal auf Probe zusammenarbeiten, wahrscheinlich ist es deshalb untergegangen, Sie rechtzeitig zu informieren, nicht wahr, Heidi?«

Marie hatte sich gänzlich verdünnisiert, aber Charlotte hatte sich wieder in den Laden geschlichen und verfolgte mucksmäuschenstill unsere Diskussion. Mein Vater hatte in der Zwischenzeit Friedrich als weiteren territorialen Aggressor identifiziert und blaffte ihn an: »Sie haben Nerven, junger Mann! Sind Sie überhaupt qualifiziert?«

»Nun, Herr Hanssen, ich verstehe Ihre Bedenken absolut, haben Sie doch bei der Betreuung der Wunderland-Finanzen bisher Umsicht und Sorge bewiesen!« Friedrich hatte meinen Vater am Ellbogen gefasst und dirigierte ihn kaum merklich in die Stillecke zu den zwei Sesseln. Mit seinem Pferdeschwanz und dem Blaumann sah er in der Tat nicht gerade aus wie ein Steuerberater und Webdesigner.

»Und wenn Sie meine Qualifikation an meinem Studium messen wollen, muss ich Ihnen sagen – nein, ich bin nicht qualifiziert. Ich bin nämlich Diplomingenieur und Architekt. Und wie Sie sehen, komme ich gerade von unserer Baustelle am Gendarmenmarkt. Aber ich arbeite auch als Businesstrainer für Existenzgründer und habe außerdem in der Entwicklungshilfe Aufbauarbeit geleistet. Und wenn man zehn Jahre lang mit ›Arche Johann‹ jungen Firmen geholfen hat, aus dem Nichts zu entstehen, wird man Experte für alles.«

Ein Wunder. Mein Vater wirkte auf einmal wieder einigermaßen friedlich.

»›Arche Johann‹? Ist das nicht eine Hamburger Organisation?«

»Ja, wie schön, dass Sie schon davon gehört haben, ich fahre immer noch regelmäßig zu deren Treffen, die alle sechs Monate in Ostfriesland stattfinden.«

»Wo in Ostfriesland? Sie müssen wissen, ich, äh, ich komme auch aus Ostfriesland.«

Mein Vater hatte sich ohne Gegenwehr von Friedrich in den weiß gepolsterten Sessel drücken lassen, und Friedrich hatte ihm gegenüber Patz genommen.

»Das ist ja sagenhaft, dann kennen Sie sicher auch die Hornbrocks? Die waren einer der Hauptsponsoren des letzten Solarprojekts in der Sahelzone, das ich mit betreut habe.«

Mein Vater beugte sich interessiert vor.

»Das sagt mir eine ganze Menge, in der Tat, Hoch- und Tiefbau Hornbrock, nicht wahr? Die Hornbrocks sind gut mit meinen Eltern befreundet gewesen ...«

Friedrich wedelte mit der linken Hand hinter seinem Rücken herum, um mich zum unauffälligen Rückzug aufzufordern, und Charlotte und ich schlichen leise die Tür zum Lager hinaus. Charlotte starrte auf die Wand, als könnte sie durch die Ziegelsteine hindurch weiter Friedrich beobachten, wie er meinen Vater um den Finger wickelte.

»Architekt? Friedrich ist Architekt?«

»Ja, wusstest du das gar nicht?«, sagte ich lapidar, als wäre das selbstverständlich. Maries Ex war in der Tat ein Allroundtalent und hatte soeben ziemliche Geistesgegenwart bewiesen.

»Diese Handwerkerjobs macht er nur, weil er gerade nicht ins Ausland muss und hier in keinem Planungsbüro mehr arbeitet.«

Oder mir aus der Patsche hilft, vollendete ich den Satz in Gedanken. Ich hatte noch das Bild im Kopf, wie Friedrich und mein Vater die Köpfe zusammensteckten, als wäre Friedrich ein alter Bekannter. Oder sein Schwiegersohn. Aber diesen Gedanken, den verscheuchte ich mal ganz schnell wieder.

Ein leises Klopfen. Friedrich hatte uns gefunden und fragte besorgt: »Heidi, wie geht es dir? Solche Überraschungsbesuche sind eigentlich nicht gut für dich! Dein Papa jedenfalls ist weg. Ich habe ihm gesagt, er soll sich keine Sorgen machen, du wolltest ihn einfach nicht beunruhigen. Aber du hattest dir irgendetwas eingefangen, Schweinegrippe oder etwas ähnlich Ansteckendes, durftest keinen Kontakt mit deinen Kunden und deren Kindern haben und musstest dir sofort hier in Berlin Hilfe suchen. Und hast ihn deshalb nicht involviert. Ich habe ihm versprochen, ihm die Auszüge aus den Büchern selbstverständlich zukommen zu lassen.«

Friedrich sah meinen erschrockenen Blick.

»Das habe ich ihm selbstverständlich nur angeboten, um Zeit

zu gewinnen. Aber du wirst dich wundern – er will sie auch gar nicht haben, er sagte: ›Ich habe genug gesehen‹, was auch immer er damit meinte. Er wünscht dir gute Besserung und ist los zum Zug. Ich glaube, es war ihm wichtig, rechtzeitig am Bahnhof zu sein.«

Uff. Das war mal richtig gut ausgegangen. Mein Vater war weg, und meine Geheimnisse – Schwangerschaft, Firmenübernahme und die Hotline – waren meine Geheimnisse geblieben. Ach ja, und dass Felix sich aus dem Staub gemacht hatte und ich ihn dorthin zurückgestoßen hatte.

Hätte ich ja fast vergessen.

Wurde allmählich ganz schön viel, was ich da an Paralleluniversum aufgebaut hatte.

Charlotte sah das wohl ganz ähnlich.

»Wenn dir das nicht mal alles zusammenkracht wie ein Kartenhaus, Hanssen«, hob sie an, aber ich unterbrach sie, schließlich mussten wir Friedrich nicht noch mehr wissen lassen, oder? Fast ein wenig unheimlich, wie der bei meinem Vater für mich in die Bresche gesprungen war. Alles hatte so plausibel geklungen, dass ich es fast selbst geglaubt hätte. Marketplace! B2C! Na klar!

»Friedrich! Danke! Du hast gerade mehr Geistesgegenwart bewiesen als Jens Lehmann, als er mitten im Bundesligaspiel hinters Tor gesprungen ist, um Pipi zu machen! Und kein Schiri hat's gemerkt! Ich weiß, das ist eher ein blödes Beispiel, aber diese Aktion hat nun auch wirklich jede Frau mitbekommen, oder? Und abgeschüttelt hat er auch noch!«

»Keine Ursache. Spielt auch weiter keine Rolle. Ich weiß, wie Eltern sein können«, unterbrach mich Friedrich. »Viel wichtiger ist, dass du dich jetzt wieder hinlegst, dich schonst und dir anhörst, welche Lösung ich für die Glaswand gefunden habe, die die Arbeitsplätze trennen soll. Wir setzen sie genau in die Mitte des großen Zimmers, dann hat jede ein eigenes Fenster. Allerdings scheint es mir sinnvoll, dass der Zugang zur Toilette auf Heidis Seite ist, nicht wahr?«

»Aber dann muss Charlotte zum Pullern immer bei mir durch!«, kritisierte ich Friedrichs Pläne. »Das ist mir nicht recht, ich muss in Ruhe telefonieren können.«

»Hm, das ist dir also nicht recht.« Friedrich warf mir einen Seitenblick zu und zuckte dann leicht die Achseln. »Nun gut. Wer schwanger ist, schafft an. Du bist der Chef.«

Unglaublich, der schöpfte immer noch keinen Verdacht! Und war immer noch nicht genervt! Stattdessen dachte er sich sofort wieder etwas Neues aus, um uns zu helfen: »Ich hab's! Ich reiße die Wand zur Kammer ein, du brauchst ja keine Kammer, oder, Heidi? Oder Sie, Frau, äh, äh, wie war der Name noch mal? Frau Feierlich?«, wandte er sich an meine Freundin Charlotte. Das konnte nicht sein, dass sich Charlotte von einem so netten Kerl siezen ließ, oder? Aber sie stellte sich ungerührt nochmals mit »Feyerabend, von Feyerabend« vor und ließ Friedrich seine Pläne weiter ausführen. »Also, wenn Sie auf die Kammer verzichten können, Frau von Feyerabend, dann kommt die Wand weg, ich vergrößere so das Zimmer und halbiere es dann mit der Glasscheibe. So hätte jede einen Arbeitsplatz mit Fenster und eine Tür zum Gang und somit zum Bad. Dann hast du, dann haben Sie maximale Unabhängigkeit. Finde ich eine sehr gute Lösung, damit Sie in Ruhe Kunden beraten können. Ist mir nur neu, dass sich jemand im Onlinebereich dermaßen Mühe gibt, ungestört arbeiten zu können, und auch diese telefonischen Stricktipps, hm, im Callcenter sind die Arbeitsplätze auch nur durch eine Sperrholzplatte getrennt...«

»Wir haben da eben unsere Prinzipien«, unterbrach ihn Charlotte, »können Sie diese Wand heute noch einreißen? Und sorgen Sie auch dafür, dass da kein, aber auch gar kein Staub zurückbleibt? Und die Fenster – kann man die auch gleich streichen? Weiß? Dieses Braun finde ich definitiv zu schmuddelig!«

»Ja, Weiß ist eine gute Idee, in Erdgeschosswohnungen ist sowieso Weiß die Farbe der Wahl. Wir könnten sogar darüber nachdenken, auch die Dielen weiß zu lackieren. Den Boden danach leicht anschleifen, damit es nicht zu steril wirkt. Und eventuell mit Pflanzen arbeiten, um die Illusion eines Gartens zu erzeugen ...«

Von Charlotte rechts und von Friedrich links untergehakt, trapste ich zurück in mein Reich und hörte den beiden zu, wie sie über meinen Kopf hinweg weiter diskutierten. Friedrich hatte keine Fragen mehr gestellt. Überhaupt keine. Der schien überhaupt kein Typ zu sein, der sich zu viele Gedanken machte. Wohingegen ich am liebsten sofort mit einem netten Kunden wie Patella-Mike telefoniert hätte, um nicht mehr nachdenken zu müssen. Selbst wenn ich es schaffte, als Mutter all das zu stemmen, was ich mir vorgenommen hatte, wie sollte ich dabei jemals wieder einen Mann finden? Und zwar am besten so einen wie Friedrich – patent, kinderlieb und immer zur Stelle, ohne doofe Fragen zu stellen! Friedrich diskutierte gerade mit Charlotte, ob die Fenster lackiert oder besser lasiert werden sollten. Der konnte wohl einfach nicht *nicht* helfen. Der wäre bestimmt ein guter Papa. Aber Moment, der hatte doch schon ein Kind! Ob Marie böse wäre, wenn Friedrich mehr für mich in Ordnung bringen würde als einen verstopften Siphon?

Ich sah an mir hinunter. Die Schnürsenkel meiner Turnschuhe schleiften auf dem Boden, weil ich mich zunehmend schwerer bücken konnte, und meine erotische Phantasie löste sich auf wie Bodennebel an einem Sommertag. Ich bezweifelte, dass Friedrich in mir mehr sah als ein schwangeres Nilpferd, das der Mutter seines Sohnes einen Job verschafft hatte und zu dem man deshalb nett sein musste. Und außerdem: Für mich war das Konzept Beziehung sowieso zum Scheitern verurteilt, weil ich dann wieder automatisch damit anfangen würde, mich auf jemanden zu verlassen. Und den Fehler würde ich so schnell nicht mehr machen, das bremste mich einfach zu sehr in meinen Plänen. Ich guckte noch mal nach oben zu Friedrich, durchtrainiert war er, und seine langen Haare sahen so aus, als hätte er noch nie einen Gedanken an eine Frisur verschwendet. Felix und er waren sich eigentlich ziemlich ähnlich, die zwei hätten Brüder sein können. Wenn ich mich recht erinnerte, war Felix am Anfang unserer Beziehung genauso hilfsbereit und nett gewesen. Schlag dir den Friedrich sofort aus dem Kopf, dachte ich mir, das sind nur die Hormone, die dir einreden wollen, dass es ohne Mann nicht geht, du kommst vom Regen in die Traufe!

»Was ist dein Vater von Beruf?«, platzte ich mitten in die Unterhaltung zwischen ihm und Charlotte.

»Meine Eltern sind Landwirte«, antwortete Friedrich brav. Aha. Charlotte war wahrscheinlich froh, dass sie diesem Bauernsohn nicht das Du angeboten hatte. Egal, nur nicht mehr weiter darüber nachdenken. Hauptsache, Charlotte und ich würden in ein paar Tagen endlich das »Do not disturb«-Schild vor die Tür hängen können, das ich in meinem früheren Leben mal im Vier Jahreszeiten abgestaubt hatte, und parallel telefonieren können. Dreißig Anrufe am Tag, das war auch für eine Sofaprinzessin eine Menge Holz.

29

»Ach du lieber Himmel!«, rief ich Charlotte ein paar Tage nach der Installation der Trennscheibe entgegen.

»Ach du liebes Häschen!«, antwortete sie und streckte mir eine Tasse bleifreien Kaffee entgegen – ein neuer Arbeitstag begann. Aber ich musste erst mal etwas loswerden: »Wieso ist Friedrich schon wieder hier? Wir haben doch eigentlich alles fertig! Ich will in Ruhe arbeiten!«

Seitdem Marie mir erzählt hatte, dass Friedrich sich während ihrer Schwangerschaft zwar redlich bemüht, aber sich nicht halb so überschlagen hatte wie bei mir, wunderte ich mich ein wenig über sein nimmermüdes Engagement.

Charlotte räusperte sich: »Friedrich? Er wollte die Blumengitter entrosten und in der gleichen Farbe wie die Fensterbretter streichen, dann sehen die Blumenkästen gleich viel hübscher aus. Und ich habe ihm das Okay dazu gegeben.«

»Fensterbretter? Gitter? Blumenkästen?«, wiederholte ich perplex. »Wer hat hier einen Nestbautrieb? Ich oder du?«

»Ja, genau, Blumenkästen«, sagte Charlotte und polierte nebenbei mit dem Blusenärmel einen schweren silbernen Kerzenständer auf einem Biedermeierschränkchen, die ich beide das letzte Mal im Wohnzimmer der Zockel'schen Ruhmeshalle gesehen hatte, »oder willst du den ganzen Sommer auf die Hauswand gegenüber starren? Meine Cousine Marissa hat sich die komplette Schwangerschaft über mit Blumen umgeben!«

»Na gut«, sagte ich verdutzt und rieb mir die Nase.

»Aber welche Blumen denn? Ich glaube, ich bin zurzeit ein bisschen allergisch. Und wenn ich niesen muss, dann habe ich inzwischen das Gefühl, ich würde mir in die Hose pinkeln!«

»Halbhoher Lavendel für eine hübsche Aussicht wie in der Provence, rote Kapuzinerkresse zum Herabhängen, falls wir mal im Hof sitzen, und Schwarzäugige Susanne, die kann die Gitterstäbe am Rand hochranken für einen grünen Fensterrahmen. Hat mir Friedrich empfohlen. Und meine Cousine Marissa hat während ihrer Schwangerschaft von Glockenblumen nicht genug bekommen können. Und gegen die Schwangerschaftsinkontinenz hat sie ab der zehnten Woche konsequent ihren Beckenboden trainiert.«

»Schon gut!«, winkte ich ab. »Deine Cousine Marissa war sicher eine ganz tolle Schwangere. Aber wenn sie dir mal wieder über den Weg läuft, dann richte ihr bitte aus, dass für mich Glockenblumen überhaupt nicht infrage kommen. Aber gegen Clematis ist tatsächlich nichts zu sagen. Außerdem ist Clemens ein schöner Name«, überlegte ich und schlug ein Notizbuch auf der Seite auf, in der ein dünner schwarzer Filzstift eingeklemmt war, »ist jetzt nichts Besonderes, aber wer will sein Kind schon Odysseus nennen?«

»Aber warum schreibst du denn gleich so viele Namen auf? Jungs und Mädels? Das sind ja zehn Seiten!«, schaute Charlotte mir über die Schulter.

»Kann mich eben nicht entscheiden«, sagte ich und klappte schnell das Buch zu. Fehlte noch, dass Charlotte das größte meiner vielen Geheimnisse herausfinden würde.

Charlotte schüttelte den Kopf. »Also, meine Cousine Marissa wusste schon in der achtzehnten Woche ...«

»Ja ja«, schnitt ich ihr das Wort ab, »schon klar. Könnte ich auch. Aber ich will es nicht wissen. Mit Absicht.«

»Eigentlich schlau von dir«, sagte Charlotte nachdenklich, »denn ich wüsste auch nicht, was das kleinere Übel wäre, Junge oder Mädchen. Mädchen sind vielleicht am Anfang ganz süß, aber dann werden sie zickig und magersüchtig und schnippeln am Ende auch noch an sich rum. Und ein Junge fällt mit sechzehn vom Motorrad, und dann kannst du wieder von vorn anfangen.«

Charlotte drückte sich gegen die Wand, damit ich an ihr vorbeikam, als ich auf die Toilette ging, meine Blase schien sich täglich zu verkleinern, und sagte mit einem Blick auf meinen Bauch: »Am besten, man fängt gar nicht erst an mit dem Kinderkriegen.«

»Blöde Kuh! Dafür ist es jetzt zu spät!«, rief ich laut gegen mein Plätschern an. »Und außerdem: Leute ohne Kinder werden wunderlich, abonnieren die ›Elle Deco‹, wissen nicht, wohin mit ihrem Geld, und kaufen sich alte Porsche 911, die aber auch nicht glücklich machen, fangen an zu saufen und streiten sich mit ihren Ehepartnern darum, ob sie das Landhaus in Weiß oder Creme einrichten. Irgendwer muss mich ja im Altersheim besuchen kommen.«

»Dafür redest du nur mehr über Kopfläuse, Mittelohrentzündungen und dass andere Mütter ihre Kinder nicht im Griff haben, während bei dir selbst das Chaos tobt! Und du glaubst doch nicht im Ernst, dass dich die im Altersheim besuchen kommen, die undankbaren Bälger?«

»Was weiß ich«, sagte ich erschöpft und ließ mich vorsichtig wieder auf der Couch nieder, »und was ist eigentlich mit dir? Bist du auch schwanger, oder warum bist du so zickig heute?«

Ich zeigte auf Charlottes ordentlich in den Hosenbund gesteckte Bluse. Denn die bildete über dem Hermès-Gürtel eine Falte, die eindeutig mit herausquellendem Bauch gefüllt war.

Charlotte zuckte zusammen.

»Du spinnst«, sagte sie, »das kommt davon, wenn man immer diese unkultivierten Snacks zu sich nimmt. Essen im Stehen bläht. Ich geh jetzt erst einmal eine richtige Mahlzeit zu mir nehmen.« Und dann fügte sie leise hinzu: »Und außerdem hab ich noch meine Tage bekommen, da bin ich immer so aufgeschwemmt.«

War das Charlotte gewesen, die da geradezu jämmerlich geklungen hatte?

»Da warst du doch früher immer schmerzfrei, oder?«, fragte ich erstaunt. »Was geht mich der Frauenkram an, Augen zu und durch, hast du immer gesagt, von Tante Rosa hast du dir doch früher nicht den Tag vermiesen lassen?«

»Ach, lass mich doch in Ruhe!«, blaffte Charlotte, und weg war sie, ohne mich zu fragen, ob sie mir etwas mitbringen sollte. Also, auch wenn Charlotte nichts mit Kindern anfangen konnte – ich war schließlich kein Kind, sondern ihre beste Freundin und hatte eindeutig eine freundlichere Behandlung verdient!

Ich träumte aus dem Fenster, dachte an Charlotte und den Beginn unserer Freundschaft. Ein ungleiches Paar waren wir immer gewesen, aber dann kamen wir uns bei den Männern wenigstens nicht in die Quere, und ich mochte es, dass Charlotte aus einer so ganz anderen Welt kam – und sie wusste immer so viel, las Zeitung, kannte sich aus in Politik und Geografie, und man konnte mit ihr über die Absatzhöhe eines Wertpapiers genauso diskutieren wie über die eines Samstagabendschuhwerks. Und sie besaß Dinge, die überflüssig, unpraktisch und luxuriös waren. Besagten Christbaumkugelkoffer eben. Einen Picknickkoffer – mit Meißner Porzellan und einem silbernen Piccolokühler, in den wir immer kleine Flaschen Aperol Sprizz gestellt hatten, wenn wir uns im Treptower Park an die Spree gesetzt hatten. Sie hatte vom Segeln erzählt, ich von den Bergen, und dass ihr Bernhard so pingelig war wie mein Felix schlampig.

Ich seufzte schlecht gelaunt. Wie gern wäre ich jetzt nach draußen gegangen!

»Tnfff!«, meldete sich mein nächster Anrufer.

»Hör mal zu, du, du Wurm!«, schimpfte ich los, »wir gehen heute mal raus, und du wirst dabei meine drei Windhunde halten! Und bilde dir bloß nicht ein, dass du *vor* mir gehen darfst, immer schön einen Meter hinter mir, sonst kriegst du eins übergebraten!«

So kam ich doch noch zu meinem Spaziergang, wenn auch nur in meiner Phantasie und in zwölf Zentimeter hohen Stilettos und einem Lackoverall. Der autoritätsliebende Adrian meldete sich fast täglich – manchmal aus der Klinik, meistens von unterwegs – und telefonierte so lange mobil mit mir, dass mein Umsatz für den Tag gesichert war. Ich wusste inzwischen, dass er von allen möglichen Airlines Platinkarten besaß, mit denen er in den Transitlounges der Flughäfen Zutritt zu kundenfreundlichen »Relaxkabinen« hatte. Und von da aus rief er mich immer wieder an, ließ sich von mir anpflaumen und tauchte dann wieder ein in den Rummel der internationalen Drehkreuze, die ihn zu weiß Gott welchem wichtigen Job bringen sollten. Und dann war da noch Patella-Mike, der schüchterne Student, der mich dazu bewogen hatte, mir von Alex den Pschyrembel, das medizinische Standardwerk überhaupt, hinunterbringen zu lassen und mir einen Einmerker bei B wie Bein zu machen, Mike bekam nun mal gerne etwas davon vorgelesen.

Ich hievte mich hoch, um beide Fensterflügel mit den altmodischen Riegeln einen Spaltbreit zu öffnen, durch die Lücken der frisch bepflanzten Blumenkästen schien die Außenwelt noch ein Stück weiter weggerückt. Draußen war es bereits sommerlich, wenn man den wenigen Sonnenflecken im sonst dunklen Hof trauen konnte. Das surreal große Mädchen mit der riesigen Sonnenbrille, das ich durch den Hof zu den Mülltonnen gehen sah, war bestimmt eines der Agenturmodels, die sich jetzt oben in meiner Wohnung breitmachten. Und ich hockte hier unten und machte zwielichtige Geschäfte, anstatt mir wie anständige Schwangere von meinem Mann die Füße massieren zu lassen und mich durch alle Staffeln von »Friends« zu gucken. Ich drehte missmutig an einer Art Parkscheibe, die mir Frau Doktor Casper mitgegeben hatte und auf der Schwangerschaftswochen und Geburtstermin zu sehen waren. Schon so viel geschafft und doch noch so lange hin. Ich wusste nicht, ob ich wollte, dass die Zeit schneller oder langsamer verging, heute war der hundertfünfzigste Tag ohne Felix, und es würden auch noch ein paar mehr werden. Na toll. Alleinerziehend, selbstständig, vom Mann und von allen guten Geistern verlassen, gut, dass jetzt das Telefon klingelte.

»Sie? Was fällt Ihnen ein, sich schon wieder zu melden?«, blaffte ich – Adrian war der Einzige, den ich nicht duzte – und hob nur kurz die Hand, als Charlotte auf ihrer Seite wieder auftauchte, und formte kurz ein stummes »Geht's dir besser?«.

»Ja. Geht wieder«, nickte sie lautmalend und drehte sich mit dem Rücken zur Glasscheibe, um ans Telefon zu gehen.

»Ich, tnff, also der Spaziergang vorher – können wir das nicht einmal in natura wiederholen? Wo leben Sie denn? Ich möchte Sie gerne einmal – tnff – sehen!«

»Kommt nicht infrage!«

»Ich – tnfff – würde mich durchaus erkenntlich zeigen!«

»Nein! Meine Hunde würden Sie in der Luft zerreißen!«

Das fehlte noch. Wie war Charlottes und meine oberste Regel: Keine persönlichen Kontakte, und wenn der Kunde noch so viel bettelt. Oder zahlt.

Charlotte drückte gerade eine Tablette durch das Stanniolpapier eines Zehnerstreifens Ibuprofen, ein Glas Wasser vor sich. Gut, dass ich wenigstens von PMS verschont blieb während der Schwangerschaft. So ziemlich das Einzige, was mir im Moment hormonell erspart bleibt, dachte ich, verabschiedete Adrian so unfreundlich, wie er das gerne hatte, und nahm sofort den nächsten Anruf an.

Charlotte ignorierte mein Winken erst einmal, ich musste heftig rudern, bis sie hochsah und mich fragend anschaute. Als Antwort nahm ich die Kopfhörer ab und drückte den Knopf für die Freisprecheinrichtung. Charlotte kam rechtzeitig in meine Bürohälfte, um zu hören, wie Willi von Galaxy Erotik seinen Satz vollendete: »… und wenn ich weiß, wo ihr Schlampen hockt und eure Schweinereien macht, dann werdet ihr schön anfangen, mit mir zusammenzuarbeiten. Und wenn ihr das nicht macht, dann kommt der Willi persönlich vorbei. Und schneidet euch die Zungen raus. Ich bin euch auf der Spur. Vergesst das nicht. Willi sieht alles.«

Aufgelegt. Charlotte sah mich mit großen, empörten Augen an: »Wer war das denn? Der hat ja überhaupt keine Manieren!«

Ich erklärte es ihr, so gut ich konnte. Und Charlotte bildete sich schnell eine Meinung: »Niemals! Niemals werden wir uns von einem so ungehobelten Kerl kontrollieren lassen! Da kann ich ja gleich wieder zum Film gehen!«

Ich nickte nachdenklich. »Ich glaube, für einen dieser Zuhälter zu arbeiten würde aus der ganzen Geschichte eine ernste Sache machen, keinen Spaziergang im Park, der in kurzer Zeit viel Geld bringen kann.«

»Das ist für dich aber auch jetzt kein Spaß«, sagte Charlotte, »schau dich doch mal an. Du siehst gerade ein bisschen fertig aus.«

»Geht schon, ich habe nur gerade einen kleinen Durchhänger«, biss ich mir auf die Lippen. »Telefonsex ist eben harte Arbeit, kein Vergnügen.«

»Soll ich für dich antworten?«, deutete Charlotte auf das rote Licht, das ungeduldig blinkte und blinkte. Sie warf tatsächlich den Kopf nach hinten und schüttelte die Haare aus dem Gesicht, um die Ohren frei zu machen für die Kopfhörer. Aber Charlotte konnte unmöglich an meine Leitung gehen. Wie sollte sie sich denn melden? Am Ende mit »hier Lilli Himmel, Apparat Bella Bunny«?

Was, wenn sie meine Stammkunden damit so erschrecken würde, dass sie nie wieder anriefen? Oder sie am Ende so gut bedienen würde, dass sie nicht mehr länger meine Stammkunden waren? Nein, da verstand ich keinen Spaß, das war mir eindeutig zu übergriffig. Ich riss Charlotte das Headset aus der Hand und mich zusammen, drückte auf das blinkende rote Licht und sagte so schwungvoll wie möglich in das kleine Mikrofon vor meinen Lippen: »Hallo, hier ist Bella, wie schön, dass du anrufst. Was kann ich für dich tun?«

Charlotte war es zufrieden und schon wieder auf dem Weg in ihre Hälfte, sie wusste, dass ich es nicht mochte, wenn sie mir zuhörte.

»Pengpeng!«, kam es aus dem Headset.

»Die Wildnis ruft!«, rief ich zurück.

Wie nett, dass der Safarimann auch mal unter der Woche anrief.

30

Der Safarimann war ein verkappter Großwildjäger. Und alles, was ich bei diesem Stammkunden machen musste, war, ihm auf die Fährte zu helfen, und wenn er dann seinen Löwen oder seine Giraffe erlegt hatte, löste sich bei ihm mehr als ein Schuss aus seinem Spielzeuggewehr. Ich konnte meistens nebenher stricken oder lesen, der Safarimann war oft mehrere Minuten selbstständig im Busch seines Wohnzimmers unterwegs. Und deshalb drückte ich ganz entspannt den Knopf für die L2, als meine private Leitung blinkte.

»Mausl!«

»Mama!«

Sie wusste es.

Ich hörte es der Stimme meiner Mutter an, dass sie Bescheid wusste. Dass ich ein Kind bekam. Und dass mit Felix nichts mehr, aber auch gar nichts mehr in Ordnung war. Und so war ich fast froh, als sie tatsächlich sagte: »Felix' Mutter, die Kriemhild, hat so was angedeutet, aber bei der weiß man ja immer nicht so genau, gell ... und dann habe ich lieber deinen Vater hochgeschickt, um nach dem Rechten zu sehen! Und Horst macht sich tatsächlich Sorgen, weil du so dick geworden bist! Wenn deinem Vater so was schon auffällt! Ich habe seit unserer Hochzeit achtunddreißig Kilo zugenommen, und er hat noch nie ein Wort darüber verloren! Weißt du, warum ihm das bei dir so seltsam vorgekommen ist: Du hast nicht einfach nur zugenommen, gell? Du bekommst wirklich ein Baby, oder? Und du hast es mir nicht erzählt, weil du nicht mehr mit dem Felix zusammen bist! Und nicht wolltest, dass ich mir Sorgen mache! Stimmt's oder hab ich recht, Mausl?«

»Ja, hast du!«, piepste ich.

Dass es mich so kalt erwischen und ich mir so sehr wünschen würde, sofort mit lauwarmem Marillenstrudel und Mutterliebe versorgt zu werden, hätte ich nicht gedacht. Aber das konnte ich jetzt nicht brauchen! Ich hatte eine Mission zu erfüllen – und die hieß: bis zur Geburt so viel Geld ranzuschaffen, dass ich mich danach erst mal ausruhen konnte – und zwar auf den Lorbeeren einer erfolgreichen Firmenübernahme. Mann, wie bekam ich meine Mutter jetzt wieder aus der Leitung und mich wieder in den Arbeitsmodus zurück?

»Mama, lieb, dass du dir Sorgen machst, aber es ist alles in Ordnung, mir geht es gut, ja, dem Baby auch, ja, ich esse genug, jaja, Vitamine, Eisen, jawoll, nein, schlecht ist mir nur abends, nein, Felix und ich, das wird nix mehr, ja, ich finde das auch sehr schade, nein, ich habe keinen anderen, aber er ... jaja, ich weiß, aber wie es so schön heißt, verlobt zu sein heißt, festhalten und weitersuchen, das hat er ziemlich wörtlich genommen, bleib mal kurz dran, ich habe ein Gespräch auf der anderen Leitung!«

Ich drückte die L1. Und hörte das Knattern eines Spielzeuggewehrs und Löwengebrüll. Ja, der Safarimann war noch mittendrin!

»Üh, hast du aber ein großes Gewehr! Ich glaube, ich lasse

gleich mal das Zebra aus dem Stall, guck mal, wie schön gestreifte Hinterbacken es hat!«, rief ich begeistert ins Headset und wechselte wieder zur zweiten Leitung.

»Mama, ich muss jetzt wirklich, es ist alles in Ordnung, ich komme, sobald ich kann, und ansonsten kannst du gerne hier vorbeikommen.«

Das funktionierte immer. Denn prompt wehrte sie erschrocken ab: »Jetzt, um diese Jahreszeit? Unmöglich! Wer gießt mir dann den Garten? Dann muss ich der Nachbarin verraten, dass ich Alaun ins Wasser gebe, damit die Hortensien blau bleiben! Das würde ich nie tun!«

Der Trick mit der Einladung war eine raffinierte Taktik, um meine Mutter zum Schweigen zu bringen, denn sie würde nie, *nie*, nach Berlin kommen, da war ich mir sicher. Seit wie vielen Jahren lebte ich jetzt hier? Sieben? Acht? Neun? Und hatte sie mich schon einmal besucht? Nö. Denn meine Mutter verwuchs über die Jahre immer mehr mit Haus und Hof, sodass sie nie weiter als bis zum Gartencenter in Rosenheim fuhr, geschweige denn irgendwohin, wo sie über Nacht bleiben musste. Sie schmierte meinem Vater seine Gutsherrenleberwurst-Brote für den ICE nach Berlin, ungeachtet dessen, dass es den Mitreisenden bei dem durchdringenden Majorangeruch wahrscheinlich den Magen umdrehen würde, aber sie selbst blieb lieber zu Hause. Im Zug wurde ihr angeblich schlecht, und Fliegen fand sie auch nicht viel besser. Ich konnte sie mir beim besten Willen nicht vorstellen, wie sie bei Germanwings zusammen mit laptoptragenden Businessdimpfeln und gebräunten Nagelstudiodamen den Run auf die erste Reihe antreten würde.

»Schon gut! Warte kurz!«, bat ich also meine Mutter, zufrieden, dass ich sie erst einmal vom Hals hatte, und drückte die L1. Nichts zu hören. Hatte ich den Safarimann verloren? Mist, einen Stammkunden aus der Leitung werfen, das gehörte sich definitiv nicht!

»Halloho! Bist du noch dran? Hier ist deine Lieblingsmuschi!«, lockte ich deshalb verheißungsvoll.

»Muschi, wieso Muschi?«, hörte ich meine Mutter sagen. »Natürlich bin ich noch dran, und ich hab doch schon Mausl zu dir gesagt, da warst du noch keine vierundzwanzig Stunden auf der Welt!«

»Mausl, natürlich, Lieblingsmausl wollte ich sagen«, sagte ich schwach und nahm mir vor, mir von Friedrich noch einmal die Telefonanlage erklären zu lassen.

»Meine Hormone gehen mit mir durch, ich bin ganz durcheinander. Ich hab dich lieb, Mama, aber jetzt muss ich dringend mal aufs Klo.«

Das Beste an einer Schwangerschaft war, dass sie einfach alles entschuldigt, atmete ich auf und kratzte mich am Bauch, weil es mich um den Nabel herum unerträglich juckte. Und deshalb rief ich sofort in der AKÜ an und bestellte eine doppelte Portion lauwarmen Marillenstrudel mit Vanilleeis. Und Nachos mit Käse, obwohl ich wusste, dass der Bioschuppen meines Exfreundes so was Vulgäres nicht im Sortiment hatte und der arme Axel deshalb zum Mexikaner nebenan geschickt wurde. Unter meiner Hand spürte ich ein ungeduldiges Boxen gegen die Bauchdecke. Wenn wir den Strickkurs heute Abend durchstehen wollten, brauchten wir erst mal was zu futtern.

31

»Also, Frau Heidi«, jammerte Uschi, meine Strickerin aus der Oberpfalz, »ich versteh Sie ja, aber ich kann Sie einfach ned schon wieder vertreten bei dem Kurs. Die machen mich total narrisch mit ihrem Getue, diese komischen Leut! Zehensocken mit Heidelbeeren färben, geh!, hören'S, das ist doch schad um des schöne Essen! Und wie die immer mit ihren Kindern rumtun, Frau Heidi, das geht doch ned!«

»Ich versteh schon«, seufzte ich und reichte Uschi die Entwürfe für die Herbst- und Winterpullis vorsichtig über die Styroporbox mit den verklebten Nacho- und Käseresten.

»Des schaugt ja aus wie aus dem Tirolerwald«, wunderte sich Uschi, »samma jetzt volkstümlich und nimmer modern?«

Das stimmte in der Tat, die Grün- und Brauntöne der Peter-Pan-inspirierten Kollektion sahen tatsächlich ein bisschen nach Trachtenverein aus.

»Ist doch süß, oder? Sind wir eben wieder unserer Zeit voraus – das Neunzigerrevival geht bei uns eben früher zu Ende als anderswo. Und wenn eine Rezession ins Haus steht, wird der Geschmack allgemein wieder traditioneller.«

»A Schmarrn, wenn ma selber Kinder hat, dann wird der Geschmack halt auch vernünftig, des hat jetzt gar nix mit der depperten Krise zum tun«, sagte Uschi mit einem Blick auf meinen Bauch und wedelte mit den nächsten Skizzen. »Und des, was is nachad des? Strickn mir jetzad auch Bälle?«

»Nein, Uschi«, erklärte ich geduldig und nahm mir insgeheim vor, die Peter-Pan-Kollektion im Nachhinein mit knalligen Knöpfen und Bündchen zu versehen, war ja zu peinlich, was Uschi gerade gesagt hatte, »das ist kein Ball, das soll ein Christbaumkugelschoner aus Kaschmir werden. Ich dachte, wir probieren das mal als augenzwinkerndes Weihnachtsgeschenk für unsere Stammkunden, ist doch gut, wenn wir da schon was auf Lager haben. Oder?«

»Ja mei, schon.«

Uschi nickte zweifelnd und viel zu langsam, obwohl ich dringend darauf wartete, dass sie sich endlich zum Gehen wandte. Stattdessen drehte sie sich einmal um die eigene Achse und musterte die Glasscheibe und die wild fuchtelnde Charlotte dahinter sehr genau.

»Und da, rufen da viel Leut an? Oder warum muss da die Frau Charlotte immer mit dabei sein?«

»Du meinst – bei unserem Stricknotruf?«, nuschelte ich und fluchte innerlich, dass ich die Uschi nicht sofort nach dem Christbaumkugel-Briefing vor die Tür gesetzt hatte, denn natürlich klingelte es jetzt Sturm auf L1. »Öhm, ja, durchaus, es lohnt sich auf jeden Fall, da zwei Leitungen zu besetzen, Sie sehen ja, was hier los ist.«

»Ah«, meinte die Uschi und sah mich erwartungsvoll an, ohne sich von der Stelle zu rühren. »Und was wollen die Leut da so wissen? Gehen'S doch amal hin an den Apparat, vielleicht weiß ich ja auch was!«

Was blieb mir übrig?

»Hallo, die Wunderland-Hotline ›Heiße Nadel‹ hier, wie kann ich Ihnen helfen?«, meldete ich mich so sachlich wie möglich.

»Hi, heiße Nadel. Ich habe auch einen Nickname, meiner ist ›Großes Pony‹«, sagte eine raue Männerstimme.

»Interessant«, antwortete ich fröhlich und schob mich unauffällig zwischen Uschi und die Telefonanlage, weil sie doch tatsächlich Anstalten machte, auf den verführerisch roten Knopf mit dem Lautsprecher zu drücken, »ein großes Pony, das hatten wir noch nie, das ist nicht leicht zu stricken, was sagt denn die Maschenprobe?«

»Also, meine Lieblingsmasche ist … Nylonstrümpfe! Zerrissene Nylonstrümpfe!«

»Prima«, jubelte ich und tat so, als müsste ich dringend etwas unter dem Sofa suchen, um Uschi weiter vom Tisch wegzudrängen, »das kann man ganz leicht selber machen, einfach zwei rechts, zwei links, eins fallen lassen.«

»Wie, zwei rechts, zwei links? Bist du so stark?«

Ich glaube, ein echtes Pony war ein Gehirnwunder gegen diesen Kunden.

»Ja, echt stark und patent – ich meine – Patentmuster! Das geht nur ungeheuer in die Breite!«

»Das macht nichts«, grunzte Großes Pony, »ich habe nichts gegen dicke Frauen, Hauptsache, du bist komplett rasiert. Hast du denn ein Muschipiercing? Das find ich nämlich scheiße geil, son Stecker an der Pussi!«

»Aber ja, hören Sie?«, sagte ich, und klopfte mit der Stricknadel, die ich unter dem Sofa hervorgefischt hatte, auf mein

Mikrofon, um Großes Pony von der Existenz meines Intimpiercings zu überzeugen. »Aus Metall, die Stecker, ich meine, die Stricknadeln immer am besten aus Metall nehmen.«
Jetzt wurde auch der drögste Telefonkunde misstrauisch.
»Wieso Stricknadeln? Damit kannst du doch keinen Schritt mehr gehen?«
Ich nickte nur strahlend, um Zeit zu gewinnen, und machte freundliche Winkewinkezeichen zu Uschi, die endlich darauf einging, ein »Wiederschaun« murmelte und mit der Zeichenmappe unterm Arm den Abgang machte.
»Nixnix, angeschmiert«, sagte ich dann schnell und wischte mir den Schweiß von der Stirn, »aber ich bin wirklich wahnsinnig stark!«
»Wie stark genau?«
Großes Pony hatte doch noch angebissen.
»Na ja«, sagte ich abwartend, bis ich Uschis graubraune Dauerwelle an unseren Fenstern vorübergehen sah. »Ich kann einen großen Mann ganz allein hochheben.«
»Ach ...«, kam es vom Großen Pony zurück, eher ein wenig enttäuscht. Ich legte nach.
»Und natürlich kann ich auch ... ein Pferd hochheben!«
Keine Antwort. Pippi-Langstrumpf-Fan war der wohl nicht.
Ich versuchte es anders: »Welches Auto fährst du?«
»Einen Mazda 343.«
»Ich kann locker einen Mazda 343 hochheben! Und sogar, wenn du drinsitzt! Uah, mein Kopf wird ganz rot vor Anstrengung!«, spielte ich die stärkste Frau der Welt. »Aber du musst nackt sein, mit Klamotten bist du mir zu schwer! Mmmuuuaaaaah!«, übte ich schon mal die ersten Presswehen und überlegte mir, dass es höchste Zeit wurde für einen Geburtsvorbereitungskurs. Und dass ich mich nicht erinnern konnte, wann ich das letzte Mal einen so anstrengenden Nachmittag erlebt hatte.

32

»Geburtsvorbereitungskurs?«, sagte Cordula in der Kaffee- und Heißwasserpause, als ich meine Strickrunde nach einem Tipp fragte. »Für so etwas hatte ich keine Zeit. Und hatte ich auch nicht nötig, Julius war ein terminierter Kaiserschnitt, am elften elften um elf Uhr elf, ich bin nämlich ursprünglich aus Köln!«

»Igitt, Wunschkaiserschnitt, typisch Westfrau«, schüttelte sich Rainer.

»Kinder brauchen den Schmerz und die Enge des Geburtskanals, um sich auf die Welt einzustimmen, die kann man doch nicht einfach herausreißen, wenn es einem in den Terminkalender passt!«

»Nun, praktisch ist das schon«, mischte sich Brischitt ein, »Angelina Jolie hat das ja auch so gemacht, da kann man sich in Ruhe was Nettes anziehen und sich zurücklehnen, und die integrierte Bauchdeckenstraffung kostet nur 'nen Tausi obendrauf!«

»Jetzt hört doch mal auf! Ich hatte eine Wassergeburt, solche Kinder sollen später besonders gute Schwimmer werden, und das kann man sowieso nicht üben! Aber darum geht es jetzt nicht, sondern darum, was Heidi will! Also Heidi, Hechelkurs mit Mann oder ohne Mann?«, fragte mich jetzt Bille.

»Ohne Mann!« kam es mir erstaunlich leicht über die Lippen.

»Ohne Mann? Ich begleite dich gerne!«, bot mir Rainer eifrig an. »Ich weiß eine ganz tolle Psychologin, die Doris, die macht vorher extra noch eine Klitoris-Diashow, damit du in richtig guten Kontakt mit deiner Weiblichkeit kommst, das könnte ich energetisch auch mal wieder brauchen!«

»Ah ja«, sagte ich ein wenig erschlagen von der weiß verschnörkelten Hollywoodschaukel aus, die mir Friedrich vorher vom Hof in den Laden gestellt hatte, und sah machtlos zu, wie Punzel und Cosmo mein neues Handy in einem Becher Apfelschorle versenkten, »bei mir wird's vielleicht auch ein Kaiserschnitt, aber ich wollte auf jeden Fall eine natürliche Geburt probieren!«

»Lass dir nur ja keine PDA aufschwatzen, das soll ja auch gar nicht gut sein für die Kinder, bei Lucca und Leonie hat das auch ohne geklappt, aber die Luisa war ein Sterngucker, da ging das nicht ohne«, leierte jetzt Bille eifrig weiter, während sie versuchte, Lucca von einem Lego-Power-Ranger zu trennen und ihn stattdessen für das ABC-Puzzle zu begeistern.

Ich hörte gar nicht mehr richtig zu, mir schwirrte der Kopf, ich war von diesem Tag langsam komplett überfordert, und die beginnende Hochsommerhitze setzte mir zusätzlich zu.

Von weit her bekam ich mit, wie Rainer mein Telefon mit den Worten »Bravo, Punzel, gut gemacht, jetzt strahlt es gar nicht mehr, das böse Ding!« aus dem Becher fischte und sich zu mir wandte: »Unsere Lebensgemeinschaft hat übrigens das Kinderzimmer mit Grafit isolieren lassen, damit Punzel wenigstens im Schlaf vor den Gefahren der Sendemasten geschützt ist!«

Ich starrte ihn an. Kinderzimmer? Ich hatte ja noch gar keine Ahnung, wo und wie ich das Kinderzimmer einrichten sollte! Wollte ich meine Wohnung wirklich wieder in Besitz nehmen? Im fünften Stock ohne Lift, aber mit Blick auf den Alex? War Babys der Blick nicht völlig Banane, Hauptsache, Mama war entspannt?

»Ich habe eine Haftpflicht«, reichte mir Brischitt jetzt das tropfende Telefon und riss mich aus meinen Sorgen.

»Super«, sagte ich und hoffte, dass ich die nicht in Anspruch nehmen musste, denn vielleicht war in Krimis Carepaket, das mir Marie heute nach Ladenschluss vor die Füße gestellt hatte, dieses schicke Handy mit dem Babyfon-App, das Brischitt mir in der »InStyle« gezeigt hatte? Ich hatte es jedenfalls auf die Liste geschrieben, um die Krimi mich gebeten hatte, weil sie mir bei der Babyausstattung unter die Arme greifen wollte.

»Gut«, sagte ich jetzt in die Runde, »Pause ist vorbei, ich würde sagen, wir machen heute im zweiten Teil eine Kreativübung – nehmt euch bitte einen Malblock und Filzstifte, ja, Brischitt, du kannst auch einen grauen Stift nehmen, okay, Rainer, der Holzbleistift tut es auch, und dann macht ihr bitte mit euren Kindern einen Spaziergang, einmal um den Block, nicht weiter als bis zum Volkspark, und zeichnet etwas ab, was die Kinder euch zeigen und was ihr euch als Tapete für ein Kinderzimmer vorstellen könnt. Nein, das hat jetzt nichts mit Stricken zu tun, aber das schult die Wahrnehmung und macht es euch leichter, auch beim Stricken unkonventionell zu denken. Und wenn ihr zufällig beim Inder um die Ecke vorbeikommt, dann bringt mir bitte ein Butterchicken mit. Bis gleich.«

Und dann angelte ich mir einen Kleiderbügel, um mit ihm die Klebestreifen an Krimis DHL-Paket durchzusägen. Wenn ich mir die Ausmaße dieses Pakets so ansah, dann hatte sich Krimi diesmal wirklich nicht lumpen lassen. Zerknülltes Seidenpapier raschelte verheißungsvoll. Aber was sich darunter verbarg, ließ mich sofort zum Telefon greifen.

»Zwei alte Pelzmäntel? Um diese Jahreszeit?« Josef kicherte ins Telefon.

»Ja! Ein Persianer und ein Fuchs! Pfui Teufel!«, schnaufte ich und versuchte die Sütterlinschrift auf einem alten Apothekerpäckchen zu entziffern, »und das ist – Mohntee? Gibt's so was?«

»Mohntee? Geil! Den musst du mir sofort schicken, der knallt! Das haben die Leute zur Jahrhundertwende früher ihren Kindern gegeben zur Beruhigung, aber der ist natürlich längst verboten.«

»Okay, schick ich dir«, sagte ich und legte den Tee zur Seite, »der muss ja noch von ihrer eigenen Großmutter sein, hoffentlich hat sie damit nicht den kleinen Felix ruhiggestellt. Vielleicht sollte ich ihr mal von meiner Nebenbeschäftigung erzählen, damit sie mir die Freundschaft kündigt.«

Josef lachte immer noch und fragte: »Wie läuft's denn so geschäftlich?«

»Phantastisch, seit Charlotte mitmacht, sind wir mehr als im Soll«, sagte ich und grub weiter in dem raschelnden Seidenpapier, in Vorfreude auf die zu erwartenden Elly-Seidl-Pralinen und die Dallmayr-Trüffelpaté, Krimi wusste schließlich, was gut war.

»Aber ich möchte nicht wissen, was meine Mutter dazu sagen würde. Manchmal glaub ich selbst nicht, welche Schweinereien aus meinem Mund kommen, das kommt einfach aus mir heraus, ohne dass ich darüber nachdenken muss. Ich habe keine Ahnung, woher ich diese Begabung habe. Vielleicht weil ich als Kind so schüchtern war? Oder weil ich die letzten Jahre mit einem Mann zusammen war, der fast nie geredet hat, schon gar nicht beim Sex?«

»Das wirst du wahrscheinlich nie herausfinden! Meine Mutter glaubt bis heute, dass ich schwul bin, weil sie mir mit vier Jahren erlaubt hat, meinen großen Zeh rot zu lackieren!«

»Halt, hier ist noch etwas«, spürte ich etwas Hartes in dem zerknüllten Seidenpapier, »vielleicht ist das das Handy?«

»Und?«, fragte Josef erwartungsvoll.

»Ein Rosenkranz«, antwortete ich tonlos und kümmerte mich nicht darum, dass Lucca und Cosmo, die gerade zurück in den Laden gestürmt waren, begeistert in die jetzt leere Pappkiste sprangen, um Höhle zu spielen, »meine Exschwiegermutter in spe hat mir zwei alte Pelzmäntel, einen Rosenkranz und eine Packung Mohntee geschickt.«

Und als Punzel am Fuchsmantel zog, Rainer fragend anschaute und sagte: »Mieze! Nimmer lebt! Tapuck sneiden?«, nickte ich beifällig und zeigte auf die Scheren am Ateliertisch.

»Klar kannst du die tote Katze kaputt schneiden. Viel Spaß.«

33

»Tnfff!«

Adrian war am nächsten Morgen sehr früh dran und schlechtester Laune. Aber ich auch.

»Was stellen Sie sich heute so an? Sind Sie schon wieder in der Klinik?«, motzte ich zurück.

»Erraten«, murrte er, »wenn Sie wüssten, wie viel Geld ich diesen Quacksalbern schon in den Rachen geschoben habe.«

»Stellen Sie sich nicht so an«, schimpfte ich, »wer so viel Geld ausgibt, um sich schlecht behandeln zu lassen, der kann seiner Freundin auch gefälligst ein Kind spendieren. Wie lange soll das denn noch so weitergehen?«

»Was weiß ich«, murrte Adrian, »meine Freundin ist völlig besessen, hortet Schwangerschaftskleidung und macht jede Woche einen Test.«

Allmählich fing Adrians Freundin an, mir richtig leid zu tun, das passte nicht zu meiner aggressiven Grundstimmung heute.

»Schluss mit dem privaten Scheiß, du – Null!«

Ich konzentrierte mich darauf, im Arbeitsmodus zu bleiben.

»Hat Ihre billige Wichsbude überhaupt ein Fenster? Gut! Was sehen Sie? Aha, einen Park? Dann gehen wir jetzt zusammen mal in diesen Garten, und Sie graben sich ein Loch, in das Sie sich setzen können! Natürlich mit den bloßen Händen, womit sonst! Jetzt sehen Sie sich diese Sauerei an! Meine schwarzen Lackstiefel sind voll Erde! Machen Sie sie gefälligst sauber! Nicht so, verdammt! Bücken! Ablecken! Los!«

»Ach du lieber Hase!«

Charlotte kam mit einem Milchkaffeebecher ins Büro geschneit und riss erst einmal die Fenster auf.

»Ach du lieber Himmel!«, rief ich zurück und zog mir die Decke ein wenig höher, um keinen Zug abzubekommen.

»Teambesprechung!«, sagte sie und setzte sich kurz zu mir. Das machten wir jeden Tag, schließlich mussten wir über die Macken unserer Telefonkunden lästern wie andere Freundinnen über ihre Arbeitskollegen.

»Wusstest du, dass ein Opossum dreizehn Nippel hat? Hab ich kürzlich für den Safarimann recherchiert, der fand das toll. Und stell dir vor, ich habe einen Schwaben, einen Unterwäschefetischisten, dem geht sogar einer ab, wenn ich ihm das Rezept für Ofenschlupfer vorlese, ich muss dann nur Ofenschlüpfer sagen«, erzählte ich als Erstes und nahm mir mein Strickzeug vom Couchtisch.

»Mmh, lecker, probier's doch das nächste Mal mit BH-melsoße!«, lachte jetzt Charlotte. »Ich musste gestern jemandem vorspielen, dass ich einen riesigen Cellulitepo habe! Weißt du, was der zu Orangenhaut gesagt hat? Hagelschaden! Mit dem hättest du sicher auch deinen Spaß gehabt. Und ich brauche unbedingt eine kleine Gießkanne für Soundeffekte, ich hatte gestern einen, der mir unbedingt beim Pinkeln zuhören wollte, und ich denke ja nicht im Traum daran, das tatsächlich zu tun.«

Charlotte wurde kurz still und kam dann verschwörerisch ein Stück näher: »Weißt du, was mir die ganze Zeit im Kopf herumgeht – wollen wir nicht mal Kunden tauschen, damit wir unser Spektrum erweitern können?«

»Nö, eigentlich nicht, mein Spektrum ist genau richtig«, wehrte ich ab. Ich mochte meine Stammkunden irgendwie und wollte Adrian, den Safarimann, Patella-Mike und Großes Pony nicht verlieren. Insbesondere Adrian war ein Goldesel, das Telefonat heute hatte vierundfünfzig Minuten gedauert!

»Muss das sein? Bist du so neugierig?«

»Ja, eigentlich schon«, druckste Charlotte herum, »weißt du, Heidi, ich hatte noch nie einen, bei dem ich richtig dominant sein konnte!«

»Doch, so einen habe ich«, murmelte ich, »der hat grade eben angerufen.«

Ich konzentrierte mich, um keine Masche fallen zu lassen, ich hasste es, den Halsausschnitt bei so kleinen Jacken einzufassen.

»Oh«, sagte Charlotte neugierig, »der kleine Student?«

»Du meinst Patella-Mike? Nein, den darf man nicht erschrecken. Adrian heißt der Masoknecht, der muss irre viel Kohle haben und will richtig angeschnauzt werden. Und das Interessante ist – ich war heute Morgen so schlecht drauf, und seitdem ich ihn zur Schnecke machen durfte, habe ich richtig gute Laune.«

»Hm.« Charlotte sah mich prüfend von der Seite an. »Marissa darf ich das auf keinen Fall erzählen, die hätte solche pränatalen Gefühle niemals zugelassen. Aber – darf ich da trotzdem mal zuhören? Oder darf ich sogar mal mit ihm reden?«

»Hm, ich weiß nicht, eigentlich muss ich zu dem nur unfreundlich sein, erwarte dir da nicht zu viel«, versuchte ich sie abzuwimmeln, mir war das alles gar nicht recht.

»Bitte«, bettelte Charlotte, »lass uns den doch mal gemeinsam verbal auspeitschen! Dann darfst du bei mir auch mal zuhören, wenn einer Omasex will!«

»Lass mal, schon gut, schon gut«, sagte ich, »wenn Adrian das nächste Mal anruft, sag ich dir Bescheid, okay? Er wird sich sicher diese Woche noch mal melden, und ich werde es ihm vorschlagen.«

Charlotte war zufrieden.

»Super! Ich leg mal los!«, zirpte sie und schloss die Glastür hinter sich, um ans Telefon zu gehen. Nach fünf Minuten kam sie wieder, um die erste Ziffer der Anzeigentafel, die wir von Felix' Tischkicker an unsere Wand geschraubt hatten, nach unten zu klappen: eins-null für sie!

»Noch! Na warte!«, rief ich ihr hinterher und ging meinerseits ans Telefon, um den Punktestand auszugleichen.

Toll, dachte ich, ich glaube, ich habe nichts dagegen, wenn sie mir zuhört. Und wenn ich nicht will: Ich muss es ja nicht machen. Charlotte und ich werden ein immer besseres Team!

Das stimmte in der Tat. Jeden Morgen stellten wir die Anzeigentafel auf null und zählten unsere Anrufer wie die Tore. Am besten waren die Momente, in denen wir es schafften, unsere Kunden zu synchronisieren. Wenn es bei Charlotte am anderen Ende der Leitung allmählich so weit war, machte sie dringende und eindeutige Handbewegungen, und ich versuchte Gas zu geben, schneller, schneller – Charlotte riss die Arme hoch, geschafft: juhu! Und ich auch: Toor! Und dann kam sie durch die Glastür, um mir Highfive zu geben, ein bei Charlotte sonst eher verpönter Ausdruck proletarischer Begeisterung.

Auch heute kamen wir gar nicht dazu, die Kopfhörer abzunehmen. Und das Beste war – man konnte allerhand nebenbei erledigen. Charlotte hatte die nackten Füße auf den Schreibtisch gelegt, um sich die Zehennägel in einem sanften Perlmutt zu lackieren, und ich war dabei, mit den Fetzen von Krimis zerschnippeltem Pelzmantel versuchsweise die Kapuze einer Babystrickjacke einzufassen. Ein Einzelstück – für eines meiner Babys.

Es war Viertel vor elf, und der Laden brummte. Charlotte überließ mir von ihren Einnahmen fünfzehn Prozent, als Provision sozusagen. Noch vier Wochen in diesem Tempo, und ich hatte die Summe, die ich brauchte, um mit Cesare einig zu werden. Und wenn ich nach der Geburt weiterhin zweimal pro Woche die Nacht durchtelefonierte, würde ich es mir wahrscheinlich leisten können, Marie weiter als Verkäuferin anzustellen. Und so Familie, Firma und Finanzen unter einen Hut zu bringen.
Großartig.
Mein Plan ging auf, und ich war unabhängig wie nie zuvor.
Auch ohne Mann an meiner Seite.

34

Irgendwann hörte ich auf, die Tage zu zählen, an denen ich mein neues Hinterhofapartment nur verlassen hatte, um mit dem Taxi zur Ultraschallkontrolle zu fahren. Die Zeit verging vom Sofa aus wie im Flug. Der Sommer schien ein Jahrhundertsommer zu sein. Jedenfalls hatte ich Tag und Nacht das Fenster offen, und so gut wie nie schlug Regen gegen die Scheiben. Ich fand meinen Job immer noch spannend, und die Telefonkontakte gaben mir das Gefühl, trotzdem mitten im Leben zu stehen. Und ich verdiente so gut, wie ich noch nie in meinem Leben verdient hatte. Am Stand der Sonne in meinem kleinen Hinterhof und an Charlottes Outfits sah ich, wie die Wochen vergingen, und wenn man nach dem, was sie heute trug – die Haare mit einem blauweiß gepunkteten Seidentuch hochgebunden und die geraden Schultern mit einem schulterfreien marinefarbenen Top betont –, war es entweder Kieler Woche oder ein warmer Spätsommer. Ob Charlotte das Top klassisch mit Leinenhose oder gewagt mit einem kurzen Rock kombiniert hatte, konnte ich nicht sagen, denn ich sah nur ihren Oberkörper. Und rechts daneben den von Friedrich, denn die beiden steckten vor meinem Fenster die Köpfe zusammen und nahmen mir den letzten Rest Tageslicht, den mir die üppige Bepflanzung der Blumenkästen noch gelassen hatten. Friedrichs Anblick versetzte mich in eine Art Erregungszustand, von seinem Pferdeschwanz mal abgesehen tat es gut, einen richtigen Mann zu sehen und nicht immer nur mit Phantomen zu telefonieren.

Charlotte und Friedrich sind praktisch gleich groß, dachte ich und spürte einen plötzlichen Stich von Eifersucht, und sie können während Charlottes Mittagspause einfach so in der Sonne herumstehen und sich unterhalten! Und ich bin hier weggesperrt, habe den Sommer komplett verpasst – und dafür die hefebleiche Hautfarbe eines Germknödels!

»Na, ihr zwei«, sagte ich deshalb gespielt sonnig, gut, dass ich die Fensterflügel vom Sofa aus nach innen öffnen konnte, ich musste mich nur auf die rechte Armlehne stützen und nach vorne lehnen, »darf ich bei eurem Meeting auch mitmachen?«

Charlotte zuckte zusammen und rückte ein Stück von Friedrich ab.

»Von wegen Meeting! Sollten Sie mir nicht eine Gießkanne besorgen? Und zwar nicht so ein Plastikding, sondern ein kleines Modell aus Zink?«, zickte sie ihn an. »Das hatten wir doch eigentlich für heute Morgen ausgemacht, ich habe Ihnen doch letzte Woche schon die Adresse von Antike Gartenaccessoires im Grunewald gegeben, nicht wahr? Glauben Sie ja nicht, dass ich sie dorthin begleite! Das können Sie hübsch alleine!«

Und als sich Friedrich wortlos und kopfschüttelnd zum Gehen wandte, murmelte sie sogar noch ein »Jetzt aber bisschen plötzlich!« hinter ihm her, böse in die Richtung starrend, in die er verschwunden war.

»Hoppla«, entschuldigte ich mich, »ich wusste nicht, dass ihr gerade eine Krisensitzung hattet.«

»Krisensitzung? Eine Krise ist mir so ein Bauernbursche garantiert nicht wert. Pah!«, machte Charlotte mit einer nachlässigen Handbewegung.

Ich verstand ihren Hochmut nicht: »Ich weiß gar nicht, was du immer hast – Friedrich reißt sich für uns mehr als ein Bein aus, ohne mir bisher auch nur einen Cent in Rechnung gestellt zu haben.«

»Schade eigentlich, dann könnte er nämlich endlich mal zum Friseur gehen und diese unzivilisierte Matte loswerden«, ätzte Charlotte weiter.

»Okay, Pferdeschwanz ist nicht jedermanns Sache«, redete ich weiter aus dem Fenster hinaus wie die Klatschweiber bei uns aus dem Dorf, »aber ich finde, zu Friedrich passt das irgendwie, so wie Felix mit seinem Bart auch nicht schlecht aussah! Du erinnerst mich wirklich manchmal an Krimi, Felix' Mutter! Die ist auch immer so unzufrieden, dass Felix angeblich so etwas *Rusti-*

kales hat, dabei ist ihm einfach Sport wichtiger als eine ihrer bescheuerten Opernpremieren, und Turnschuhe sind ihm lieber als unbequeme Treter von einem englischen Herrenausstatter. Das sind eben Naturburschen, Friedrich und Felix. Ist doch total sexy, so viel geballte Männlichkeit ...«

Charlotte tat ihr Bestes, um mich wieder auf den Boden zu holen.

»Genau, rustikal, das ist genau der richtige Ausdruck für solche Typen. Und hast du schon vergessen, dass dein Naturbursche seine geballte Männlichkeit an einem Surfbrett und dieser Mizzi auslässt, die sich wahrscheinlich in Intelligenz und Figur außerordentlich ähnlich sind?«

Charlotte schüttelte den Kopf, dass die Zipfel ihres Haarbands nur so flatterten.

»Wenn man dich so reden hört, könnte man meinen, es gibt keinen besseren Typen als deinen Ex!«

»Spinnst du«, ruderte ich jetzt erschrocken zurück, »das war einfach nur völlig objektiv argumentiert, dass Friedrich gar kein so schlechter Typ ist, wie du immer tust. Und wahrscheinlich brauch ich einfach nur mal wieder Sex, anstatt immer nur darüber zu reden.«

Mit fester Stimme behauptete ich: »Über Felix bin ich längst hinweg. Aber du hast sowieso keinen Grund, dich aufzuregen, denn du bist ja mit deinem Zockel bestens versorgt und tauchst mit ihm regelmäßig in der Gala auf und ...«

»Ganz genau«, unterbrach mit Charlotte jetzt, »du musst mich nicht daran erinnern, was ich an Bernhard habe, und ich weiß das auch sehr zu schätzen. Und zum Thema Sex kann ich nur sagen: Verrenne dich nicht in deine abstrusen Phantasien! Wer verliebt sich schon in eine schwangere Frau! Wie ekelhaft! Den Sex möchte ich mir nicht in meinen schlimmsten Träumen vorstellen! Meine Cousine Marissa hatte schwanger *nie* Sex, sie sagte, dass es unmöglich sein kann, dass dieses Geruckel spurlos an einem Kind vorübergeht!«

So schlimm fand ich das jetzt auch wieder nicht. Wir Schwangeren waren doch auch nur Menschen! Ich war ein bisschen beleidigt über Charlottes krasse Reaktion, nicht, dass ich etwas von Friedrich wollte, aber musste sie gleich so aus der Haut fahren, ich meine, sie konnte ihrer schwangeren Freundin doch ruhig ein wenig Spaß gönnen, oder? Und dieses Gerede über Sex erreichte bei mir eher das Gegenteil – es törnte mich an statt ab.

»Ach, lass uns bitte von etwas anderem reden, das bringt mich alles ganz durcheinander, die meiste Zeit bin ich mir völlig sicher, dass ich keine Beziehung mehr will, aber dann durchfährt es mich wieder wie ein Blitz – und ich will mir sofort einen Ersatzpapa suchen!«

Ich hielt kurz inne, eines der Hungermodels stakste an Charlotte vorbei, um einen Stapel leerer Pizzakartons ins Altpapier zu stopfen. Ich wartete, bis sie, eine riesige Sonnenbrille im bleichen Gesicht, wieder im Treppenhaus verschwunden war, und flüsterte dann weiter: »Weißt du, Charlotte, du hast gut reden, du willst keine Kinder und steckst schließlich in einer glücklichen Beziehung, im Gegensatz zu mir.«

Charlotte hatte sich beruhigt und widmete sich angelegentlich dem wuchernden Blumenkasten.

»Genau. Du sagst es. Und wenn wir schon über Bernhard sprechen: Der holt mich heute früher ab. Wir haben heute Nachmittag einen gemeinsamen Pressetermin, die ›Elle Deco‹ will vielleicht etwas über unser Haus machen, original Gründerzeit und so schick eingerichtet ist selbst in Potsdam selten.«

»Ach ja, die Ruhmeshalle«, erinnerte ich mich an meinen letzten Besuch in der Zockel-Villa, »wie geht es eigentlich Miu-Miu? So eine hübsche Katze, wie eine Schneeflocke ... weißt du, was mit ihr geworden ist? Die war doch einmal dein Ein und Alles! Hat sie schon einen neuen Besitzer gefunden?«

»Keine Ahnung, das will ich gar nicht wissen«, antwortete Charlotte eher widerwillig und rupfte ein paar verblühte Lavendelzweige ab.

»Ich glaube sowieso nicht, dass jemand eine schwangere Katze nimmt.«

»Wie – eine schwangere Katze?«, wiederholte ich baff. »Du hast sie ins Tierheim gegeben, weil sie trächtig war?«

Charlotte rupfte weiter, ohne zu merken, dass sie jetzt Rispen in voller Blüte abriss.

»Na und? Miu-Miu war hochgradig verhaltensgestört! Dass sie trächtig war, und zwar von einem x-beliebigen Straßenkater, das war nur zweitrangig! Und bevor ich die Jungen einzeln ins Tierheim trage, ist es doch besser, sie kommen gleich dort zur Welt, oder?«

»Was meinst du denn mit verhaltensgestört?«

»Na, komplett irre eben!«, erklärte Charlotte nicht besonders erhellend, um dann trotzig hinzuzufügen: »Außerdem muss ich schon genug Schwangere ertragen, da brauch ich nicht auch noch eine schwangere Katze!«

Mein Kreislauf begann zwar langsam, die verkrampfte Stellung vor dem Fenster nicht mehr besonders gutzuheißen, aber hier musste ich dringend nachhaken.

»Charlotte«, kämpfte ich gegen einen beginnenden Schwindel an, »wir sind ein Team! Wenn du ein zu großes Problem damit hast, dass ich schwanger bin, dann sag es mir – jetzt!«

»Schon gut, schon gut! Du bist meine beste Freundin, und du kannst mit deinem Leben machen, was du willst«, lenkte Charlotte ein und bohrte mit ihren perlmuttfarbenen Nägeln in der Erde des Blumenkastens herum.

»Und was ist mit Marissa?«, fragte ich weiter und versuchte, meinen tonnenschweren Bauch auf dem Fensterbrett abzulegen.

»Hat Marissa dich nicht genervt?«

»Welche Marissa?«, fragte Charlotte abwesend.

»Deine schwangere Cousine! Und willst du nicht endlich reinkommen?«

»Marissa? Marissa ist was anderes!« Ohne näher ins Detail zu gehen, war das Thema damit für Charlotte erledigt.

»Du – ich muss wirklich los! Ich habe meinen Armani-Anzug zur Schneiderin gebracht, weil er mir zu weit geworden ist. Und ich brauche ihn heute Abend, wir gehen auf eine Verleihung, Bernhard und ich.«

Ich beugte mich so weit vor wie möglich und sah Charlotte nach, wie sie sich ihre schicke rote Handtasche unter den Oberarm klemmte und verschwand. Sie trug weder Leinenhose noch Minirock, sondern weiße Hilfiger-Bermudas und rote Schuhe mit Keilabsätzen, statt Gürtel noch einmal ein rotes Tuch mit Punkten um die Taille. Hübsch, dachte ich, damit hätte sie auch zu einem Pressetermin gehen können, oder hatte sie Verleihung gesagt? Schmal war sie geworden, das Model vorher war nicht viel dünner gewesen als sie. Aber das kam mir sicher nur so übertrieben vor, weil ich mich quasi verdreifacht hatte – wenigstens in der Mitte.

»Bauchumfang hundertzwanzig Zentimeter«, stöhnte ich und legte das Maßband zurück auf den Couchtisch. Kein Wunder, dass ich mich kaum nach vorne bücken konnte, um mir den Kopfhörer aufzusetzen und die L1 zu drücken. Aber die schnarrende Stimme meines Stammkunden hob meine Laune augenblicklich.

»Adrian! Gut, dass Sie anrufen!«

Ich besann mich kurz.

»Ich wollte sagen, was fällt Ihnen eigentlich ein, mir schon wieder auf die Nerven zu gehen?«

Die Aussicht auf einen Telefondreier wird Charlotte wieder aufrichten, dann kann sie eine neue Rolle ausprobieren, dachte ich mir, sie ist irgendwie ein bisschen durch den Wind.

»Hören Sie, Adrian, Sie müssen mir einen Gefallen tun, Quatsch, Gefallen«, brachte ich mich weiter in die richtige Stimmung, »ich *befehle* Ihnen etwas, verstanden? Ich gebe Ihnen jetzt eine Telefonnummer, das ist eine durch und durch gemeine Kollegin von mir, die wird sehr böse, wenn Sie sie nicht anrufen, und von der lassen Sie sich gefälligst zur Sau machen, und wenn das geklappt hat, dann machen wir eine Konferenzschaltung, kapiert! Was, heute nicht mehr? Sie Schlappschwanz! Spätestens morgen früh! Dann sitzen Sie im Zug? Na, ist ja prächtig, der wird ja wohl eine Toilette haben, in der Sie ungestört telefonieren können! Das ist doch genau die Umgebung, die Ihnen zusteht, Sie ... Sie ... Pissnelke!«"

Ich konnte mich nicht erinnern, irgendwann zuvor jemanden ›Pissnelke‹ genannt zu haben, aber bei Adrian verfehlte das verstaubte Schimpfwort seinen Zweck nicht, er war die Unterwürfigkeit in Person, als er mir versprach, sich morgen Vormittag bei Charlotte zu melden. Ich stellte den Zähler auf eins zu null für mich und freute mich auf Charlotte. Als sie außer Atem zurückkam, war ich gerade mit dem zweiten Telefonat des heutigen Tages fertig. Großes Pony hatte heute ziemliche Sonderwünsche gehabt.

»Was ist denn mit dir los?«, sagte Charlotte und stellte eine Papiertüte von Lecker-Bäcker auf den Tisch. »Hier, Entschuldigung wegen vorhin, ich habe dir ein Baguette mitgebracht. Warum schäumst du so, ist das Zahnpasta?«

»Ja«, nuschelte ich, »ich muschte gerade fo tun, alsch wäre es Feife, weil ich etwas Fmutschiges geschagt habe und mir den Mund auschwaschen muschte.«

Ich packte dankbar den frisch gepressten Orangensaft aus, ließ aber das Gurken-Ei-Sandwich lieber noch in seiner Plastikhülle, bevor mir der Geruch von hart gekochtem Ei wieder den Magen umdrehte.

»Schehr nett«, murmelte ich und schluckte die Zahnpastareste hinunter, »stell dir vor, Adrian macht unser Spiel mit!«

»Cool«, freute sich Charlotte in der Tat, »dann kann ich auch mal so richtig Dampf ablassen!«

Ich schnappte mir neugierig die Plastiktüte, die sie neben meinen Couchtisch gestellt hatte.

»Ist das dein Anzug? Lass mal sehen, wie gut die gearbeitet haben! Du kannst Änderungsarbeiten aber wirklich gerne Nastja geben, die kann so was!«

»Lass das«, riss Charlotte an der anderen Seite der Tüte, die aber der Belastung nicht standhielt, »das geht dich nix an, der Anzug war noch nicht fertig.«

»Schon gut, schon gut«, ließ ich meinen Teil des zerrissenen Henkels los und sah erstaunt zu, wie Charlotte sehr schnell drei längliche kleine Schachteln vom Boden aufklaubte und in ihre elegante, aber viel zu kleine Handtasche zu stopfen versuchte.

»Warum hast du ... was ist denn hier los? Was willst du denn mit drei Schwangerschaftstests auf einmal?«

»Die sind für Marissa!«, schnaufte Charlotte. »Für wen denn sonst? Marissa will unbedingt noch ein Kind und macht immer mehrere Tests, weil sie ihnen nicht traut! Und nachdem dieses Schweizer Fabrikat bei dir so zuverlässig war, habe ich es ihr einfach mal in der Internationalen Apotheke an der Greifswalder bestellt!«

Sie kramte nervös ihr klingelndes Telefon heraus und schaffte es endlich, die mit den kleinen Femiquick-Schächtelchen überfüllte Fendi-Clutch zuzuknipsen. Sie rief ein kurzes »Alles klar, ich komme!« ins Handy und richtete sich auf.

»Das ist Bernhard, der steht vor dem Laden, wir wollten uns ein Auto ansehen.«

»Ah, ein Auto, doch kein Pressetermin«, sagte ich abwesend, ich wunderte mich bei Charlotte heute über nichts mehr und wickelte mir eine Decke um den Bauch, »ich komme mit, ich muss gucken, ob noch Chips in der Ladenküche sind!«

Ich brauchte sofort etwas zu essen, mein Magen rebellierte gegen die Zahnpasta-Orangensaft-Mischung und gegen die Aussicht auf ein Eibaguette. Aber im Laden war es mir eindeutig zu hell, ich war so lichtscheu geworden, dass ich mich und meinen Bauch am liebsten sofort wieder auf mein schützendes Sofa gebettet hätte. Selbst wenn ich inzwischen länger als zehn Minuten hätte aufstehen dürfen – ich hätte es wahrscheinlich nicht getan. Entsprechend übellaunig verabschiedete ich mich im Laden von Charlotte, reckte dem Herrn mit den grauen Schläfen und dem Leinenanzug aber immerhin meine Hand hin.

»Tag, Sie müssen Bernhard sein, ich sehe, Sie haben sich gut mit Marie unterhalten?«

»Guten Abend. Tnff. Mit Ihnen hilft meine Lebensgefährtin also verzweifelten Strickerinnen aus der Patsche«, grüßte mich Zockel von oben herab zurück und musterte meinen brauereipferdartigen Aufzug mit offensichtlichem Widerwillen.

»Haben Sie nicht einmal versucht, tnff, mich in meinem eigenen Haus über den Haufen zu rennen?«

Dann verschwanden die beiden. Ich sah ihnen nach. Wie vom Donner gerührt.

Deutschlands erfolgreichster Filmproduzent und die Schauspielerin, die als gewinnbringendes Hobby gerne fremden Männern versaute Sachen am Telefon erzählte.

Ein schönes Paar.

Sie war meine beste Freundin, Charlotte von Feyerabend, und er war Bernhard Zockel. Und sie hatte ein Alter Ego namens Lilli Himmel, und er hatte die gleiche Stimme wie Adrian Müller, mein Stammkunde.

35

Unter Empathie hatte ich mir etwas anderes vorgestellt als Josefs schallendes Gelächter: »Charlottes Zockel ist dein Prügelknabe Adrian? Ich glaub, mein Schwanz pfeift! Hast du denn mit dem Lebensgefährten deiner besten Freundin noch nie geredet?«

Ich nippte an einem Fingerbreit Sprizz, das musste heute einfach mal drin sein, und verteidigte mich: »Nein, irgendwie nicht, der war ja nie da, wenn ich in der Ruhmeshalle war, und das eine Mal habe ich ihn einfach aus dem Weg geschubst, ohne etwas zu sagen.«

Mein Ohrläppchen litt Höllenqualen, denn ich kniff und zerrte daran, so unangenehm war mir das alles.

»Eine Katastrophe ist das! Wenigstens hat er mich nicht erkannt, ich sehe schließlich aus wie ein Nilpferd und nicht wie eine Lack- und Ledertussi mit Peitsche in der Hand. Und ich hab auch keinen Tick beim Sprechen, so wie er.«

»Bist du absolut sicher? Hast du denn schon mit Charlotte geredet?«

»Ja! Nein! Ich erreiche sie nicht! Unglaublich – der Zockel hat mich das erste Mal aus dem Ejakulatsraum einer Fruchtbarkeitsklinik angerufen! Charlotte und künstliche Befruchtung! Ich hatte keine Ahnung, dass sie sich so sehr ein Kind wünscht und deshalb so allergisch ist gegen alles, was mit Kindern und Schwangeren zu tun hat!! Und dieser Zockel ruft zum Teil zweimal am Tag bei mir an – was für ein Arschloch!«

»Immerhin ist dieses Arschloch steinreich und hat dir vierzig Prozent deines Umsatzes gesichert, schon vergessen?«

»Ja, aber Adrian, ich meine Bernhard, ich meine, ach, ist doch egal, der ruft morgen früh bei Charlotte an, ich meine bei Lilli Himmel, und landet bei seiner eigenen Freundin in der Leitung! Eine Katastrophe!«

»So ist das eben, wenn man sich auf so ein Geschäft einlässt: Wo gehobelt wird, da fallen Späne! Obwohl, bei dir sollte es ja eher heißen, wo gehobelt wird, da klingelt die Kasse!«

»Igitt, kannst du dir nicht mal deine Sprüche sparen«, flehte ich, zunehmend verzweifelt, »und stattdessen nach Berlin fliegen und mir beistehen?«

»Ich kann hier nicht weg!«, gab mir Josef einen Korb. »Hans-Jürgen geht nächsten Monat auf Tour nach Südamerika, und da muss ich natürlich mit, ich bin ja sein Stylist! Und davor muss ich hier alle meine Fotoproduktionen für die Saison erledigt haben! Aber jetzt lass dich mal nicht so hängen, du bist zwar ziemlich schwanger, aber nicht todkrank!«

»Hast du eine Ahnung, wie es ist, so einen Bauch vor sich herzutragen? Weißt du, wie sich das anfühlt?«, jammerte ich.

Aber Josef war ein Mann, wenn auch ein homosexueller, und so musste eben ein Vergleich her, der sich für Männer eignete.

»Hochschwanger sein, das ist, öhm«, überlegte ich, »stell dir vor, du bekommst einen vollen Kasten Bier an den Bauch geschnallt und kannst ihn nie absetzen! Aber du darfst dir keines rausnehmen und trinken!«

»Welche Sorte Bier?«, fragte Josef nach, jetzt deutlich interessierter.

»Große Flaschen, nullkommafünf! Wie zum Beispiel ...«, versuchte ich mich an Josefs und meine WG-Zeiten in München zu erinnern, »... Tegernseer hell! Augustiner! Franziskaner!«

»O scheiße«, sagte Josef jetzt, tief beeindruckt. »Du Ärmste!«

»Und dann auch noch eine Cervixschwäche«, legte ich noch einen drauf, »wenn du nicht aufpasst, fallen dir alle Flaschen auf einmal auf die Füße! Und niemand kann mehr Patenonkel werden!«

»Okay«, versprach Josef, »wir wollten eigentlich über Madrid nach Argentinien fliegen, aber wenn ich noch umbuchen kann, dann komm ich wenigstens für einen kurzen Stopp in Berlin vorbei!«

»Danke!«, rief ich. »Drück mir die Daumen, dass ich verhindern kann, dass Zockel morgen bei seiner eigenen Freundin in der Telefonsexleitung landet! Ich muss auflegen, Charlotte ruft zurück!«

»Was gibt es denn so unglaublich Dringendes«, fragte Charlotte indigniert, »dass du mir die Mailbox vollquatschen musst, ohne zu verraten, worum es eigentlich geht? Ihr Schwangeren seid einfach zu hysterisch!«

Jetzt nur ja nichts vermasseln, dachte ich mir, zwang mich zur Ruhe und sagte in einem mütterlich-freundlichen Tonfall: »Meine liebe Charlotte, wie schön, dass du mich noch so spät zurückrufst! Ich habe mir etwas Schönes für dich überlegt: Du wirktest so abgespannt heute, und die Zahlen stimmen doch gerade – hast du nicht Lust, dir einfach freizunehmen und mit deinem Bernhard ein paar Tage Urlaub zu machen?«

»Nein, habe ich nicht«, sagte Charlotte bitter, »Bernhard fährt morgen mit dem Zug nach Köln, da werde ich den Teufel tun und untätig herumsitzen, bis er wieder von seinen Kindern zurückkommt.«

»Oder ...«, schlug ich vor, als würde mir das gerade erst einfallen und als hätte ich diese Argumentationskette nicht dreimal mit Josef geübt, »findest du nicht, dass du jetzt, wo du weißt, was du mit deiner wunderbaren Stimme bewirken kannst, bereit bist für den next step, ich meine, also, äh ...«

»Heidi, was ist los?«, fragte Charlotte. »Welcher next step denn? Meinst du Gruppentelefonsex? So etwas Ähnliches wollten wir doch morgen früh sowieso ausprobieren!«

»Auf keinen Fall!«, erschrak ich. »Gerade morgen früh, dieser Adrian, ich weiß ja nicht, für eine Frau aus so gutem Hause ist das doch keine Beschäftigung, hast du denn nicht mal darüber nachgedacht, als Sprecherin zu arbeiten?«

»Als Sprecherin? Ich glaube, das ist mir schon wieder zu nah am Film! Und außerdem: Man springt nicht von einem siegreichen Pferd!«

»Ich dachte nur ... ich bin vorher im Internet ganz zufällig auf diese Weiterbildung zum Synchronsprecher gestoßen, die die UFA anbietet – und gleich morgen früh würde der Kurs beginnen, in Babelsberg, das ist doch gleich bei dir um die Ecke! Wäre doch eine tolle Gelegenheit, oder?«, warb ich für meine Idee, so gut ich konnte.

»Nö, keine Lust«, sagte Charlotte lapidar, »mir macht das Spaß, was wir beide da tun, und es ist so schön verboten. Ich will auch einmal etwas tun, was die Leute auf der Straße niemals vermuten würden und was meine Eltern ihren guten Ruf an der Elbchaussee kosten würde!«

»Aber Charlotte«, drohte ich jetzt, »willst du nicht mal was anders machen aus deinem Leben, warum hockst du dich denn freiwillig mit mir in diese Kammer?«

»Ach papperlapapp, sind wir jetzt bei der Berufsberatung? Krieg deine Hormone mal unter Kontrolle, ich muss jetzt ins Bett, damit ich morgen früh fit bin für den Masomann!«

Und dann rief sie noch ein fröhliches »Ach du liebes Häschen! Ich freue mich auf morgen!« ins Telefon und legte auf.

»Scheibenkleister«, fluchte ich.

Jetzt blieb mir nur noch eine Möglichkeit. Ich ließ mich auf den Boden gleiten, um unter Charlottes Schreibtisch zu kriechen wie ein überdimensionaler Maikäfer.

36

»Was ist denn hier passiert?« Charlotte weckte mich am nächsten Morgen um kurz nach acht, sie hatte ein enges schwarzes Kostüm und atemberaubend hohe Schuhe angezogen, die Haare in einen strengen Gouvernantenknoten gebunden. Sie sah unglaublich heiß aus – ihre Art, sich auf das Telefonat mit Adrian einzustimmen. Aus dem aber hoffentlich nichts werden würde.

»Ein Einbruch«, murmelte ich schwach, »ich war nur mal kurz auf dem Klo, und dann ...«

»Da musst du ja direkt auf der Schüssel eingepennt sein«, schüttelte Charlotte den Kopf und sah sich das Gewirr aus Leitungen und Steckern an, das auf dem Fußboden unseres Apartments ein dickes Knäuel bildete. »Aber haben die überhaupt etwas mitgenommen?«

»Ja«, sagte ich und zeigte auf das leere Biedermeierschränkchen, »den Schwan und deinen silbernen Kerzenleuchter. Und die Telefonanlage hätten sie auch noch mitgenommen, wenn ich sie nicht überrascht hätte.«

Dass Schwan und Leuchter unversehrt unter meiner Couch lagen und dass ich die Telefonanlage nur nicht entsorgt hatte, weil ich mit meinem überdimensionalen Bauch den schweren Deckel der Müllcontainer nicht hatte aufschieben können, sagte ich einfach mal nicht dazu.

»Hm, aber wenn man eine Telefonanlage klauen will, warum schneidet man dann vorher die Kabel durch?«, rätselte Charlotte.

»Keine Ahnung«, schwindelte ich weiter mit schwacher

Stimme vom Sofa aus, »in die Psyche eines Gangsters will und kann ich mich nicht hineinversetzen. Ich stehe noch unter Schock und muss heute unbedingt geschont werden.«

Wenigstens meine Erschöpfung musste ich nicht spielen, nach dieser Nacht und den schweißtreibenden Versuchen, in meinem Zustand die Telefonanlage außer Betrieb zu setzen, war ich wirklich fix und fertig.

»Ich mach dir einen Tee«, sagte Charlotte besorgt, »du Arme, reg dich nicht auf, es ist ja nicht wirklich was passiert!«

Geschafft, jetzt ist sie erst einmal beschäftigt, dachte ich und nahm kurz darauf folgsam die Tasse mit einem fast durchsichtigen Gebräu aus Charlottes Hand.

»Der tut gut«, schlürfte ich dankbar die wohltuend warme Flüssigkeit in großen Schlucken. Ich spürte, wie sich meine verkrampften Schultern lockerten. »Ist das einer deiner Yogitees?«

»Nein, ich habe ihn in der Ladenküche gefunden, schick auf alt gemacht ... die Schrift konnte ich allerdings nicht lesen.«

»O nein!«, knallte ich die fast leere Tasse schockiert auf den Couchtisch, sodass der klägliche Rest über den Rand schwappte. Ich würgte versuchsweise, aber was einmal unten war, das gab mein Magen freiwillig nicht mehr her. Und selbst wenn Krimis Mohntee schon einige Jahre auf dem Buckel hatte – ich spürte fast sofort ein Gefühl der Schwere in den Armen, das langsam Richtung Beine waberte wie ein Tropfen Tinte in einem Wasserglas.

Es war nicht unangenehm.

Im Gegenteil.

Eher entspannend, sogar sehr entspannend ...

Ich würde jetzt kurz die Augen schließen und danach einfach mit Charlotte ein nettes Frühstück zu mir nehmen, denn schließlich hatten wir heute frei, weil es mir gelungen war, die Telefone außer Kraft zu setzen ... Rührei mit Speck, o ja, und Roggentoast mit Erdnussbutter ... eine verführerische Vorstellung, ich sah überall kuschelig weiche Watte, tauchte ein in ein flauschiges rosa Wolkenbad ...

37

Der weiße Erzengel und der schwarze Teufel lösten sich langsam aus dem sie umgebenden Nebel. War das eine himmlische Wolke oder der Rauch des Fegefeuers?

»Das war alles gar kein Problem«, sagte der blonde Engel mit der sanften, tiefen Stimme. »Ich konnte das ganz einfach überbrücken, diese Kabel waren sowieso alle viel zu lang!«

Und während in meinem Kopf alle Chöre des Himmels »Hosianna!« sangen, kehrte ich sehr langsam zurück in die Wirklichkeit.

»Prima!«, schwebte jetzt der Teufel auf mich zu, er war eindeutig sehr weiblicher Gestalt.

»Und jetzt ist auch unsere Schlafmütze aufgewacht! Guten Morgen, Heidi, du bist uns weggeknackt, als wärst du ohnmächtig geworden!«

»Tatsächlich?«, fragte ich benommen und sah den Erzengel an, der langsam an Schärfe gewann und zu Friedrich wurde, mit seinen langen blonden Haaren und einem weißen T-Shirt, »was ist passiert?«

»Du hast eine Stunde geschlafen wie tot, und in der Zeit hat Friedrich die Telefonanlage repariert!«

»Wow«, murmelte ich. Verdammt. Friedrich, das Allroundtalent. Der hatte mir noch gefehlt.

»Genau! Absolut phantastisch! Gute Arbeit!«, zirpte Charlotte und zwinkerte mir verschwörerisch zu, »und gerade noch rechtzeitig. Du weißt, was ich meine! Ihr entschuldigt mich!«

Sie öffnete die Glastür, um an ihr blinkendes Telefon zu gehen. Das war mit Sicherheit Adrian. Wenn nicht sofort ein Wunder geschah, würde Charlotte in ein paar Sekunden wissen, dass ihr Macker mein bester Stammkunde war! Von mir fiel der letzte Rest an Benommenheit ab.

»Charlotte, warte! Ich muss dir etwas sagen …«, krächzte ich mit aller Kraft, aber meine Stimme hatte ungefähr so viel Durchsetzungskraft wie ein Eurythmielehrer in einer Neuköllner Grundschule.

»Später, Heidi, später«, sagte Charlotte schwungvoll und schloss die Glastür hinter sich.

»Friedrich«, sagte ich schwach, »jetzt kann sie mich nicht mehr hören, geh ihr nach und halte sie auf!«

Aber der rührte sich keinen Millimeter.

»Ich würde Frau von Feyerabend niemals beim Telefonieren stören, ihr wolltet doch immer um jeden Preis eure Ruhe haben!«

Charlotte hatte sich bereits den Kopfhörer aufgesetzt und sich auf ihrem Chefsessel mit dem Rücken so zu uns gedreht, dass wir ihr Gesicht nicht sehen konnten. »Bei dieser Maschenzählerei muss man sich doch konzentrieren ...«

Zu spät. Machtlos sah ich mit an, wie Charlotte sich den Kopfhörer herunterriss und sich mit offenem Mund langsam in unsere Richtung drehte. Die Farbe war auf einen Schlag so komplett aus ihrem Gesicht gewichen, dass sie in ihrem dunklen Kostüm sofort die Hauptrolle in der nächsten »Twilight«-Folge bekommen hätte.

»... vor allem, wenn es sich so offensichtlich um schwierige Kunden handelt ...«, vollendete Friedrich beunruhigt meinen Satz und hob instinktiv die Arme, als Charlotte auf uns zuschoss. Geistesgegenwärtig stellte er seinen linken Fuß vor, um zu verhindern, dass die auffliegende Glastür an der Kante des Fensterbretts zersplitterte. Ich zog den Kopf ein und die Decke zu meinen Füßen bis zum Kinn hoch – ein sehr kläglicher Versuch, mich unsichtbar zu machen. Genauso gut konnte man versuchen, ein Hippopotamus in ein Kinderplanschbecken zu kriegen.

»Frau von Feyerabend? Hallo? Charlotte? Charlie? Schlechte Nachrichten?« Friedrich streckte Charlotte behutsam eine Hand entgegen. »Ist jemand gestorben?«

»Das kann man wohl sagen, die da ...«, zeigte Charlotte anklagend auf mich, »... die ist für mich gestorben!«

»Ich wollte dich warnen«, fiepte ich unter meiner Decke hervor, »ich habe alles versucht, um zu verhindern, dass Zockel bei dir anruft, aber ...«

»Kein Wunder, dass es bei mir und Bernhard nicht mehr gestimmt hat! Kein Wunder, dass er nicht genügend Spermien produzieren konnte – die hat er bei dir blödem Stück verschwendet, du ... du ... Schlampe! Du bist schuld!«

»Moment mal«, begehrte ich jetzt auf und wünschte mir kurz die wattige Wohligkeit des Mohntees zurück, »dazu gehören immer noch zwei – ohne mich wäre da kein einziger Tropfen im Reagenzglas gelandet! Und außerdem hatte ich bis gestern keine Ahnung, dass es sich bei Adrian Müller um deinen Zockel gehandelt hat! Und darf ich dich daran erinnern, wobei du mich in der letzten Zeit kräftig unterstützt hast? Genau, bei ... bei ...«

Friedrich war wirklich ein hochanständiger Kerl. Denn er fiel Charlotte in die ausgestreckten Hände, die sich bedrohlich meinem schutzlosen Hals genähert hatten, und versuchte sie zu beruhigen.

»Jetzt haltet mal kurz die Luft an! Das geht mich alles nichts an! Macht das mal untereinander aus, Mädels, aber tut euch bitte nicht weh! Charlie, du setzt dich jetzt dahin, und Heidi, du bleibst auf deinem Sofa. Ich gehe in den Hof, und wenn ich etwas Verdächtiges höre, dann schreite ich sofort ein, ist das klar? Wir haben hier die gemeinsame Verantwortung, auf Heidis Baby aufzupassen!«

Charlotte beruhigte sich tatsächlich, strich sich die fliegenden Haarsträhnen zurück, die sich aus ihrem strengen Haarknoten gelöst hatten, und regte sich nur kurz darüber auf, dass Friedrich zum Du übergegangen war.

»Warum in aller Welt nennen Sie mich plötzlich Charlie?«, fauchte sie.

»Weil ich das schon immer machen wollte!«, sagte Friedrich ruhig und öffnete das Fenster zum Hof, bevor er hinausging, um sich mit einem Satz auf einen der Müllcontainer zu setzen, von dem aus er uns unter Kontrolle hatte.

»Charlie, Unverschämtheit!«, murmelte Charlotte und reichte mir ein weißes Stofftaschentuch. »Putz dir mal die Nase, ist ja ekelhaft. Zerstört meine Beziehung und versteckt sich dann hinter ihrer Schwangerschaft!«

»Ich habe deine Beziehung nicht zerstört!«, wehrte ich mich und bemerkte einen seltsamen Geschmack in meinem Mund, das musste die langsam aufkeimende Wut sein oder die Nachwirkung des Mohntees.

»Sei doch froh, dass dein lieber Bernhard bei mir Telefonsexkunde war, dann war das wenigstens für einen guten Zweck! Wenn ich es nicht getan hätte, dann hätte er eben irgendwo anders angerufen!«

Von draußen kam ein lautes Klopfen – Friedrich dengelte mit einer Kombizange auf den Deckel des Containers. »Eine friedliche Aussprache, Mädels, kein Zickenkrieg!«, drohte er uns mit dem Finger.

Und wieder hörte Charlotte auf ihn.

»Du beruhigst dich jetzt besser, zwischen uns ist alles gesagt. Und ich hole das Auto. Wir fahren jetzt los, und das wird das Letzte sein, was wir beide miteinander zu tun haben.«

»Wohin?«

»Zur Kontrolle in die Charité«, sagte Charlotte kurz und wies auf ihr Taschentuch. »Weißt du eigentlich, dass Blutflecken aus diesem Batist nur schwer wieder rausgehen?«

Erst jetzt sah ich, dass Charlottes Taschentuch nicht mehr weiß war, sondern rot, und dass der metallische Geschmack nicht von meinen Tränen kam, sondern vom Blut, das mir aus der Nase lief.

»Ich kann nicht in die Klinik! Die lassen mich nicht mehr gehen!«

Ich packte Charlotte am Arm.

»Ich habe Angst! Ich will da nicht hin!«

Charlotte wand sich los.

»Kannst du wohl. Nasenbluten ist noch lang kein Grund für einen Notfallkaiserschnitt. Marissa hatte auch immer Nasenbluten, wenn sie zu lange in der Sonne gesessen hatte …«

»Ich habe nicht in der Sonne gesessen! Weißt du, wie lange ich schon nicht mehr in der Sonne gesessen habe?«, motzte ich empört.

Charlotte versuchte weiterzusprechen: »... oder wenn sie sich zu sehr aufgeregt hatte. Lass mich doch einfach ausreden, Hanssen. Bin ich froh, wenn ich nichts mehr mit dir zu tun habe! Meine Cousine Marissa ...«

»*Ich rege mich nicht auf!*«, tobte ich los, ignorierte Friedrichs Interventionsversuche und presste Charlottes Taschentuch weiter gegen mein linkes Nasenloch. »Aber richte deiner bescheuerten Cousine aus, wenn sie mir jemals über den Weg läuft, dann spring ich ihr an die Gurgel! So perfekt kann einfach niemand sein – sie kommt mir langsam vor wie eine fixe Idee von dir, nur weil du nicht zugeben konntest, dass du mehr über Schwangerschaft und unerfüllten Kinderwunsch weißt, als ich je in meinem ganzen Leben darüber erfahren werde, und dich aber immer hinter deinem Kinderhass versteckt hast!«

Charlottes Gesicht, das zwischendurch wieder eine gesunde Zornesröte angenommen hatte, nahm abermals schlagartig die Farbe einer Wasserleiche an.

»Verdammt«, murmelte ich erschrocken, »genauso ist es, du hast sie erfunden, nicht wahr? Marissa existiert gar nicht, oder? O Gott, ist mir schwindlig ...«

38

Die tomatenförmige Eieruhr, die Schwester Ulla an meinen Bauch hielt, schrillte jetzt schon zum zweiten Mal, aber nichts passierte. Ungeduldig drehte die weiß bekittelte Mittfünfzigerin noch einmal an der oberen Tomatenhälfte und wieder zurück – brrrrring! Aber die zwei Linien auf dem Monitor rechts neben meinem Bett zeigten weiterhin keinerlei Reaktion.

»Kein Wunder, dass wir keine vernünftigen Herztöne bekommen, wenn Sie während der Schwangerschaft Mohntee trinken!«, schimpfte sie und ging dazu über, meinen Bauch mit beiden Händen zu packen und unsanft hin und her zu schaukeln.

»Aber das war nur einmal und ist schon über eine Woche her, gestern Abend waren die Herztöne doch noch wunderbar!«, verteidigte ich mich und hielt mich vorsichtshalber mit beiden Händen am Metallgestell des Krankenhausbetts fest. Konnten Babys im Bauch eigentlich seekrank werden? »Und dürfen Babys nicht einfach auch mal in Ruhe ausschlafen? Es ist doch erst Viertel nach sechs!«

Seitdem mich Charlotte vor zwei Wochen in der Klinik abgeliefert hatte, ohne auch nur ein weiteres Wort mit mir zu sprechen, war ich eingebunden in eine anstrengende Krankenhausroutine. Sie hatte zwar recht behalten, und es wurde kein Notfallkaiserschnitt, aber Doktor Casper stach mich mit einer Art Eierpiekser in den kleinen Finger, quetschte ein paar Tropfen Blut daraus in ein filigranes Glasröhrchen und gab es einem Mädchen mit weißem Kittel und Kopftuch mit ins Labor.

»Ich habe nur zu lange in der Sonne gesessen«, log ich, »ansonsten habe ich mich geschont, wie Sie es mir geraten haben!«

Geschont! Puh! Meine vergeblichen Versuche, die Telefonanlage zu schrotten, und der Showdown mit Zockel alias Adrian und Charlotte steckten mir noch in den Knochen, aber das konnte ich einer Ärztin unmöglich auf die Nase binden. So hatte ich nur den Mohntee gebeichtet. Schlimm genug, denn das stand jetzt wahrscheinlich als »Opiumkonsum« in meinem Krankenblatt. Die Schwestern behandelten mich deshalb mit der unfreundlichen Vorsicht, mit der sie auch einem Junkie begegnen würden, damit das drogensüchtige Subjekt sie nicht um Haus und Hof und den Schlüssel zum Arzneimittelschrank brachte. Dass ich praktisch nie Besuch bekam, und wenn, dann nur von Marie, einer alleinerziehenden Mutter mit Kind, machte die Sache nicht besser.

»Ja, es macht sich eindeutig bezahlt, dass Sie sich komplett aus dem Arbeitsleben zurückgezogen haben«, war die Oberärztin erst optimistisch, als sie mir das 3D-Bild kräftig strampelnder Arme und Beine zeigte, das der Ultraschall an die Zimmerdecke über mir projizierte, »das sieht ja in der Tat schon viel besser aus, wen haben wir denn da, zwei stramme Jungs – und beide immer noch gleich groß! Nicht sehr groß – aber das ist ganz normal bei Zwillingen –, aber es geht ihnen gut! Und die Sauerstoffversorgung – bei beiden optimal! Und sogar Ihr Muttermund hat sich etwas geschlossen! Toll haben Sie das gemacht, weiter so, weiter so!«

»Heißt das, wir sind aus dem Gröbsten raus?«

Ich starrte auf das überdimensionale Gewusel über mir und konnte ganz deutlich Nasen, Hände, Gesichtszüge erkennen – unglaublich, hatte die Ärztin da gerade gesagt, dass wir es geschafft hatten, alle drei?

Frau Doktor Casper nickte nur heftig, drückte meine Schulter und hob statt einer Antwort den Daumen nach oben, und wir beide mussten eine Weile warten, bis wir wieder sprechen konnten.

»Wissen Sie«, sagte sie dann, »ich mache meinen Beruf zwar auch nicht erst seit gestern, aber eine Zwillingsschwangerschaft, und dann auch noch unter ungünstigen Voraussetzungen – das ist auch für mich als Ärztin noch etwas Besonderes. Ich freue mich immer, wenn ich sagen kann: Jetzt kann ihnen nicht mehr viel passieren.«

Zwei Jungs, und es konnte ihnen nichts mehr passieren! Bisher war es immer schwer gewesen, das Geschlecht eindeutig festzustellen!

»Können Sie sich auch freuen?«, sagte Frau Doktor Casper. »Obwohl das sicher nicht einfach werden wird mit zwei Söhnen?«

»Ja – stellen Sie sich das vor –, in ein paar Jahren werden wieder überall stinkende Sportklamotten hängen!«, wischte ich mir die Tränen aus den Augen. »Wie wundervoll!«

Aber als Frau Casper mein Blutbild sah, bat sie mich auf das

Sofa im Untersuchungszimmer, das für längere Gespräche reserviert war, und sagte, dass sie mich doch gerne dabehalten würde, bis meine Blutwerte in Ordnung waren. Diagnose: Eisenmangel. Und zu wenig Calcium. Und Magnesium. Ein allgemeiner Mangel also an allem, was in der Lage sein würde, mich mit meinem Riesenbauch auf den Beinen zu halten. Und danach holte mich Schwester Ulla, um mich in ein orange gestrichenes Einzelzimmer zu bringen und mir eine Vitamininfusion zu legen.

Die orange Farbe war allerdings noch das Freundlichste an dieser Umgebung.

»Sie haben wohl nicht so viele – Bekannte?«, fragte Schwester Ulla, als sie kurz ihre Versuche unterbrach, meine Babys mit Eieruhr und der Simulation eines Tankerunglücks zu wecken, um die leere Blumenvase aus meinem Schrank in ein anderes Zimmer zu bringen. Zu werdenden Müttern, die mehr Besuch bekamen.

»Nun, mein Freund ist ... und meine Eltern wohnen ...«, hob ich zu meiner Verteidigung an und dachte dann aber, was soll's, eigentlich hat Schwester Ulla recht. Kein Mann, keine beste Freundin, Josef weit weg, und auch vom netten Friedrich hatte ich nichts mehr gehört. Selbst Marie, die gestern kurz und abgehetzt vorbeigeschneit war, wusste nicht, wohin er so plötzlich verschwunden war. Und die anderen Menschen, mit denen ich in den letzten Monaten zu tun gehabt hatte, waren alle geschäftlicher Natur gewesen. Cesare, der Strickkurs, die Strickerinnen – Freunde konnte man die auf jeden Fall nicht nennen. Meinen Eltern und Krimi hatte ich gar nicht erst Bescheid gesagt. Krimi würde wahrscheinlich nur wieder ein nutzloses Paket schicken, und meine Mutter würde mir am Telefon Ratschläge geben, die sie für sich behalten konnte.

Aus dem Lautsprecher des Monitors kam plötzlich hektisches Getrommel.

»Na endlich«, kam Schwester Ulla zurück und patschte mir zufrieden und ziemlich fest auf den Bauch, »da haben wir ja die Herztöne. Geht doch. Und wenn die Cervixkontrolle heute positiv ist, dann mache ich Ihnen Ihre Entlassungspapiere zurecht. Wir brauchen Ihr Bett, und Sie sind doch sicher froh, wenn Sie das verlängerte Wochenende zum Tag der Deutschen Einheit zu Hause verbringen dürfen, nicht wahr?«

39

»Ja, sehr froh, wirklich«, murmelte ich drei Stunden später, als ich mit hängenden Armen im Wunderland stand und mir fassungslos ansah, was in meiner Abwesenheit so passiert war. Die Spielecke war zum Spielen da, klar, aber musste da wirklich so ein Chaos herrschen? Und ich hatte zwar nichts gegen Spielzeug in fröhlichen Farben – aber woher zum Teufel kam plötzlich dieses riesengroße knallbunte Spongebob-Activity-Center?

»Was zu viel ist, ist zu viel«, murmelte ich schwach und umging das hüfthohe Spielzeugungetüm, das mir den Weg in die Stillecke verbaute. Aber was war das? Auf dem hellen Stoff des Lehnstuhls – war das Kinderpipi? Oder Wasser? Ich guckte automatisch nach oben und sah dort oben in der Ecke die gleichen hellbraun umränderten Flecken. Ein Wasserschaden! Wir hatten einen Wasserschaden im Laden! Ich schnaufte aus dem Showroom durch den Gang ins Lager, das an dieselbe Wand grenzte. Mein erster besorgter Blick galt der Decke – tatsächlich, auch hier: ein sich bräunlich abzeichnender Wasserschaden, nicht zu übersehen und leider auch nicht zu überriechen!

Ich befürchtete Schlimmstes und nahm den obersten der knallgelben Pullis aus der unifarbenen Kollektion und roch daran. Eindeutig: modrige Feuchtigkeit! Ich kontrollierte zwei Knäuel Wolle aus den nach Farben sortierten Kisten und hoffnungsvoll einen geringelten Strampler aus dem Regal gegenüber – vielleicht war es ja nicht so schlimm! Aber alles roch wie modrige Wäsche, die zu lange in der Waschmaschine gelegen hatte.

»O nein«, murmelte ich vor mich hin, keuchte vor Anstrengung und Aufregung wie eine Lok und riss die Fenster weit auf, »warum hat mir das keiner gesagt? Das muss ich doch der Versicherung melden! Und die obere Wohnung ist unbewohnt, da haftet keiner! Hier tobt das Chaos! Die Ware ist komplett verdorben!«

Das warf meine ganze Kalkulation über den Haufen, woher sollte ich denn jetzt einen Ersatz bekommen? Das hatte Frau Doktor Casper sicher nicht gemeint, als sie gesagt hatte: »Prima, Frau Hanssen! Den Endspurt, den schaffen Sie jetzt auch noch – und Ihr Muttermund sieht ganz stabil aus, das ist völlig untypisch, dass sich das gegen Ende der Schwangerschaft noch einmal erholt, aber wenn Sie wollen, dürfen Sie ab jetzt gerne auch mal einen kleinen Spaziergang machen.«

»Toller Spaziergang« murmelte ich, die Herbstsonne draußen und die Feuchtigkeit im Lager ergaben ein Klima wie in der Sauna, und der Schweiß staute sich in der tiefen Falte, die sich dort gebildet hatte, wo mein Busen und mein Bauch aufeinandertrafen. Die heiß geliebten Stricksachen in dieser müffelnden Umgebung zu sehen verursachte mir körperliche Schmerzen, aber was konnte ich unbewegliches Nilpferd hier alleine ausrichten? Nichts.

Ich schleppte mich hinüber in die Hausmeisterwohnung und versuchte abwechselnd, Marie oder Friedrich zu erreichen. Wieder nichts. Nur die L1 blinkte, und das rote Lichtlein hatte in der halbdunkeln Umgebung des Apartments fast etwas Tröstliches. Und ganz automatisch, als hätte ich nicht gerade »Urlaub« gemacht, setzte ich mir den Kopfhörer auf und wurde wieder zu Bella Bunny.

»Wo warst du?«, fragte mich Patella-Mike vorwurfsvoll. »Meine Doktorarbeit muss fertig werden, und wenn ich nicht manchmal bei dir anrufen kann ...«

»Ich brauchte mal eine Pause. Ich habe noch ein anderes Leben«, wich ich aus.

»So. Was denn für ein Leben?«, fragte mein kleiner Medizinstudent neugierig. Und ich wusste plötzlich nicht, was ich sagen sollte. So wie es aussah – ohne den Wasserschaden mit einzuberechnen –, musste ich hier erst einmal Doppelschichten schieben, um die Zeit in der Klinik, Charlottes Anteil und vor allem den Wegfall von Goldesel Adrian zu kompensieren. Mir schnürte sich der Hals zu. »Sorry, mir geht's heute nicht so«, beendete ich zum ersten Mal ein Stammkundengespräch vorzeitig, um mir Taschentuch und Taschenrechner zu suchen.

»Noch vier Wochen bis zur Geburt«, schniefte ich kurz darauf laut vor mich hin, schrieb fieberhaft ein paar Zahlen auf ein Blatt und sank schwer gestresst ins Sofa zurück.

»Zwei Tassen Kaffee pro Tag sind okay«, hatte Frau Doktor Casper gesagt, »aber mehr brauchen Sie ja sowieso nicht, Sie ruhen sich ja aus, nicht wahr?«

Sie hatte gut reden, wenn das stimmte, was ich mir gerade ausgerechnet hatte, dann hatte ich ab sofort noch nicht einmal mehr fünf Minuten Pause. Und ich konnte mich noch nicht einmal darüber freuen, dass mein kleines Rudel anscheinend aus dem Gröbsten raus war. Ich hatte jetzt schon definitiv meine Kapazitätsgrenze erreicht.

Ich musste dringend mal geschäftlich telefonieren.

»Pass auf, kennst du den schon? Was machen zwei Schwule, wenn sie eine Frau allein im Wald treffen?«, fragte mich Cesare, im Hintergrund fauchte meine Espressokanne los wie eine Dampflok.

»Den kenn ich schon«, unterbrach ich ihn ungeduldig, »Cesare, ich wollte mit dir eigentlich über Geld reden!«

»Pass auf, ich weiß noch einen!«

Cesare verfolgte unbeirrbar seine Mission, mir wenigstens einen Lacher abzuringen.

»Aber der ist neu: Treffen sich zwei Schwule beim Nacktgrillen, sagt der eine zum anderen: Geht mich ja eigentlich nichts an, aber Sie grillen gerade Ihr Glied. Und weißt du, hahaha, was der andere dann antwortet?«

Cesare machte eine kleine Pause, so sehr brachte ihn die nahende Pointe selbst zum Lachen.

»Weiß nicht«, sagte ich entnervt und füllte eine Kaffeetasse erst zur Hälfte mit Zucker und goss mir dann einen dreifachen Espresso drüber. »Ich wollte wie gesagt eigentlich ...«

»Der sagt, hahaha, der sagt: Und ich habe mich schon gewundert, warum sich das Würstchen nicht umdrehen lässt!«

Nur ungern stellte ich fest, dass mein rechter Mundwinkel amüsiert zuckte, als ich mich wieder aufs Sofa sinken ließ. Doch beim Blick auf die Zahlenkolonne vor mir verging mir dieser kleine Ausrutscher, und ich unternahm noch einen Versuch: »Cesare, ich weiß selbstverständlich, wann der Betrag für die Übernahme fällig ist – aber ich wollte fragen, ob ich vielleicht in Raten ...? Und können wir da vielleicht noch was machen, ich meine, ich weiß, das letzte Wort ist eigentlich schon gesprochen, aber ...«

»Du willst doch jetzt nicht etwa versuchen, den Preis zu drücken, Carina?«, antwortete Cesare erstaunlich milde auf meine Stotterei. »Soso. Nur zur Erinnerung: Lana Grossa würde die Summe in bar auf den Tisch legen – auf einmal. Aber das ist natürlich auch ein Konzern und kein Ein-Frau-Betrieb. Ich weiß, wie fleißig ihr Deutschen sein könnt, aber hast du dir vielleicht ein bisschen viel vorgenommen?«

»Schon gut«, winkte ich ab und ärgerte mich über mich selbst, über mein zaghaftes Auftreten und darüber, dass ich überhaupt auf die Schnapsidee gekommen war, bei Cesare anzurufen. Wo blieb denn mein »Ich schaff alles alleine und zwar mit links«-Instinkt?

»Vergiss es. Es bleibt alles beim Alten.«

»Prima. Ich werde die Übergabe mit dir persönlich erledigen, du weißt, wir Italiener besprechen solche Angelegenheiten nicht gern am Telefon. Und ich habe auch eine Überraschung für dich.«

»Sicher wieder so was Tolles wie den Schwangerschaftstest«, murmelte ich und legte frustriert auf.

Dann eben nicht. Der Espresso machte sich in meiner Blutbahn breit und verlieh mir wenigstens genug Schwung, um einigermaßen freundlich an die L1 zu gehen.

»Hier die Bella, willst du mit mir die Schwäne singen hören?«, flötete ich mit meiner professionellsten Stimme.

»Hör mal zu, endlich gehste mal dran, ich darf eigentlich hier nicht nach draußen telefonieren, und schon gar nicht ne 0900«, flüsterte eine Frauenstimme, »wenn der Willi das spitzkriegt, dann macht er mich einen Kopf kürzer, der fackelt nicht lang. Hör auf mit deiner Hotline, oder arbeite mit dem Willi zusammen. Ist nicht das Schlechteste. Weniger Knete, aber dafür mehr Sicherheit!«

»Wer bist du denn?«, wunderte ich mich. »Bist du ...?«

»Genau, die Domina, mit der du vor einem halben Jahr mal telefoniert hast. Eigentlich heiß ich Melanie! Der Willi springt hier im Quadrat, weil du ihn erst heiß gemacht und dich dann im Alleingang verabschiedet hast. Das kann der gar nicht leiden.«

»Teilen kommt nicht infrage, das kann ich mir nicht leisten, ich habe jetzt lange genug mit meiner Freundin geteilt! Und außerdem: Willi weiß doch gar nicht, von wo aus ich telefoniere!«, wehrte ich ab. »Und außerdem mache ich das hier nur temporär, wieso sollte ich also deswegen Ärger kriegen?«

»Der Willi fühlt sich zuständig für alles, was mit Sex und Telefon zu tun hat. Und er mag es nicht, wenn man in seinem Revier wildert.«

»Wie das klingt, ich geh ja nicht auf den Strich«, sagte ich.

»Ein bisschen schon«, antwortete Melanie, »ich muss jetzt Schluss machen. Tschüs, Heidi.«

Heidi? Woher wusste sie, dass ich Heidi hieß?

Charlotte hatte ihre Möbel und ihren Kleinkram einfach stehen und liegen lassen, als würde sie jeden Moment mit einem »Ach du lieber Hase!« ins Zimmer kommen. Aber nur der leichte weiße Vorhang bauschte sich in einem kühlen Windzug, der bewirkte, dass sich die Härchen auf meinen Unterarmen aufstellten. Doch anstatt die Hand auszustrecken und den Fensterflügel zuzudrücken, zog ich fröstelnd die Schultern zusammen und strich über meinen Bauch, immer wieder, immer wieder.

Am nächsten Morgen wurde mein ungutes Gefühl nicht besser.
»Tnff!«
»Zockel! Wie können Sie es wagen, sich bei mir zu melden?«
»Nun, ich dachte«, näselte Adrian, »eine stabile Geschäftsbeziehung wie die unsere tritt man nicht einfach in die Tonne, und Ihre Freundschaft zu Charlotte schien ja sowieso nicht von großer Tiefe gewesen zu sein. Und Ihrem desolaten Zustand letztes Mal nach zu urteilen, scheinen Sie im Moment jeden Cent zu brauchen ...«
Ich knallte den Hörer auf die Gabel und bedauerte, dass ich auf dem Display nie erkennen konnte, wer eigentlich gerade anrief, weil jeder vernünftige Kunde natürlich seine Nummer verbarg. Arme Charlotte: hatte sich so lange ein Kind von so einem Arschloch gewünscht. Aber vielleicht hätte ein Baby aus Zockel einen besseren Menschen gemacht? Es wäre jedenfalls in eine intakte Welt mit einem schönen Zuhause und einer finanziell gesicherten Zukunft hineingeboren worden, mehr, als ich im Moment zu bieten hatte.
Beim Gedanken an den verpatzten Telefondreier zupfte ich mir so stark am Ohrläppchen, dass es wehtat. Klar, das war saudumm gelaufen, dass ausgerechnet Adrian Charlottes Geliebter gewesen war, und eigentlich konnte ich überhaupt nichts dafür. Aber irgendwie wurde ich mein schlechtes Gewissen nicht los. Da half nur eines: ans Telefon gehen.
»Tag«, sagte eine Kinderstimme. Eine Kinderstimme! Auf der L1!
»Tag«, sagte ich erschrocken zurück, »wie alt bist du denn?«
»Acht!«, antwortete der kleine Junge fröhlich, »ich geh schon in die zweite Klasse!«

»Gut«, überlegte ich, ob ich einfach auflegen sollte, aber dann fragte ich: »Wo hast du denn meine Nummer her?«

»Ich hab nur noch mal auf Anrufen gedrückt in Papas Büro. Bist du das geile Zebra?«

»Äh, nein. Ich bin die Bella. Warum?«, schnappte ich nach Luft. »Wie kommst du denn auf Zebra?«

Wer ließ da sein Kind mithören? Zebra, Zebra, das klang sehr nach Safarimann!

»Ich komme nach dem Hort immer in Papas Büro, weil meine Mama immer so lang arbeitet«, erklärte mir der Kleine bereitwillig. »Und draußen im Vorzimmer hören immer alle bei meinem Papa mit. Die Tante Meier vom Empfang, und dann die Lieselotte, die hier putzt, und noch eine Frau, die immer nur tippen tut. Alle haben dem Papa zugehört und das Telefon laut gestellt und nicht gemerkt, dass ich gekommen bin. Und da hat der Papa geiles Zebra zu einer Frau gesagt. Bist du das?«

Ich war von den Socken. Der Safarimann hatte Familie – und mich immer aus seinem Büro angerufen, wahrscheinlich während seine Frau dachte, er würde Überstunden schieben? Und die Vorzimmermädels lachten sich immer einen Ast, wenn er so dumm war, sein Geschäftstelefon zu benutzen? Ich dachte kurz nach.

»Nein, ich bin das nicht«, sagte ich dann so ruhig wie möglich und griff mir Stift und Notizblock, »dein Papa hat mich nur angerufen, um für deine Mama Blumen zu bestellen, weil er sie so lieb hat. Wie heißt du denn? Und kannst du mir sagen, wo ihr wohnt?«

Der kleine Timmi diktierte mir gut gelaunt eine Adresse in Berlin-Wilmersdorf und verkündete dann, er würde jetzt mit der Tante Meier vom Empfang einen Schokopudding essen. Ich hatte gerade noch Zeit, den Kopfhörer auszustecken, bevor ich auf ein zaghaftes Klopfen hin die Tür meines Fünfzehn-Quadratmeter-Zuhauses öffnete.

Es war Marie, und sie sah sehr schuldbewusst aus. Zu Recht.

»Marie – wo warst du?«, empfing ich sie entsprechend säuerlich. »Du hast kein Wort gesagt von einem Wasserschaden!«

»Es tut mir so leid, Heidi! Ich war letzte Woche nicht im Laden!«, gab sie zu, den Kopf mit der Wuschelfrisur gesenkt.

»Gustav hatte die Windpocken, er konnte nicht in die Krippe, und hierher konnte ich ihn auch nicht mitnehmen! Deine Strickkursleute waren hier, weil du vergessen hattest, den letzten Kurstermin abzusagen, und diese eine, diese Bille, glaube ich, hätte mich fast gelyncht, als sie die roten Punkte sah, obwohl der Arzt gesagt hatte, sie seien nicht mehr ansteckend! Und ich dachte, du bist in der Klinik und sollst dich nicht aufregen, und darum habe ich dir nichts davon erzählt! Ich dachte, ich habe jede Menge Zeit, alles in Ordnung zu bringen, ich hatte keine Ahnung, dass du so schnell entlassen wirst, und der Wasserschaden, der muss passiert sein, als ich nicht da war, was machen wir denn jetzt?«

Marie sah mich flehend an und hatte Tränen in den Augen. Sie sah tatsächlich ziemlich geschafft aus, Kinderkrankheiten schienen Mütter heftiger zu strapazieren als die Kinder selbst.

»Wo ist denn Friedrich überhaupt? Warum konnte der denn nicht einspringen?«, ärgerte ich mich weiter, erst mich umhegen, und dann von einem auf den anderen Tag verschwinden – die Männer waren doch alle gleich! »Kann ich mich denn auf niemanden verlassen?«

»Ich habe keine Ahnung, er ist immer noch wie vom Erdboden verschwunden«, beteuerte Marie, »vielleicht hat er ein internationales Projekt reinbekommen und ist plötzlich nach Dubai oder so?«

»Schöner Mist«, sagte ich, immer noch stocksauer, »und jetzt ist die Kollektion im Eimer, kurz vor dem Sale, wo wir normalerweise noch mal richtig Reibach machen! Und das, nachdem die Ärztin zu mir gesagt hat, ich darf mich stundenweise wieder in den Laden stellen!«

Das stimmte so zwar nicht hundertprozentig, aber es schadete sicher nicht, wenn Marie merkte, dass ich wieder besser in der Lage war, das Ladengeschäft zu kontrollieren. Aber anstatt um ihren Job zu fürchten, schien sie sich ehrlich für mich zu freuen.

»Wirklich? Es geht dir besser? Das ist ja phantastisch!«, strahlte sie mich an, und ihre Augen leuchteten dabei so, dass sie es unmöglich nicht so meinen konnte. »Ich habe mir ernsthaft Sorgen gemacht und die Leute aus deinem Strickkurs auch, jedenfalls bis Bille ihren Lucca gebeten hat, Gustavs rote Punkte zu zählen, und dann gemerkt hat, dass es keine Mückenstiche waren.«

»Echt?«, kicherte ich, von Maries ungespielter Freude leicht versöhnt.

»Sicher, sogar Rainer hat sich erkundigt, ob du denn jetzt schon einen Geburtsvorbereitungskurs gemacht hast, der rechnet wohl fest damit, dich zu begleiten. Aber mal was anderes, Heidi – wenn du jetzt wieder in den Laden darfst, was ist dann mit der Strickhotline? Und wo ist eigentlich Charlotte?«

»Ach, Charlotte«, sagte ich leichthin und versuchte mir nicht anmerken zu lassen, dass die Erwähnung meiner ehemals besten Freundin mir einen ziemlichen Stich versetzte. »Charlotte hat ein Engagement bekommen und konnte mir von einem Tag auf den anderen nicht mehr helfen. Ich werde die Hotline einfach allein weitermachen. Und den Laden kannst du weiterführen – vorausgesetzt, so etwas wie letzte Woche wiederholt sich nicht noch einmal.«

Und wie willst du Marie bezahlen, hä?, fragte mich eine innere Stimme. Jetzt lehn dich mal nicht zu weit aus dem Fenster!

»Danke, Heidi, das ist lieb, danke für dein Vertrauen!«, sagte Marie mit glitzernden Augen. »Aber was ist mit dir? Du allein den ganzen Tag am Telefon? Bist du sicher? Ein kleines Nest ist wärmer als ein großes – das stimmt schon, aber willst du nicht mal wieder aus diesem Kämmerchen heraus? Und mal wieder unter Leute?«

»Auf keinen Fall, die Strickhotline ist ein guter Nebenverdienst! Und die strickenden Menschen brauchen mich!«

Das fehlte noch, dass jetzt auch noch Marie mir gute Ratschläge gab. Nebenverdienst?, höhnte meine innere Stimme weiter. Das ist kein Nebenverdienst, das ist eine goldene Kuh, die du eigentlich gerade melken solltest, anstatt hier ein Schwätzchen abzuhalten!

»Okay, deine Entscheidung, klar«, ließ Marie kurz locker, aber nur um mich von oben bis unten zu mustern. »Aber hast du wirklich nur diese abgeschnittene Yogahose und diesen Schlabbersack da? Oder soll das ein T-Shirt sein?«

»Nein, aber das ist so bequem, sieht ja eh keiner!«

Marie hatte gut reden, mit ihrer Mädchenfigur und dem schwingenden Tellerrock sah sie aus wie zwanzig.

»Quatsch, ich sehe das, und du selbst auch«, widersprach sie. »Du bist eigentlich eine wunderschöne Schwangere, das kann nicht sein, dass du dich so verhüllst, wir sind ja hier nicht in Neukölln!«

Und dann verschwand sie und kam wieder mit einer großen glänzenden Papiertüte.

»Die ist doch von Marissa, ich meine, von Charlotte«, erkannte ich die rosa Aufschrift »Kind & Kegel« wieder.

»Genau«, stimmte Marie zu, »Umstandsklamotten, ich habe mir das mal angesehen. Die Sachen waren zu lang, aber Nastja hat alles gekürzt, und davon suchst du dir jetzt etwas aus, keine Widerrede! Und vorher gehst du duschen, du klebst ja wie eine Fliegenfalle!«

»Duschen«, meinte ich zweifelnd und schaute an mir herunter. Eine Dusche wäre durchaus erfrischender als die übervorsichtigen Sitzbäder, die ich einmal in der Woche nahm, aber …

»Du wirst schon nicht ausrutschen«, redete Marie mir zu, »ich komme mit, ganz egal, ob du willst oder nicht.«

»Na gut«, gab ich nach und merkte, dass ich ganz gerne tat, was Marie mir sagte. Tief in mir drin war ich auch nur eine Hochschwangere, die sich nach nichts mehr sehnte als nach einem Nest, um ungestört zu brüten, und einer Umgebung, in der sie sich um nichts, aber auch um gar nichts selbst kümmern musste.

»Ich muss nur noch kurz den Blumendienst anrufen und einen Strauß an diese Adresse liefern lassen!«

»Ach, Berlin-Wilmersdorf«, nahm mir Marie den Zettel aus der Hand, »das kann ich doch erledigen. Hat da jemand Geburtstag?«

»Nein, ich muss eine Ehe retten«, sagte ich, »lass einfach ›Danke für alles von Deinem Dich liebenden Ehemann‹ dazuschreiben.«

Wenn er schlau ist, spielt der Safarimann mit, dachte ich, und wenn er noch einmal anruft, dann sag ich ihm, er soll sich lieber mal darum kümmern, dass sein Sohn nach dem Hort nicht nur Schokopudding mit Frau Müller isst und seine Telefonate mithört. Und dann fiel mir noch etwas ein.

»Marie, kannst du auf der KaDeWe-Website bei Präsente und Geschenkkörbe etwas aussuchen und an die KaDeWe-Sicherheitsabteilung, an einen Herrn Schwittke, liefern lassen? Ich habe für meinen Vermieter mal so einen Fresskorb bestellt – Schlemmer-Männer-irgendwas hieß der, mit Käse, Cognac und Zigarren, ich glaube, das wäre genau das Richtige. Und dem Herrn Schwittke, dem habe ich einiges zu verdanken, ohne dass er das weiß ...«

Was soll das denn jetzt werden, meldete sich meine innere Stimme wieder, bist du jetzt unter die Seelsorger gegangen? Meinst du, das Eheberatungstelefon der Caritas hat auch eine 0900-Nummer? Nö! Du bist soeben dabei, auch den Safarimann als Stammkunden zu verlieren, weil du dich in sein Privatleben einmischen willst, und Patella-Mike hast du auch ziemlich unfreundlich abgewürgt. Was ist los, Hanssen? Gib Gas! Hast du nicht gestern ausgerechnet, dass du mindestens fünfundfünfzig Anrufer am Tag erledigen musst? Lass lieber neue Anzeigen schalten, als hundert Euro für einen Fresskorb auszugeben!

»Also gut, nur kurz duschen, und dann geht's weiter«, sagte ich mehr zu mir selbst als zu Marie und ließ zu, dass sie ungeniert bei mir blieb, als ich mich in dem winzigen Bad der Hausmeisterwohnung entblätterte.

»Lass die Duschkabine ruhig offen«, sagte sie, »die kann man ja eh kaum mehr zuschieben, so eine Kugel, wie du vor dir her schiebst, guck dich mal an!«

Ich betrachtete mich in dem großen Barockspiegel, den Charlotte an der Wand montiert hatte, um ihre Telefonoutfits überprüfen zu können.

In der Tat. Auf meinem Bauch hätte man ohne Probleme ein Glas Aperol Sprizz oder, pardon, eine Tasse Fencheltee abstellen können, und mein Bauchnabel stand frech vor, als wäre er ein Lautstärkeregler.

»Schön siehst du aus«, grinste Marie, »ungeheuer – fruchtbar! Und jetzt ab mit dir, probier mal dieses Pfirsich-Bambus-Shampoo, war eine Probe in der letzten ›Marie claire‹!«

Nach den Monaten unter Charlottes skeptischem Blick, vor der ich meinen Bauch lieber verborgen als betont hatte, tat mir Maries Kompliment ausgesprochen gut, aber trotzdem schloss ich die Schiebetür der Duschkabine, um mich hinter der Milchglasscheibe einzuseifen. Und so merkte ich nur am Lichteinfall und den sich bewegenden Schatten, dass noch jemand das winzige Bad betreten hatte.

»Marie, wer ist das? Uschi?«, rief ich ängstlich, ich hatte hier drin nicht mal ein Handtuch, um mich zu bedecken, und so erschrak ich zu Tode, als ich merkte, dass es nicht Marie war, die die Tür wieder zur Seite riss, sondern ein Mann.

»Hanssen«, schrie eine überkippende Männerstimme, »lass dich anschauen, du Vermehrungswunder!«

»Josef!«, antwortete ich schwach, aber erleichtert und hielt mich an der Wand fest, »du hast mich zu Tode erschreckt! Ich wusste nicht, dass du heute kommen wolltest!«

»Überraschung!«, rief mein Long-Distance-Kumpel, wesentlich braungebrannter und wohlgenährter, als ich ihn in Erinnerung hatte, »aber unser letztes Telefonat hat mir keine Ruhe gelassen!«

Er trat einen Schritt zurück und der völlig verdutzten Marie auf den Fuß, um mich besser betrachten zu können.

»Was bist du denn, ein Kastanienmännchen?«

In der Tat schien der Ausbau meines Bauches meinem restlichen Körper einiges abverlangt zu haben, und so waren Arme und Beine eher dünner als dicker geworden. Im Gegensatz zu Bauch und Oberweite.

»Caramba, das sind vielleicht Hupen«, meinte Josef dann auch mit einem Blick auf meinen Busen beeindruckt, »und dieser Bauch – jetzt versteh ich, was du mit Bierkasten gemeint hast.«

»Schon gut, schon gut, kann mir jetzt bitte jemand ein Handtuch reichen«, versuchte ich mich Josefs neugierigen Blicken zu entziehen, aber der hatte längst das Interesse an meiner Körpermitte verloren und starrte mir auf den Kopf.

»Und deine Haare! Das ist keine Frisur, das ist ein Zustand! Ich habe gewusst, dass es Zeit wird, bei dir nach dem Rechten zu sehen! Ich brauche einen Stuhl und eine scharfe Schere! Notfalls auch eine Stoffschere!«, befahl er jetzt Marie, die folgsam und sprachlos verschwand.

»Was soll mit meinen Haaren sein?«, verteidigte ich meine verwahrloste Optik wenig glaubhaft. »Ich wollte sie mir gerade waschen! Und ich habe sie eben nicht mehr nachblondiert!«

Aber Josef verdrehte nur die Augen, wedelte mir ein exaltiertes »Huschhusch« zu und stellte den Stuhl vor den Spiegel. Während ich mich frisch geduscht und schwer atmend in eine Umstandsjeans zwängte und eine herrlich leichte Baumwolltunika mit einem indischen Muster überwarf, löste die Freude darüber, dass Josef so plötzlich vor der Tür gestanden hatte, bei mir einen Anfall von extremer Gesprächigkeit aus. »Weißt du, Josef, nachdem auch noch mit Friedrich das letzte ansehnliche Mannsbild aus meiner näheren Umgebung verschwunden ist, habe ich mir noch weniger Gedanken um mein Äußeres gemacht. Und irgendwie hat es mich auch immer ein wenig angemacht, dass die Typen am anderen Ende der Leitung dachten, ich wäre die schärfste Braut der westlichen Hemisphäre – und in Wirklichkeit war ich so sexy wie ein nasser Bernhardiner.«

Die ersten Strähnen fielen auf den Boden.

»Aber«, erinnerte ich mich daran, dass Josef mir in der Vergangenheit nicht immer typgerechte Frisuren verpasst hatte, »nichts Ausgeflipptes bitte!«

»Ich schneide dir komplett die herausgewachsene Blondierung ab!«, sagte Josef wenig beruhigend. »Dann haben deine Haare wenigstens wieder eine einheitliche Farbe! Volumen haben sie ja – schließlich bist du schwanger! Und Make-up brauchst du praktisch auch nicht, bei der tollen Haut, die du gerade hast!«

Das stimmte, die Pickel der ersten Schwangerschaftsmonate waren komplett verschwunden. Und wenn ich mir über die Wangen strich, fühlte sich das an wie ein Pfirsich, sogar die Fältchen um die Augen und die Falten zwischen Nase und Mund schienen von innen aufgepolstert. Und der rehbraune Bubikopf, der unter Josefs Händen entstand, sah gar nicht so schlecht aus. Ich lächelte meinem Spiegelbild erleichtert zu und erzählte weiter.

»So zu tun, als wäre ich ein Supermodel, und in Wirklichkeit dazusitzen wie der letzte Krapfen, das war Teil des Spiels. Das war ja das Schöne: Weil man sich nicht sieht, kann man sich auf das Gespräch konzentrieren. In diesem Geschäft lernt man, genau zuzuhören und an Nuancen in der Stimme zu erkennen, wie es jemandem geht. Das können die wenigsten Paare.«

Ich wurde nachdenklich.

»Felix und ich hatten das jedenfalls nicht drauf.«

»Na, dann kannst du ja in deiner nächsten Beziehung gleich mal ausprobieren, was du gelernt hast!«, legte mir Josef den Arm um die Schultern.

»Welche nächste Beziehung? Ich habe inzwischen das Beziehungskarma eines Heinrich VIII., denn schließlich habe ich nicht nur meine, ich habe auch fremde Beziehungen kaputt gemacht«, jammerte ich. »Charlotte und Zockel nämlich!«

»Bei denen war doch sowieso der Wurm drin, das ist doch immer so bei diesen Showpaaren, das war nicht deine Schuld! Und Charlotte hat sowieso mit zweierlei Maß gemessen – was sie tat, nämlich fremde Männer am Telefon glücklich machen, durftest du plötzlich nicht tun, nur weil zufällig ihr Kerl dein Stammkunde war.«

Josef nickte mir im Spiegel tröstend zu.

»Und den meisten Kunden hast du sicher gezeigt, wie sie mit sich selbst zufriedener sein können, obwohl sie zu Hause oder in ihrem Leben einfach nicht das bekommen, was sie glücklich macht.«

»Wahrscheinlich, weil sie es einfach nicht schaffen, den Mund aufzumachen. Ich glaube, wenn man den meisten Mädchen ein paar Telefonsexlektionen gibt, bevor sie zum ersten Mal mit jemandem ins Bett gehen, dann würden sie sich wahrscheinlich für die besseren Männer entscheiden. Denn danach erkennt man den anderen nicht an der Optik, sondern an der Seele.«

»Große Worte, Heidi«, machte Josef sich über meinen philosophischen Anfall lustig, »so wie du redest, sollte jeder Politiker eine Telefonsexausbildung haben.«

»Ja, das Geheimnis ist, sich total auf jemanden einzulassen. Dann kann man ihn auch um den Finger wickeln, aber man wird ihn nicht ausnutzen. Ich hatte nur einen einzigen Kunden, der mir immer völlig unangenehm war – der hat nämlich nie ein einziges Wort geredet.«

»Wie – aber der musste dir doch auch sagen, was er wollte, oder?«, fragte Josef neugierig und wedelte mir mit einem Handtuch die Haarstoppeln von der Schulter.

»Ja«, erzähle ich, »am Anfang hat er mal ganz kurz gemurmelt: Ich will dein Hündchen sein. Das war alles. Ab da immer Schweigen. Und ich hatte nie eine Ahnung, was er hören wollte, weil er nie die leiseste Reaktion gezeigt hat. Ich habe ihm dann erzählt, dass ich mit ihm spazieren gehe, sein Kacka in einer Plastiktüte entsorge und mit ihm zum Hundefriseur gehe. Ich habe mir einfach den Pucki vorgestellt, den armen Hund von Krimi. Und nach einer Weile hat er dann meistens aufgelegt, ohne sich zu verabschieden.«

»So würde ich auch gern mal zweihundert Euro verdienen, ich

weiß gar nicht, was du hast!«, zuckte Josef mit den Schultern und hob mein Kinn nach oben, damit ich frontal in den Spiegel blicken musste.

»Schau dich jetzt bitte mal an! Du siehst unglaublich sexy aus! Jetzt siehst du nicht mehr aus wie ein Kastanienmännchen, sondern wie eine appetitliche Avocado mit einer schicken Frisur! Ich habe dir übrigens aus Spanien Turrón mitgebracht, dieses Nougat, das du doch so gern magst – wollen wir nicht ...«

»Erst der Sex, dann das Vergnügen«, lehnte ich das verführerische Angebot eines Kaffeekränzchens mit meinem besten schwulen Freund ab, »ich wollte eigentlich noch eine Runde arbeiten!«, und wies Richtung Sofa.

»Unsinn, man muss die Kuh auf die Weide führen, damit sie Milch gibt«, zog mich Josef in die andere Richtung. »Du gehst jetzt mit mir und zeigst mir in Ruhe deinen Laden. Ich will schließlich sehen, was so erhaltenswert ist, dass du unbedingt diese Kaschmirspinnerei übernehmen willst.«

Genau, die Spinnerei übernehmen, ist dir eigentlich klar, dass dir nur noch ein paar Tage bleiben, um die Übernahmesumme zusammenzubekommen?, quengelte es schon wieder in meinem Kopf. Halt die Klappe, erwiderte ich, stellte in Gedanken meiner inneren Stimme einen Aperol Sprizz hin, um sie zum Schweigen zu bringen, hakte mich bei Josef unter, schlüpfte in die paillettenbestickten Pantöffelchen aus Mallorca, die er als Mitbringsel aus seiner Tasche gezaubert hatte, und folgte ihm durchs Treppenhaus zur Hintertür von Wunderland.

»Wie lang willst du eigentlich bleiben?«, fragte ich ihn.

»Maximal bis Samstag«, sagte Josef, »du weißt ja, mit Besuch ist es wie mit Fisch – nach drei Tagen fängt er an zu stinken.«

»Samstag – so kurz«, maulte ich. Ich hatte keine Ahnung, dass ich in den nächsten Tagen mehr erleben würde als manche Leute in zwei Jahren.

40

»Aha«, sagte Josef höflich und haute sich das Schienbein an dem scheußlichen SpongeBob-Würfel an, »das ist also das berühmte Wunderland. Interessant! Und wer seid ihr?«

Er beugte sich zu einem rothaarigen Mädchen, das in seinem dunkelgrauen Flanellkleid so schwitzte, dass ihm die Löckchen an der Stirn klebten, und einem Jungen, der gerade versuchte, einen Kindercomputer mit einem splitternden Kleiderbügel zu zerhacken.

»Marie!«, schrie ich fassungslos und sah mich hektisch um. Die ausgestellte Ware war auf zwei Tischen und einer Kleiderstange zusammengepfercht, die restlichen Tische in der Ladenmitte zusammengeschoben worden. Darauf türmten sich wahllos muffig riechende Wollknäuel und Musterteile.

»Marie! Was ist hier los! Warum sind Cosmo und Lucca allein im Laden?«

»Wir sind hie-hier«, hörte ich eine entfernte Frauenstimme, die definitiv nicht Marie war, »wir räumen dir das Lager aus!«

Dann sah ich Marie. Sie kauerte auf dem Stillsessel, die Hände in tiefer Resignation vors Gesicht geschlagen. Sie hob den Kopf, sah mich verzweifelt an und zuckte die Schultern: »Ich konnte nichts dagegen tun, sie haben mich einfach überrollt. Diese Bille, Rainer und vor allem diese Cheftussi, sie sind alle – da drin!«

»Du hast mich vergessen«, kam Brischitt pikiert aus dem Lager und warf einen weiteren Stapel Babypullis auf den unordentlichen Haufen, »nur weil ich mich bemühe, mein kleines Mädchen und mich nicht den quietschenden Farben der Prinzessin-Lillifee-Industrie auszusetzen, ist das noch lang kein Grund, mich zu übersehen.«

Sie zeigte beleidigt auf den Monster-Spongebob, hinter dem sich gerade Lucca mit den Worten »Fang mich doch, du Eierloch!« vor Cosmo versteckte.

»Schließlich habe ich dieses pädagogisch wertvolle Spielzeug gespendet, ein Geschenk meiner Mutter – es hat nur leider nicht ins Farbkonzept von Cosmos Zimmer gepasst.«

»Jetzt vergiss mal deinen Graufimmel«, befahl ihr Cordula, die in Pencilskirt und Seidenbluse aussah wie frisch aus der Vorstandssitzung, »hast du unsere Zielvereinbarung schon vergessen? Lagerräumung und Schadensanalyse!«

»Lasst mich mal sehen«, kam Rainer barfuß hinterher, das schlafende Punzel in einem Inkatuch auf den Rücken gebunden.

»Ah, Heidi, so eine Überraschung!«, begrüßte er mich. »Wir wollten uns eigentlich nur verabschieden und dir alles Gute wünschen, und dann hat uns Marie von dem Wasserschaden erzählt. Wir haben gedacht, wir greifen dir mal ein bisschen unter die Arme!«

»Unter die Arme ...«, wiederholte ich ungläubig und sah mir das Chaos an, »sorry, Josef, das sieht hier nicht immer so aus. Bis letzte Woche hatte ich einen richtig schönen Laden, der stand sogar im Designguide!«

»Das wird schon wieder«, tröstete mich Cordula, »es musste nur unbedingt sofort etwas geschehen, und nachdem du im Moment offensichtlich einen Mangel an Führungspersonal hast«, ein kurzer Blick zu Marie, die wieder das Gesicht in den Händen verborgen hatte, »habe ich einfach mal das Kommando übernommen, ich hoffe, du hast nichts dagegen!«

»Das habe ich sehr wohl ...«, setzte ich an, doch Cordula klatschte einfach nur gebieterisch in die Hände und winkte alle zu sich heran. Wo war meine Durchsetzungskraft geblieben? Hatte ich diesen Strickkurs denn nicht einmal ganz gut unter Kontrolle gehabt?

»Also, ich würde jetzt erst einmal alles nach Farben sortieren«, schlug Brischitt vor und griff sich eine anthrazitgraue Schmusedecke.

»Quatsch, nach Größe!«, widersprach die praktische Bille.

»Nein, weder noch«, schüttelte Cordula mit einem Hauch von Arroganz den Kopf mit der seitlich gescheitelten Kurzhaarfrisur,

»es geht hier nicht um optische Attribute, meine lieben Teammitglieder, sondern um den Verschmutzungsgrad. Die Ware hat noch keine Stockflecken gebildet, so viel hast du, Bille, schon festgestellt. Wir kämpfen also nicht gegen Flecken, sondern gegen Geruch und Feuchtigkeit, Schimmel ist unser größter Feind, und die Zeit ist gegen uns. Sie«, wies sie auf Rainer, »Sie haben einen Bioriecher. Sie schnuppern sich bitte durch und sortieren nach Stärke des Geruchs.«

»Aber«, gelang es Josef etwas zu sagen, »sortieren – und was dann?«

»Wir werden«, drängte Rainer sich stolz nach vorne, »die Energie der Sonne nutzen! Wolle ist ein selbst reinigendes Material und wird sich von allein erholen!«

»Klingt gut«, nickte Josef langsam, »aber wo, mitten in der Stadt? Hier im Hof ist zu wenig Sonne, und das Pflaster ist staubig.«

»Das könnte man vorher fegen«, schlug Bille vor.

»Oder saugen?«, meinte jetzt Brischitt. »Wir haben so einen kleinen schwarzen Saugroboter zu Hause, der hat mal einen Designpreis ...«

»Nein, ich weiß wo«, sagte Rainer, »unsere Lebensgemeinschaft wohnt im ersten Stock einer ehemaligen Tankstelle, und vor unseren Fenstern haben wir das riesige Flachdach einer Bioeinkaufskooperative, die jetzt dort eingezogen ist. Man könnte Bettlaken unterlegen und dort alles ausbreiten!«

»Nun«, sagte Cordula kritisch, »unsere Garage hat auch ein großes Flachdach, und das ist Privatgrund, da muss man sich wenigstens keine Sorgen machen, dass sich irgendjemand, der als antiautoritärer Balg den Unterschied zwischen Mein und Dein nicht verstanden hat, einfach bedient.«

»Dort kann niemand hinauf außer uns, ich mache dort morgens immer mein Nacktyoga, du Besserwessi!«, fauchte Rainer beleidigt.

»Ökowurst!«, fauchte Cordula zurück.

»Nun beruhigt euch mal«, versuchte Bille zu schlichten, »welches Dach ist denn windgeschützter? Und welches sauberer? Lucca? Was ist eigentlich mit deinem Lerncomputer passiert? Den habe ich dir extra für deinen Einstein-Workshop angeschafft! Rechne doch mal, was ist größer, die Überdachung einer Tankstelle oder das Dach einer Garage für drei Autos?«

»Vier! Wir haben vier Autos!«, giftete Cordula weiter. Ich hatte meinen Bauch als Rammbock benutzt und es geschafft, mich durch die neugierig herumstehenden Kinder zu ihr durchzuboxen. Ich musste hier dringend durchgreifen, bevor mir alles noch weiter entglitt.

»Die Sachen sind einfach schon zu muffig! Das muss gewaschen werden, mit der Hand, Stück für Stück, und dann werde ich wahrscheinlich trotzdem einen Verlust von fünfundsiebzig Prozent haben!«

»Nein, Heidi, so seltsam es klingt, der Barfußmann hat recht!«, sagte jetzt eine kehlige Männerstimme mit italienischem Akzent, und Cesare schubste Cordula einfach zur Seite, um mich trotz Babybauch umständlich zu umarmen.

»Ciao, Heidi, was ist denn mit deinem Laden passiert? Hier ist ja nichts mehr bellissimo!«

»Cesare! Bist du schon da? Und warum hast du eine Ziege dabei?«, ächzte ich erschrocken und erwiderte die Umarmung ziemlich hölzern. »Ich habe einen Wasserschaden!«

Und nicht genügend Geld, um seine Firma zu übernehmen! Sag es ihm doch gleich ins Gesicht!!, trompetete mein innerer Schweinehund los. Aber mir hatte es nach dem letzten Krächzer komplett die Stimme verschlagen.

»Wie das hier riecht! Meine arme, arme Wolle ...«, flüsterte Cesare fast zärtlich, reckte sich aber dann in seinem makellosen italienischen Anzug und sah von einem zum anderen, Tatendrang im Blick.

»Sonne ist tatsächlich das beste Mittel, und sie hat noch Kraft! Fünf, sechs Stunden volle Sonne auf einem Flachdach, und die Ware ist wie neu, und vor allem, Cashmiti-Kaschmir bleicht nicht aus!«

Cashmiti-Kaschmir, das eigentlich bald mit Wunderland zu einer GmbH verschmelzen sollte! Und er war gekommen, um sein Geld abzuholen!

»Hier, halt mal«, gab Cesare mir eine Lederleine in die Hand, und während ich in den Stillsessel sank und auf das kniehohe wuschelige Zicklein starrte, das sofort begann, die Fransen eines Streifenschals zu zerkauen, untersuchte Cesare sorgfältig ein paar Teile.

»Ja, wir haben noch eine Chance!«, sagte er dann und reckte sich, ganz geschmeidiger Geschäftsmann. »Aber wenn wir nicht sofort handeln, wird dieser Tisch das werden, wonach er aussieht: ein Wühltisch! Wir teilen uns auf! Das Rohmaterial auf das Betondach der Tankstelle – und die Kollektionsteile zu der Dame mit der festen Stimme!«

Und während Rainer, Bille und Lucca Billes Fahrradanhänger beluden und Cordula mit einer lässigen Handbewegung die Motorhaube ihres Porsches öffnete, die keine Motorhaube, sondern ein Kofferraumdeckel war, um Josef, Cosmo und Brischitt beim Einladen zuzusehen, umarmte mich Cesare noch einmal so herzlich, wie es mein Bauchumfang erlaubte.

»Meine Liebe, du siehst blendend aus, die Madonna von Modena würde vor Neid erblassen! Aber gegen dich ist sie richtig gesprächig – warum sagst du nichts?«

Das Zicklein knabberte jetzt an meinem Knie und köttelte fröhlich ein paar malzbonbonfarbene Bröckchen auf den Dielenboden.

»Fertig, wir fahren!«, trompeteten jetzt Rainer und Cordula, und Cesare meinte zu mir: »Soll ich nicht lieber mitfahren, Heidi? Dieses Material ist mein Baby, ich werde lieber mal ein Auge darauf haben, die Überraschung hat auch bis morgen Zeit!«

»Aah«, schnappte ich nach Luft und ließ mich in die Hollywoodschaukel sinken.

»Ja?«, wiederholte Cesare. »Okay, dann fahre ich mit! In Ordnung?«

»Aah«, machte ich noch einmal und griff mir an den Bauch.

»Geht's los?«, rief Rainer besorgt von hinten, aber ich schüttelte nur den Kopf, meine Wortfindungsstörung hielt weiter an, und so tätschelte mir Cesare nur die Wange.

»Wir können auch morgen früh noch unter vier Augen reden. Und dann zeige ich dir meine Überraschung. Nur so viel: Die Ziege ist es nicht. Die darf nur heute bei dir übernachten, denn im Hotel wollen sie keine Ziegen. Ich brauche sie für einen Vortrag an der Uni. Worüber, wirst du dann schon sehen«, grinste er und klappte sich zusammen, um mit Cordula in ihren Porsche zu steigen, der mitten im Hof parkte.

»Josef! Unternimm doch endlich etwas! Alles ist weg!«, brachte ich endlich hervor. Aber der hatte sich das Geschehen schon eine ganze Weile zufrieden grinsend angeschaut und meinte nur: »Lass gut sein, Hanssen, die machen das schon. Cesare wird sich darum kümmern, dass deine Sachen in die Sonne kommen, ganz gleich auf welchem Dach, und wir beide gehen jetzt was essen, und zwar außer Haus. Wann hast du das letzte Mal was Leckeres gegessen – unter Leuten?«

»Keine Ahnung, das waren Puddingschnitten im Café Garni in Bozen«, überlegte ich und kraulte ratlos die Ziege am emporgereckten Kinn. Das Tier brauchte einen Namen, Betty vielleicht? »Aber seitdem habe ich immer nur aus Lunchboxen gelebt.«

»Puddingschnitten?«, stemmte mich Josef hoch. »Die scheinen dir ja immer noch in den Knien zu stecken. Komm, ich führe dich in den Volkspark ins Schönbrunn, ihr zwei Hübschen braucht Gras, Fleisch und ein Glas Rotwein.«

41

»Und wenn der Anrufer einen Orgasmus hatte?«

»Dann war das wie eine Eins in Mathe. Oder wie wenn der Architekt seinem Bauunternehmer auf den Rücken klopft und ihm zuruft: Gut gemacht!«, antwortete ich und zeigte lächelnd hinter Josef.

Der schaute sich um, die Ziege rupfte emsig an den Astern der Blumenrabatte, die wir für sie ausgesucht hatten, ein paar Meter von der Restaurantterrasse des Schönbrunn entfernt. Das war das Gute an Berlin – hier wunderte man sich noch nicht einmal über die Bitte, eine Kaschmirziege auf der Parkwiese grasen lassen zu dürfen.

»Bitte ohne Klee«, hatte ich gesagt, »Betty ist allergisch.« Und der Geschäftsführer hatte einen schweren Marmortisch auf ein Stück Wiese gerollt und sie uns daran festbinden lassen, ohne mit der Wimper zu zucken.

»Bitte noch einen Grappa, mir wird langsam kühl, und für die Dame bitte eine Fleecedecke und einen Caro-Kaffee, die hat sich heute schon genug aufgeregt«, winkte Josef der Bedienung und fragte mich dann: »Und, geht es dir jetzt besser?«

»Ich bin immer noch fassungslos, dass ich mich so habe überrumpeln lassen. Cordula und Cesare sind mir richtig in den Rücken gefallen – ich wollte die Kollektion nicht aus dem Haus geben, da hätte ich mich lieber selbst darum gekümmert! Mal ehrlich, das kann doch nicht gut gehen! Ich hasse das, wenn ich etwas nicht selbst mache, weil dann einfach meistens etwas schiefgeht!«

»Jaja, Delegieren war noch nie dein Ding, seitdem du das Wunderland gegründet hast! Aber wie sehr dich deine Freunde gerade unterstützt haben, das ist dir noch gar nicht aufgefallen!«

»Freunde, welche Freunde?«, sah ich Josef groß an.

»Na, diese Strickgruppe! Die Teilnehmer sind eigentlich wie Feuer und Wasser, aber sie verabreden sich, um dir alles Gute zu wünschen – und opfern dann einen kompletten Nachmittag und Abend, um kurz entschlossen deine Kollektion zu retten, und stellen dir sogar ihre Flachdächer zur Verfügung! Das ist doch saunett! Und du musstest sie nicht mal darum bitten, sie haben sich das selbst ausgedacht, das ist das größte Geschenk, das sich Freunde machen können!«

»Hm«, machte ich, leicht beschämt. Ich hatte mich noch nicht einmal bedankt, so sehr war ich davon überzeugt gewesen, dass die Sache nur schiefgehen konnte.

»Aber Cesare ist nicht mein Freund«, begehrte ich jetzt auf, »der ist gekommen, um seinen Zaster abzuholen! Wir haben eine rein geschäftliche Beziehung!«

»Klar«, sagte Josef leicht ironisch, »und deshalb übernachtest du in Bozen auch immer bei ihm und seiner Mutter. Und er überwacht die Rettungsaktion deiner Kollektion, dabei könnte er doch daran verdienen, wenn du alles neu produzieren musst.«

Ich sagte nichts, sondern rührte betreten in meinem Malzkaffee. Irgendwie hatte Josef recht.

»Wenn du jetzt ein Kind bekommst, musst du besser lernen, dir helfen zu lassen«, tröstete mich Josef jetzt, »denn du kannst das einfach nicht alleine stemmen. Wie sieht's denn mit dem Kinderzimmer aus? Hans-Jürgen und ich haben schon so oft über Adoption nachgedacht, ich habe da hundert Ideen im Kopf. Ich komme auf jeden Fall, um dir beim Einrichten zu helfen! Wird es denn ein Mädchen oder Junge?«

Ich überlegte nur den Bruchteil einer Sekunde, Josef zu sagen, dass es wohl zwei Jungs werden würden, entschied mich dann aber dagegen. Irgendwie war der Zug abgefahren, jetzt alle auf den letzten Drücker über die Zwillingsgeschichte zu informieren, oder?

»Da lass ich mich überraschen, ein Junge wahrscheinlich«, sagte ich schnell, um nicht zu lange darüber zu reden, wie viele Kinder welchen Geschlechts ich erwartete, und pustete in den heißen Malzkaffee, »aber über die Einrichtung sollte ich mir dringend mal Gedanken machen, der Untermietvertrag mit der Modelagentur läuft auf jeden Fall nächste Woche aus, damit ich nach der Geburt wieder in meine Wohnung kann.«

»Das Geschlecht wird eine Überraschung? Auch gut, Quietschgelb und Froschgrün gefallen allen Kindern. Macht ja auch keinen Sinn, dass jemand, der so bunte Kindermode produziert wie du, plötzlich ein Kinderzimmer in Hellblau oder Rosa einrichtet, ist ja total spießig.«

»Ja, und weißt du, was ich auch total bezaubernd finde?«, fing ich jetzt an zu schwärmen. »Kennst du diese Minikorbstühle für Kinder – aus dem naturfarbenen Peddigrohr?«

»O ja, goldig! Die gibt es auch in Spanien – und zwar für einen Spottpreis, die besorge ich dir!«

»Au ja! Ich möchte mindestens zwei Stück, bitte!«, rief ich begeistert und merkte, wie viel Spaß es machte, mit Josef derartige Pläne zu schmieden. Und wie sehr ich es vermisst hatte. »Eigentlich sollte ich mich in der nächsten Zeit um nichts anderes kümmern!«

»Aber geht das denn finanziell?«, fragte Josef vorsichtig.

»Nein, das geht nicht«, antwortete ich aufrichtig. »Jede Minute, die ich nicht Bella Bunny bin, schwindet die Wahrscheinlichkeit, dass ich die Übernahmesumme zusammenbringe, selbst wenn mir Cesare Aufschub gewährt. Ich habe in meiner ersten Kalkulation einfach den menschlichen Faktor nicht einberechnet, obwohl ich genau wusste, dass ich schwanger war. Ich dachte, ich kann funktionieren wie eine Maschine. Aber dann war da die Sache mit Charlotte und jetzt der Wasserschaden ... und so einfach, wie ich dachte, ist Schwangersein auch nicht.« Ich verstummte. Und was ich dann sagte, fiel mir ungeheuer schwer. Aber ich sprach es aus: »Es ist an der Zeit, mir einzugestehen, dass ich es nicht schaffe, die Übernahmesumme zusammenzubekommen und auch noch ein Kinderzimmer einzurichten.«

»Bist du sicher?«, fragte mich Josef betreten. »Da fühle ich mich sofort schuldig, weil ich dich so lange von deiner Hotline ferngehalten habe. Ich kann mich auch ab sofort einfach unsichtbar machen!«

»Ich bin mir ganz, ganz sicher«, beruhigte ich ihn und blinzelte in die Freitagabendsonne, »und ich will nichts weniger, als jetzt zurück auf mein Sofa und mir den Kopfhörer aufsetzen. Auch wenn ich nicht weiß, wie ich mich um meine Familie kümmern soll, wenn ich meine finanziellen Ziele nicht erreicht habe. Aber – es wird schon irgendwie gut werden. Ich lebe gerade. Und zwar mein echtes Leben als Heidi, die werdende Mama.«

Und dann winkte ich dem Kellner und bestellte dreimal die Ingwer-Crème-brûlée von der Tageskarte. Zweimal für mich, einmal für Josef.

»Hast du eigentlich immer noch die WG-Tasse mit den Punkten, die ich dir zum Fünfundzwanzigsten geschenkt habe und aus der wir immer Mojito getrunken haben, weil sie so schön groß war?«, fragte mich Josef, als er dem Kellner zusah, der die Desserts servierte und dafür meine Tasse zur Seite schob.

»Nein, leider nicht«, grinste ich, »sie ist einem Soundeffekt zum Opfer gefallen!«

»Soundeffekt?«

»Ja, ganz am Anfang der Hotline hatte ich noch nicht so viel Ahnung, da habe ich mit der Tasse zu fest auf die Tischplatte geklopft, und sie ist kaputt gegangen.«

»Aber warum klopfst du mit einer Tasse auf den Tisch, bis sie zerbricht?«

»Na, ist doch klar, um ein Bett zu simulieren, das gegen die Wand rummst! So!«, machte ich es ihm vor.

»Böhöhö«, machte Betty und drehte sich zu mir um. Zusammen mit allen anderen Gästen des Schönbrunn.

»Du bist das verrückteste Huhn, mit dem ich je zu tun hatte«, grinste Josef und fegte mit einer Armbewegung die Scherben der Kaffeetasse vom Tisch, »ich freue mich, dein Freund zu sein.«

42

Ich fand es meinen Stammkunden gegenüber unfair, die Leitung einfach zu kappen. Bella Bunny wollte nicht so plötzlich von der Bildfläche verschwinden, wie Charlotte das getan hatte.

»Nein, ich weiß nicht, wann ich wiederkomme, nein, ich kann dir kein Höschen von mir schicken. Obwohl, warum eigentlich nicht?«, beendete ich deshalb am nächsten Morgen gerade mein Abschiedsgespräch mit dem Unterwäscheschwaben, als Josef hereinplatzte, offensichtlich gestresst.

»Ist denn so viel los?«, sah ich hoch, nachdem ich aufgelegt hatte. »Samstag kaufen doch immer alle erst nachmittags ein!«

Josef hatte sich heute dankenswerterweise in den Laden gestellt, nachdem er zusammen mit Marie – und dem kleinen Gustav – die Ordnung einigermaßen wiederhergestellt hatte.

»Schau mal, ist uns gestern gar nicht aufgefallen, hing von außen am Schaufenster«, drückte mir Josef aber jetzt aufgeregt zwei gelbe Klebezettel in die Hand. Die Handschrift auf dem ersten kannte ich.

Hallo, Mausl, haben dich nicht angetroffen und sind erst mal ins Musical, bis morgen!

»Der ist von meiner Mutter!«, glotzte ich fassungslos auf das Post-it.

»Meine Eltern – hier in Berlin? Und im Musical? Um Gottes willen!«

»Und hier, der zweite Zettel, auch nicht besser!«

Überraschung! Schade, dass du nicht da warst, bis morgen! Krimi und Walter.

»O Gott, auch noch Felix' Mutter! Seit wann sind die denn gemeinsam unterwegs? Das muss eine Verschwörung sein! Wahrscheinlich will Krimi mir noch einen Mohntee persönlich vorbeibringen!«

»Macht ja nichts, mit denen werden wir schon fertig«,

schnaufte Josef, »aber ich glaube, es wäre besser, wenn du in den Laden kommen würdest, erinnere dich, was passiert ist, als dein Vater dich einmal nicht angetroffen hat!«

»Okay! Hilfst du mir kurz auf …?«

Gut, dass ich mich seit der gestrigen Verschönerungsaktion sogar in der Lage fühlte, meinen Eltern unter die Augen zu treten.

»Cesare ist da und will dich sprechen!«, hörte ich jetzt Marie über Josefs Schulter hinweg rufen.

»… wenn ich mich mit Cesare unterhalten habe! Und du, Marie, kannst mit Gustav ruhig auf den Spielplatz gehen, Josef hilft mir heute!«, bedeutete ich Marie, Cesare zu mir zu schicken und gleichzeitig Personal zu sparen.

»Drück mir die Daumen, dass ich mit ihm doch noch nachverhandeln kann«, flüsterte ich Josef zu, der sich wieder auf den Weg zurück in den Laden machte, und schaltete vorsichtshalber die Telefonanlage aus.

»Betty habt ihr mein kleines Goldstück genannt? Ein sehr passender Name«, dröhnte da bereits Cesares Stimme durchs Treppenhaus, »ich wette, dass Betty bis heute Abend das Gras aus allen Ritzen der Pflastersteine gefressen hat, der Hausmeister wird es euch danken! Habt ihr einen Teller und ein scharfes Messer für mich? Es ist Zeit für meine Überraschung!«

Cesare wartete, bis wir allein waren, und rückte den niedrigen Tisch näher zu sich heran. Ich war aufgeregt, weil ich gleich die Karten auf den Tisch legen musste, und es war mir überhaupt nicht nach Überraschungen.

»Danke, ich habe keinen Hunger«, log ich deshalb, als er eine kleine, in Wachspapier gewickelte Rolle auf einen Teller legte, natürlich hatte ich Hunger, ich hatte immer Hunger, »ist das von deiner Mutter?«

»Ja, und von mir«, sagte Cesare und wickelte die Rolle aus. »Probier mal.«

»Ziegenkäse? Mag ich eigentlich nicht so gerne«, war ich wenig begeistert und stach mir vorsichtig nur ein winziges Stück der cremigen Substanz ab. Ein zugegebenermaßen aromatischer Geruch stieg mir in die Nase.

»Mhm, besser als erwartet, ein leichter Hauch von Thymian, der wäre was für die Alpenküche!«, lobte ich überrascht, aber ungeduldig, ich wollte endlich Tacheles reden. »Aber lass uns bitte mit unserem Meeting beginnen, mit Gastronomie habe ich nichts mehr zu tun, seitdem ich mich von Felix getrennt habe!«

»Wir sind mittendrin im Meeting«, sagte Cesare und nahm sich selbst ein Stück Käse, »das, Carina, ist die Lösung unserer Probleme. Zusammen mit dieser Wolle hier.«

Er griff noch einmal in seine Aktentasche aus feinstem Kalbsleder und holte ein Knäuel Wolle heraus, das mehr aussah wie eine große Wattekugel, flauschig und in dem typischen schmutzigen Weiß ungebleichten Kaschmirs.

»Was?«, fragte ich begriffsstutzig. »Brotzeit machen und dieser Wischmopp sollen die Lösung unserer Probleme sein? Du weißt doch noch gar nichts von *meinen* Problemen!?«

»Wischmopp! Brotzeit!«, äffte Cesare mich nach und kam ein Stück näher. »Von wegen! Beides sind sensationelle Neuentwicklungen! Meine Mutter hat unseren Freunden die Ziegenmilch überlassen, weil sie meinte, dass der liebe Gott den Ziegen die Milch nicht geschenkt hat, damit wir sie wegschütten. Und zusammen mit meinen Cousins hat sie diesen Käse entwickelt – einen Ziegenfrischkäse mit Honig und Thymian, den die Leute uns in Bozen auf dem Markt aus der Hand gerissen haben! Und dabei haben wir noch gar nicht begonnen, ihn zu vermarkten!«

»Aber kann man denn mit Ziegenkäse reich werden?«, wunderte ich mich.

»Nicht mit Käse allein«, erklärte Cesare liebenswürdig und lehnte sich selbstzufrieden wieder zurück, »aber mit der Förderung. Die EU, Carina, die fördert doch alles und jeden und seit einer Woche auch uns, weil wir die Ziegenfarm als Käserei ausgeschrieben haben.«

»Und was hat das mit dieser Wolle zu tun, Dottore?«, bekam ich die einzelnen Infos immer noch nicht zusammen.

»Genau! Gut, dass du mich endlich wieder einmal Dottore nennst, aber kennst du auch das Thema meiner Doktorarbeit?«

Ich schüttelte nur den Kopf.

»Ich habe promoviert über die Möglichkeit, Baumwolle mit Eiweißfasern zu verspinnen!«, sagte Cesare mit gehörigem Stolz in der Stimme.

»Eiweißfasern? Aus Hühnerei?«, fragte ich und wusste selbst nicht, warum ich bei Legebatterie plötzlich an Adrian alias Zockel denken musste. »Oder Sperma?«

Cesare lachte. »Heidi, du bist eine kleine Porca, ein Ferkelchen! Ich habe für meine Doktorarbeit Kuhmilch verwendet, aber ich habe das letzte halbe Jahr an der Universität Bozen weiter geforscht, und weißt du, was mir gelungen ist? Ich habe den Milk-Cashmere erfunden!«

»Wie soll das denn gehen, jetzt verkauf mich doch nicht für dumm!«, empörte ich mich mit vollem Mund, dieser Käse war tatsächlich eine Wucht, aber jetzt wurde mir das alles langsam ein wenig zu bunt.

»Bleib ruhig und hör zu!«, wurde Cesare jetzt ein wenig gebieterisch. »Ich habe ein Garn erfunden, das dreißig Prozent Milchprotein enthält. Dazu muss die Milch dehydriert und ultrahocherhitzt werden, das Protein wird extrahiert, fluidisiert und kann dann versponnen werden. Und zwar mit unserem Kaschmir!«

»Fluidisiert und dann versponnen, soso«, starrte ich den braungebrannten Anzugträger vor mir an, der wie immer aussah wie eine Mischung aus Senner und Banker. Cesare streichelte sanft über den flauschigen Wollball und sah mich über ihn hinweg mit begeisterten Augen an. Dem war es ernst! Warum sollte mir auch jemand, der seine Tätigkeit so sehr liebte, einen Bären aufbinden? Warum sollte Cesare mich für blöd verkaufen? Kaschmir mit Milchprotein – bitte, warum nicht? Aber ich hatte trotzdem Zweifel.

»Wolltest du nicht immer nur zu hundert Prozent reinen Kaschmir produzieren?«

»Ja, wollte ich«, gab Cesare zu, »aber diese Neuentwicklung ist so sagenhaft weich und gleichzeitig ebenfalls eine Naturfaser – perfekt für ein Sommergarn. Ich muss nur noch einen kleinen Entwicklungsschritt in der Färbbarkeit machen. Aber das ist es nicht allein, Carina, schau dir das Gesamtpaket an: Ich bekomme Geld dafür, dass ich die Ziegen melke und nicht nur zur Wollproduktion nutze. Und gleichzeitig kann ich aus der übrig gebliebenen Käsemolke eine Proteinfaser gewinnen, die die Wolle nicht nur weicher, sondern auch ergiebiger macht! Mehr Winwin geht gar nicht!«

Ich war inzwischen komplett verwirrt.

»Aber eigentlich wollte ich deine Firma übernehmen, um alles aus einer Hand zu haben – Rohstoff, Design und Produktion. Aber für Babymode, nicht für Käse!«

»Aber versteh doch – unsere finanziellen Probleme haben sich in Luft aufgelöst! Ich habe durch die EU-Förderung Geld, um die Weiden zu verlagern – und ich habe gleichzeitig dank der Proteinfasern kein Problem mehr damit, wenn die Unterwolle etwas drahtiger ist, weil ich sie damit verspinnen kann!«

Das war allerdings ein starkes Stück.

Ich warf einen kurzen Rundumblick auf meinen Arbeitsplatz der letzten Monate. Auf die Glastür, die offen stand, weil ja keine Charlotte mehr ungestört ihre Kunden beglücken wollte, und auf das Headset auf dem Tisch vor mir.

»Soll das heißen, du, ich meine, es bleibt jetzt alles beim Alten?«

»Genau.« Cesare stand auf und reichte mir feierlich die Hand. »Ich danke dir für deinen Einsatz, Cashmiti zu retten, und für dein Angebot. Aber ich werde es nicht annehmen müssen. Cashmiti ist jetzt wieder stark. Ich werde natürlich weiter mit dir zusammenarbeiten, aber ich kann unabhängig bleiben. Und du auch.«

43

»Es war also alles umsonst«, flüsterte ich, während ich mich auf Cesare stützte, der mich in den Laden brachte, »alles umsonst!«

»Was ist los, Mausl?«, stürzte sich meine Mutter auf mich und begleitete mich zur Hollywoodschaukel. »Jetzt steh doch nicht so dumm rum«, herrschte sie meinen Vater an. »Hol deiner hochschwangeren Tochter ein Glas Wasser und unser Geschenk!«

»Schon gut, ich freue mich einfach so, euch zu sehen«, lächelte ich meine Mutter schwach an. Warum trug sie denn ausgerechnet heute ein kastanienbraunes Dirndl und ein keck in die Stirn gezogenes grünes Hütchen? In Berlin-Prenzlberg? Sie sah aus wie Petra Pan! »Bist du vom Münchner Glockenspiel gefallen?«

»Nun«, strich meine Mutter geschmeichelt über die goldgelbe Taftschürze, »die Kriemhild hat mich beraten, wir waren vor zwei Wochen zusammen auf dem Oktoberfest. Sie hat doch so einen guten Geschmack!«

»Die Kriemhild?«, echote ich. »Ich wusste gar nicht, dass ihr euch so gut kennt!«

Tatsächlich, die Person, die mit ihren blaustichigen Haaren und einem wallenden Gewand aus Silber und hellblauem Organza aussah wie ein schmelzender Eisberg in Stützstrumpfhosen, das war Krimi. Ich hatte sie nicht bemerkt, denn ansonsten erkannte ich sie immer am Geruch. Am Geruch ihres Hundes. Aber von Pucki keine Spur.

»Hallo, Krimi, ich habe dich gar nicht gero… pardon, gesehen, wo ist denn Pucki?« Der arme Hund schlief wahrscheinlich irgendwo seinen Barbituratrausch aus!

»Walter ist nur schnell mit Pucki um die Ecke, der Arme hat wieder so Verstopfung, also Pucki, nicht Walter! Das Essen im Flugzeug war wirklich mal wieder eine Katastrophe!«

»Warum versuchst du es nicht einfach mal mit Hundefutter?«, wollte ich eine Predigt zum Thema artgerechte Haltung beginnen, aber meine Mutter erzählte mir begeistert, wie gut sie sich seit meiner Trennung von Felix mit Krimi verstand. »Die Familie muss doch jetzt zusammenrücken, und Omawerden verbindet eben!«

»Gibt es hier irgendwo Kaffee?«, fragte Cesare dazwischen, und Josef nickte und verschwand mit ihm Richtung Ladenküche. Krimi entfernte einen Rest Pappe von einem Weidenkörbchen auf Rollen und starrte verblüfft zu meinem Vater hinüber.

»So etwas Dummes, liebe Irmgard«, ächzte sie, »jetzt haben wir unseren Überraschungsbesuch so sensationell synchronisiert, aber unsere Geschenke nicht aufeinander abgestimmt. Den müsst ihr wohl umtauschen, denn ich finde, mein Stubenwagen mit dem Damasthimmel ist dann doch etwas hochwertiger als eurer!«

»Quatsch, umtauschen!«, rief ich meinem Vater zu, der gerade dabei war, ein paar Meter widerspenstige Plastikfolie von einem fast identischen Stubenwagen mit rot karierter Stoffeinfassung zu entfernen. »Zwei Stubenwagen, das ist doch ganz praktisch, kann man immer brauchen!«

»Unsinn, du bekommst doch keine Zwillinge«, richtete sich jetzt mein Vater auf und entledigte sich schwitzend seiner beigen Popelinejacke, um seine Hosenträger zurechtzurücken. Er hatte eben einen eher, nun ja, klassischen Geschmack, mein Papi. Und waren die zwei Stubenwagen vielleicht ein Fingerzeig, endlich mit der Sprache herauszurücken?

»Nun, ich, also ich bekomme in der Tat ...«, begann ich, aber ich konnte wieder nicht ausreden.

»Soll ich zusperren, damit ihr in Ruhe reden könnt?«, kam Josef jetzt aus der Küche zurück.

»Nein, lass ruhig, ich habe Samstag immer bis halb sieben auf, die meisten Mütter kommen erst kurz vor Schluss vom Spielplatz«, winkte ich ab und hörte, wie Cesare Josef gut gelaunt von der Seite fragte: »Ach, übrigens, was machen zwei Schwule im Wald ...«

Na prima, dachte ich besorgt, jetzt gibt's gleich Zunder, mit schwulen Friseurwitzen ist er beim homosexuellen Make-up-Artisten Josef genau an der richtigen Adresse. Aber stattdessen sah ich überrascht, wie Josef vor Lachen in den Knien einknickte.

Puh, noch einmal gut gegangen. Ich konzentrierte mich wieder auf meine Mutter und Kriemhild, die beide in ihren Handtaschen kramten, Krimi in einem üppigen Modell in glitzerndem Meerjungfrauengrün und meine Mutter in ihrer braunen Henkeltasche mit dem praktischen Schnappverschluss.

»Übrigens, Krimi«, fiel mir etwas ein, und ich spürte den Groll über ihr bescheuertes Paket wieder in mir aufsteigen, »warum hast du mir nur dieses seltsame Carepaket geschickt?«

»Hast du denn den Brief nicht gelesen?«, kramte sie weiter.

»Brief, welchen Brief?«, überlegte ich und dachte an die Kinder, die sich das Seidenpapier und den Karton geschnappt hatten, um sich daraus ein Versteck zu bauen. »Einen Brief habe ich nicht gesehen, es kann allerdings leider sein, dass die Kinder ...«

»Nun, Heidi, darin stand, dass du die Pelzmäntel mit ins Krankenhaus nehmen sollst, um das Personal damit zu bestechen. Damit du nach der Geburt ein Einzelzimmer bekommst. Das habe ich bei Felix auch so gemacht! Nicht dass wir uns kein Einzelzimmer hätten leisten können, Gott bewahre, mein Mann war schließlich Professor, aber in der Maistraße war damals alles belegt ... und sie haben mich dann in die Chirurgie verfrachtet, mit Blick auf den Innenhof. Ich hatte ja weiß Gott ein Faible für schöne Stücke, und dieser Silberfuchs damals, der mir leider an der Hüfte etwas schmal geworden war und den ich der Oberschwester – aber ich schweife ab. Du hast ja keine Ahnung, was so ein Fuchs oder Persianer heutzutage in den Arabischen Emiraten auf eBay einbringt, du musst nur auf den internationalen Marketplace gehen. Dein Vater war so nett, mir da einiges zu erklären. Und das Handy, das du dir gewünscht hast, hat Walter übrigens für einen wirklichen guten Preis auf amazon.uk bestellt.«

Und ich hatte bisher immer gedacht, meine Schwiegermutter würde Amazon für ein weit entferntes Gewässer in Brasilien halten, zu dem es sich wegen eines Bucheinkaufs nicht zu reisen lohnte!

»Aha«, machte ich baff, »und der Rosenkranz?«

»Der soll dir Glück bringen, den hat Felix' Vater auf seiner Firmreise bekommen.«

»Der ist von Ihnen?«, rief Cesare, der den Rosenkranz, den ich nachlässig um die Kasse geschlungen hatte, gerade begutachtete, und bekreuzigte sich. »Ein schönes Stück! Könnte aus Italien sein!«

»In der Tat«, bestätigte Krimi, »mein Mann, Gott hab ihn selig, hat ihn auf seiner Firmreise nach Assisi bekommen. Von seiner Mutter, Gott habe sie, nun ja, was soll's, ebenfalls selig!«

»Assisi«, jubelte jetzt Cesare und packte Krimi, um sie auf die gestrafften Wangen zu küssen, »die Stadt der Tiere und der Wunder! Meine Mutter hat dem heiligen Franziskus dort eine Kerze gespendet, und am nächsten Tag hatten wir die EU-Förderung für die Ziegenmolkerei!«

»Ihre Mutter ist öfter in Assisi?«, war Krimi jetzt begeistert. »Dann bitten Sie doch Ihre Frau Mutter, mir ebenfalls eine Kerze aufzustellen für meinen lieben Pucki, der hat zurzeit immer diese enormen Flatulenzen!«

»Der arme Hund«, meinte jetzt Cesare, »wie unsere Ziegen, bei denen liegt es allerdings am Futter!«

Darüber wollte Krimi anscheinend auch von Cesare nichts hören und wandte sich deshalb wieder an mich.

»Prima, wie ich sehe, sind die ersten Geschenke gut angekommen. Aber das Geld und das Handy, das wollte ich weiß Gott nicht per Post schicken.«

Krimi hatte aus ihrer Tasche einen Umschlag zutage gefördert, den ich sofort aufriss, ein blauweißes Stück Papier glitt mir entgegen.

Ein Verrechnungsscheck. Verwendungszweck: Für mein Enkelkind. Betrag: Fünfzehntausend Euro.

»Das, das ...«, stotterte ich und wusste gar nicht, was ich sagen sollte.

»Danke, das ist ja unglaublich viel Geld!«
Konnte ich mich so in Krimi geirrt haben?
»Aber der Mohntee? War der auch für dein Enkelkind?«
»Aber selbstverständlich«, summte Kriemhild gönnerhaft, »nur so wirst du als Alleinerziehende einen Laden führen können, die Kleinen schlafen dann immer so nett!«
Ich dachte automatisch: Armer Felix, der hat es sicher nicht leicht gehabt. Aber meine innere Stimme rügte mich sofort: Was geht der dich noch an? Vielleicht hat ihn der Mohntee zum Peter Pan werden lassen? Nun, eines war sicher, Krimi war wohl einfach eine miserable Mutter gewesen, und nach dem großzügigen Scheck wackelte dieses Bild von ihr zwar ein wenig, stürzte aber nicht komplett in sich zusammen. Auch nicht, als ein Mann mittleren Alters den Laden betrat, mit graublonden Löckchen, auberginefarbenem Anzug, dottergelber Seidenkrawatte zum schwarzen Hemd und schwarz glänzenden Krokoschuhen mit goldener Spange. Krimi stieß einen brünftigen Schrei aus und warf sich ihm schwungvoll an den Hals. Sah ganz so aus, als würde die beiden mehr verbinden als die Sorge um Puckis Verdauung. Allerdings wirkte der Arme so steif in seinem papageienhaften Aufzug, dass sonnenklar war, dass er da nicht seinen eigenen Geschmack spazieren trug.

»Du musst Walter sein«, breitete ich die Arme aus. Allerdings nicht für Walter, sondern für den Hund. »Hallo, Pucki!«

»Wäffwäff«, begrüßte Pucki mich freudig und kackte vor Freude einen Riesenhaufen mitten in den Laden.

»Jetzt gib doch unseren Umschlag auch mal her, Heinz«, kommandierte meine Mutter an meinem Vater herum, die knospende Freundschaft mit Kriemhild schien ihr neues, großmütterliches Selbstvertrauen zu verleihen.

»Mein Gott, so viel Geld«, wurde ich auch beim Inhalt dieses Umschlags blass.

Zwei Schecks! Zwei Stubenwagen! Als würden sie alle etwas ahnen! Ich legte die Hand auf meinen gigantischen Trommelbauch. Langsam musste ich mal reinen Tisch machen.

»Ich muss euch übrigens etwas sagen ...«, begann ich und packte mein Ohrläppchen mit der linken Hand.

Zack. Die Hollywoodschaukel schwang nach vorne, dass es mich in die Kissen presste.

»Bist du wahnsinnig«, wisperte Josef hinter ihr vor, »du kannst doch deinen Eltern jetzt nicht erzählen, was sich hinter deiner Strickhotline verborgen hat!«

Ich wartete, bis ich wieder zurückgeschwungen war.

»Nein, ich wollte etwas ganz anderes ...«

»Tag«, sagte eine unbekannte Frauenstimme, und eine junge Brillenträgerin mit ordentlichem Pferdeschwanz tauchte vor mir auf, »ich bin Elvira Witzig vom Managerinnenmagazin ›Elite‹, ist Frau Cordula Wiese schon hier?«

»Nein«, sagte ich und reichte ihr beim nächsten Vorwärtsschwung die Hand. Mist, ärgerte ich mich, vor einer Reporterin würde ich sicher nicht mit bisher geheim gehaltenen Details um die Ecke kommen.

»Sie müssen die Redakteurin sein«, machte ich trotzdem eine einladende Handbewegung, auf einen mehr oder weniger kam es jetzt sowieso nicht mehr an. »Wir haben hier gerade, äh, eine Art Familientreffen. Setzen Sie sich ruhig, wenn Sie noch Platz finden, Cesare hier macht Ihnen einen Kaffee, die Strickkursteilnehmer müssten bald hier sein, die hatten noch was auf ihren Dächern zu erledigen.«

»Gut, dass du das sagst, Carina, meine Liebe, den Kaffee muss leider der Herr Josef kochen, ich muss los, die Kollektion vom Dach holen.«

»Kollektion? Dach?«, wiederholte Elvira und guckte ein bisschen doof. »Frau Wiese hat etwas auf einem Dach zu erledigen?«

»Genau, genau«, wimmelte ich sie ab und starrte durchs Schaufenster nach draußen. Ruhe schien an diesem Tag jedenfalls nicht einzukehren. Denn das große burschikose Mädel, das gerade in großen Schritten auf meinen Laden zuging, sah zwar auf den ersten Blick nicht so aus, aber das war niemand anderes als Charlotte.

44

Ich ließ den Fuß aus der Schaukel hängen, um sie zu stoppen und Charlotte gefasst entgegenzusehen. War sie zur Endabrechnung gekommen? Wollte sie ihre Sachen holen? Am besten nahm ich ihr sofort den Wind aus den Segeln.

»Hallo, Charlotte«, rief ich ihr deshalb entgegen, »gut, dass du kommst, du hast nämlich gewonnen!«

»Was, gewonnen?«, fragte sie zurück und lachte mich an. Sie lachte! Und sie sah aus wie ein Pferdemädchen und nicht, wie ich Charlotte von Feyerabend sonst kannte: Ein weites, blau-rot kariertes Flanellhemd, das mir irgendwie bekannt vorkam, hing über einer lässig gegürteten Jeans, die Haare waren achtlos, aber hübsch mit ein paar einfachen Klammern aus dem Gesicht gesteckt. Und ihre großen Schritte tat sie auf – Stoffturnschuhen! Charlotte trug naturfarbene Chucks, eindeutiges Unterschichtschuhwerk! Sie strahlte kurz nach rechts und links, meine Eltern, Krimi, Josef, alle nickten ihr wohlwollend zu, so frisch und natürlich sah sie aus. Ich senkte meine Stimme, denn schließlich musste ich Charlotte noch gestehen, dass sie recht gehabt hatte, meine Ziele waren zu hoch gesteckt gewesen, und ich hatte kapituliert. Gestern. Auch wenn ich gerade erfahren hatte, dass ich mich gar nicht so hätte ins Zeug legen müssen. Und dass im Nachhinein die Hotline nichts anders gewesen war als ein verrücktes, wenn auch einigermaßen einträgliches Hobby.

»Na, unsere Wette. Ich habe es nicht geschafft, Cashmiti zu übernehmen. Die Firma hat sich zwar inzwischen aus eigener Kraft saniert, aber das hat mit unserer Wette nichts zu tun. Ich habe gestern eingesehen, dass ich nicht mehr kann. Du bekommst also deine Christbaumkugelschoner, die Musterteile befinden sich nur gerade auf einem Dach im Grunewald!«

»Ach, Heidi«, ließ sich Charlotte jetzt neben mich auf die Hollywoodschaukel fallen, dass die Aufhängung quietschte, »das ist doch jetzt egal, und außerdem – du bist mit einer bewundernswerten Energie an die Sache herangegangen, du hast dich nicht unterkriegen lassen und hast eine ganze Menge bewirkt. Mehr, als dir bewusst ist. Und zwar nicht nur für dich, sondern auch bei mir. Und deshalb gehört das dir.«

»Was ist das?«, nahm ich den Umschlag, den sie mir hinhielt.

»Ein Scheck.«

»Über 23 400 Euro? Wie bitte?«, starrte ich den dritten Scheck dieses Tages und dann Charlotte an und merkte, wie sich unter meiner Bauchdecke eine aufgeregte La-Ola-Welle formte, die sich unter meiner neuen indischen Tunika abzeichnete wie Gefummel unter einer Daunendecke. Mein Nachwuchs war in Topform und lachte sich wahrscheinlich gerade scheckig über den Verlauf, den die Dinge seit heute Morgen nahmen.

»Das ist das Geld, das ich als Lilli Himmel verdient habe, ich brauche es nicht mehr, denn ich habe jetzt ein neues Leben angefangen. Das ist mein Dank an dich, du und dein Baby, ihr könnt es besser brauchen, ihr seid auf euch gestellt.«

Die La Ola wogte inzwischen nicht mehr nur durch meinen Bauch, sondern jetzt auch durch meinen Kopf. Charlotte schenkte mir ihre Telefonsex-Einnahmen?

»Aber wieso ein neues Leben?«, fragte ich. »Du meinst, ohne Bernhard?«

»Genau«, sagte sie total entspannt, streifte die Turnschuhe ab und legte die nackten Füße gemütlich hoch.

»Ein phantastisches neues Leben! Ohne den alten Zockel und ohne den Druck, bei diesem Arschloch bleiben zu müssen, nur weil ich dachte, ich kann ohne einen Neo Rauch im Esszimmer und vier neue Prada-Taschen pro Monat nicht existieren. Und muss mich dafür von ihm klein halten lassen, anstatt die Dinge selbst in die Hand zu nehmen. Bei dir einzusteigen, das war der erste Schritt in die Selbstständigkeit, und ich will tatsächlich da weitermachen, wo du mich hingeschickt hast. Nächste Woche habe ich meine erste kleine Synchronrolle!«

»Wow«, freute ich mich für sie (und für mich, ich hatte gerade den Scheck zu den anderen zwei gesteckt), »man sieht, dass es dir gut geht, du siehst toll aus! Aber hast du denn alle deine Klamotten bei Bernhard gelassen? So was hättest du vor ein paar Wochen noch nicht mal angezogen, wenn du schwanger gewesen wärst!« Ich zupfte an ihrem übergroßen Holzfällerhemd. Und merkte erst dann, was ich gesagt hatte.

»Ups«, erschrak ich und schlug mir die Hand vor den Mund, »entschuldige bitte, das war total taktlos!«

»Ja, das war taktlos«, grinste Charlotte, »und außerdem stimmt es nicht. Ich würde so etwas sehr wohl anziehen, wenn ich schwanger wäre.«

Meine Familie (ich rechnete Krimi, Walter und Pucki einfach mal mit dazu) hatte sich inzwischen auf die Gartenstühle im Hof zurückgezogen, und meine Mutter ließ eine Thermoskanne und ein paar Schnittchen kreisen. Soweit ich das von hier aus sehen konnte, biss Krimi gerade begeistert in ein hart gekochtes Ei und warf Pucki, der geflissentlich die Ziege ignorierte, die doppelt so groß und so behaart war wie er, ein Riesenstück Stulle zu. Da war garantiert Leberwurst drauf, die Grobe im Naturdarm, von der Metzgerei Holzinger in Oberöd. Ich schüttelte mich, wegen des hart gekochten Eis und auch, um den abartigen Gedanken zu verscheuchen, der mir gerade gekommen war, und warf Charlotte einen schnellen Blick zu. Meine beste Freundin, ich nannte sie jetzt einfach mal wieder so, denn wäre sie sonst hier? Also, meine beste Freundin fläzte undamenhaft neben mir, braungebrannt, keine Schminke außer Wimperntusche, die Fingernägel kurz und unlackiert. Und der Bund ihrer Hose saß ziemlich weit unten, und war da unter dem Gürtel der Knopf geöffnet?

»Ich, äh, ich kann dich das nicht fragen, weil, wenn es nicht wahr ist, dann ist es ganz blöd, aber wenn ich nicht wüsste, dass du, also, ich meine, du leuchtest irgendwie so von innen heraus, man könnte fast meinen ...«

»Sag's nur!«, raunte Charlotte glücklich und beugte sich zu mir. »Ich bin tatsächlich schwanger, es ist zwar noch ganz frisch – aber ...«

»Aber – von Bernhard?«, versetzte mir mein schlechtes Gewissen einen neuen Stich. »Hat es endlich geklappt mit der künstlichen Befruchtung? Und ihr habt euch trotzdem getrennt?«

»Ach, Quatsch, Bernhard, der hatte einfach keinen Bock mehr auf eine neue Familie! Dem war das ganz recht, dass das bei uns nicht geklappt hat – der ist lieber in die Klinik gegangen, um sich, äh, von dir inspirieren zu lassen!«

»Aber wer ist denn dann der Papa?«, wollte ich fragen, doch ich musste nur Charlottes Blick folgen, der auf einmal noch an Seligkeit zugelegt hatte.

Die Ladentür war abermals aufgegangen. Der Schlüssel baumelte von innen im Schloss, aber Josef hatte noch nicht zugeschlossen und sich einfach zu den Herrschaften in den Hof gesetzt, wie alle anderen ein großes Glas Aperol Sprizz in der Hand, wo auch immer sie den auf einmal herhatten. Er flüsterte gerade Krimi etwas ins Ohr, worauf die sich die Seiten hielt vor Lachen. Die Schlüssel klirrten leise, als die Ladentür in den Schnapper zurückfiel und Krimis Gegacker abschnitt.

Friedrich war zurück.

Er winkte mir lässig zu, als wäre er nie weg gewesen: »Hallo, Heidi, Riesenbauch, Donnerwetter! Wie geht's? Wie lange noch? Dreieinhalb Wochen, oder?«

»Stimmt genau!«, rief ich zurück. Der hatte doch tatsächlich immer noch den Überblick, in welchem Stadium der Trächtigkeit ich mich gerade befand, erstaunlich für einen Mann, oder? Ich sah Friedrich neugierig zu, wie er den Stopper vor die Tür setzte, um einen Katzenkorb und etwa fünfundzwanzig rätselhafte Pappkartons von einem Bollerwagen zu laden. Ich drehte mich von ihm zu Charlotte und wieder zurück, kein Zweifel, er hatte dieses Glimmen bei Charlotte ausgelöst!

Aha! Charlotte war also von Friedrich schwanger! Da hätte ich mal früher drauf kommen können! Aber warum hatte sich Friedrich dann so ins Zeug gelegt bei mir? Das hatte er doch schon gemacht, bevor er Charlotte kennengelernt hatte, es konnte also nicht gewesen sein, um an sie heranzukommen, oder? Und was zum Teufel sollte diese merkwürdige Lieferung bedeuten?

45

»Grrrwäffwäfff!«, ging Pucki auf den Katzenkorb los und fuhr erschrocken zurück, als eine wehrhafte weiße Pfote herausschoss und ihm ein paar blutige Striemen auf der Nase verpasste.

»Achtung«, warnte Charlotte etwas zu spät, »die hat Junge, mit der ist nicht zu spaßen!«

Ich kam aus dem Staunen nicht mehr heraus.

»Du hast Miu-Miu aus dem Tierheim geholt?«

»Ja! Wir kamen gestern aus Südfrankreich wieder, mit Friedrichs VW-Bus! Und heute Morgen waren wir als Erstes im Tierheim, um Miu-Miu zu holen. Ich hoffe, sie kann mir meine Kurzschlussreaktion noch einmal verzeihen. Und danach sind wir in die Villa gefahren, Bernhard war Gott sei Dank nicht da, und Friedrich hat mir geholfen, meine Sachen zu holen. Das Meiste habe ich dagelassen, das würde mich zu sehr an meine Zeit im goldenen Käfig erinnern. Bernhard findet sicher die nächste erfolglose Schauspielerin mit meinen Maßen, dann muss er das Zeug nicht wegwerfen. Aber im Ankleidezimmer habe ich die fünfundzwanzig Schachteln mit deinen Pinocchio-Knöpfen gefunden. Und ich wusste nicht, ob du mit denen noch was vorhast, darum haben wir sie dir lieber mal mitgebracht.«

Ich rechnete kurz und sah Charlotte dann prüfend an. Nicht, dass sie sich schon wieder etwas einbildete ... Denn es war noch nicht so lange her, da hatte sie Friedrich noch behandelt, als wäre er ein Regenwurm im Vorgarten der Zockel-Villa. Und mir eine schwangere Cousine vorgespielt mit einer Überzeugungskraft, die einem Engagement am Staatsschauspiel würdig gewesen war!

»Aber – weißt du denn sicher, dass du schwanger bist?«

»Aber ja, ich bin mir ganz sicher, und ich bin auch schon im dritten Monat! Erinnerst du dich an die Schwangerschaftstests, die ich an unserem letzten Arbeitstag in der Tasche hatte? Nun, gleich am nächsten Tag nach unserem Streit wusste ich, dass ich ein Kind erwarte!«

Charlotte streckte den Arm aus, um Friedrich zu sich zu winken. »Es war ein Unfall, der schon drei Monate her ist, damals, auf dem Weg vom Gartencenter! Der Friedl hatte nur diese Latzhose an und kein T-Shirt drunter, und ich war nach diesem ganzen Sexgequatsche so inspiriert, dass ich gar nicht wusste, was da über mich kam! Danach wollte ich die ganze Sache auch am liebsten so schnell wie möglich vergessen!«

»Ja, Charlie, du hast mich nicht gerade wie den zukünftigen Vater deiner Kinder behandelt!« Die Schaukel hing bedenklich tief, als sich auch noch Friedrich darauf niederließ, um den Arm um seine Eroberung zu legen.

»Aber irgendwie hatte ich immer den Eindruck, dass du eher dich selbst als mich damit meinst. Ich habe mir immer gedacht, das kriege ich schon hin.«

»Hast du, mein liebster Friedl, hast du!«, flüsterte Charlotte, und dann fingen die beiden an, auf meiner Hollywoodschaukel so hemmungslos zu knutschen, als wäre ich gar nicht da.

»Ihr nennt euch Charlie und Friedl?«, sagte ich mehr zu mir als zu den beiden, die mich sowieso nicht zu hören schienen, und versuchte nicht hinzugucken, als Charlottes Hand sich ziemlich eindeutig den Weg in Friedrichs Hose bahnte.

Na toll. War ja nicht so, dass ich Friedrich nicht auch durchaus als Boyfriend-Material identifiziert hatte, nicht zuletzt, weil seine ruhige Art ziemliche Ähnlichkeit mit Felix hatte.

»Muss Liebe schön sein«, seufzte ich, umarmte meinen Bauch und fühlte, wie sich meine Augen mit Tränen füllten. Ob ich jemals wieder jemanden kennenlernen würde, der so gut zu mir passen würde wie Felix? Als alleinerziehende Mutter? Vielleicht waren Beziehungen doch nicht zwangsläufig so desaströs, wie ich das vor Kurzem noch felsenfest geglaubt hatte?

Charlottes Handy klingelte, und sie fummelte es mit ihrer freien Hand aus ihrer Hosentasche.

»Hallo, Lilli Himmel hier!«, meldete sie sich und löste dabei kaum ihren Mund von Friedrichs. »Sorry, Süßer, ich bin gerade in einer wichtigen Besprechung! Ruf mich doch heute Abend noch mal an, dann besorg ich es dir, dass dir Hören und Sehen vergeht!«

»Was?«, japste ich. »Was hast du gerade gesagt?«

Jetzt ließ Charlotte doch kurz von Friedrich ab, der sich verlegen räusperte und umständlich versuchte, sich trotz der unübersehbaren Schwellung in seiner Hose einigermaßen bequem hinzusetzen. Ich guckte angestrengt woanders hin, die Sehnsucht nach Felix und Kuschelsex, die mir gerade im Herzen herumpiekste, konnte ich jetzt überhaupt nicht brauchen.

Charlotte wedelte mit ihrem Handy: »Was denkst du denn? Dass ich mein neues Hobby von einem Tag auf den anderen aufgebe, obwohl es mir so viel Spaß und Taschengeld bringt? Ich habe meine Hotlinenummer einfach auf mein Handy umgeleitet, das hast du natürlich gar nicht mitbekommen! Friedrich sagt, vom Telefonieren kann man nicht schwanger werden, das kann nur er, und wenn es mich immer so heiß macht wie beim ersten Mal, hat er kein Problem damit!«

»Ich sterbe«, ächzte ich, langsam überfordert, »muss das sein? Da draußen sitzen meine Eltern!«

»Stell dich nicht so an«, sagte Charlotte, »sieh dich mal um, die sind doch alle ganz friedlich. Sei froh, dass du aus deinem einsamen Kämmerchen heraus bist!«

Da hatte sie durchaus recht.

»Ich geh mal Bier holen und 'ne Bionade für die werdenden Mütter«, sagte Friedrich, ruckte kurz an seinem Schritt und stand auf. Cesare war gerade zurückgekommen und reckte beide Daumen nach oben: Die Rettungsaktion lief wie geplant, meine

Kollektion würde gleich eintreffen und wie neu sein! Cesare streckte Friedrich die Hand hin, um sich mit einem Redeschwall vorzustellen, allmählich ging es hier zu wie auf einer Cocktailparty. Ich hörte gerade, wie Friedrich erstaunt erwiderte: »Proteinfasern könnte man auch aus Grashüpfern gewinnen? Dann kann man ja praktisch mit einer Heuschreckenplage ganze Landstriche einkleiden! Das ist eine phantastische Nachricht für die Entwicklungshilfe! Ach, und da draußen sitzt ja auch Herr Hanssen, den muss ich ja noch von den Hornbrocks grüßen, die haben Charlie und ich an der Côte d'Azur getroffen!«

Barfuß-Rainer war mit Cesare angekommen und setzte Punzel vor mich auf den Boden vor die Hollywoodschaukel, eine Spur Triumph in der Stimme.

»Ich lasse Punzel kurz hier, ich muss den Fahrradanhänger ausladen. Cordula kommt später, ihr Porsche ist unterwegs liegen geblieben! Da sieht man es mal wieder – die Verschwendung fossiler Brennstoffe, gepaart mit technischer Unzulänglichkeit –, mit diesen Höllenmaschinen fahren wir direkt dem Jüngsten Tag entgegen!«

»Sag mal, du hast nicht zufällig Eiswürfel, Liebes«, kam jetzt auch noch Krimi von draußen, die Wangen in der gleichen Farbe wie der grellrote Aperol Sprizz, der übrigens, wie ich festgestellt hatte, aus der Fünf-Liter-Thermoskanne meiner Mutter gepumpt wurde.

»Was riecht denn hier so?«, drehte sich Krimi jetzt besorgt einmal um die beschwipste eigene Achse. »War das schon wieder mein Puckilein? Der Arme hat gerade furchtbare Diarrhöbeschwerden!«

»Nein, das ist Babykacke«, sagte Charlotte und zeigte auf Punzelchen, das ihr gerade die Ärmchen entgegenreckte, »es kommt aus dieser Richtung.«

»Lasst mal, ich mach das schon«, flötete Krimi, »ich muss schließlich üben, ich werde bald Großmutter! Hast du eine Wickelkommode?«

»Ja, im Gang zum Lager«, antwortete ich, von ihrem Eifer

einigermaßen beeindruckt, und schloss für einen Moment meine Augen. La Ola war vorbei, und mein Bauch fühlte sich an wie ein zu stark aufgeblasener Fußball, zum Bersten hart.

»Wem gehört denn eigentlich dieses bezaubernde Kerlchen«, kam Krimi zurück, »ich brauche dringend Zinksalbe – sein kleines Pullermännchen ist ganz rot!«

Ich kniff die Augen weiter zu und stellte mich schlafend, während ich vor unterdrücktem Lachen fast implodierte. Gut, dass Rainer gerade nicht im Laden war.

Und dann tippte mir Josef von hinten auf die Schulter.

»Ein Herr Willi für dich.«

»Auf welchem Apparat«, riss ich erschrocken die Augen wieder auf.

Josef zeigte zur Tür.

»Nicht am Telefon! Sondern hier!«

46

Im Laden wurde es totenstill. Denn eins war klar: Willi sah definitiv aus wie ein unangenehmer Geselle. Allerdings wie einer, der seine schlechtesten Tage bereits hinter sich hatte. Mit seiner hageren Rumpelstilzchenfigur und den wieselartigen spitzen Zähnen hatte er eher etwas von einem verschlagenen Staubsaugervertreter als von einem Zuhälter. Seine blonden, angegrauten Miniplilöckchen waren nach hinten geklebt mit einer Schmiere, mit der man dem Geruch nach auch einen Dieselmotor hätte laufen lassen können. Mit seinem gelben Anzug, der auberginefarbenen Krawatte und den weißen Slippern sah er aus wie eine Negativkopie von Walter. Geschmacklos, verlebt, aber an sich nicht besonders furchterregend.

Aber: Er war nicht allein gekommen.

Sein Begleiter war ein Brocken von einem Typen, der sich mit über der wuchtigen Brust verschränkten Armen gerade neben ihm aufbaute, die wenigen schwarzen Haare, die seinen massiven kahlen Schädel als schütteren Kranz umgaben, waren so lang, dass er sie im Nacken zu einem hauchdünnen Pferdeschwanz zusammengefasst hatte. Die Kobra auf seinem pinken Ed-Hardy-T-Shirt war an den Brustmuskeln zu Nilpferdgröße verzerrt. Der Typ sah in seinem Bodybuilderhöschen aus wie Dschingis Khan nach einem Wrestlerlehrgang.

»Tach auch«, sagte Willi mit seiner kollernden Schleimstimme und genoss seinen Auftritt. »Was ist denn das hier? Ein Streichelzoo?«

Eine rhetorische Frage. Denn mit einer schnellen Handbewegung befahl er Dschingis Khan: »Egal. Nimm das hier auseinander, Kalle!«

»Alles klar, Chef«, sagte der, packte den erstbesten Tisch, der ihm im Weg stand, und hob ihn über seinen Kopf. Babypullis und Mützchen fielen rechts und links an ihm hinunter und blieben an seinen baumbreiten Schultern hängen. Er drehte sich um und trat einen Schritt zurück, um den massiven Tisch mal eben so durch das Ladenfenster zu werfen.

»Huaaaaahh!«, schrie er dabei, ganz Wrestler, und wir alle duckten uns unter Schock und in Erwartung eines ohrenbetäubenden Klirrens. Aber es kam nicht. Stattdessen schlug das Urwaldgebrüll in ein schrilles Kreischen um. Kalle ließ mit einer Hand den Tisch los, um sich reflexartig in den Schritt zu greifen, und schwankte unter der einseitigen Last. Miu-Miu war offensichtlich der Meinung gewesen, dass seine mächtigen Beine ihrem Katzenkorb eindeutig zu nahe gekommen waren, und hatte blitzschnell reagiert. Als zähne- und krallenbewehrte Kampfmaschine hing sie jetzt an dem dünnen Stöffchen von Kalles graumelierter Trainingshose und ließ einfach nicht mehr los.

Willi zuckte zusammen, duckte sich vor dem drohend schwankenden Tisch und reagierte ziemlich schnell auf die veränderte Lage.

»Ich glaube, ich guck morgen noch mal vorbei«, murmelte er und wollte sich diskret zum Gehen wenden.

»Fass, Pucki, fass!«, rief ich jetzt und deutete auf Willi. Der stolperte gefährlich, als sich Pucki folgsam und heldenhaft an seiner Ferse festbiss wie ein Frettchen.

»Scheißtöle! Ich hab ihn!«, gelang es jetzt Dschingis Khan die fauchende Miu-Miu in die nächste Ecke zu pfeffern und sich mit der anderen Hand Pucki zu greifen. Der herunterpolternde Ladentisch verfehlte dabei den Katzenkorb nur um die Breite eines Kaschmirfadens. Kalle hebelte Pucki wie einen Kronkorken von Willis Fuß, der kam frei, musste allerdings dem knurrenden Pudel seinen linken Schuh überlassen und sich im Straucheln an dem schwankenden Kartonturm festhalten, den Friedrich links neben der Ladentür aufgetürmt hatte.

»So eine Frechheit!«, schimpfte Rainer, von dem Tier-Mensch-Gemenge völlig unbeeindruckt, als er es geschafft hatte, die Tür aufzudrücken und sich barfuß seinen Weg durch die fünfzigtausend Pinocchio-Knöpfe zu bahnen, die aus den Kartons auf den Boden geregnet waren. »Habt ihr das gesehen? Da hat doch glatt jemand eine Corvette mitten auf den Bürgersteig gestellt! Waren Sie das?«

Er sah zu Willi, der gerade vollends das Gleichgewicht verlor und in die Pinocchio-Knöpfe stürzte wie ein Dreijähriger ins Ikea-Bällebad.

»Parke nicht auf unseren Wegen! Schon mal was davon gehört?«, blaffte Rainer ihn an, während Willi versuchte, sich mit nur einem Schuh auf den Pinocchio-Knöpfen aufzurichten, und mit einem Aufschrei in sich zusammensackte. Ich verzog beinahe mitfühlend das Gesicht und hielt Charlottes Hand genauso fest umklammert wie sie meine. Über diese fünfzigtausend pieksenden Nasen zu laufen wäre selbst für einen Fakir too much gewesen. Außer für Barfuß-Rainer. Der stand mit blitzenden Augen auf den spitzen Dingern und funkelte Willi und Kalle abwechselnd an, als würde er beide am liebsten zum lebenslangen Liegeradfahren verurteilen.

Miu-Miu hatte sich aufgerappelt, kurz nach ihren Jungen gesehen und duckte sich jetzt fauchend erneut zum Sprung, flach auf dem Boden, bereit für Angriff Nummer zwei auf die bewährte Stelle, nämlich Kalles Kronjuwelen.

»Chef! Was jetzt?«, schrie der in höchster Not, den geifernden Pucki mit beiden Händen von sich haltend, und behielt panisch Miu-Miu im Blick, die mit ihren zurückgelegten Ohren und dem aufgeplusterten, peitschenden Schwanz nichts mehr von einem Schmusekätzchen hatte.

»Was weiß denn ich!«, giftete Willi jetzt vom Boden aus. »Wer in diesem Irrenhaus ist jetzt verdammt noch mal die Telefonschlampe?«

»Pardon? Entschuldigen Sie, Herr, Herr ...«, mischte sich jetzt mein Vater ein, »wie war Ihr Name? Willi war das? Können Sie das buchstabieren?«

»W-i-l-l-i, hast du Tomaten auf die Ohren, du Spießer!«, keifte der Telefonzuhälter und versuchte sich abermals aufzurichten, konnte aber seine Hände nicht auf die pieksigen Knöpfe stemmen und ließ sich deshalb mit schmerzverzerrtem Gesicht wieder auf den Hosenboden fallen.

»Und Ihr Kollege hier, das ist der Herr Kalle? K-a-l-l-e, nehme ich an? Sie begehen gerade Hausfriedensbruch, Sie sehen doch, dass wir hier eine geschlossene Gesellschaft haben! Ich kann Sie belangen, und zwar wegen ...«

»Aber meine Herren, wir sind doch hier nicht im Puff!«

Meine Mutter drängelte sich mit funkelnden Augen zwischen Willi, Kalle und meinen Vater und schwenkte angriffslustig ihre kantige Handtasche, den Kopf in den Nacken gelegt, damit sie Kalle ins Gesicht sehen konnte. Puff, hatte meine Mutter gerade Puff gesagt?

»Jetzt benehmen wir uns doch mal wie zivilisierte Menschen!«

Unterstützt wurde sie von Krimi, die sich mit den Worten »schicken Anzug haben Sie da, Herr Willi, Sie haben wirklich einen erlesenen Geschmack!« neben sie stellte. Kalle sah zu den beiden älteren Damen hinunter, und etwas in seinen groben

Gesichtszügen veränderte sich. Willis Gorilla sah plötzlich aus wie ein zu groß geratener kleiner Junge, dem man sein Laserschwert weggenommen hatte.

»Sorry, Chef!«, sagte er dann resigniert über das grüne Hütchen meiner Mutter hinweg zu Willi, der mit offenem Mund von meinem Vater zu Krimi und dann zu meiner Mutter geblickt hatte, und ließ Pucki direkt auf Miu-Miu fallen, die dadurch kurz den Faden in ihrer »Ich zerfleisch dir die Eier, du Saftsack«-Strategie verlor. »Ich gehma lieber wieder nach Hause, Chef, nach Sankt Pauli, da haben die Leudde wenigstens noch Angst vor mir. Hier is mir echt zu viel Trabbel!«

»Du bleibst hier, Kalle, wie willst du denn nach Hause kommen, du Spacko?«, drohte Willi ihm mit dem Zeigefinger.

»Kein Problem, Chef, ich nehm den Bus!«

Kalle verschwand erstaunlich behende nach draußen, wobei er sich in der Ladentür seitwärts drehen musste, weil seine Schultern sonst nicht durchgepasst hätten.

»Miaunz«, machte Miu-Miu zufrieden in die kurze Stille hinein, würdigte Pucki keines Blickes und begab sich in den Katzenkorb, um den vier bereits ziemlich stattlichen Kätzchen die Zitzen unter die Nase zu halten.

47

»Toll!«, jubelte Elvira, die »Elite«-Redakteurin, und lugte vorsichtig aus dem Gang zum Lager. »Toll, wie die Katze ihre Jungen verteidigt hat! Zu so etwas sind eben nur Mütter fähig!«

Ich drehte mich um, die hatte ich ja total vergessen! Was machte ich jetzt mit der? Wo blieb eigentlich Cordula, die Chefmama?

Aus dem Augenwinkel sah ich, wie Walter Pucki zu sich rief und ihm Willis Schuh entwand.

»Nichts passiert!«, rief er dann, wischte das weiße Krokoleder mit dem Ärmel seines Anzugs ab und reichte den Schuh dem Chef von Galaxy Erotik nach unten auf den Fußboden. Nebeneinander sahen die beiden aus wie Thomas Gottschalk im Spiegelkabinett. Hatte ich gerade recht gesehen, und bedankte sich Willi gerade höflich? Und reichte Walter ihm da gerade ein Ding, das aussah wie Charlottes Dunhill-Feuerzeug, damit Willi sich einen krummen schwarzen Zigarillo anstecken konnte?

»Nix da, hier sind zwei Schwangere!«, reagierte Charlotte sofort, und Willi ließ tatsächlich den Glimmstängel sinken und reichte das Feuerzeug folgsam an Krimi weiter, die immer noch Punzel in den Armen hielt, der fasziniert an der Glitzerkette ihrer Lesebrille spielte.

Ohne seinen Schläger war Willi wohl einfach nur der nette Zuhälter von nebenan.

»Papa simpft?«, fragte Punzel und breitete beide Ärmchen nach Rainer aus, die exaltierte Tante wurde ihm wahrscheinlich langsam ein wenig unheimlich.

»Hier haben Sie Ihren kleinen Wonneproppen wieder«, reichte ihm Krimi das Baby gönnerhaft und wischte sich die Lachtränen von der Backe, wo sie helle Schneisen im Terrakottapuder hinterlassen hatten. Sie jedenfalls hatte sich köstlich amüsiert während der letzten Minuten. »Aber wie gesagt, seinen kleinen Schniedelwutz, den sollten Sie sich nachher noch mal ansehen, der sah gar nicht gut aus!«

»Wo soll ich denn den Kuchen hinstellen?«, fragte Bille, die mit einem Blech Streuselkuchen rückwärts den Laden betrat, gefolgt von Cordula, und sah erstaunt Rainer hinterher, der mit Punzel im Arm an ihr vorbei nach draußen schoss.

»Das ist ja eine entzückende Deko hier! Wo können wir den Kuchen und diese Kaschmirbälle hinstellen?«

Ich fragte mich, ob mein Bauch schon immer so hart gewesen war wie im Moment, die Haut fühlte sich gerade so trommelfest gespannt an wie Krimis Wangen.

»Toll«, juchzte die »Elite«-Redakteurin abermals aus ihrer Deckung heraus, »sind diese Bälle auch selbst gemacht?«

»Ja«, antwortete ich gepresst, »das sind Christbaumkugelschoner, mein neuestes Projekt, ich habe nämlich eine Wette verloren.«

Ich fühlte besser mal nach, ob die Schecks in meiner Jeanstasche noch da waren oder ob ich in ein paar Minuten in meinem Bett aufwachen würde, ganz durcheinander nach einer Nacht voll wirrer Träume. Ich spürte etwas Geknicktes, etwas knisterte, das Geld war noch da. Und die Drehung nach hinten zur Hosentasche tat unglaublich weh, das war kein Traum. Und als ich meinen Arm wieder zurückgedreht hatte, tat es immer noch weh.

»Christbaumkugelschoner?«, hielt Krimi eine der Kaschmirkugeln hoch. »Ich will dir ja nicht zu nahe treten, aber das, mein liebes Kind, das ist endlich mal etwas Vernünftiges! Vorausgesetzt, du verlangst mindestens hundertzwanzig Euro pro Stück! Meine Freundin Burgl würde vor Neid erblassen, wenn ich die an meinem Christbaumschmuck hätte!«

»Cesare«, sagte ich erstaunlich ruhig, obwohl Charlotte erschrocken auf den nassen Fleck blickte, der sich auf dem Sitzpolster unter mir ausbreitete, »kannst du bitte Friedrich reinlassen?«

Ich blickte in die Runde. Meine Eltern waren gerade im Begriff, mit einer Schale Wasser in den Hof zu gehen, um die arme Betty zu tränken. Josef hatte in Cesare offensichtlich einen Seelenverwandten gefunden und wich ihm nicht von der Seite. Brischitt und Cosmo verschwanden zu Elvira, Cordula, Bille und den Kindern in die Küche. Friedrich kam gerade zurück vom Einkaufen, rechts einen Kasten Schultheiss und links einen Kasten Bionade.

»Hoppla, da habt ihr ja ganz schön Party gemacht, und das in einer Viertelstunde!«, besah er sich die Bescherung und stellte sich höflich mit einem »Tag, Friedrich Schönbeck, hab ich was verpasst?« bei dem auf dem Boden festsitzenden Willi vor. Und ich thronte inmitten dieser Menschen wie die Königin von Saba, mit meiner besten Freundin an meiner Seite.

Schade, eigentlich begann es gerade richtig nett zu werden! Mich erfüllte eine seltsam tiefe Ruhe.

»Schön, dass ihr alle da seid!«, holte ich tief Luft und strahlte in die Runde.

»Aber ich glaube, ich muss euch jetzt alleine lassen. Es geht los!«

»O Gott, die Fruchtblase! Ich bringe dich, nein, ich!«, schrien jetzt Krimi und Charlotte durcheinander. Meine Mutter geriet ebenfalls komplett aus dem Häuschen.

»Ich komme auch mit! Und du musst unbedingt noch schnell etwas essen, eine Geburt kostet Kraft, ein hart gekochtes Ei ist jetzt genau das Richtige, ich hol nur schnell die Kühltasche ...«

»Quatsch, das kommt ihr doch alles wieder hoch, meine Cousine Marissa ...«, begann jetzt Charlotte, aber als sie meinen Blick bemerkte, verbesserte sie sich, »... ich meine, ich, ich selbst habe gelesen, dass einem während der Geburt sowieso alles hochkommt!«

»Mit mir! Die Kleine kann mit mir fahren«, krakeelte jetzt Willi vom anderen Ende des Ladens. Er witterte wohl seine Chance, hier herauszukommen. »Mein Schlitten ist der schnellste, ich bring dich in die Klinik, Puppe, dass dir die Ohren schlackern!«

»Auf keinen Fall werde ich Ihnen meine Tochter anvertrauen, Sicherheit ist jetzt alles, was zählt, Heidi fährt selbstverständlich mit uns!«, brauste mein Vater auf.

»Du bist mit dem Zug da, Papi«, erinnerte ich ihn.

»Unser Family-Van wäre jetzt das Richtige, da kann man die Rückbank so schön ausklappen, wir legen einfach die neue Multifunktionsdecke unter, damit er nicht schmutzig wird!«, kam jetzt Bille aus der Küche.

Mein Bauch wurde wieder hart wie ein Brett und tat dabei weh. Ziemlich weh sogar.

»Toll! Darf ich mitfahren?«, rief jetzt Elvira. »Ich wäre dann live dabei! Hat man in einem Kreißsaal eigentlich Handyempfang?«

»Friedrich!«, stöhnte ich laut. »Ich will mit Friedrich fahren! Und mit Charlotte und mit sonst niemandem! Das sind die Vernünftigsten in diesem ganzen Laden hier!«

»Aber ...«, kam es von allen Seiten, am lautesten von Willi.

»Aua! Und zwar schnell! Und was ich schon immer mal sagen wollte: Ich hasse hart gekochte Eier!«

48

Friedrich und Charlotte brachten mich mit Friedrichs VW-Bus in die Charité, während die anderen besorgt Spalier standen und mir ihre Ratschläge mit auf den Weg gaben.

Bille: »Auf keinen Fall eine PDA!«

Rainer (wo kam der eigentlich schon wieder her?): »Du musst die Hebamme vorher auspendeln, ob sie zu deinem Energielevel passt!«

Cordula: »Unbedingt ein Kaiserschnitt!«

Krimi: »Lass dir ein Zimmer mit hübscher Aussicht geben!«

Noch mal Rainer: »Ganz ungut, dass wir nicht im Geburtsvorbereitungskurs waren!«

Meine Mutter: »Wenigstens ein Leberwurstbrot? Die hast du doch als Kind immer so gemocht!«

Mein Vater: »Wie schreibt man Charité?«

Friedrich trug mich, schließlich wusste sogar ich, dass man sich mit Blasensprung nur noch so wenig wie möglich bewegen sollte. Er wuchtete mich beherzt durch Familie und Freunde, dass die Pinocchio-Knöpfe unter seinen Camelboots nur so knirschten.

Gegen diesen Zirkus war Friedrichs knatternder VW-Bus ein Ort der Stille und Erholung. Ich krümmte mich auf der hinteren

Sitzbank zusammen, Charlotte hielt meine Hand, während Friedrich, der ein weißes Taschentuch ins Fenster geklemmt hatte, die Kurven schnitt, als gäbe es kein Morgen mehr.

»Da sind Sie ja wieder!«, empfing mich Frau Doktor Casper zehn Minuten später freundlich. »Sie haben trotzdem lange durchgehalten! Sehen Sie, es lohnt sich, wenn man kürzer tritt!«

»Auf jeden Fall«, sagte ich schwach und versuchte zu protestieren, als mir zwei Schwestern mit schnellen Handgriffen meine schicke Schwangerschaftsfummel vom Körper streiften, um mich in ein hinten offenes Kliniknachthemd zu stecken. Wenigstens war Schwester Ulla nicht unter ihnen.

»Ich habe ein eigenes Nachthemd in meinem Koffer, der ist noch im Auto!«

»Dafür werden wir keine Zeit haben, der Muttermund ist bereits auf sechs Zentimeter, es geht los!«

Ich war jetzt irgendwie nicht mehr ganz so ruhig.

Frau Doktor Casper stand auf, um mein Bett an sich vorbeifahren zu lassen.

»Sie kommen jetzt in den großen Kreißsaal, und den werden Sie erst wieder verlassen, wenn wir alles geschafft haben!«

»Wir ist gut«, murmelte ich. Aus dem Kreißsaal links kam ein Schrei, der nichts Menschliches hatte.

»Ist das der Vater?«, fragte jetzt jemand hinter meinem Bett. Verdammter Mist, das war Schwester Ulla. Sie beäugte Friedrichs rotes Stirnband, mit dem er ziemlich genau aussah wie Axl Rose.

»Nein, das ist ein Freund!«

»Dann darf er leider nicht mit in den Kreißsaal!«

»Und Charlotte?«

»Sind Sie verwandt?«

»Nein! Aber ich habe zwei Hände, und die wollen gehalten werden!«

»Das wäre ja noch schöner, einen rechts, einen links, und noch nicht mal verwandt, das können Sie im Geburtshaus machen, aber nicht bei uns!«

»Aaaaah!«

Ich wusste jetzt, warum Wehen Wehen hießen.
Genau.
Und zwar richtig dolle.
Und außerdem bekam ich schreckliche Angst. Die Tür des linken Kreißsaals ging auf, und eine Schwester kam heraus mit einer Schale, in der ein Riesenklumpen rohes Fleisch lag.

»Das ist nur eine Nachgeburt«, drückte Charlotte wenig beruhigend meine Schulter, »da hat es eine schon hinter sich.«

»Aber bei mir ist es noch gar nicht so weit! Das ist alles ein Riesenirrtum! Ich habe seit mindestens zehn Minuten keine Wehe mehr gehabt!«, versuchte ich mich aufzusetzen, was mir wegen der Gurte und Kabel auf meinem Bauch nicht gelang.

»Ich will hier raus!«

»Prima. Dann können wir Sie ja jetzt reinfahren!«, klickte Schwester Ulla die Bremsen meines Bettes nach oben und öffnete die Tür zum mittleren Kreißsaal. Ich spürte einen unangenehmen Luftzug und verkrampfte meine Hände um das Gitter meines Bettes.

Und dann roch ich ihn.

Trotz der klinischen Desinfektionsmittel roch es so, als hätten wir gerade noch zusammen im Bett gelegen. Und während mir mein Herz und mein Hirn gleichzeitig und wie verrückt meldeten, dass er da sein musste, ganz in der Nähe, sagte eine vertraute Stimme hinter meinem Kopf: »Überraschung!«

»Ach, und wer sind Sie?«, keifte Schwester Ulla und besah sich gründlich den neu angekommenen Mann, der ihr nicht antwortete, sondern seine frisch rasierte, tränennasse Wange auf meine verschwitzte presste, als wollte er mich nie mehr loslassen.

49

Das überraschende Eintreffen des attraktiven Kindsvaters erleichterte die Sache mit Schwester Ulla ungemein. Sie sah fast milde zu, wie Felix mich losließ, sich zu Friedrich drehte und ihm die Hand gab. Dann stießen die beiden Männer außerdem die Fäuste aneinander, hakten die Finger ineinander und ließen dann die Handflächen auseinandergleiten. Ein blitzschnell durchgeführtes Begrüßungsritual, als wären sie Buddys aus der Bronx. Schwester Ulla nickte zustimmend, guckte auf den Wehenschreiber und fummelte kurz an mir herum.

»Sieben Zentimeter! Sie können für ein Stündchen ins Wehenzimmer und noch mit ihren Freunden reden!«

Felix und Friedrich gaben sich währenddessen zum Abschluss ein Highfive.

»Charlotte«, flüsterte ich, während mein Bett sich in Bewegung setzte, »was machen unsere Jungs da?«

»Das machen Männer eben so!«, flüsterte sie.

»Aber doch nicht, wenn sie sich das erste Mal sehen!«

Schwester Ulla fragte Felix noch mit sonniger Miene: »Wollen Sie einen Kaffee? Soll ich Ihnen das Radio anstellen?« und schwebte von dannen. Sie war wie verwandelt.

Kein Wunder. Felix hatte keinen Bart mehr, und an den Koteletten und an den Schläfen waren seine Haare etwas heller geworden und hatten einen Kastanienschimmer angenommen. Er war braun und leicht sommersprossig – allerdings nicht so braun, wie ein Vollzeitsurfer eigentlich aussehen sollte. In seinem leichten hellgrauen Anzug und dem weißen Leinenhemd sah er eher aus wie ein Businessmännermodel und nicht wie ein surfender Peter Pan.

Ungeheuer gut.

Und er hatte sich wieder zu mir ans Bett gesetzt und meine Hand genommen.

»Ich war gerade im Laden, da war die Hölle los, deine Eltern und meine Mutter haben mich hierhergeschickt. Die Wehen sind zu früh, nicht wahr? Dreieinhalb Wochen zu früh? Meine tapfere Heidi, typisch, wollte wieder alles alleine machen, auch das Kinderkriegen!«

»Ja, die Wehen sind zu früh, aber das ist normal, bei ...« (Ich biss mir auf die Lippen. Rache ist Blutwurst, dachte ich, das halte ich jetzt auch noch aus – und wenn Schwester Ulla gerade eben nichts von Zwillingen gesagt hat, dann werde ich das jetzt auch nicht tun.) »... ich meine, das ist kein Wunder bei der ganzen Aufregung!«

Moment mal, warum redest du überhaupt mit ihm, du solltest ihm sofort eine Szene machen, mahnte eine innere Stimme, vergiss nicht, dass er dich die ganze Zeit allein gelassen hat mit ...

Schon wieder so ein entsetzlicher Schrei von irgendwoher. Ich drückte Felix' Hand und vergaß die Vorwürfe, die sich so lange in mir aufgestaut hatten.

»Aber – woher weißt du den Geburtstermin so genau? Und woher kennst du Friedrich? Ihr kennt euch doch? Aargh!«

Auf Felix' Stirn begannen sich fast so viele Schweißperlen zu bilden wie auf meiner. »O Gott, tut das sehr weh? Hast du wirklich gedacht, dass ich dich die ganze Zeit alleine lasse, nur weil du nichts mehr von mir wissen wolltest? Friedrich und ich kennen uns seit fünf Jahren. Und wir haben uns immer samstags an der Ostsee getroffen, aber du bist ja nie mitgekommen. Ich habe dir sicher von ihm erzählt, aber irgendwie hat es dich nie interessiert.«

»Aber jetzt!«, sagte ich relativ ruhig, als die Wehe vorbei war. »Jetzt interessiert es mich. Wieso hat ausgerechnet Friedrich meinen Abfluss repariert?«

»Weil du Hilfe gebraucht hast! Hast du dich denn nie gefragt, warum Friedrich dir nie eine Rechnung gestellt hat?«

»Nun, das habe ich durchaus, aber ich war auch froh, dass er kein Geld von mir gewollt hatte! Ich dachte, der meldet sich schon, wenn er knapp bei Kasse ist ...«

»Der hätte sich nicht gemeldet. Denn ich habe ihn und Marie auf dich angesetzt! Ich hätte es nicht ausgehalten, wenn sie mir nicht jeden Tag berichtet hätten, wie es dir geht. Einmal war ich schon auf dem Weg zu dir, aber dann hast du dich wieder erholt, konntest aus der Klinik, und ich konnte mein Projekt fertig machen.«

In mir begann die alte Wut zu brodeln. Welches Projekt, bitte schön?

»Bist du nur gekommen, um nach mir zu sehen, und fliegst dann wieder nach Kalifornien, zu deiner Mizzi? Du Surfchampion! Ich bin jedenfalls nicht deine Gebärmaschine!«

Friedrich nahm Charlotte an der Hand und bewegte sich rückwärts zur Tür. »Also, öhm, wir gehen mal an die Luft, Charlie und ich!«

Charlotte winkte mir verlegen. »Viel Glück!«

Warum war sie eigentlich nicht so von den Socken wie ich, dass Felix und Friedrich alte Bekannte waren?

»Moment, Charlotte! Wusstest du denn, was Sache ist und dass Friedrich und Marie von Felix geschickt waren?«

»Klar! Friedrich hat es mir erzählt, als wir in Frankreich waren, wir haben ja keine Geheimnisse voreinander, aber ich wollte es dir nicht erzählen, ich wusste ja nicht, wie du darauf reagierst ...«

Und weg waren sie. Und Felix und ich waren alleine.

»Dein Bauch ist, na ja, schon sehr groß. Kann man nicht an der Form erkennen, ob es ein Mädchen oder ein Junge wird? Meine Mutter sagt, wenn der Bauch spitz ist, wird es ein Junge, aber dein Bauch ist – einfach nur riesig!«

Ich zuckte die Schultern. Meine kleine Genugtuung sollte ich mir schon gönnen, schließlich war immer noch nicht geklärt, wie lange Felix denn jetzt zu mir und seiner Familie halten würde.

»Ich hätte gern einen Sohn!«, sagte Felix und hörte nicht auf, meine Hand zu streicheln. »Nein, obwohl – eine Tochter! Die kann ich dann beschützen!«

»Genau, und zwar vor Typen wie dir!«

Es kostete mich eine ziemliche Anstrengung, Felix meine schweißnasse Hand zu entziehen, sie wollte partout weiter festgehalten werden. Aber da gab es noch einiges zu klären. Ich schob das ungehorsame Körperteil sicherheitshalber unter meinen Hintern.

»Was ist denn jetzt mit dir und Kalifornien?«

»Okay, Heidi, das ist eine lange Geschichte. Nur so viel: Ich habe dort eine Restaurantkette gegründet, OKI heißt sie, die Abkürzung von ›open kitchen‹, und sie ist das kalifornische Gegenstück zur Alpenküche! Und es wird uns nicht nur einmal geben, sondern bisher einmal in San Diego North Mission Beach, dann in San Diego Downtown, und weil man in Kalifornien ohne LA nichts werden kann, sind wir auch noch an einer Location in Santa Monica dran! Ich werde schließlich Familienvater!«

»Cool!«, rutschte es mir heraus. Ich konnte mir nicht helfen – Arnold Schwarzenegger beim Verzehr eines Gamsburgers vor mir zu sehen war eine ziemlich abgefahrene Vorstellung. Da schien Felix ja richtig rangeklotzt zu haben, in Kalifornien – ganz ohne mein Zutun!

»Aber – warum hast du mich da nicht teilhaben lassen? Ich meine – ich musste immer auf Facebook gucken, wenn ich etwas über dich herausfinden wollte! Das war ungeheuer erniedrigend!«

»O ja, und zwar nicht nur für dich, denn ich habe Facebook vor allem als Businessplattform ...«

»Businessplattform! Jetzt erzähl mir nur noch, dass du mit Damen wie dieser Pamela Business gemacht hast!«, fuhr ich hoch, so weit ich konnte.

»Heidi ...«, sagte Felix sanft, »kannst du mich bitte, bitte ausreden lassen? Pamela A. ist der Name einer Strandbar! Gewesen! Weil ich sie nämlich übernommen habe, um sie umzubauen! Und da konnte ich deine Kommentare einfach nicht brauchen, ich musste schließlich einen professionellen Eindruck machen. Und deshalb blieb mir nichts anderes übrig, als deinen Kontakt zu löschen – denn in Kalifornien machen sie einfach alle Business über Facebook. Zu persönliche Angelegenheiten haben da nichts verloren!«

Pamela A. war der Name eines Cafés gewesen? Gut, dass die nächste Wehe so weh tat, dass ich total vergaß, mich zu schämen.

»Und Holger Baumbach?«, ächzte ich danach. »Ich habe mich so ins Zeug gelegt mit meiner Idee!«

»Ja«, antwortete Felix ruhig, »das war auch sicher eine gute Idee, mich erst mal in die Kochlehre zu schicken. Aber meine Oma hat immer gesagt: Guter Rat ist wie Schnee, je leiser er fällt, desto länger bleibt er liegen. Und du warst so rabiat bei deinen Versuchen, die Unternehmensberaterin zu spielen, dass mir das nach ihrem Tod einfach zu viel geworden ist. Ich musste raus und mein Ding machen. Und jetzt bin ich wieder da, weil ich ohne dich nicht leben kann. Ohne euch, besser gesagt!«

Und meine Hand hatte sich befreit und wanderte ganz von selbst zum Bettrand, auf der Suche nach der warmen, festen Männerhand von vorhin.

»Aber, Felix?«

»Ja?«

»Diese ›open kitchen‹ klingt nach ziemlich viel Aufwand. Aber ich will gar nicht nach Kalifornien. Auf jeden Fall nicht sofort. Und außerdem will ich, dass unser Nachwuchs Skifahren lernt, bevor er Wellenreiten kann.«

»Ich weiß, mein Engel, und deshalb bleibt Mizzi für mich drüben. Hast du gar nicht gewusst, dass Mizzi einen amerikanischen Pass hat? Das war der Grund, warum ich sie von Berlin nach Kalifornien versetzt habe, und sie macht ihre Sache phantastisch. Und ich bleibe hier und kümmere mich um die Alpenküche. Und jetzt rufe ich schnell dort an, damit mir Alex ein paar Sachen bringt. Diese nette Schwester – Ulla, oder? – hat mich vorher gefragt, ob sie uns nicht eines der wenigen Familienzimmer einrichten soll. Dann kann ich ab sofort immer bei dir bleiben ... sogar hier in der Klinik!«

»Alex? Du rufst den an? Ich denke, der ist taubstumm?«

»Taubstumm?«, Felix grinste. »Denkst du!«

Alex war Felix' Spion gewesen! Und ich hatte mich immer benommen, als wäre er gar nicht da! »Dann wusstest du ...«

»Die Hotline? Und von Bella Bunny? Aber ja.«

Ich hätte nie gedacht, dass ich mich auf die nächste Wehe freuen würde. Und sie kam prompt. Während ich den Kopf zur Seite drehte und ins Kissen biss, kam mir alles andere unendlich nichtig vor. Dieser harte, mit nichts vergleichbare Schmerz dauerte allerdings immer nur exakt sechzig Sekunden und klang so plötzlich ab, wie er gekommen war, mich jedes Mal ein Stück erschöpfter zurücklassend.

Ich tat einen tiefen Atemzug und fragte: »Und du bist mir nicht böse?«

Unglaublich. Da hatte ich mir jeden Tag etwas auf mein Einzelkämpfertum eingebildet und war doch nur Teil eines Plans gewesen, Felix' Plans, bei dem die einzelnen Bestandteile ineinandergegriffen hatten wie Zahnräder ...

»Nun, nachdem du so nett mit mir Gassi gegangen bist, wusste ich, dass du den verspieltesten und nettesten Telefonsex machst, den man sich vorstellen kann. Und dass du dich da schon behaupten wirst, ohne ganz unten zu landen.«

»Der Typ, der mein Hündchen sein wollte – das warst du?«

»Ja, mehr wollte ich nicht sagen, ich hatte Angst, du würdest meine Stimme erkennen. Und weil ich einfach heraushören konnte, dass du dabei an Pucki gedacht hast, wusste ich, dass du mit mir und meiner Familie noch nicht ganz abgeschlossen hast. Und vollends überzeugt war ich, als mir Marie von deinem Telefon erzählt hat – Schwäne sind schließlich monogam. Mir tut es auch sehr leid, dass ich einfach so nach Kalifornien bin – du hast mir also auch etwas zu verzeihen. Und wenn du mir versprichst, dass du es ab jetzt sein lässt ...«

»Kein Problem, war ja nur wegen der Kohle. Und weil du nicht da warst«, flüsterte ich und pumpte an meiner PDA-Dosierung, um der nächsten Wehe mehr Paroli zu bieten. Und Felix beugte sich vor, um mich wieder in den Arm zu nehmen. Ich griff mit der Hand in seine festen Haare. »Lass mich, lass mich nie mehr los!«, murmelte ich und wusste, dass ich auf diesen Kerl nie mehr verzichten wollte.

Und dann biss ich Felix trotz PDA vor Schmerzen so fest in die Schulter, dass ich Blut schmeckte. Er drückte sehr schnell auf einen Knopf und blieb an meiner Seite, als nun doch die Tür des mittleren Kreißsaals für mich aufging. Blitzschnell füllte sich der Raum mit aufgeregten Menschen, und ich schrie so unhaltbar, dass ich fast das Bewusstsein verlor und in Trance meine Schreie aus dem offenen Fenster wie Vögel in die Welt hinausgleiten sah und in den Himmel und auf die Meere, um allen zu erzählen, dass sie gleich auf der Welt sein würden, meine Kinder. Die Weltkugel drückte schwer von innen auf meine Beckenknochen, und sie blieb da liegen, viel zu schwer! Ich würde sterben! Ich schrie um mein Leben und schrie und schrie, und dann war es geschehen um mich. Die Weltkugel in mir zerriss mich und wurde flüssig, ein Schwarm großer Fische floss mit ihr aus mir heraus.

Und plötzlich war alles wieder still und schön.

»Kleiner Max«, flüsterte ich schwach, umarmte das blutverschmierte Bündel auf meinem Arm und blickte direkt in ein paar wache dunkelgraue Augen, »wie geht es dir?«

»Ganz prima geht es ihm, Ihr Mann bekommt ihn gleich in den Arm!«

Frau Doktor Casper war sofort zur Stelle, und sie war nicht die einzige Ärztin im Raum.

»Aber das zweite Kind macht uns Sorgen, es dreht sich nicht – wir bereiten alles vor für einen Notkaiserschnitt!«

»Zweites Kind, welches zweite Kind?«, schrie Felix auf. »Verdammt, kommt da noch eins?«

»Überraschung!«, murmelte ich und spürte, wie mein Unterleib begann, von der Narkose taub zu werden, »Überraschung!«, und dann schlief ich ein.

Epilog

»Unglaublich, dass du erst Zwillinge bekommen musst, um Hans-Jürgen und mich regelmäßig auf Malle zu besuchen! Und auch noch so netten Besuch mitzubringen!«, neckte mich der bratapfelbraune, nicht mehr ganz junge Mann in der knappen Leopardenbadehose, dem Cesare gerade den Rücken eincremte.

»O ja, früher dachte ich immer, ich hätte für so was keine Zeit, dabei ist eure Finca ein Traum, mein lieber Josef«, sagte ich und zog mein bimmelndes Handy unter einem großen grünen Plastikkrokodil hervor.

»Ach du lieber Schwan! Dass man noch nicht mal im Urlaub seine Ruhe hat! Gustav, Max, bleibt ihr bitte mal beim Onkel Josef? Mami ist gleich wieder da!«

Und als ich weit genug vom Swimmingpool entfernt war, setzte ich mich in den Schatten auf eine kühle Marmorstufe und hob ab, um Patella-Mike zu begrüßen.

»Hör zu, Mike, ich habe wirklich nicht viel Zeit – das wird jetzt eine ganz schnelle Nummer!«

Danksagung

Danke, Margit und Jens, für Euren sagenhaften Input. Danke an Nina und Moni für das private und an Antje Steinhäuser für das professionelle Lektorat! Danke, liebe Schwiegermutter, für die sagenhafte Verpflegung, auch wenn ich die frisch gerupfte Ente für ein Huhn gehalten habe und (sorry, dass Du es auf diesem Weg erfährst) den letzten Rotschimmel-Ziegenkäse meinem Vater geschenkt habe, denn dem macht der Geruch nichts aus. Danke, Gerard, dass Du uns das Paradies zur Verfügung gestellt hast. Danke, lustige Oma und großer Opa und liebe Kim, dass Ihr Euch so liebevoll um meine Söhne gekümmert habt.

Und natürlich danke an den Mann an meiner Seite.
Nicht für dieses Buch, sondern einfach für alles.

Heidi Hohner,
im Frühjahr 2011